D0424384

ORSON SCOTT CARD | La ciudad de cristal

Título original: *The Crystal City*

Traducción: Rafael Marín

1.ª edición: junio 2007

© 2003 by Orson Scott Card
© Ediciones B, S. A., 2007
     Bailén, 84 - 08009 Barcelona (España)
     www.edicionesb.com

Diseño de portada: Estudio Ediciones B
Diseño de colección: Ignacio Ballesteros

Printed in Spain
ISBN: 978-84-666-3307-9
Depósito legal: B. 23.118-2007

Impreso por NOVOPRINT

ORSON SCOTT CARD | La ciudad de cristal

Presentación

Me temo que cuando, en 1987, se inició la magna saga de *Alvin, el Hacedor*, pocos (ni siquiera su autor) podíamos imaginar su dilatada continuación en el tiempo. Ahora, llegados ya al sexto volumen de la serie, empieza a ser factible pensar en un próximo y último volumen que, tal vez con el título de MASTER ALVIN, finalice la serie. ¿Qué más adecuado que siete libros para narrar la historia de *Alvin* que es, no lo olvidemos, el «séptimo hijo varón de un séptimo hijo varón»?

La que los especialistas de Publishers Weekly etiquetan como «La mejor serie de fantasía de hoy en día», se inició como un ambicioso proyecto que intenta reconstruir en clave fantástica parte de la escasa historia norteamericana. Afortunadamente, las novelas de la serie mantienen una cierta especificidad temática que permite leerlas de forma independiente (aun cuando yo no se lo recomendaría nunca: ¿cuál dejarse?, si todas resultan tan agradables e interesantes de leer...).

El tema tradicional y más querido de Card ha sido siempre el de la formación de la personalidad de sus protagonistas a partir de su niñez. Lo encontramos en EL JUEGO DE ENDER *(1985 - NOVA ciencia ficción, núm. 0)* rodeado de un ropaje tecnológico y militar al tratar de la formación de un líder destinado a librar una de las más decisivas batallas de la humanidad: el enfrentamiento con la extraña especie de los insectores. Lo encontramos de nuevo en MAESTRO CANTOR *(1980 - NOVA ciencia ficción, núm. 13)* en un entorno do-

7

minado por el arte, en este caso la música, y su misterioso poder para influir en la vida de los hombres, incluso en la de los poderosos que dominan la galaxia. Lo encontramos también en ESPERANZA DEL VENADO (1983 - NOVA fantasía, núm. 3) envuelto, en este caso, en un ropaje mágico y casi místico en lo que ha venido a considerarse como un hito fundamental en la moderna literatura de fantasía, en la difícil modalidad de la «fantasía mágica».

Y lo encontramos de nuevo en las «Historias de Alvin, el Hacedor» donde Card reconstruye una historia alternativa de Estados Unidos de América en la que la magia y el folclore son los elementos dominantes.

En todas estas obras vemos claramente como la formación sentimental y humana de unos niños se traduce en su evolución como personas, en su maduración y crecimiento moral y emocional. Y ésta es la síntesis de lo que un lector tiene derecho a esperar: percibir que los personajes de las novelas «viven» sus experiencias y son modificados por ellas, al igual que nos ocurre en la vida de cada día a cada uno de nosotros. Desgraciadamente la ciencia ficción y la fantasía han carecido durante muchos años de esta visión, necesaria indudablemente a cualquier narrativa que quiera seguir siendo considerada adulta. Afortunadamente los autores como Card aportan al género esa imprescindible madurez emotiva.

En la serie The Tales of Alvin Maker (Las historias de Alvin, el Hacedor), Card ha utilizado las tradiciones y la magia popular de los hombres y mujeres que poblaron un continente y también las creencias de las tribus que vivían allí antes que ellos. Con ello crea una América fronteriza y distinta, un mundo en el que la magia es real y que, por ello, está repleto de dones, encantamientos, conjuros, hechizos y pociones que marcan la vida de las gentes en comunidades eminentemente rurales. Entre los personajes que desfilan por la serie abundan los dones: los hidrománticos, que encuentran y dominan el agua, *los* chisperos, *que encienden y dominan el fuego, las* teas, *que pueden leer el fuego interior o «fuego del corazón» y el futuro de la vida. Y esos* dones *resultan incorporados de la forma más natural posible a la realidad cotidiana y a los más diversos quehaceres.*

También existe en la serie un punto de vista trascendente y numinoso que bordea lo religioso. De nuevo, el eje central de la lucha del protagonista Alvin es el enfrentamiento de dos grandes poderes que Card sitúa incluso por encima del bien y del mal. Se trata de la contraposición entre un Hacedor (Maker) y el Deshacedor (Unmaker).

En el primer volumen de la serie, EL SÉPTIMO HIJO *(1987 - NOVA fantasía, núm. 6), se narraba el nacimiento y la primera infancia de Alvin, destinado a ser un Hacedor por el prodigioso cúmulo de circunstancias que concurren en su nacimiento: ser séptimo hijo varón de un séptimo hijo varón. Su don, si llega a dominarlo, será el mayor de todos. En esta primera novela, se presentaba el ambiente general de esa Norteamérica nacida de la fantasía y también los personajes centrales de la serie. La calidad de la obra le llevó a obtener muchos de los principales premios en la ciencia ficción y la fantasía mundiales: premio Mundial de fantasía, premio Locus de fantasía, premio Ditmar de Australia... sin olvidar el haber sido finalista de los premios Hugo y Nebula. Parecidos galardones disfrutarían las siguientes novelas de la serie confirmando así el gran éxito de Card en los últimos años.*

En EL PROFETA ROJO *(1988 - NOVA fantasía, núm. 12), un Alvin aún niño conocía el mundo de los pieles rojas, su cultura y su exterminación a manos del hombre blanco. Con un trasfondo ecologista, Alvin descubría el canto de la propia tierra y la necesidad de ser uno con ella. Pero también, gracias a Tenskwa-Tawa, el profeta piel roja, Alvin alcanza la visión de la maravillosa Ciudad de Cristal que se convertirá en el objetivo central de su futuro como Hacedor.*

ALVIN, EL APRENDIZ (*1989 - NOVA fantasía, núm. 21*) presenta al protagonista otra forma de dominación del hombre por el hombre y otra forma de incomprensión y enfrentamiento entre las razas humanas: la esclavitud de la gente de color, existente también en esa Norteamérica de ficción que imagina Card. Pero ALVIN, EL APRENDIZ se centra también en hechos individuales: la maduración y el aprendizaje de un adolescente como Alvin, pero también el de Peggy, la niña tea que permitió su nacimiento y sabe de su futuro como Hacedor y del difícil aprendizaje que le espera.

En ALVIN, EL OFICIAL (*1995 - NOVA Scott Card, núm. 9*) se desarrolla con detalle lo que ya sugería el último capítulo de ALVIN, EL APRENDIZ. Narrado por uno de sus espectadores, asistimos al inicio del enfrentamiento entre Alvin y su hermano Calvin (¿Abel y Caín?) precisamente cuando Alvin se plantea enseñar a otros a ser Hacedores como él. Pero las cosas no son nunca tan fáciles y Calvin no parece estar por la labor. La envidia encuentra en él campo abonado. Nuevo problema moral que, en manos de Card, sirve siempre como maravillosa excusa para tratar de lo divino y de lo humano.

En FUEGO DEL CORAZÓN (*1998 - NOVA, núm. 129*), Card aborda parcialmente el tema de la lucha en torno a la esclavitud y, sobre todo, los célebres juicios por brujería de Nueva Inglaterra del que el de las brujas de Salem ha quedado como ejemplo paradigmático. Alvin, ya un adulto y casado con la tea Peggy que interviniera tan decisivamente en su nacimiento, sigue buscando la inspiración para la mítica Ciudad de Cristal que está llamado a construir. En esta novela, Alvin es ya un líder con un pequeño grupo, mientras su esposa Peggy, cuyo don es leer el «fuego del corazón» y el futuro de las personas, hace un peligroso viaje a la corte del rey Arturo de Inglaterra exiliado en la ciudad sureña de Charleston, nuevo Camelot de esa América a la vez tan distinta y tan parecida a la real. Peggy desea influir en el monarca para intentar evitar el terrible porvenir que parece irremediable: una pavorosa guerra entre las naciones libres y las naciones esclavistas de Norteamérica.

Ahora, en LA CIUDAD DE CRISTAL *(2003 - NOVA, núm. 171), Alvin y su hemano adoptivo, Arturo, han sido enviados por Peggy, siempre una devota abolicionista, a Nueva Barcelona (anteriormente llamada New Orleans), para evitar el inicio de una gran guerra entre las facciones pro-esclavitud y anti-esclavitud. Allí, Alvin y Arturo encuentran a Abe Lincoln y los poderes de Hacedor de Alvin se enfrentan a una terrible peste que diezma la ciudad. Alvin y Arturo acaban conduciendo un grupo de cinco mil esclavos hacia su liberación en un nuevo éxodo que, pese a todo, puede ser la chispa que encienda precisamente esa guerra que desean evitar.*

En una serie tan larga y dilatada en el tiempo hay, como era de prever, algunos altibajos. Nadie discute el alto nivel de los tres primeros volúmenes de la serie que marcaron un tono y una ambición difícil de superar, pero el quinto (y, hasta hoy, último volumen), FUEGO DEL CORAZÓN, *fue considerado por algunos lectores y críticos como un mero alargamiento innecesario de la historia y, en cierta forma, acusado de que «no ocurría nada relevante» en él. No comparto esa opinión al cien por cien (el desarrollo de personajes es básico en una saga de esas proporciones), pero lo cierto es que, en* LA CIUDAD DE CRISTAL *se recupera con creces el maravilloso tono inicial de la serie junto a alguno de sus personajes emblemáticos, como Tenskwa-Tawa, el profeta piel roja que puso a Alvin en la senda de la consecución de esa maravillosa «ciudad de cristal» que, en principio, parecía destinada sólo a Hacedores (de ahí la «escuela de Hacedores» que Alvin organiza para enseñar a sus hermanos...). Pero Tenskwa-Tawa no reaparece solo, le acompañan Jim Bowie, Steve Austin y Verily Cooper...* LA CIUDAD DE CRISTAL *es, en todo, comparable a los inolvidables primeros volúmenes de la serie.*

Conviene destacar que esa Norteamérica alternativa re-

gida por la magia y los conjuros, es al mismo tiempo real y ficticia y, al menos para los lectores norteamericanos de Card, representa una maravillosa oportunidad para reflexionar sobre su corta y breve historia y, tal vez, para repensar el presente a la luz de lo que pudo haber sido y no fue.

En palabras de Faren Miller:

Tan joven como Norteamérica puede ser todavía, ha existido durante un tiempo suficiente para generar elementos míticos y, también, para proporcionar un nuevo hogar para exóticos immigrantes. En las manos adecuadas, tanto los que han crecido aquí como los visitantes pueden obtener un camino eficaz para examinar la cultura como un todo: lo que pudo haber sido (o los misterios que quedan fuera de nuestro alcance) ilumina la tierra que creemos conocer. Orson Scott Card (en su modo «Alvin Maker») tiene ese don, esa magia que hace que nos descubramos a nosotros mismos.

Esa Norteamérica distinta en lo político, en lo humano y en lo mágico, es un mundo distinto donde lo rural sigue mandando y la industrialización es sólo una amenaza que puede crecer paralela a la temida guerra por la abolición de la esclavitud. No es de extrañar que esa visión, rural aunque nada inocente, tenga el éxito que ha alcanzado en la Norteamérica de nuestros días. Tal vez no tenga sentido llorar hoy por la leche derramada, pero a los norteamericanos parece gustarles.

No siendo norteamericano, la serie de Alvin Maker queda, al menos para mí, como una interesante historia de fantasía, con personajes entrañables sometidos a todo tipo de afrentas físicas y morales y, eso sí, repleta además de deliciosos guiños históricos. No es poco en los tiempos que corren. Se lo aseguro. La narrativa límpida, sencilla y clara de Card y sus bondado-

sos personajes son un brillante contrapunto a esa Norteaméri-
ca de asesinos en serie que nos transmite el cine más actual.
Creo tener claro qué elegiría si tuviera la opción de hacerlo...

Con todos esos elementos, es de prever que, tras LA CIUDAD
DE CRISTAL, *ciertamente, el siguiente vaya a ser ya el últi-*
mo de los volúmenes de esta tan dilatada y exitosa serie. Ojalá
no tengamos que esperar otros cinco años para poder disponer
de él...

MIQUEL BARCELÓ,
para la edición en la colección Nova

A Chris y Christi Baughan,
perfectamente emparejados.

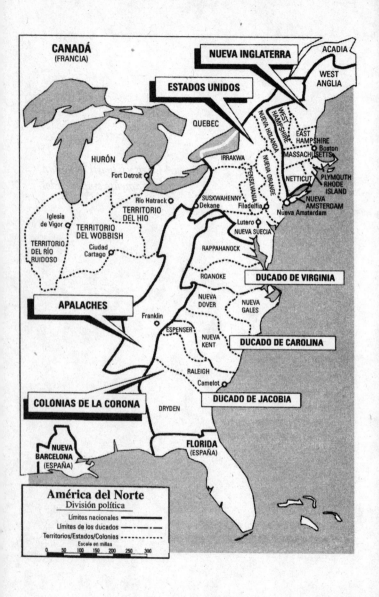

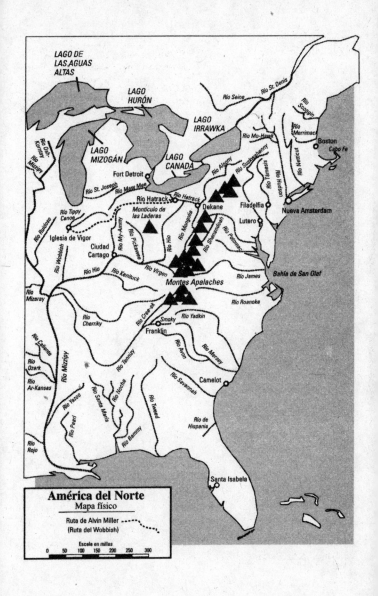

1

Nueva Barcelona

Parecía que todo el mundo estaba en Nueva Barcelona por aquellos días. Llegaron principalmente en barcos de vapor. Aunque la niebla del Mizzippy impedía que los hombres blancos cruzaran el río hasta la ribera oeste, los barcos de vapor podían hacer el viaje canal arriba y abajo, transportando mercancías y pasajeros, que es decir lo mismo que transportar dinero y echarlo al regazo de quien dirigiera el cotarro en la desembocadura del río.

Por aquellos días lo dirigían los españoles; oficialmente, al menos. Eran dueños de Nueva Barcelona y tenían sus tropas por todas partes.

Pero la presencia misma de aquellas tropas era significativa. Implicaba que los españoles no estaban tan seguros de poder conservar la ciudad. Hacía pocos años que el lugar se llamaba todavía Nueva Orleans y seguía habiendo un montón de sitios en la ciudad donde era mejor que hablaras francés o no encontrabas un bocado que llevarte a la boca ni un lugar donde dormir, y si hablabas español, podías despertarte con la garganta rajada.

A Alvin no le sorprendía mucho oír español y francés mezclados en los muelles. Lo que le sorprendió fue que prácticamente todo el mundo hablaba inglés... normalmente cargado de acento, pero inglés de todas formas.

—Me parece que aprendiste español para nada, Arturo Estuardo —le dijo Alvin al chico mulato que se hacía pasar por su esclavo.

—Tal vez sí, tal vez no —dijo Arturo Estuardo—. No es que me costara aprenderlo.

Lo cual era cierto. Para Alvin había sido desconcertante advertir lo fácilmente que el muchacho aprendía español de un esclavo cubano en el barco de vapor que los trajo río abajo. Era un buen don, y Alvin no lo tenía, ni pizca. Ser hacedor era bueno, pero no lo era todo. No es que Alvin necesitara que se lo recordaran. Había días en que pensaba que ser hacedor no merecía una mascada de tobackey escupida en el suelo del salón. Con todo su poder, no había podido salvar la vida de su bebé, ¿no? Oh, lo intentó, pero cuando nació un par de meses demasiado pronto, no fue capaz de curarle los pulmones desde dentro para que pudiera respirar. Se puso azul y se murió sin llegar a tomar aire. No, ser hacedor no era gran cosa.

Ahora Margaret estaba otra vez embarazada, pero ni ella ni Alvin se veían mucho por aquellos días. Ella estaba muy ocupada intentando impedir una guerra sangrienta por la esclavitud. Él igual de ocupado intentando descubrir qué se suponía que tenía que hacer con su vida. Ninguno de sus intentos había salido demasiado bien. Y este viaje a Nueva Barcelona iba a acabar siendo igual de inútil, estaba seguro de ello.

Lo único bueno fue encontrarse con Abe y Coz en el viaje. Pero ahora estaban en Barcy, les había perdido la pista y sólo quedaban él y Arturo Estuardo, continuando su proyecto a largo plazo que demostraba que podías tener todo el poder del mundo, pero no era gran cosa si eras demasiado tonto y no sabías qué hacer con él o cómo compartirlo con los demás.

—Pones otra vez esa cara, Alvin —dijo Arturo Estuardo.

—¿Qué cara?

—Como si necesitaras ir a hacer pis pero tuvieras miedo de que se te cayera a pedazos.

Alvin le dio un capirotazo.

—No puedes hablarme así en la ciudad.

—No me ha oído nadie.

—No necesitan oírte para ver tu actitud —dijo Alvin—. Orgulloso como una ardilla. Mira a tu alrededor: ¿ves a algún negro que se comporte así?

—Yo soy mulato.

—Sólo hace falta tener un gramo de sangre negra para ser negro en esta ciudad.

—Maldita sea, Alvin, ¿cómo sabe toda esta gente que no tiene un gramo de sangre negra? Nadie conoce a sus tatarabuelos.

—¿Quieres apostarte a que todos los blancos de Barcy pueden recitar la lista de sus antepasados?

—¿Quieres apostarte a que la mayoría se la inventa?

—Actúa como si tuvieras miedo de que te azote, Arturo Estuardo.

—¿Cómo, si nunca pareces dispuesto a hacerlo?

Eso sí que era un desafío, y Alvin lo aceptó. Pretendía sólo fingir que estaba enfadado, sólo dar una especie de rugido y alzar la mano y ya está. Pero cuando lo hizo, fue más que el rugido lo que puso detrás. Y la furia era real y fuerte y tuvo que obligarse para no golpear al muchacho.

Fue tan real que Arturo Estuardo lo miró verdaderamente atemorizado y se encogió ante la amenaza del golpe.

Pero Alvin se controló y el golpe no se produjo.

—Has fingido muy bien que estabas asustado —dijo Alvin, riendo nervioso.

—No actuaba —dijo Arturo Estuardo en voz baja—. ¿Y tú?

—¿Tan bueno soy que tienes que preguntarlo?

—No. Eres un mentiroso malísimo, casi siempre. Estabas cabreado.

—Sí que lo estaba. Pero no contigo, Arturo Estuardo.

—¿Con quién, entonces?

—Si te digo la verdad, no lo sé. Ni siquiera sabía que estaba cabreado, hasta que empecé a intentar fingirlo.

En ese momento, una manaza se posó en el hombro de Alvin. No fue una tenaza dura, pero sí fuerte. No muchos hombres tenían las manos tan grandes como para abarcar el hombro de un herrero.

—Abe —dijo Alvin.

—Me estaba preguntando qué acabo de ver —dijo Abe—. Miro a mis dos amigos que fingen ser amo y esclavo, ¿y qué veo?

—Oh, no para de pegarme —dijo Arturo Estuardo—, cuando no hay nadie mirando.

—Me parece que voy a tener que intentar hacerlo, sólo para que no seas tan mentiroso —dijo Alvin.

—¿Entonces era un juego? —preguntó Abe.

A Alvin le avergonzó que aquel buen hombre dudara, sobre todo después de haber pasado juntos una semana navegando Mizzippy abajo. Y tal vez parte de aquella furia acumulada estaba aún cerca de la superficie, porque le respondió con brusquedad.

—No sólo era un juego, sino que además era asunto nuestro.

—¿Y no mío? —dijo Abe—. Eso pienso. No es asunto mío cuando uno de mis amigos levanta la mano para golpear a otro. Supongo que un buen hombre tiene que mantenerse al margen, mirando.

—No le golpeé —dijo Alvin—. No iba a hacerlo.

—Pero ahora quieres golpearme a mí —dijo Abe.

—No. Ahora quiero ir a buscar una posada barata y

descansar antes de encontrar algo de comer. Me han dicho que Barcy es una buena ciudad para comer, siempre y cuando no te importe que sean pescados de esos que parecen insectos.

—¿Eso es una invitación a comer? —dijo Abe—. ¿O una invitación a que me marche y te deje en paz con tus asuntos?

—Principalmente una invitación a cambiar de tema —respondió Alvin—. Aunque me alegrará que Coz y tú cenéis con nosotros en el lugar que encontremos.

—Oh, Coz no vendrá con nosotros. Ha encontrado al amor de su vida esperándolo en el muelle.

—¿Te refieres a esa mujerzuela con la que estaba hablando? —preguntó Arturo Estuardo.

—Le sugerí que esperara a encontrar una furcia más limpia —dijo Abe—, pero él negó que lo fuera, y ella estuvo de acuerdo en que se había enamorado de él nada más verlo. Así que supongo que veré a Coz mañana por la mañana, borracho y sin blanca.

—Me alegra saber que te tiene a ti para que lo cuides, Abe —dijo Alvin.

—Pero si lo hice —dijo Abe. Mostró una cartera—. Le rasqué el bolsillo primero; sólo le quedan tres dólares, así que no le robarán más.

Alvin y Arturo se echaron a reír.

—¿Es ése tu don? —preguntó Arturo Estuardo—. ¿Sisar carteras?

—No señor —dijo Lincoln—. No hace falta ningún don para robarle a Coz. No se daría ni cuenta si le urgaras la nariz. No si hay una chica mirándolo con la boca abierta.

—Pero la chica se daría cuenta —dijo Alvin.

—Tal vez, pero no dijo nada.

—Estaba planeando quedarse con lo que había en

esa cartera. Vio que los dos ya habíais vendido todo el cargamento y sin duda también que os repartíais el dinero. ¿No crees que habría dicho algo?

—Creo que no me vio.

—O lo hizo y no le importó.

Abe se lo pensó un segundo.

—Creo que lo que estás diciendo es que debería mirar dentro de esta cartera.

—Podrías hacerlo, sí —dijo Alvin.

Abe la abrió.

—Que me zurzan —dijo. Naturalmente, estaba vacía.

—Eres un primo —dijo Alvin—, pero tus verdaderos amigos nunca te lo dirían.

—Así que se me adelantó.

—Oh, supongo que ni siquiera le puso una mano encima. Pero una chica como ésa probablemente no trabaja sola. Le puso carita de santa...

—Y su socio se encarga de los bolsillos —dijo Arturo Estuardo.

—Parece que tenéis experiencia —dijo Abe.

—Estamos preparados —dijo Arturo Estuardo—. Nos gusta pillarlos, si podemos.

—¿Entonces por qué no la pillasteis robándole a Coz?

—No sabíamos que teníamos que cuidaros —dijo Arturo Estuardo.

Abe lo miró con calculada indignación.

—La próxima vez que vayas a pegarle a este muchacho, Al Smith, ¿quieres tener la amabilidad de darle un cachete más de mi cuenta?

—Búscate tu propio cuñado mulato adoptado para pegarle —dijo Alvin.

—Además —dijo Arturo Estuardo—, sí que hace falta que te cuiden.

—¿Qué te hace pensar eso?

—Porque todavía no has caído en la cuenta de que Coz no fue el único que se distrajo con esos ojazos.

Abe se palpó el bolsillo de la chaqueta. Durante un instante se sintió aliviado al comprobar que la cartera seguía allí. Pero luego recordó que la cartera de Coz también estaba en su sitio. Sólo tardó un instante en descubrir que les habían robado a los dos.

—Y tuvieron el valor de devolver las carteras —dijo Abe, asombrado.

—Bueno, no te agobies —consoló Arturo Estuardo—. Probablemente el don del carterista era ése, ¿qué podrías haber hecho al respecto?

Abe se sentó en el muelle, lo cual fue todo un logro, ya que era tan alto y huesudo que sólo con sentarse casi arrojó a tres o cuatro personas al agua.

—Bueno, vaya fiesta —dijo Abe—. Soy el tonto más grande del mundo. Primero hice una balsa que no podía navegar, y tuvisteis que salvarme. Y cuando vendí mi cargamento y gané el dinero que había venido a conseguir, dejé que nos lo quitaran a la primera.

—Bueno, vamos a comer —dijo Alvin.

—¿Cómo? No tengo un penique. Ni siquiera tengo para el pasaje de vuelta.

—Oh, te invitaremos a cenar.

—No puedo permitirlo.

—¿Por qué no?

—Porque entonces estaría en deuda con vosotros.

—Salvamos tu estúpida vida en el río, Abe Lincoln —dijo Alvin—. Estás ya tan endeudado que me debes intereses cada vez que respiras.

Abe se lo pensó un instante.

—Bueno, entonces supongo que tanto da un penique como una libra.

25

—La versión americana es «tanto da un centavo como un dólar» —dijo Arturo Estuardo.

—Pero la que he usado es la versión de mi madre —replicó Abe—. Y como tengo exactamente tantos peniques y libras como centavos y dólares, supongo que puedo elegir a mi gusto con qué expresión maldecir.

—¿Eso era maldecir? —dijo Arturo Estuardo.

—Por dentro estaba maldiciendo tanto que un marinero tendría que taparse los oídos para no escucharlo —dijo Abe—. Lo de los peniques y las libras es la parte que he dejado salir.

Mientras tanto, por supuesto, Alvin había estado usando su don para ir en busca de los ladrones. Lo primero era encontrar a Coz, naturalmente, en parte porque la mujer todavía podía estar con él, en parte para asegurarse de que no le habían hecho daño. Alvin encontró su fuego del corazón justo cuando le daban un golpe en la cabeza en un callejón. No fue difícil conseguir que el palo no le causara mucho daño. Lo depositó en el suelo de manera bastante convincente, para que ellos no sintieran la necesidad de darle otro golpe y Coz se despertara sin dolor de cabeza siquiera.

Mientras, la mujer y el hombre se marcharon tan tranquilos. Así que Alvin los buscó con su poder y encontró el dinero la mar de pronto. No le fue muy difícil hacer que el bolsillo del hombre y el bolso de la mujer se descosieran un poquito, y no fue mucho más trabajoso hacer que las monedas de oro se escabulleran. Tampoco lo fue evitar que hicieran ruido cuando golpearon el suelo del muelle. Lo difícil fue conseguir que las monedas no se colaran por las rendijas de las tablas y cayeran al agua.

Arturo Estuardo, por supuesto, tenía suficiente experiencia y entrenamiento para entender lo que Alvin hacía. Por eso continuaba la conversación lo suficiente para que Alvin tuviese tiempo de hacer el trabajo.

«En cierto modo —pensó Alvin—, somos como un par de ladrones. Arturo Estuardo es el cebo que mantiene ocupado a Abe para que no tenga ni idea de lo que está pasando, y yo soy el caco que roba el bolsillo. La única diferencia es que yo me estoy quedando con lo que ya ha sido robado.»

—Vamos a comer, entonces —dijo Arturo Estuardo—, en vez de hablar de comida.

—¿Dónde encontraremos comida que se pueda comer? —dijo Alvin.

—Por aquí, creo —replicó Arturo Estuardo, encaminándose directamente hacia el callejón donde se habían caído todas las monedas.

—Oh, eso no parece demasiado prometedor —dijo Abe.

—Confía en mí —dijo Arturo Estuardo—. Tengo olfato para la buena comida.

—Sí que es verdad —comentó Alvin—. Y yo tengo la lengua y los labios y los dientes.

—Yo proporcionaré alegremente la barriga —ofreció Abe.

Lo dejaron abrir la marcha hacia el callejón. Y anda que no pasó junto a las monedas.

—Abe —dijo Alvin—. ¿Ves esas monedas de oro ahí tiradas?

—No son mías —contestó Abe.

—Quien lo encuentra, se lo queda —dijo Arturo Estuardo.

—Puede que sea un perdedor —dijo Abe—, pero no lloro.

—Pero ahora has encontrado algo, y no te veo quedártelo.

Abe los miró un poco receloso.

—Pienso que deberíamos recoger esas monedas y buscar a su legítimo propietario. Sin duda alguien va a lamentar tener un agujero en el bolsillo.

—Eso me parece —dijo Alvin, agachándose para recoger las monedas. Arturo Estuardo estaba haciendo lo mismo y no tardaron en recogerlas todas. Era una buena suma de dinero.

—Hay que meterlo en alguna parte —comentó Alvin—. ¿Por qué no lo guardas en esas carteras vacías que tienes?

Alvin esperaba que Abe se diera cuenta, cuando empezara a guardar el dinero, de que era exactamente la misma cantidad que le habían robado.

Pero no lo hizo. Porque el dinero no cuadraba. Había demasiado.

Arturo Estuardo empezó a reír y siguió riéndose hasta que las lágrimas le cayeron por las mejillas.

—¿Quién llora ahora? —dijo Abe.

—Se está riendo de mí —contestó Alvin.

—¿Por qué?

—Porque está claro que me olvidé de que Coz y tú no erais probablemente los primeros tipos a los que robaban hoy.

Abe miró las carteras repletas y las monedas que Alvin y Arturo Estuardo sostenían todavía, y por fin lo comprendió.

—Robaste a los ladrones.

Alvin negó con la cabeza.

—La idea era que pensaras que se les cayó el dinero y echaron a correr o algo por el estilo —dijo él—. Pero no puedo pretender una cosa así cuando has encontrado más dinero del que se llevaron.

Abe sacudió la cabeza.

—Bueno, empiezo a pensar que tienes una especie de don, señor Smith.

—Sólo sé trabajar un poco con metales.

—Incluyendo el metal que está dentro del bolsillo o la cartera de alguien a seis metros de distancia.

—Vamos a buscar a Coz —dijo Alvin—. Creo que se despertará de un momento a otro.

—¿Está durmiendo? —preguntó Abe.

—Lo ayudaron un poco —dijo Alvin—. Pero se pondrá bien.

Abe lo miró pero nada dijo.

—¿Y todo este dinero de más? —preguntó Arturo Estuardo.

—Yo no voy a quedármelo —dijo Abe—. Me quedo con lo que es mío y de Coz, pero el resto puedes dejarlo donde está. Que los ladrones vuelvan y lo encuentren.

—Pero tampoco era suyo.

—Eso será algo entre ellos y su Hacedor en el Día del Juicio Final —dijo Abe—. Yo no tengo nada que ver. No quiero un dinero que no puedo explicar.

—¿Al Señor? —preguntó Alvin.

—O al juez —dijo Abe—. Tengo una factura por esta cantidad, y puede demostrarse que es mía. Deja el resto. O quedáoslo, si no os importa ser ladrones vosotros mismos.

Alvin no podía creerse que el hombre cuyo dinero acababa de rescatar lo estuviera llamando ladrón. Pero después de pensárselo un momento, se dio cuenta de que no podía fingir que simplemente se había encontrado con el dinero. No le pertenecía por mucho que quisiera creerlo.

—Supongo que si robas a un ladrón, eso no te hace menos ladrón —dijo Alvin.

—Supongo que no —contestó Abe.

Alvin y Arturo Estuardo dejaron caer el dinero de las manos, sobre las tablas. Una vez más, Alvin se aseguró de que no cayera ninguna moneda entre las grietas. El dinero no le serviría de nada a nadie si caía al agua.

—¿Siempre eres tan honrado? —dijo Alvin.

—Respecto al dinero, sí señor —contestó Abe.

—Pero no con todo.

—Tengo que admitir que partes de algunas historias que cuento no son, estrictamente hablando, la verdad absoluta de Dios.

—Bueno, no, por supuesto que no, pero no se puede contar una buena historia sin mejorarla acá y allá.

—Bueno, sí que se puede —dijo Abe—. Pero entonces, ¿qué haces cuando tienes que contar la misma historia a la misma gente? Tienes que cambiarla, para que siga siendo interesante.

—Así que manipular la verdad es por el bien de los demás.

—Pura caridad cristiana.

Coz seguía durmiendo cuando lo encontraron, pero no era su sueño el de los que son golpeados en la cabeza, sino el sueño entre ronquidos de un hombre cansado. Así que Abe se detuvo un momento para llevarse un dedo a los labios, para hacer saber a Alvin y Arturo Estuardo que lo dejaran hablar a él. Sólo cuando ellos asintieron empezó a darle golpecitos a Coz con el pie.

Coz rezongó y se despertó.

—Oh, vaya —dijo—. ¿Qué hago aquí?

—Te despiertas —contestó Abe—. Pero hace un minuto estabas dormido.

—¿Sí? ¿Y por qué estaba durmiendo aquí?

—Iba a hacerte la misma pregunta. ¿Te lo pasaste bien con esa dama de la que tanto te enamoraste?

Coz empezó a alardear.

—Oh, puedes apostar a que sí.

Pero ellos podían verle en la cara que no tenía ningún recuerdo de lo sucedido.

—Fue sorprendente. Era... bueno, será mejor que no te hable de esas cosas delante del muchacho.

—No, será mejor que no —dijo Abe—. Debiste emborracharte mucho anoche.

—¿Anoche? —preguntó Coz, mirando alrededor.

—Ha pasado un día entero y una noche desde que te marchaste con ella. Pienso que te habrás gastado hasta el último centavo de tu mitad del dinero. Pero te digo, Coz, que no voy a darte nada de mi mitad, eso sí que no.

Coz se palpó y advirtió que le faltaba la cartera.

—Oh, esa maldita buscona. Esa puñetera ratera.

—Coz tiene cierta habilidad para maldecir delante de los niños —dijo Abe.

—Mi cartera ha desaparecido.

—Y supongo que eso incluirá el dinero que tenía dentro —dijo Abe.

—Bueno, ella no me robaría la cartera y dejaría el dinero, ¿no? —dijo Coz.

—¿Estás seguro de que ella te lo robó?

—Bueno, ¿cómo si no podría desaparecer mi cartera?

—Te pasaste todo un día y una noche de juerga. ¿Cómo sabes que no te lo gastaste todo? ¿O se lo regalaste a ella? ¿O hiciste seis amiguitas más y las invitaste a beber hasta que te quedaste sin dinero, y luego cambiaste la cartera por una última copa?

Parecía que a Coz le habían arreado una patada en la barriga, tan aturdido y molesto estaba.

—¿Eso crees que hice, Abe? Tengo que admitirlo: no recuerdo nada de lo que hice anoche.

Entonces levantó la mano y se tocó la cabeza.

—Debo de haberme dormido hasta que se me pasó la resaca.

—No pareces demasiado estable —dijo Abe—. Tal vez no tienes resaca porque sigues borracho.

—Me encuentro un poco temblón —dijo Coz—. Decidme, los tres, ¿tengo la lengua pastosa? ¿Parezco borracho?

Alvin se encogió de hombros.

—Hablas como un hombre que se acaba de despertar.

—Como si tuvieras una rana en la garganta —dijo Arturo Estuardo.

—Te he visto más borracho —dijo Abe.

—Oh, nunca superaré esta vergüenza, Abe —dijo Coz—. Me advertiste de que no me fuera con ella. Y me robara ella o me robara otra persona o me lo gastara todo o me quedara limpio por emborracharme como un estúpido, voy a volver a casa con las manos vacías y Ma me matará, me arrancará las orejas, me maldecirá.

—Oh, Coz, sabes que no te dejaré en una situación así —dijo Abe.

—¿De verdad? ¿Hablas en serio? ¿Me darás una parte de tu mitad?

—Lo suficiente para ser respetable —dijo Abe—. Diremos que tú... invertiste el resto, en especulaciones, pero te fue mal. Se lo creerán, ¿no? Eso es mejor que sufrir un robo o gastártelo en licor.

—Oh, sí que lo es, Abe. Eres un santo. Eres mi mejor amigo. Y no tendrás que mentir por mí, Abe. Sé que odias mentir, así que dile a mis padres que me pregunten a mí y yo diré todas las mentiras.

Abe se metió la mano en el bolsillo y sacó la cartera de Coz y se la tendió.

—Coge de la cartera lo que consideres que necesitarás para que tu historia cuadre.

Coz empezó a contar las veinte monedas de oro, pero sólo se quedó con unas cuantas antes de que su conciencia le alcanzara.

—Cada moneda que tomo te la quito a ti, Abe. No puedo hacer esto. Decide tú cuánto puedes dejarme.

—No, haz tú el cálculo. Sabes que no soy bueno con las cuentas, o mi tienda no se habría ido a pique como se fue el año pasado.

—Pero parece que te estoy robando, sacándote el dinero de la cartera de esta forma.

—Oh, esa cartera no es mía —dijo Abe.

Coz lo miró como si estuviera loco.

—La has sacado de tu propio bolsillo —dijo—. Y si no es tuya, ¿de quién es?

Como Abe no respondió, Coz volvió a mirar la cartera.

—Es mía —dijo.

—Parece la tuya —dijo Abe.

—¡Me la quitaste del bolsillo cuando estaba dormido! —exclamó Coz, enfadado.

—Puedo decirte sinceramente que no lo hice. Y estos caballeros pueden afirmar que no te toqué más que con la punta de mi bota cuando estabas ahí tirado, roncando como un coro de ángeles.

—Entonces, ¿cómo la conseguiste?

—Te la robé antes de que te fueras con esa muchacha.

—Tú... pero entonces... ¿entonces cómo puedo haber hecho todas esas cosas anoche?

—¿Anoche? —dijo Abe—. Que yo recuerde, anoche estabas en el barco con nosotros.

—¿Qué estás di...? —Y entonces todo quedó claro—. ¡Puñetero listo!

Abe se llevó la mano a la oreja.

—¡Escuchad! ¡Un cuervo graznando!

—¡Es el mismo día! ¡No he dormido ni media hora!

—Veinte minutos —puntualizó Alvin—. Al menos, eso calculo.

—¡Y todo esto es mi propio dinero! —dijo Coz.

Abe asintió gravemente.

—Lo es, amigo mío, al menos hasta que otra chica te ponga ojitos tiernos.

Coz miró el callejón arriba y abajo.

—Pero, ¿qué ha pasado con Fannie? En un instante recorría este callejón con la mano en su... de su mano, y al siguiente me estabas dando patadas con el pie.

—¿Sabes una cosa, Coz? —dijo Abe—. No tienes una gran vida amorosa.

—Mira quién fue a hablar —respondió Coz, hosco.

Pero eso pareció dolerle a Abe, pues aunque la sonrisa no abandonó su rostro, la alegría sí lo hizo, y en vez de replicar con una broma o un chiste, se ensimismó un poco.

—Venga, vamos a comer —dijo Arturo Estuardo—. Toda esta cháchara no me está alimentando mucho.

Y como ésa fue la cosa más sincera y sensata que se había dicho en media hora, todos estuvieron de acuerdo y siguieron sus narices hasta que encontraron un lugar donde servían comida bien muerta, que no tenía demasiadas patas, no era venenosa cuando estaba viva y parecía lo suficientemente cocida para comerla. Eso era una proeza en Barcy.

Después de la cena, Coz sacó una pipa que empezó a cebar de estiércol, o a eso olió cuando la encendió. Alvin jugueteó con la idea de apagar el fuego, pero sabía que no le habían dado su don para librarse de un mal olor ocasional. Así que se levantó, se cargó el equipaje al hombro, se aseguró de que Arturo Estuardo se zafaba de la silla antes de levantarse, y los dos fueron en busca de un sitio donde alojarse. No uno de aquellos miserables tugurios infestados de pulgas que había cerca del río. Alvin no tenía ni idea de cuánto tiempo se quedaría y sus recursos eran limitados, así que quería una habitación en una posada en una zona de Barcy donde viviera gente decente. Donde un herrero ambulante pudiera alojarse, por ejemplo, mientras buscaba un trabajo en el que hicieran falta un par de brazos.

No habían recorrido treinta pasos cuando se dieron cuenta de que Abe Lincoln los seguía, y aunque Abe tenía las piernas aún más largas que las de Alvin, no tenía sentido hacer que se apresurara para alcanzarlos. Alvin se detuvo, se dio media vuelta, y sólo entonces se dio cuenta de que Arturo Estuardo no caminaba con él, sino con Abe.

Era desconcertante ver cómo Arturo había aprendido un modo de impedir que Alvin captara su fuego del corazón. Alvin encontraba a Arturo cuando lo buscaba, pero antes solía saber dónde estaba Arturo Estuardo sin proponérselo siquiera. Desde que Arturo había aprendido un poco del trabajo de hacedor (cómo endurecer el hierro o ablandarlo, que no era truco fácil), sin embargo, parecía que también había descubierto cómo conseguir que Alvin no advirtiera cuándo se apartaba y se iba por su cuenta.

Pero ahora no era momento para una reprimenda, no con Abe mirando.

—¿Has decidido al final que se puede dejar a Coz con su dinero toda la noche? —preguntó Alvin.

—A Coz no pueden confiársele ni los cordones de sus zapatos —respondió Abe—, pero se me ha ocurrido que Arturo Estuardo y tú sois buenos amigos, y sería una lástima perderos.

—Bueno, tiene que pasar, puesto que la única forma

de regresar al norte con tus beneficios es comprar un pasaje y subir a bordo antes de que Coz vuelva a enamorarse.

—Parece que viajas mucho, y no es probable que tengas un sitio donde se te pueda enviar una carta. Yo, sin embargo, tengo raíces. No gano mucho dinero con nada, pero sé dónde quiero ganarlo. Escribe a Abraham Lincoln, en la ciudad de Springfield, en el estado de Noisy River, y me llegará sin problemas.

A Alvin no le habían faltado amigos a lo largo de su vida, pero nunca había dejado tan claro un hombre a quien conocía desde hacía tan poco que le apreciaba.

—Abe, no olvidaré esa dirección, y desde luego espero usarla. No sólo eso, sino que tengo un modo para que los amigos me escriban. Cualquier carta enviada a Alvin Junior a la atención de Alvin Miller en la ciudad de Iglesia de Vigor me llegará a su debido tiempo.

—Tus padres, supongo.

—Crecí allí y todavía nos llevamos bien —dijo Alvin con una sonrisa.

Pero Abe no le devolvió la sonrisa.

—Conozco el nombre de Iglesia de Vigor, y una oscura historia relacionada con ese sitio.

—La historia es bastante oscura, y también es cierta —dijo Alvin—. Pero si conoces la historia, sabes que hay quien no tomó parte en la masacre de Prophet's Town, y no recibió ninguna maldición.

—Nunca lo había pensado, pero pienso que tuvo que haber quien quedara con las manos limpias.

Alvin alzó las manos.

—Pero eso no significa lo mismo que significaba antes, porque la maldición ha sido retirada y el pecado perdonado.

—No me había enterado de eso.

—No se habla del asunto —dijo Alvin—. Si quieres conocer la historia entera, mi familia te recibirá gustosa cuando quieras. Es una casa agradable, con muchos visitantes, y si les dices que eres amigo mío y de cierto cuñado mío, te servirán un plato de más y tal vez te cuenten una historia o dos que no hayas oído antes.

—Puedes estar seguro de que iré —dijo Abe—. Y me alegro de saber que esta noche no será la última vez que sepa de ti.

—No puedes estar más contento que yo —dijo Alvin.

Con un apretón de manos se separaron de nuevo, y pronto las largas piernas de Abe lo llevaron de vuelta a la taberna con unas zancadas que dividían el flujo de la multitud que llenaba la calle como un barco de vapor corriente arriba.

—Me gusta ese hombre —dijo Arturo Estuardo.

—A mí también —respondió Alvin—. Aunque creo que hay algo más en él que hacer reír a la gente.

—Por no mencionar que es el feo más guapo o el guapo más feo que he visto en mi vida.

—Hablando de todo un poco —dijo Alvin—, me gustaría que no hicieras ese truco de ocultarme tu fuego del corazón.

Arturo Estuardo lo miró sin parpadear y respondió tal como Alvin suponía que lo haría.

—Ahora que no nos oye nadie, Al, ¿no es ya hora de que me cuentes qué hacemos aquí en Barcy?

Alvin suspiró.

—Te diré ahora lo que te dije en Carthage cuando iniciamos este viaje. Lo hago porque Peggy me envió aquí, a Barcy, y un buen marido hace lo que le manda su esposa.

—Ella no te envió a Carthage, eso seguro. Cree que vas a morir allí.

—Cuando muera, estaré muerto en todas partes, y a la vez —dijo Alvin, un poco picado—. Ella puede enviarme al fin del mundo, y yo iré, pero al menos elegiré mi propia ruta.

—¿Quieres decir que de verdad no sabes qué tienes que hacer aquí? Cuando lo dijiste creí que era una forma de decirme que no era asunto mío.

—Puede que no sea asunto tuyo, pero hasta ahora parece que tampoco es asunto mío. En el barco de vapor, pensé que tal vez nuestro viaje tuviera algo que ver con Steve Austin y Jim Bowie y la expedición a México para la que trataron de reclutarme. Pero cuando los dejamos atrás y...

—Y liberamos a dos docenas de negros que no querían ser esclavos.

—De eso tú fuiste más responsable que yo, y no es algo de lo que debiéramos alardear aquí, en las calles de Barcy.

—Y tú todavía tienes que descubrir qué tenía Peggy en mente —dijo Arturo Estuardo.

—No hablamos como antes —dijo Alvin—. Y hay ocasiones en las que creo que me envía a una misión urgente a un lugar sólo para que no esté en otro sitio donde ella ha visto que me pasa algo horrible.

—Eso es sabido.

—Bueno, pues no me gusta. Pero también sé que quiere que nuestro bebé tenga un padre vivo, así que obedezco, aunque le recuerdo de vez en cuando que a un hombre adulto le gusta saber por qué hace las cosas. Y en este caso, qué es la cosa que se supone que tengo que hacer.

—¿Eso es lo que le gusta a un hombre adulto? —dijo Arturo Estuardo con una sonrisa demasiado amplia.

—Lo averiguarás cuando hayas crecido —respondió Alvin.

Pero la verdad era que a lo mejor Arturo Estuardo ya no crecería más. Alvin no sabía si su padre era un hombre alto y, su madre, tan joven, que bien podía no haber dejado de crecer. No importaba lo alto que llegara a ser, a los quince años era ya hora de que Alvin dejara de tratarlo como a un hermano menor y empezara a tratarlo como a un hombre que tenía derecho a seguir su propio camino, si eso elegía.

Y por eso probablemente Arturo Estuardo se había tomado la molestia de aprender a esconder de Alvin su fuego del corazón. No esconderlo completamente: nunca podría hacer eso. Pero lograba que Alvin no lo advirtiera a menos que lo buscara conscientemente, y eso era más de lo que Alvin hubiese creído posible.

Alvin también se escondía de la gente, así que no podía reprochar al muchacho que defendiera su intimidad. Por ejemplo, no había nadie que supiera que Alvin no sólo no sabía qué misión tenía Margaret pensada para él, sino que tampoco le importaba mucho. Ni otras cosas.

Porque a la madura edad de veintiséis años, Alvin Miller, que se había convertido en Alvin Smith, y cuyo nombre secreto era Alvin Maker, este Alvin, cuyo nacimiento se había visto rodeado de tales portentos, que había sido vigilado por el bien y el mal a medida que creía, este mismo Alvin que había creído que tenía una gran misión y un trabajo en su vida, había advertido desde hacía mucho que todos esos portentos se reducían a nada, que toda aquella vigilancia se había desperdiciado, porque el poder de hacer había sido encomendado al hombre equivocado. En manos de Alvin todo se había reducido a nada. Lo que hacía se deshacía con igual rapidez, o más rápido todavía. No había nada imposible para el Deshacedor en su feo trabajo de destruir el mundo. No podía enseñar más que fragmentos de poder a otros, de modo que su plan de rodearse de otros hacedores no iba a funcionar jamás.

Ni siquiera pudo salvar la vida de su propio bebé, ni aprendía idiomas como Arturo Estuardo, ni veía los caminos del futuro como Margaret, ni tenía ninguno de los otros dones prácticos. Era sólo un herrero errante que por puro accidente se encontró con un arado de oro que llevaba en un saco desde hacía cinco años, ¿y para qué?

Alvin no tenía ni idea de por qué Dios había decidido que fuera el séptimo hijo de un séptimo hijo, pero fuera cual fuese al principio el plan de Dios, Alvin debía de haberlo llevado a cabo ya, porque incluso el Deshacedor parecía estar dejándolo en paz. Una vez llegó a ser tan formidable que estuvo rodeado de enemigos. Ahora incluso sus enemigos habían perdido el interés por él. ¿Qué signo más claro de fracaso que ése?

Este sombrío estado dominó su corazón todo el trayecto hasta Barcy, y quizá por la nube que ensombrecía su rostro en las dos primeras casas los rechazaran.

Cuando llegaron a la tercera estaba tan desanimado que ni siquiera intentó parecer simpático.

—Soy un herrero del norte —dijo—, y este chico se hace pasar por mi esclavo pero no lo es, es libre, y que me zurzan si voy a dejarle que duerma con los criados. Quiero una habitación con dos buenas camas, y seré amable pero no permitiré que nadie trate a este joven como a un criado.

La mujer de la puerta los miró a él y a Arturo Estuardo.

—Si haces ese discurso ante cada puerta, me sorprende que no te siga una turba de hombres armados con palos y una soga.

—Sólo pido una habitación —dijo Alvin—, pero estoy de mal humor.

—Bueno, controla la lengua en el futuro —dijo la mujer—. Da la casualidad de que has elegido la puerta adecuada para soltar ese discurso, por pura suerte o perversidad. Tengo la habitación que quieres, con las dos camas, y como ésta es una casa donde se odia la esclavitud y se la considera una ofensa contra Dios, no encontrarás a nadie que discuta contigo por tratar a este joven como a un igual.

2

Ardilla y Alce

Alvin tendió la mano.

—Alvin Smith, señora.

Ella la estrechó.

—He oído hablar de un Alvin Smith que tiene una esposa llamada Margaret, que va de sitio en sitio aterrorizando los corazones de aquellos a los que les gusta decir mentiras.

—Asusta también un poco a los que odian mentir —dijo Arturo Estuardo.

—En cuanto a mí —dijo Alvin—, soy neutral con las mentiras, ya que veo que hay ocasiones en que la verdad sólo hiere a la gente.

—Yo tampoco soy demasiado fanática respecto a decir la verdad —respondió la mujer—. Por ejemplo, creo que todas las chicas deben crecer con la firme creencia de que son listas y bonitas, y todos los chicos de que son fuertes y de buen corazón. En mi experiencia, lo que empieza siendo una creencia se convierte en una esperanza y si lo mantienes el tiempo suficiente, acaba por ser la verdad.

—Ojalá hubiera sabido eso hace quince años —dijo Alvin—. Demasiado tarde para hacer algo ya con este muchacho.

—Soy guapetón —dijo Arturo Estuardo—. Supongo que eso es todo lo que necesito para ir tirando en este mundo.

—¿Ve usted el problema? —dijo Alvin.

—Si eres el marido de Margaret Larner, entonces apuesto a que este guapo chico es su hermano, Arturo Estuardo, quien por su aspecto pertenece a la realeza.

—Yo no cruzaría la calle para ser rey —dijo Arturo Estuardo—. Aunque si me trajeran el trono, tal vez me sentara un ratito.

Ya estaban dentro de la casa. Alvin se quedó con su saco, pero Arturo entregó enseguida su bolsa a la mujer.

—¿Tienes miedo de subir escaleras? —preguntó ella.

—Siempre subo seis tramos antes de desayunar, para estar más cerca del cielo cuando digo mis oraciones —dijo Alvin.

Ella lo miró bruscamente.

—No sabía que fueras hombre de oración.

Alvin se avergonzó. Su chiste inocente al parecer la había molestado.

—Sí que rezo, señora —dijo—. No pretendía hablar a la ligera al respecto, si ésta es una casa de oración.

—Lo es.

—Me parece que también es una casa donde la gente no tiene nombre —dijo Arturo Estuardo—, porque todavía no hemos escuchado ninguno.

Ella se echó a reír.

—He tenido tantos nombres en mi vida que ya me he perdido. Por aquí, la gente me llama Mamá Ardilla. Y no empecemos a especular acerca de cómo me dieron ese nombre. Me lo puso mi marido, cuando decidió que era Papá Alce.

—Siempre es bueno aceptar la hospitalidad de alce y ardilla —dijo Alvin—, aunque ésta es la primera vez que he podido hacerlo bajo un techo.

—Esto no es hospitalidad —dijo Mamá Ardilla—.

Vais a pagar, y el precio no es barato. Tenemos un montón de bocas que alimentar.

Hasta que no llegaron a la segunda planta no vieron a qué se refería. En una gran habitación despejada, con ventanas que cubrían toda una pared, un fornido hombre de pelo castaño con expresión de beatífica paciencia se encontraba ante unos treinta y cinco niños de entre cinco y doce años, sentados codo con codo en cuatro filas de bancos. Una cuarta parte de los niños eran negros, unos cuantos eran pieles rojas, algunos eran blancos con rasgos de francés o español o inglés, pero más de la mitad eran de raza tan mezclada que costaba imaginar qué tierra no había contribuido a su linaje.

Mamá Ardilla silabeó en silencio las palabras «Papá Alce» y señaló al hombre.

Sólo cuando su marido dio un paso, que lo hizo subir y bajar como un barco pillado en una súbita ventisca, advirtió Alvin que tenía el pie derecho lisiado. No había intentado encontrar un zapato en el que encajara su pie torcido, sino que lo llevaba vendado y atado a la pantorrilla con correas de cuero, que también sujetaban una gruesa almohadilla bajo su talón. Pero él no mostraba ningún signo de dolor ni de vergüenza, y los niños no se mofaban ni reían. O bien los niños eran milagrosamente buenos o Papá Alce era un hombre de impenetrable dignidad.

Dirigía a los niños en la lectura silenciosa de las palabras de un pizarrín. Escribía cuatro o cinco palabras, las alzaba para que todos pudieran verlas, y luego señalaba a un niño. El niño se levantaba, y silabeaba (pero no pronunciaba en voz alta), cada palabra a medida que Papá Alce la iba señalando. Él asentía o negaba con la cabeza, dependiendo de si la respuesta era correcta o no, y luego señalaba a otro niño. En el silencio, el débil sonido de la lengua y los labios sonaba sorprendentemente fuerte.

Las palabras que ahora había en el pizarrín eran «medida», «reunión», «sereno» y «peligro». Sin pretenderlo, Alvin se puso a convertirlas en una especie de poema o canción. Las palabras parecían pertenecerle de algún modo. Naturalmente, contribuía a ello que la primera palabra, «medida», fuera el nombre del querido hermano mayor de Alvin. «Reunión» era lo que estaba intentando hacer, unir a aquellos que pudieran aprender el don del hacedor. Pero se había alejado de su comunidad de hacedores en Iglesia de Vigor porque no perdía la paciencia con sus propios defectos como maestro. «Sereno», por tanto, era lo que necesitaba ser. ¿Y «peligro»? Parecía encontrarlo allá donde iba.

Mamá Ardilla los condujo a la buhardilla, que era calurosa, con un techo inclinado desde la parte de la casa encarada al este hacia atrás.

—Esto es un horno los días calurosos —dijo Mamá Ardilla—. Y se hiela en invierno. Pero repele la lluvia, que por aquí no es moco de pavo, y las camas y las sábanas están limpias y se barre el suelo una vez por semana... más a menudo, si sabéis cómo manejar una escoba.

—Yo he llegado a matar arañas con una —dijo Alvin.

—En esta casa no matamos a ningún ser vivo.

—No sé cómo se puede comer un maldito bicho sin hacer que algo que antes estaba vivo se muera —dijo Alvin.

—Aquí me tienes —dijo Mamá Ardilla—. No tenemos piedad con el reino vegetal, aunque odiamos talar un árbol vivo.

—Pero las arañas están aquí a salvo.

—Viven su vida natural. Ésta es una casa de paz.

—Una casa de silencio, también, a juzgar por la escuela de abajo.

—¿Escuela? —preguntó Mamá Ardilla—. Espero que no nos acuses de quebrantar la ley y tener una escuela que enseña a leer y a escribir y a contar a niños blancos y rojos y mestizos.

Alvin sonrió.

—Supongo que debe de haber una ley que define una escuela como un sitio donde se enseña a los niños a recitar en voz alta.

—Me sorprende la amplitud de tu conocimiento del código legal de Nueva Barcelona —dijo Mamá Ardilla—. La ley nos prohíbe enseñar a un niño a leer o recitar en voz alta, o a escribir en pizarra o papel, o a sumar.

—¿Entonces sólo les enseñan a restar y multiplicar y dividir? —dijo Arturo Estuardo.

—Y a contar —dijo Mamá Ardilla—. Somos gente obediente de la ley.

—¿Y esos niños... son del barrio?

—De esta casa —respondió Mamá Ardilla—. Son todos míos.

—Es usted una mujer verdaderamente sorprendente —dijo Alvin.

—Lo que Dios me da, ¿quién soy yo para rechazarlo?

—Esto es un orfanato, ¿verdad?

—Es una casa de huéspedes —dijo Mamá Ardilla—. Para viajeros. Y, por supuesto, mi marido y yo y todos nuestros hijos vivimos aquí.

—Supongo que es ilegal dirigir un orfanato.

—Un orfanato estaría obligado a enseñar la religión católica a todos los niños blancos, mientras que los niños de color deben ser vendidos a los seis años.

—Y por eso imagino que muchas negras pobres prefieren dejar a su hijo imposible ante su puerta que en la puerta de un orfanato —dijo Alvin.

—No tengo ni idea de lo que dices —repuso Mamá Ardilla—. Parí a cada uno de esos niños. De lo contrario me los habrían quitado y se los habrían llevado a un orfanato.

—Por las edades, yo diría que los ha tenido a puñados de cinco o seis cada vez.

—Doy a luz cuando todavía son muy pequeños —dijo Mamá Ardilla—. Es mi don.

Alvin soltó su saco, avanzó un paso, y le dio un fuerte abrazo.

—Me alegro de pagar por el privilegio de alojarme en una casa tan piadosa.

—Vaya, qué brazos tan fuertes tienes.

—Oh, ahora sí que la ha liado —dijo Arturo Estuardo—. Ahora se pondrá a alardear de brazos todo un mes.

—No necesitará cortar madera —dijo Alvin—. Madera de árboles muertos de manera natural, por supuesto. Y nada de pisar ninguna araña ni serpiente que salga de la pila.

—La mejor ayuda —dijo Mamá Ardilla—, sería acarrear agua.

—He oído decir que no había pozos en Nueva Barcelona —contestó Alvin—. Porque el agua del suelo es salobre.

—Recogemos el agua de lluvia como todo el mundo, pero no es suficiente, incluso sin lavar a los niños más de una vez por semana. Así que, para los pobres, el carro del agua llena la fuente pública dos veces por semana. Hoy es día de agua.

—Múestreme de dónde traerla, y volverá lleno tantas veces como quiera —dijo Alvin.

—Yo lo acompañaré para darle ánimos —se ofreció Arturo Estuardo.

—Arturo Estuardo es tan noble de corazón, que bebe su parte, y cuando llegue aquí, la orinará pura.

—Los dos eleváis la mentira a la categoría de música.

—Tendría que oír mi concierto para dos mentirosos y un perro apaleado —dijo Alvin.

—Pero en realidad no apaleamos a ningún perro —le aseguró rápidamente Arturo Estuardo—. Entrenamos a un gato irritable para que haga el papel del perro.

Mamá Ardilla se echó a reír en voz alta y meneó la cabeza.

—Juro que no sé por qué Margaret Larner se casó con alguien como tú.

—Fue un acto de fe.

—Pero Margaret Larner es una antorcha tan fuerte que no necesita fe ninguna para juzgar el corazón de un hombre.

—Es en su cabeza en donde tuvo que tener fe —dijo Arturo Estuardo.

—Vamos a traer agua —propuso Alvin.

—No a menos que pueda llegar al excusado primero —contestó Arturo Estuardo.

—Oh, es culpa mía —dijo Mamá Ardilla—. No soy muy hospitalaria, sobre todo delante del hijo y el cuñado de un posadero.

Corrió a las escaleras y guió a Arturo Estuardo.

A solas en la buhardilla, Alvin buscó un lugar donde guardar su saco mientras viviera en aquel lugar. No había muchos sitios donde esconder nada. Las tablas del suelo no encajaban, así que cabía la posibilidad de que alguien viera algo si escondía el arado de oro en el suelo.

No tuvo más remedio que acercarse a la chimenea y soltar unos cuantos ladrillos flojos. No es que estuvieran demasiado flojos de entrada. Los ayudó a aflojarse hasta que practicó una abertura lo bastante grande para meter el arado.

Sacó el arado del saco. En su mano estaba cálido, y sintió un leve movimiento en su interior, como si un fino metal dorado fluyera por dentro.

—Me pregunto para qué sirves —le susurró Alvin al arado—. Llevo tantos años cargándote en mi saco, y todavía no he encontrado un uso para ti.

El arado no respondió. Podía estar vivo, en cierto modo, pero eso no le daba el poder de hablar.

Alvin lo metió en la abertura, en la fría negrura de hollín de la chimenea. Como no había ningún estante para encajarlo, y Alvin no estaba dispuesto a que cayera dos plantas y media hasta el fuego del hogar de la planta baja, no tuvo más remedio que encajarlo en un rincón. Tuvo que usar su poder con los ladrillos para aflojarlos como si fueran corcho mientras metía el arado, y luego los endureció a su alrededor para sujetarlo firmemente en su lugar. Luego tapó el agujero y fijó los ladrillos con la argamasa una vez más. No quedó ninguna señal de que aquel rincón de la chimenea hubiera sufrido ningún cambio. Era un escondite tan bueno como cualquier otro. Dependiendo de quién buscara.

Ahora su saco no contenía más que una muda de ropa y su material de escritura. Podía dejarlo todo en la cama sin pensárselo dos veces.

Abajo, encontró a Arturo Estuardo que se aseaba después de usar el excusado. Dos niñitas de tres años lo observaban como si nunca antes hubieran visto a nadie lavarse las manos.

Cuando terminó, en vez de buscar una toalla (y había un trapo a menos de un paso, colgando de un gancho), Arturo Estuardo tendió las manos sobre la jofaina. El agua se evaporaba tan rápidamente que Arturo Estuardo gritó de pronto y se frotó las manos en los pantalones. Para calentarlas.

—A veces —dijo Alvin—, incluso un hacedor deja que las cosas sucedan de manera natural.

Arturo Estuardo se dio media vuelta, avergonzado.

—No sabía que estaría tan fría.

—Puedes congelarte las manos si lo haces tan rápido.

—Y ahora me lo dices.

—¿Cómo iba a suponer que eras tan perezoso para usar una toalla?

Arturo Estuardo hizo una mueca.

—Tengo que practicar, ya sabes.

—Delante de testigos, nada menos. —Alvin miró a las dos niñas.

—No saben lo que hago.

—Lo cual hace aún más patético que estuvieras alardeando ante ellas.

—Algún día me hartaré de tus órdenes y tus constantes juicios —dijo Arturo Estuardo.

—Tal vez entonces no hagas conmigo viajes a los que te dije que no vinieras.

—Eso sería obedecer. No tengo ningún interés particular en hacer eso.

—Bueno, pues entonces siéntate y espera y no me ayudes mientras traigo agua de la fuente pública.

—No me dejo engañar tan fácilmente —dijo Arturo Estuardo—. Te obedeceré cuando me digas que haga lo que ya estoy dispuesto a hacer.

—Y yo que creía que sólo eras guapetón.

Como era día de agua, y el barrio no tenía escasez de gente que necesitara más de la que contenían sus barriles, Alvin no necesitó preguntar ninguna dirección. Cada uno tomó un par de garrafas de agua vacías. Alvin no estaba seguro de que Arturo pudiera acarrearlas llenas, pero sería mejor tener dos medio llenas y equilibrar la carga sobre sus hombros que sólo una llena que llevar a peso.

Alvin no se impresionó demasiado cuando llegaron a la fuente. Era bastante bonita, sencilla: un abrevadero para los animales en la base y dos espitas para dejar caer el agua de la cubeta principal. Pero el agua de la artesa era verdosa, y enjambres de mosquitos revoloteaban alrededor de la fuente principal.

Alvin examinó el agua con más atención, y como esperaba, rebosaba de animalitos y plantas y huevos de mosquito y otras clases de insectos. Sabía por experiencia que aquella agua probablemente haría enfermar a la gente, si no se hervía primero para esterilizarla. Pero como los organismos eran invisibles para la mayoría, que no podía ver cosas tan pequeñas, nadie tendría demasiada prisa por hacerlo.

Consideró que la ley de Mamá Ardilla contra matar animales no se aplicaba tan lejos de su casa, y además, lo que no supiera no podría ofenderla. Así que se pasó unos pocos minutos trabajando en el agua, rompiendo todas las pequeñas criaturas en trocitos tan pequeños que no podían hacer ningún daño. No las rompía una a una: eso le habría llevado media vida. Tan sólo les habló, en silencio, mostrándoles mentalmente lo que quería que hicieran. Romperse en pedazos. Vaciar sus partes internas en el agua. Explicó que era para impedir que la gente enfermara al beberla. No estaba seguro de que esas criaturas diminutas lo comprendieran. Pero se sometieron a la voluntad de Alvin. Incluso los huevos de mosquito.

Como si los mosquitos hubieran comprendido que acababa de eliminar su progenie, lo hicieron pagar en sangre por haber limpiado el agua. Bueno, viviría con eso, hinchazones y picor y todo. No usaba su don para sentirse más cómodo.

—Sé que estás haciendo algo —dijo Arturo Estuardo—. Pero no sé qué.

—Estoy acarreando agua para Mamá Ardilla.

—Estás aquí mirando la fuente como si tuvieras una visión. O eso, o intentas con mucha fuerza no tirarte un pedo.

—Es difícil diferenciar esas cosas —dijo Alvin—. La segunda da mala reputación a los visionarios.

—Acumula suficientes gases, y podrás fundar una iglesia —dijo Arturo Estuardo.

Llenaron las garrafas tras esperar su turno. Algunos los miraron con curiosidad, mientras el resto se dedicaba a sus asuntos. Una mujer joven no mucho mayor que Arturo Estuardo chocó con Alvin cuando extendió la mano para llenar una garrafa. Luego, con la garrafa llena, se acercó a Arturo pavoneándose y dijo, con acento francés:

—Una persona lo suficientemente rica para tener un esclavo no tiene derecho a sacar agua de esta fuente. Hay cisternas en la otra parte de la ciudad para los adinerados.

—El agua no es para nosotros —respondió Arturo Estuardo, con bastante suavidad—. La llevamos a la casa de Mamá Ardilla.

La muchacha escupió en el polvo.

—Casa de brujos.

Una mujer mayor intervino.

—Estás muy mal educado, muchacho —dijo—. Hablas con una muchacha blanca y no dices señora.

—Lo siento, señora.

—De donde nosotros venimos, la gente educada habla con el amo —dijo Alvin.

La mujer lo miró con mala cara y se marchó.

53

La adolescente, sin embargo, seguía sintiendo curiosidad.

—Esa Mamá Ardilla, ¿es verdad que tiene bebés de todos los colores?

—Eso no lo sé —respondió Alvin—. Parece que tiene algunos niños que son bastante oscuros al sol, y otros que sólo son moteados.

—*Personne* sabe de dónde sacan el dinero para vivir —dijo la muchacha—. Algunos dicen que les enseñan a robar a los niños, y los envían a la ciudad por la noche. Con las caras oscurecidas, para que no se les vea bien.

—Nada de eso —dijo Arturo Estuardo—. Verás, poseen la patente sobre la estupidez, y cada vez que en la ciudad alguien dice una tontería, reciben tres centavos.

La muchacha lo miró entornando los ojos.

—Entonces serían la gente más rica del mundo, así que pienso que mientes.

—Me parece que hay que darle un dólar al día a quien tiene la patente de no tener sentido del humor.

—Tú no eres esclavo —dijo la muchacha.

—Soy esclavo de la fortuna —respondió Arturo Estuardo—. Estoy atado al universo, y mi única manumisión será la muerte.

—También has ido a la escuela.

—Sólo he aprendido lo que mi hermana me enseñó —dijo sinceramente Arturo Estuardo.

—Tengo un don —dijo la muchacha.

—Bien por ti.

—Esa agua estaba mala, y ahora está buena. Tu amo la sanó.

Alvin advirtió que la conversación había tomado un sesgo demasiado peligroso.

—Si has terminado de ofender al vecindario hablando cara a cara con una muchacha blanca —le dijo a Arturo Estuardo—, y no agachar la cabeza y decir señora, es hora de acarrear el agua.

—No me he ofendido —contestó la muchacha—. Pero si sanaste el agua, tal vez puedas venir conmigo a casa y sanar a mi madre.

—No soy curandero.

—Creo que lo que tiene es fiebre amarilla.

Si alguien pensaba que no había nadie prestando atención a esta conversación, todo el mundo aguzó las orejas cuando ella dijo eso. Fue como si todas las narices de todas las caras estuvieran atadas a un hilo del que tiraran cuando dijo «fiebre amarilla».

—¿Has dicho fiebre amarilla? —preguntó una anciana.

La muchacha la miró sin decir nada.

—Lo dijo —repuso otra mujer—. Marie la Morte *a dit*.

—¡María de los Muertos dice que su madre tiene fiebre amarilla! —gritó alguien.

Y ahora todos los hilos tiraron en dirección contraria. Todas las caras se volvieron para dejar de mirar a la muchacha (María de los Muertos era, al parecer, su nombre) y todos los pies echaron a correr y en unos pocos minutos Alvin, Arturo y María de los Muertos fueron los únicos humanos cerca de la fuente. Algunas abandonaron el lugar tan rápidamente que se dejaron las garrafas.

—Supongo que nadie robará estas garrafas si no las dejamos aquí demasiado tiempo —dijo Alvin—. Vamos a ver a tu madre.

—Las robarán seguro —dijo María de los Muertos.

—Me quedaré a vigilarlas —se ofreció Arturo Estuardo.

—Señor y señora —corrigió Alvin—. Y nunca mires a una persona blanca a los ojos.

—Cuando no haya nadie cerca, ¿puedo respirar tranquilo y fingir ser humano?

—Como tú quieras.

Tardaron un rato en llegar a casa de María de los Muertos. Caminaron hasta que ya no quedaron calles, y luego recorrieron caminos entre chabolas, y finalmente llegaron a una tierra pantanosa, a una pequeña choza sobre pilotes. En algunos puntos los mosquitos se arremolinaban como humo.

—¿Cómo podéis vivir con todos estos mosquitos? —preguntó Alvin.

—Los respiro y los expulso tosiendo —dijo María de los Muertos.

—¿Cómo te llaman así?

—¿Marie la Morte? Porque sé cuándo alguien está enfermo antes de que lo sepa él mismo. Y sé cómo terminará la enfermedad.

—¿Estoy enfermo yo?

—Todavía no, no.

—¿Qué te hace pensar que puedo curar a tu madre?

—Morirá si alguien no la ayuda, y la fiebre amarilla *personne* de aquí sabe cómo curarla.

Alvin tardó un instante en advertir que la palabra francesa que ella usaba debía de significar «nadie».

—No sé nada sobre la fiebre amarilla.

—Es una cosa terrible —dijo la muchacha—. Una fiebre caliente y rápida. Luego frío helado. Los ojos de mi madre se vuelven amarillos. Grita de dolor en el cuello y los hombros y la espalda. Y luego, cuando no está gritando, parece triste.

—Amarilla y febril —dijo Alvin—. Supongo que el nombre lo dice todo.

Alvin sabía que no era necesario preguntar qué causaba la enfermedad. Las dos principales teorías sobre la causa de la enfermedad eran el castigo por los pecados y una maldición de alguien a quien habías ofendido. Naturalmente, si alguna de las dos era acertada, quedaba fuera del alcance de Alvin.

Alvin era curandero, más o menos: eso era algo natural en un hacedor, pues formaba parte de su don. Pero en lo que era bueno era en sanar huesos rotos y órganos dañados. Un hombre se lesionaba un músculo o se cortaba el pie, y Alvin podía curarlo bien. O si llegaba la gangrena, Alvin podía sacarla, hacer que la carne buena cerrara el paso a la mala. Con la gangrena, también, sabía que el pus estaba lleno de todo tipo de pequeños animales, y sabía cuáles no pertenecían al cuerpo. Pero no podía hacer lo mismo que con el agua y decir a todos los organismos que se rompieran: eso mataría a la persona junto con la enfermedad.

Las enfermedades que te hacían moquear o te soltaban las tripas eran difíciles de localizar, y Alvin nunca sabía si eran serias o era mejor dejarlas en paz y dormir mucho. Lo que pasaba dentro de un cuerpo vivo era demasiado complicado, y la mayoría de las cosas importantes eran demasiado pequeñas para que Alvin comprendiera qué estaba pasando.

Si hubiese sido un curandero de verdad, podría haber salvado a su bebé prematuro incapaz de respirar. Pero no comprendía qué pasaba dentro de los pulmones. El bebé murió antes de que pudiera descubrir nada.

—No voy a poder hacer mucho —dijo—. Curar a la gente enferma es difícil.

—La toco, allí tumbada en la cama, y no la veo más que muerta por la fiebre amarilla —dijo María de los Muertos—. Pero te toqué junto a la fuente y vi a mi madre viva.

—¿Cuándo me tocaste? —preguntó Alvin—. No me tocaste.

—Choqué contigo cuando sacaba agua. Tuve que hacerlo con cuidado. *Personne* me deja tocarlo ahora, si me ve.

Eso no fue ninguna sorpresa. Aunque Alvin consideraba que era mejor saber que estás enfermo y morirte a tiempo de decir adiós a tus seres queridos. Pero la gente solía pensar que mientras no se enteraran de lo malo, eso no sucedía, así que quien se lo decía hacía que se cumpliera.

Con la enfermedad o el adulterio, en ambos casos Alvin opinaba que la ignorancia era peor. No saber implicaba un empeoramiento.

Un tablón conducía desde una zona de tierra seca al minúsculo porche de la casa, y María de los Muertos consiguió atravesarlo rápidamente, casi bailando. Alvin no fue capaz de imitarla, ya que miraba el denso lodo que había debajo. Pero el tablón no cedió, y consiguió llegar a la casa sin problemas.

Dentro olía mal, pero no mucho peor que en el pantano de fuera. El olor a podredumbre era aquí natural. Pero en torno a la cama de la mujer era terrible. La anciana, pensó Alvin al principio, era la mujer de aspecto más triste que hubiese visto jamás. Luego se dio cuenta de que no era tan vieja. Estaba ajada por cosas peores que la edad.

—Me alegro de que esté dormida —dijo María de los Muertos—. La mayoría de las veces el dolor no la deja dormir.

Alvin sondeó con su don en su interior y descubrió que su hígado estaba medio podrido. Por no mencionar que la sangre se desparramaba por su interior, encharcándose y pudriéndose bajo la piel. Estaba cerca de la muerte: podría haber muerto ya, si hubiera estado dispuesta a ceder. Fuera lo que fuese a lo que se aferraba, Alvin no podía imaginarlo. Tal vez el amor hacia su hija. Tal vez la testaruda determinación de luchar hasta el último momento.

A Alvin le resultaba imposible encontrar la causa de toda esta ruina. Demasiado pequeña, o de una naturaleza que no sabía reconocer. Pero eso no significaba que no hubiera nada que pudiera hacer. La sangre desparramada... podía reparar las venas, despejar los fluidos encharcados. Este tipo de trabajo, reconstruir cuerpos heridos, lo había hecho antes y sabía cómo hacerlo. Actuó rápidamente, avanzó, avanzó. Y pronto supo que estaba muy por delante de la enfermedad, reconstruyendo más rápido de lo que ésta podía romper.

Hasta que por fin pudo ponerse a trabajar en el hígado. Los hígados eran cosas misteriosas y todo lo que pudo hacer fue intentar que las cosas enfermas se parecieran más a las partes sanas. Y tal vez eso fue suficiente, porque la mujer tosió (con fuerza ahora, no débilmente) y luego se sentó en la cama.

—*J'ai soif* —dijo.

—Tiene sed —informó la muchacha.

—Marie —dijo la mujer, y tendió las manos hacia ella con un sollozo—. *Ma Marie d'Espoir!*

Alvin no tenía ni idea de lo que estaba diciendo, pero el abrazo fue bastante claro, y las lágrimas.

Se acercó a la puerta para dejarlas disfrutar de su intimidad. Por la posición del sol, había estado allí una hora. Mucho tiempo para dejar a Arturo Estuardo solo junto al pozo.

Y aquellos mosquitos iban a sacarle toda la sangre y convertirlo en una inmensa magulladura si no salía de aquel sitio.

Casi había llegado al final del tablón cuando lo sintió temblar con el peso de los pies de otra persona. Y entonces algo le golpeó por detrás y cayó al suelo fangoso con María de los Muertos encima, cubriéndolo de besos.

—*Vous avez sauvé ma mère!* —gritaba—. La has salvado, la has salvado, *vous êtes un ange, vous êtes un dieu!*

—Venga, levántate, suéltame, soy un hombre casado.

La chica se levantó.

—Lo siento, pero estoy tan llena de alegría...

—Bueno, no estoy seguro de haber hecho nada —dijo Alvin—. Puede que tu madre se sienta mejor, pero no curé lo que causó la fiebre. Todavía está enferma, y sigue necesitando descansar y dejar que su cuerpo arregle lo que tiene mal.

Alvin se incorporó, y miró hacia la madre, que estaba de pie en la puerta, las mejillas arrasadas de lágrimas.

—Lo digo en serio. Vuelve a llevarla a la cama. Si sigue aquí de pie, los mosquitos se la comerán viva.

—Te quiero —dijo la muchacha—. ¡Te amaré siempre, buen hombre!

Cuando volvió a la plaza, Arturo Estuardo estaba sentado encima de las cuatro garrafas de agua, que había apartado unos veinte metros de la fuente. Lo cual había sido buena cosa, porque debía de haber un centenar de personas o más congregadas allí.

A Alvin no le preocupó la multitud: se sintió más bien aliviado de que no estuvieran acosando a un orgulloso joven mulato.

—Has tardado mucho —susurró Arturo Estuardo.

—Su madre estaba muy enferma.

—Sí, bueno, se corrió la voz de que ésta era el agua de sabor más dulce que existe en Barcy, y ahora la gente dice que puede sanar a los enfermos o que Jesús convirtió el agua en vino o que es un signo de la segunda venida o que el demonio fue expulsado de ella, y tuve que decir a cinco personas que «nuestra agua» salió de la fuente «antes» de que la hechizaran o la sanaran o lo que prefieran creer. Estuve a punto de echarle tierra para parecer convincente.

—Pues entonces deja de hablar y toma tus garrafas.

Arturo Estuardo se levantó y tendió la mano hacia una garrafa, pero entonces se detuvo y se lo pensó mejor.

—¿Cómo levanto la segunda, mientras llevo la primera al hombro?

Alvin resolvió el problema asiendo las dos garrafas medio llenas y colocándolas sobre los hombros de Arturo. Luego levantó las dos garrafas llenas y las cargó sobre sus propios hombros.

—Bueno, sí que haces que parezca fácil —dijo Arturo Estuardo.

—No puedo evitar tener la fuerza y la maña de un herrero —dijo Alvin—. Me las gané a pulso... tú también podrías hacerlo, si quisieras.

—No te he escuchado decir que quieres que me convierta en tu aprendiz de herrero.

—Porque eres aprendiz de hacedor, y no te lo tomas en serio.

—¿Curaste a la mujer?

—En realidad no. Pero curé parte del daño que había hecho la enfermedad.

—Eso significa que puede correr una milla sin jadear, ¿no?

—Donde viven, más bien chapotear un par de docenas de metros. Ese lodo parecía capaz de tragarse ejércitos enteros y escupirlos para los mosquitos.

—Bueno, has hecho lo que has podido, y aquí hemos terminado —dijo Arturo Estuardo.

Regresaron a la casa de Ardilla y Alce y vertieron el

agua en el depósito. Mezclada con la que ya había, el agua limpia mejoró sólo un poco la calidad, pero a Alvin no le importaba. La gente seguía exagerando. Sólo era un tipo que usaba su don.

En la casa de María de los Muertos (o Marie d'Espoir) nadie siguió el consejo de Alvin. La mujer que había salvado estaba comprobando las trampas para cangrejos, picoteada por mosquito tras mosquito. Ya le daba igual: en un pantano lleno de caimanes y serpientes, ¿qué importaba un poco de picor y una docena de ronchas?

Mientras tanto, los mosquitos, alimentados con su sangre, se extendían sobre el pantano. Algunos de ellos acabaron en la ciudad, y cada persona a la que picaron acabó con una virulenta dosis de fiebre amarilla creciendo en su sangre.

3

Fiebre

La cena de esa noche fue una locura, con los niños entrando y saliendo de la cocina por turnos con los habituales empujones, riñas y quejas. A Alvin le recordó su vida con sus hermanos y hermanas, pero había muchos más críos, y casi de la misma edad, por lo que era más confuso. Incluso se produjeron unas cuantas peleas, acaloradas un instante, luego silenciadas rápidamente cuando Mamá Ardilla lanzaba un poco de agua a los que peleaban o cuando Papá Alce pronunciaba un nombre. Los niños no parecían temer el castigo: era su desaprobación lo que temían.

La comida era sencilla y pobre, pero sana y abundante. Había tanta, en realidad, que en las dos ollas quedaron sobras. Mamá Ardilla las devolvió al gran caldero junto al fuego.

—Nunca he hecho más de una hornada de sopa en todos los años que llevamos viviendo aquí —dijo.

Incluso el pan viejo y las mondas a medio comer que quedaron en los cuencos de los niños fueron devueltos a la gran olla.

—Mientras lo ponga a cocer bien antes de volver a servir, no hay peligro en volver a añadirlo a la sopa.

—Es como la vida —dijo Papá Alce, que fregaba los platos—. Polvo al polvo, olla a la olla, una gran rueda, nunca se acaba. —Hizo un guiño—. Le echo cayena de vez en cuando, eso lo hace comestible.

Entonces los niños se encaminaron hacia los dormitorios de arriba, tras besar a sus padres al pasar. Papá Alce llamó a Alvin para que lo acompañara mientras acompañaban a los pequeños. No fue rápido seguirlo escaleras arriba, pero tampoco lento. Papá Alce usa el pie bueno para subir, con el pie lisiado apartado, y tenía que equilibrarse un poco. Era mejor no seguirlo demasiado de cerca si no querías descubrir lo que significaba un golpe de aquel pie.

Todos se acostaron en jergones en el suelo: un suelo bien limpio y barrido. Pero no para dormir. Había encendidas velas de una hora por la habitación, y todos los niños se tumbaron allí, fingiendo dormir mientras Papá Alce y Mamá Ardilla salían de puntillas de la habitación. Naturalmente, Alvin se volvió a mirar y vio que todos los niños sacaban un libro o un panfleto de debajo del colchón y empezaban a leer.

Alvin bajó con Alce y Ardilla, sonriendo.

—Es una pena que ninguno de sus hijos sepa leer —dijo.

Papá Alce se agarró a la barandilla y medio saltó medio se deslizó por las escaleras con su pie bueno.

—No se puede decir que haya algo que merezca la pena leer en el mundo.

—Aunque ojalá pudieran leer las Santas Escrituras —dijo Mamá Ardilla.

—Naturalmente, podrían leer a hurtadillas —dijo Alvin.

—Oh, no —contestó Papá Alce—. Tienen estrictamente prohibido hacer tal cosa.

—Papá Alce enseñó nuestra pobre colección de libros a todos los niños y les dijo que nunca debían tomar prestados esos libros y devolverlos con cuidado en cuanto terminaran.

—Es bueno enseñar a los niños a obedecer —dijo Alvin.

—La obediencia es mejor que el sacrificio —citó Papá Alce.

Se sentaron a la mesa de la cocina, donde Arturo Estuardo estaba ya sentado, leyendo un libro. Alvin advirtió que estaba escrito en español.

—Te estás tomando muy en serio este nuevo idioma tuyo.

—Cuando ya sabes todo lo que hay que saber en inglés —respondió Arturo Estuardo—, supongo que es la única forma de superarte.

Hablaron un rato sobre los niños: cómo los mantenían, principalmente. Dependían mucho de los donativos de personas concienciadas, pero como eran escasas en Barcy, siempre era un tira y afloja que no permitía malgastar nada.

—Úsalo —entonó Papá Alce—, gástalo, haz que sirva o apáñatelas sin ello.

—Tenemos una vaca —dijo Mamá Ardilla—, así que sólo tenemos leche suficiente para los pequeños, y para un poco de manteca. Pero aunque tuviéramos otra vaca o dos, no tenemos medios para alimentarlas —se encogió de hombros—. Nuestros niños nunca están gordos.

Pasados unos minutos, la conversación se centró en el trabajo de Alvin... fuera cual fuese.

—¿Te envió Margaret para informar?

—No tengo ni idea —dijo Alvin—. Normalmente no sé mucho más sobre sus planes que un caballo en una partida de ajedrez.

—Al menos no eres un peón —dijo Papá Alce.

—No, soy el que ella envía dando saltos donde quiere —lo dijo con una sonrisa, pero advirtió mientras lo decía que lo lamentaba, y no poco.

—Seguramente no te dice nada para que no mejores su plan —dijo Ardilla—. Alce siempre cree saber más que yo.

—No siempre me equivoco.

—Margaret ve mi muerte en un montón de caminos —dijo Alvin—. y sabe que no siempre me tomo sus advertencias en serio.

—Así que en vez de advertirte, te pide que la ayudes.

Alvin se encogió de hombros.

—Si alguna vez lo dijera, dejaría de funcionar.

—La mujer es la bestia más sutil del jardín —dijo Papá Alce—, ahora que las serpientes no pueden hablar.

Alvin sonrió.

—Pero por si me envió aquí por algo concreto, ¿tienen ustedes algo que decirme?

—Lo que significa —dijo Arturo Estuardo, levantando la cabeza de su libro—: ¿hay algo que estén dispuestos a contarle al Viejo Alvin, aquí presente, para que averigüe qué está pasando?

—¿No es eso lo que he dicho?

—Hay todo tipo de planes en esta ciudad —dijo Papá Alce—. Los niños mayores escuchan para nosotros durante el día, como pueden, y tenemos amigos que vienen de visita. Así que nos enteramos de un montón de cosas. Hay un grupo español que planea una revuelta para que Barcy se anexione a México. Y por supuesto los franceses siempre planean una revolución, aunque nunca llega a gran cosa, ya que no pueden ponerse de acuerdo las partes.

—¿Partes?

—Los hay que están a favor de integrarse en un Canadá independiente, y los que quieren conquistar Haití, y los que quieren ser una ciudad-estado independiente en el Mizzippy, y los que desean devolver a la familia real el trono de Francia, y dos facciones bonapartistas que se odian entre sí más que a nada en el mundo.

—Y no mencionemos la división entre católicos y hugonotes —dijo Ardilla—. Y entre bretones y normandos y provenzales y parisinos y un grupito raro de fanáticos poitevinos.

—Así son los franceses —dijo Alce—. Puede que no sepan qué está bien, pero saben que todos los demás se equivocan.

—¿Y los americanos? —preguntó Alvin—. Oigo hablar inglés por la calle más que francés o español.

—Eso depende de la calle —contestó Alce—. Pero tienes razón, esta ciudad tiene más angloparlantes que hablantes de ningún otro idioma. La mayoría saben que sólo están de visita. A los americanos y yanquis e ingleses les preocupa sobre todo el dinero. Hacen fortuna y se vuelven a casa.

—Los peligrosos son los caballeros sureños —dijo Ardilla—. Están ansiosos por conseguir más tierras y dedicarlas al algodón.

—Para que las trabajen más y más esclavos —dijo Alvin.

—Y para devolver algo de gloria a un rey que no puede recuperar su país —dijo Ardilla.

—Los caballeros sureños son los que quieren empezar la lucha —dijo Papá Alce—. Son los que esperan que una revolución haga interceder al rey en su ayuda... o tal vez el rey los usa como excusa para enviar un ejército. Hay rumores de que se está congregando un ejército en las Colonias de la Corona, supuestamente para proteger la frontera con Estados Unidos, pero tal vez venga hacia Barcy. Todo es lo mismo: si el rey viniera aquí, para controlar la desembocadura del Mizzippy...

Alvin comprendió.

—Estados Unidos tendría que luchar, sólo para mantener despejado el río.

—Y cualquier guerra entre Estados Unidos y las Colonias de la Corona se convertiría en una guerra por la esclavitud —dijo Papá Alce—. Aunque algunos de los Estados Unidos permiten también la esclavitud. Los americanos de los estados libres tal vez no tengan muchas ganas de ir a la guerra para liberar a los negros, pero si ganan la guerra, dudo que estén tan encallecidos como para dejar a los esclavos encadenados.

—¿Tiene todo esto algo que ver con la expedición de Steve Austin a México? —preguntó Alvin.

Los dos se partieron de risa.

—¡Austin el conquistador! —dijo Papá Alce—. Se cree que podrá apoderarse de México con un par de cientos de caballeros sureños y americanos.

—Piensa que la gente de piel oscura no tiene nada que hacer contra los blancos —dijo Ardilla—. Es una cosa de esas de las que los dueños de esclavos son capaces de convencerse, de que los negros les tienen un miedo constante.

—Así que no tienen en cuenta a Austin y sus amigos.

—Creo que si intentan invadir México —respondió Papá Alce—, morirá hasta el último hombre.

Alvin recordó su encuentro con Austin, y, sobre todo, con Jim Bowie, uno de los hombres de Austin. Un asesino, eso era. Y el mundo no se empobrecería si los mexica lo mataban, aunque Alvin no le deseaba una muerte cruel a nadie. Con todo, por lo que Alvin sabía sobre Bowie, se preguntaba si el hombre se dejaría caer en manos de semejantes enemigos. Por lo que Alvin sabía, Austin saldría del encuentro con la mitad de los mexica adorándolo como un nuevo dios particularmente sediento de sangre.

—Me parece que no puedo ser de mucha utilidad —dijo Alvin—. Margaret no me necesita para recopilar información... siempre sabe más que yo sobre lo que pretende hacer la gente.

—Me reconforta tenerte aquí —dijo Ardilla—. Si tu Peggy te envió, entonces éste es el lugar más seguro que existe.

Alvin inclinó la cabeza. Se habría enfadado si no temiera que lo que ella había dicho era verdad. ¿No lo había cuidado Margaret desde la infancia? Cuando no era más que la hija de Horace Guester, la pequeña Peggy, ¿no usó su placenta para servirse de sus propios poderes y salvarlo de las maquinaciones del Deshacedor? Pero le amargaba pensar que ella estuviera escudándolo, y le avergonzaba que otra gente opinara que así era.

Arturo Estuardo intervino bruscamente.

—No sabes si Peggy piensa así —dijo—. No envía a Alvin a ninguna parte, así sin jamás. De vez en cuando le pide que vaya a algún sitio, y cuando él va, es porque en ese sitio hace falta su don. Lo envía al peligro con tanta frecuencia como lo aleja de él, y quien piense lo contrario es que no conoce a Peggy y no conoce a Al.

Al, pensó Alvin. La primera vez que el muchacho lo llamaba por ese apodo. Pero no podía enfadarse con él por esa falta de respeto mientras lo defendía tan apasionadamente.

Papá Alce se echó a reír.

—Dejé de escuchar a partir de lo de «así sin jamás». Creía que Margaret Larner te habría enseñado mejor la gramática.

—¿Me han entendido o no? —dijo Arturo Estuardo.

—Oh, claro que sí.

—Entonces mi gramática ha sido suficiente para la tarea.

Con ese eco de las enseñanzas de Margaret todos se echaron a reír... incluyendo, al cabo de un momento, al propio Arturo Estuardo.

Durante el día Alvin se entretenía haciendo reparaciones en la casa. Con su mente convencía a las termitas y otros bichos para que se marcharan, y espantó el moho de las paredes. Encontró los puntos débiles de los cimientos y con su mente los reformó hasta fortalecerlos. Cuando terminó de examinar el tejado con su poder, no había una gotera o un sitio por donde se filtrara la luz, y por toda la casa las ventanas estaban perfectas, sin ninguna corriente que entrara o saliera. Incluso el excusado estaba limpio y ordenado, aunque la escupidera podía encontrarse todavía con los ojos cerrados.

Mientras usaba su poder de hacedor para sanar la casa, empleaba los brazos para cortar y almacenar madera y hacer tareas fuera: sacar la vaca a comer la hierba que hubiera, ordeñarla, batir la leche, convertirla en queso o manteca. Había aprendido a ser un hombre útil, no sólo un hombre de un único oficio. Y si, cuando terminaba con ella, la vaca estaba notablemente sana con ubres que daban mucha más leche de lo normal por comer la misma cantidad de heno, ¿quién podía decir que Alvin había hecho algo para que así fuera?

Sólo una parte de la casa dejó Alvin sin sanar: el pie de Papá Alce. Uno no se entromete en el cuerpo de un hombre, no a menos que éste lo pida. Y además, aquel hombre era bien conocido en Barcy. Si de repente empezaba a caminar como un hombre normal, ¿qué pensaría la gente?

Mientras tanto, Arturo Estuardo hacía encargos para la casa tal como lo haría un esclavo listo y de confianza. Mientras lo hacía, mantenía los oídos bien abiertos. La gente decía cosas delante de los esclavos. Los angloparlantes sobre todo decían cosas delante de los esclavos que sólo parecían hablar español, y los hispanohablantes lo hacían delante de los esclavos angloparlantes. Los franceses hablaban delante de todo el mundo.

Barcy era una ciudad fácil para un joven espía mulato y bilingüe. Como tenía mucha más experiencia y educación en asuntos importantes que los niños de la casa de Alce y Ardilla, Arturo Estuardo captaba el significado de cosas que a ellos se les habrían pasado por alto.

Los detallitos que llevaba a casa sobre este grupo o aquel otro, rebeliones y planes y peleas y reconciliaciones, añadían poco a lo que Papá Alce y Mamá Ardilla ya sabían sobre lo que pasaba en Barcy.

La única información que ellos no tenían era de una naturaleza diferente: rumores y chismes sobre ellos y su casa. Y ése era un tema del que no le apetecía informarlos.

Todos sus elaborados esfuerzos por cumplir la letra estricta de la ley habían tenido sus frutos. Nadie malgastaba su aliento preguntándose si su casa era un orfanato o una escuela para niños bastardos de razas mezcladas, ni hacía nada más que torcer el gesto ante la idea de que Mamá Ardilla fuera la madre natural de alguno de los niños, mucho menos de todos ellos. A nadie le importaba lo más mínimo. La ley podía estar llena de previsiones para mantener a los negros ignorantes y encadenados, pero sólo se hacía cumplir cuando a alguien le preocupaba hacerlo, y allí no le preocupaba a nadie.

No porque lo aprobaran o no, sino porque tenían preocupaciones mucho más importantes que la casa de Alce y Ardilla. El hecho de que hubiera aparecido agua milagrosa en la fuente pública más cercana a la casa había sido diligentemente advertido. Igual que el tráfico de desconocidos, y nadie se dejaba engañar por el hecho de que fuera una posada: demasiada gente iba y venía en sólo una hora.

—¿Tan poco duermen? —decía uno de los escépticos—. Son espías, eso es lo que son.

¿Pero espías de quién? Algunos se acercaban a la verdad, al suponer que eran abolicionistas o cuáqueros o puritanos de Nueva Inglaterra, venidos para subvertir el Orden Adecuado del Hombre, el eufemismo utilizado para la esclavitud desde los púlpitos de las tierras esclavistas. Otros los consideraban espías del Rey o del Lord Protector o incluso, en la versión más retorcida, de los malvados pieles rojas de Lolla-Wossiky, del otro lado del río cubierto de niebla. No servía de nada que Papá Alce estuviera lisiado. Su extraña forma de caminar lo hacía aún más sospechoso a sus ojos.

Había bastantes que creían como el Evangelio la historia de que Alce y Ardilla entrenaban a los niños de su casa como ladronzuelos y carteristas y cacos y mangantes. Se les llenaba la boca hablando de cómo había monedas y vajillas y joyas y extraños artefactos de oro ocultos en todas las paredes y los rincones de la casa, o bajo el excusado, o incluso enterrados en el suelo, aunque hacía falta ser tonto de remate para enterrar nada en Barcy, en cuya tierra, tan pobre y húmeda, era probable que se lo llevaran las corrientes subterráneas o saliera flotando a la superficie como el cadáver de un ahogado.

Sin embargo, la mayoría de las historias eran aún más oscuras: relatos de niños a quienes llevaban a la casa para someterlos a los oscuros ritos que requerían los ojos o las lenguas o los corazones o las partes privadas de críos pequeños, cuanto más jóvenes mejor, y negros sólo cuando no hubiera blancos disponibles. Con tan viles sacrificios conjuraban al demonio, o a los dioses de los mexica, o a los dioses africanos, o a antiguos duendes de la mitología europea. Enviaban a íncubos y súcubos por toda Barcy... como si hubiera hecho falta magia para que la gente de Barcy tuviera malos pensamientos. Maldecían a cualquier ciudadano de Barcy que se relacionara con alguien de aquella casa, así que era mejor dejar en paz a aquellos niños vagabundos, a menos que quisieras que tu sopa se quemara siempre, o una plaga de moscas o insectos, o una enfermedad, o que se te muriera la vaca, o que tu casa se hundiera en el suelo como sucedía de vez en cuando.

La mayoría de la gente, suponía Arturo Estuardo, no se creía estas historias, y los que lo hacían estaban demasiado asustados para hacer nada; no lo harían ellos solos, no de modo que pudiera descubrirse su identidad y se pudiera ejecutar algún tipo de venganza. Con todo, era una situación peligrosa, y aunque Mamá Ardilla bromeaba sobre aquellos rumores, Arturo Estuardo pensaba que no tenían ni idea de lo importante que era su casa en la oscura mitología de Nueva Barcelona.

Sin duda nunca habían oído directamente esos rumores. Mientras todavía se estaba presentado como el criado de un hombre que se alojaba en la casa de Alce y Ardilla, la gente se mostraba cooperadora pero no decía nada en su presencia sobre la casa. Eso no servía de nada, así que pronto empezó a contarle a la gente la historia realmente verdadera, que era el criado de un comerciante americano llegado Mizzippy abajo la semana anterior, y no pasaba mucho tiempo antes de que la gente empezara a hablar de las cosas raras que pasaban en Barcy, o de los peligros que había que evitar. Y no era sólo charla de esclavos. Los blancos contaban las mismas historias sobre Alce y Ardilla.

—¿No crees que es peligroso? —le preguntó Arturo

Estuardo a Alvin una noche, mientras estaban acostados intentando dormir—. Quiero decir, que si pasa algo malo, van a echarle la culpa a esta buena gente. ¿Saben lo que piensan de ellos?

—Supongo que sí, pero con tantas advertencias y malos presagios, están acostumbrados y dejan de tomárselo en serio hasta que es demasiado tarde —respondió Alvin—. Es así como los gatos acechan a su presa, no sé si te has fijado. No se ocultan. Se mueven tan lento y permanecen inmóviles tanto tiempo que su presa se acostumbra a ellos y piensa: «Bueno, no me ha hecho daño hasta ahora.» Y entonces saltan de pronto, sin avisar. Excepto que ha habido ya avisos de sobra, si el pobre pájaro o el ratón hubiera sido lo bastante listo para levantarse y largarse.

—Entonces opinas como yo. Tienen que salir de aquí —dijo Arturo Estuardo.

—Oh, claro. Ellos también lo piensan. La única diferencia de opinión es sobre cuándo deberían realizar esta gran migración. Y cómo van a sacar a cincuenta niños de cada raza de la ciudad sin que nadie se dé cuenta de hasta dónde han llevado al límite las leyes raciales. ¿Y el dinero? ¿Crees que tienen el pasaje para un barco que los lleve al norte? ¿Crees que pueden cruzar a nado el lago Pontchartrain y llegar a una plantación amistosa que se mostrará feliz de dejar que un atajo de niños negros libres pasen la noche en su establo?

A Arturo le molestó que Alvin hablara como si fuera tonto.

—No he dicho que fuera fácil.

—Lo sé. Yo mismo estoy exasperado. Porque, ¿sabes qué pienso? Pienso que Peggy me envió aquí exactamente para eso. Para sacarlos de aquí. Sólo que no me he dado cuenta hasta que se te ha ocurrido a ti.

—Tres cosas —dijo Arturo Estuardo.

—Te escucho.

—Primero. Ya era hora de que te dieras cuenta de lo importante que soy en este viaje.

—Importante como una piedra en el riñón.

—Segundo. Es imposible que Peggy te enviara para eso. Porque si esto es lo que tenía en mente, te lo habría dicho. Y entonces tú podrías haberles dicho que ella les enviaba una advertencia, y habrían hecho lo que haga falta. Tal como están las cosas, van a tener que luchar a cada paso del camino, ya que no creen que tú y yo seamos tan poderosamente listos como para ver cómo están las cosas en Barcy mejor que ellos.

Alvin sonrió.

—Eh, estás empezando a valer casi tanto como lo que cuesta alimentarte.

—Menos mal, porque no tengo intención de comer menos.

—Bueno, todavía harán falta diez años para compensar todo lo que he gastado en ti hasta ahora cuando no valías ni un pelo de culo de cerdo.

—Así que esto no es lo que Peggy quiere que hagamos —dijo Arturo Estuardo—, y podemos estar bien seguros de que Papá Alce y Mamá Ardilla no quieren que lo hagamos. Así que tal como yo lo veo, eso lo convierte en nuestra mayor prioridad.

—Hablaré con ellos.

—Eso siempre funciona.

—Es un principio.

—¿Y luego les cantarás? Porque eso sí que podría convencerlos de marcharse.

—¿Entonces cuál es lo tercero? —preguntó Alvin—. Dijiste que había tres cosas.

Arturo tuvo que pensar un segundo. Oh, sí. Quería

preguntarle a Alvin por qué no había hecho nada con el pie de Papá Alce. Porque Alvin tenía que haberse dado cuenta del pie lisiado de Alce. Tendría que estar ciego para no verlo. Y Alvin sabía lo que podía o no podía curar.

Y además, había algo más.

¿No se suponía que Arturo era aprendiz de hacedor?

—Sólo mi sugerencia de que les cantaras —dijo Arturo.

Alvin sonrió.

—Así que has cambiado de opinión respecto a lo tercero.

—Por ahora —dijo Arturo Estuardo—. Ya me he agotado el cerebro pensando en cómo deberías hablar con Papá Alce y Mamá Ardilla.

Pero no hubo ninguna oportunidad de hablar con Alce y Ardilla al respecto, porque a la mañana siguiente cinco de los niños estaban enfermos, gritando de dolor, temblando de escalofríos, ardiendo de fiebre. Al anochecer hubo seis más, y los primeros tenían los ojos amarillos.

Ya no había escuela. El aula se convirtió en un pabellón de enfermos, y todos los bancos se apilaron contra la pared. No se permitió a ninguno de los otros niños entrar en la habitación. Los enviaron fuera a jugar entre los mosquitos. Todavía oían los gritos desde allí fuera. Podían oírlos mentalmente incluso cuando nadie emitía ningún sonido.

Mientras tanto, Papá Alce y Mamá Ardilla subían y bajaban las escaleras con agua, cataplasmas, ungüentos y tés. Un par de hierbas del té resultaron un poco efectivas, y naturalmente el agua ayudó a mantener baja la fiebre. Pero Alvin sabía que incluso con los que tenían un sarpullido, las cataplasmas y ungüentos no servían de nada.

Naturalmente, Arturo Estuardo y él ayudaron: subiendo y bajando las escaleras con cosas para que Papá Alce no tuviera que hacerlo, yendo a la ciudad a hacer recados, trayendo comida a la casa, atendiendo el fuego, acarreando las escupideras para sacarlas y devolverlas a la enfermería. Pero Alce y Ardilla no les permitieron entrar tampoco, por miedo al contagio.

Eso no impidió que Alvin dedicara casi toda su concentración a los niños enfermos. Como había visto la enfermedad al final de su curso en la madre de María de los Muertos, sabía qué buscar, y siguió reparando el daño que la enfermedad hacía, incluyendo el bajar la fiebre lo suficiente para que no resultara perjudicial.

También estudió a los niños enfermos, intentando averiguar qué causaba la enfermedad. Veía las diminutas criaturas que combatían la enfermedad en su sangre, pero no podía ver qué atacaban como hacía con la gangrena o alguna otra enfermedad. Así que no encontró ningún modo de deshacerse de la causa de la enfermedad. A pesar de todo, ayudaba a mantener baja la fiebre y a detener las hemorragias. Con Alvin atendiendo sus cuerpos, la enfermedad seguía su curso, pero rápidamente, y nunca se volvió peligrosa.

Y en los niños sanos, a quienes examinó uno a uno, encontró que la mayoría estaban ya produciendo las criaturas que combatían la enfermedad, y emprendió la acción preventiva hasta donde pudo.

Sin embargo, lo que le interesaba era el puñado de niños que no enfermaron. ¿Eran más fuertes? ¿Más afortunados? ¿Qué tenían en común?

Durante los días de la enfermedad en la casa, Alvin comprobó a cada uno de los niños que no estaba enfermo. Eran de razas distintas, y de ambos sexos. Algunos eran mayores, otros más jóvenes. Tendían a ser los que más leían: siempre los encontraba encogidos en algún rincón de la casa, siempre dentro, con un libro en las manos, ahora que Papá Alce no patrullaba para asegurarse de no pillar a ninguno leyendo. ¿Pero cómo podía impedir que enfermaran el hecho de leer? La gente que leía libros moría. De hecho, tendía a ser más frágil, más proclives a la enfermedad.

Mientras tanto, era Arturo Estuardo quien mantenía los ojos abiertos fuera de casa. La fiebre amarilla empezaba a extenderse por la ciudad, pero los primeros casos aparecieron en la zona próxima a la fuente. Era inevitable que la gente empezara a decir que el «agua milagrosa» había traído la fiebre a Barcy. Muchos que todavía tenían agua la tiraron. Pero otros estaban convencidos de que era la única cura, enviada por Dios de antemano, sabiendo que la fiebre amarilla iba a venir a arrasar a los malvados.

Arturo Estuardo se alegraba, por primera vez que él recordara, de que los blancos de por allí no prestaran tanta atención a un jovencito mulato que llevara agua con su amo. Hasta ahora nadie los había relacionado a él ni a Alvin con el agua milagrosa. Pero eso no aseguraba que alguien no acabara por recordar cómo permaneció sentado allí en la plaza, esperando a que su amo volviera del pantano donde María de los Muertos decía que su madre podía ser que tuviera fiebre amarilla. No, dijo que la tenía. Fue la primera víctima de aquella epidemia.

Y a Arturo se le ocurrió que, por grande que fuera el peligro en casa de Alce y Ardilla, María de los Muertos se enfrentaría a un peligro mucho peor, y más inmediato, ahora que la fiebre amarilla había vuelto.

Cuando se le ocurrió esta idea se encontraba en el

mercado de la ciudad vieja, buscando lo que fuera barato pero todavía comestible. Debatió consigo mismo un momento: ¿qué era más urgente, llevarle comida a Alvin, o ir a comprobar cómo se encontraba la chica?

¿Qué elegiría Alvin?

Bueno, eso fue fácil. Siempre prefería lo dramático a lo sensato... o más bien, elegía lo que le causara más inconvenientes y peligros.

Ya había comprado un saco de boniatos, y no era liviano. No sólo se fue haciendo más pesado a medida que caminaba, sino que le impidió correr: no había nada más seguro para hacer que lo detuvieran. Que un muchacho mulato corriera con un saco de algo a la espalda... Todo el mundo sabía que los esclavos que cumplían los encargos de su amos siempre andaban tan despacio como podían. Así que cuando un chico de color corría, seguro que estaba cometiendo un delito.

Así que caminó, pero rápido, y siguió, lo mejor que pudo, el camino que había visto seguir a los fuegos del corazón de Alvin y María de los Muertos a través de los pantanos. Sabía que no veía los fuegos del corazón tan bien como Alvin, y que en cuanto se distanciaban unos cientos de metros o se mezclaban con los de otra gente, no los distinguía. Pero podía seguir el fuego del corazón de Alvin, tan brillante y fuerte, y no sólo eso, cuando seguía a Alvin podía ver, como una especie de rastro, algo de donde estaba, del terreno que recorría. Y había seguido la pista de Alvin y María de los Muertos todo el camino hasta la casa de la madre. Había visto el fuego del corazón de ella destellar y fortalecerse, aunque no comprendía qué había hecho Alvin.

Tuvo que espantar una nube de mosquitos antes de llegar por fin al puente de tabla que llevaba a la casa de María de los Muertos. Se quedó junto al tablón y batió palmas.

—¡Ah de la casa! —llamó—. ¡Compañía!

Lo cual fue un error, claro, porque tendría que haber dicho: «¡Soy el criado de Alvin Smith!» O, si el mundo no hubiera sido tan feo: «¡El cuñado de Alvin Smith!» Pero claro, no sabía si Alvin le había dicho a María de los Muertos cómo se llamaba. Tal vez los nombres allí no tenían ninguna importancia.

Y no la tenían. Porque no había nadie en casa.

O si lo había, no contestaba.

Cruzó rápidamente el puente y abrió la puerta de un empujón, temiendo encontrarlas muertas, asesinadas por la gente temerosa. Pero sabía que no podía ser: si una muchedumbre le hubiera echado la culpa de la plaga a María de los Muertos y hubiera querido matarla por ello, habría quemado la casa con ellas dentro.

La casa estaba vacía. Vacía, también... o acaso no poseían nada. Lo más probable era que hubieran advertido el peligro y hubieran huido. No hacía falta que les dijera qué opinión tenían de María de los Muertos en la ciudad.

Se echó al hombro el saco de boniatos y volvió sobre sus pasos. Apartándose de las calles muy transitadas y sobre todo de la plaza de la fuente pública, regresó al hogar de Alce y Ardilla, rascándose las picaduras de mosquito todo el rato.

Vació el saco de boniatos en el cubo de la cocina, una acción que Alvin, que estaba removiendo la sopa, saludó alzando una ceja. Eso hizo que Arturo Estuardo se sintiera culpable por los pocos recados que había terminado.

—¿Qué? —preguntó Arturo Estuardo—. No es que tuviera un montón de dinero, precisamente, y además, me preocupaban María de los Muertos y su madre, así que he ido a ver cómo estaban.

—Supongo que se han marchado —dijo Alvin.

—Supones bien.

—Pero no he alzado las cejas por eso.

—¿Demasiado perezoso para saludar?

—No tendrías que haber vaciado sin más el saco de boniatos. Hay que lavarlos. O pelarlos.

—¿Por qué debería hacerlo yo, cuando tú puedes quitarles la tierra de la piel, o pelarlos?

—Porque los poderes que uno tiene no se usan para cosas frívolas.

—Oh, como cuando me hiciste trabajar medio verano fabricando una canoa con un tronco cuando podrías haberla hecho en cinco minutos.

—Te vino bien.

—Fue una pérdida de tiempo —dijo Arturo Estuardo—. Y aquel cazador de osos casi te pega un tiro.

—¿El viejo Davy Crockett? Acabé apreciando a ese tipo.

—Pelar los boniatos no debería impedirte sanar a esos chicos de arriba como has estado haciendo.

Alvin se volvió lentamente.

—¿Cómo sabes eso? ¿Cómo sabes lo que me cuesta hacer ese trabajo?

—Porque para ti es fácil. Es como respirar.

—Y cuando subes corriendo una colina, ¿te resulta fácil respirar?

—Tal vez yo sabría cómo se cura si alguna vez intentaras enseñarme.

—Apenas acabas de empezar a calentar metal.

—Entonces estoy preparado para el siguiente paso. Estás trabajando duro para curar a esos chicos, lo sé. Así que cuéntame, enséñame a hacerlo.

Alvin cerró los ojos.

—¿Crees que no desearía poder hacerlo? Pero no se

puede ayudar si no se ve lo que pasa dentro de sus cuerpos. Y te digo, Arturo Estuardo, que tienes que ver cosas muy pequeñas.

—¿Cómo de pequeñas?

—Mira el pelo más fino y más pequeño de tu brazo. —Arturo Estuardo miró—. Ese pelo es como una pluma.

Arturo Estuardo intentó que su rudimentario poder entrara en el pelo para sentirlo como sentía el tacto del hierro. Casi lo logró. No lo vio como una pluma, pero sintió que no era suave. Eso era algo.

—Y cada filamento de esa pluma está hecho de montones de trocitos diminutos. Todo tu cuerpo está hecho de trocitos pequeñitos, y cada uno de ellos está vivo, y pasan cosas dentro de esos trocitos. Cosas que no comprendo todavía. Pero más o menos sé cómo se supone que funcionan esos trocitos, y entonces... ya sabes...

—Lo sé —dijo Arturo Estuardo—. Les dices cómo quieres que sean.

—O... se lo enseño.

—No puedo ver tan pequeño —dijo Arturo Estuardo.

—Los huesos son más fáciles —dijo Alvin—. Los huesos son más parecidos al metal. O a la madera. Los huesos rotos, apuesto a que podrías arreglarlos.

Inmediatamente, Arturo Estuardo pensó en el pie de Papá Alcc. ¿Era un problema de huesos? ¿Le estaba dando a entender algo Alvin?

—Pero la fiebre amarilla, apenas sé qué estoy haciendo, y creo que está fuera de tu alcance —dijo Alvin.

Arturo Estuardo sonrió.

—¿Y qué pasa con los boniatos? ¿Crees que podrías quitar la tierra a los boniatos?

—Claro. Frotando.

—¿Y quitarles las piel?

—Pelándolos solamente, amigo mío.

—Porque es bueno para mí —dijo Arturo Estuardo, molesto.

—Porque si lo hicieras de otra forma, yo pondría de nuevo en su sitio la piel y la tierra.

Arturo Estuardo no tuvo respuesta para eso. Se sentó y eligió un boniato.

—Muy bien, ¿qué hago? Lo pelo o lo lavo. Porque no voy a hacer las dos cosas.

—¿A mí me lo preguntas? —dijo Alvin—. Ya sabes lo mal cocinero que soy. Y no creo que Ardilla quiera que eches esos boniatos en la sopa. Creo que le darían sabor durante los dos próximos años.

—Entonces los asaremos.

—Me parece bien.

Y a Arturo Estuardo se le ocurrió que Alvin no había crecido viendo a la vieja Peg Guester lavando y pelando constantemente patatas y boniatos para veinte o treinta personas. Todo esto era nuevo para Alvin. Por supuesto, si Arturo Estuardo tenía que elegir, prefería ser experto curando a gente con fiebre o con pies lisiados.

—Entonces los lavaré —dijo.

—Y mientras tanto, yo seguiré recogiendo habichuelas del huerto, mientras mi poder actúa en el cuerpo de la última persona que ha pillado la fiebre.

—¿Quién es?

—Tú.

—No estoy enfermo —dijo Arturo Estuardo.

—Sí que lo estás —respondió Alvin—. Tu cuerpo ya lo está combatiendo.

Arturo Estuardo lo pensó un minuto. Incluso intentó ver dentro de su cuerpo, pero todo era para él una masa confusa de extrañas texturas.

—¿Va a ganar mi cuerpo?

—¿Quién crees que soy, María de los Muertos?

Así que se dedicaron a recoger habichuelas y limpiar boniatos, mientras Arturo Estuardo se preguntaba qué le había hecho enfermar. ¿Alguien lo había maldecido? ¿Había entrado en una casa donde había fiebre hacía una semana? ¿Lo había tocado María de los Muertos? ¿Los boniatos?

¿Dónde estaba María de los Muertos? ¿Oculta en el pantano? ¿Viajando a algún sitio seguro y familiar? ¿O escondida en alguna parte, esperando que no la mataran los que pensaban que su don causaba las enfermedades sobre las que advertía?

¿O estaba ya muerta? ¿Habían quemado su cadáver en alguna parte? ¿Y el de su madre también? ¿Capturadas por gente supersticiosa que les echaba la culpa de algo en lo que no habían tenido nada que ver?

Todas las cosas terribles de este mundo se debían a una combinación de causas. Pero todo el mundo quería reducirlas a una, y ni siquiera la verdadera. Era mucho mejor tener una sola causa: una persona a quien castigar. En ese caso podían soportar lo insoportable.

«¿Entonces por qué —se preguntó Arturo Estuardo—, podemos Alvin y Margaret y yo y mucha otra gente decente soportar lo insoportable sin tener que castigar a nadie?»

Ahora que lo pensaba, Alvin había matado al cazador de esclavos que mató a la madre de Arturo y Peggy. En un arrebato de ira mató al hombre... y lamentó haberlo hecho desde entonces. Alvin no había azotado a ninguna antigua víctima; fue por el hombre adecuado, eso era seguro. Pero también había necesitado a alguien a quien echar la culpa por lo insoportable.

«¿Qué hay de mí, entonces? Hablo mucho, tengo una boca como no debería tener ningún muchacho mulato, siendo mi nacimiento tan vergonzoso, la violación de una esclava por parte de su amo. ¿No me han pasado cosas insoportables? Mi madre murió después de llevarme a la libertad, mi madre adoptiva fue asesinada por los cazadores que vinieron a llevarme de vuelta con mi dueño. La gente intentó impedirme que fuera a la escuela incluso en el norte. No soy más que un aprendiz de hacedor de tercera fila a la sombra del más grande hacedor que el mundo ha visto en muchas vidas. Todo eso he perdido, incluso la esperanza de llevar una vida normal. ¿Quién se casará conmigo? ¿Cómo viviré cuando no sea la sombra de Alvin?

»Sin embargo, no quiero revolverme y castigar a nadie, excepto con palabras, e incluso en ese caso finjo hablar en broma para que no se enfade nadie.

»Tal vez eso nos dirá Dios cuando nos reúna ante su trono el Día del Juicio e intente explicar por qué dejó que pasaran tantas cosas horribles. Tal vez diga: "¿No sabéis aceptar una broma?"

»Lo más probable, sin embargo, es que diga la verdad. "Yo no lo hice —dirá—. Sólo soy el que limpia vuestros desaguisados." Como un criado. Nadie dice nunca, ¿cómo podemos ponerle las cosas más fáciles a Dios? No. Sólo complicamos las cosas y esperamos que él acuda luego y lo resuelva todo.»

Esa noche, en la cama, Arturo Estuardo utilizó su poder. Buscó el fuego del corazón de Papá Alce y lo encontró fácilmente, durmiendo mientras Mamá Ardilla vigilaba a los pequeños.

Arturo Estuardo no estaba acostumbrado a examinar los cuerpos de la gente, y tuvo problemas para mantener su poder dentro de los límites. Pero empezó a pillarle el tranquillo y no tardó en encontrar el pie lisiado. El hueso era claramente distinto de los otros tejidos: y los huesos eran un caos, rotos en docenas de trozos. No era extraño que el pie estuviera tan lisiado.

Podría haber empezado a unir las piezas, pero no era como mirar con los ojos. No podía captar la forma entera de cada fragmento de hueso. Además, no sabía cómo se suponía que eran los huesos de un pie normal.

Encontró el otro pie de Papá Alce y casi gruñó en voz alta por su propia estupidez. El pie bueno tenía tantos huesos como el malo. El pie lisiado no era así por que los huesos estuvieran rotos. Y cuando Arturo Estuardo pasó de uno a otro, comparando los huesos, se dio cuenta de que, como el pie de Papá Alce había estado torcido toda la vida, ninguno de los huesos tenía la forma adecuada ni se parecía a los de un pie normal.

Así que no sería solo cuestión de volver a poner los huesos en su sitio. Cada uno tendría que ser reformado. Y sin duda los músculos y ligamentos y tendones estarían también fuera de sitio, y tendrían un tamaño inadecuado. Y esos tejidos eran muy difíciles de distinguir. Encontrarles sentido era un trabajo agotador. Se quedó dormido antes de comprender gran cosa.

4

La Tía

Los rumores continuaron. La fiebre amarilla no hizo sino multiplicarlos: quién está enfermo, quién ha muerto, quién huyó de la ciudad para vivir en la plantación de algún amigo hasta que pasara la plaga.

Sin embargo, el hecho más importante no era ningún rumor. El ejército que el Rey estaba preparando recibió de pronto la orden de volver a casa. Al parecer los generales del Rey temían más la fiebre amarilla que el poderío militar de España.

Lo cual puede que fuese un error. En el momento en que la amenaza de invasión desapareció, las autoridades españolas de Nueva Barcelona empezaron a arrestar a los agentes de los caballeros sureños. Al parecer los españoles estaban al corriente de todos los planes (se enteraban de los rumores como cualquier otro) y sólo habían estado ganando tiempo antes de golpear.

Así que no sólo la fiebre amarilla diezmaba a la población angloparlante de Nueva Barcelona. Muchos americanos, yanquis e ingleses tomaban el barco para salir de la ciudad: los americanos naves fluviales, y los ingleses veleros y barcos de poco calado con destino a Nueva Inglaterra o Jamaica o algún otro territorio británico.

Los caballeros sureños no fueron más fáciles de encontrar que los ingleses. El ferry de Pontchartrain y todos los otros medios de salida de la ciudad estaban siendo vigilados, y a los que llevaban pasaporte real de las Colonias de la Corona se les prohibió marcharse. Como los caballeros sureños eran el grupo angloparlante más nutrido, un montón de gente asustada quedó atrapada en Nueva Barcelona mientras la fiebre amarilla se abría insidiosamente paso entre la población.

Los ciudadanos españoles ricos se marcharon a Florida. En cuanto a los franceses, no tenían ningún sitio adonde ir. Les habían cerrado las fronteras desde la primera vez que Napoleón había invadido España.

El resultado fue una ciudad llena de miedo y furia.

Alvin estaba de compras, cosa cada vez más difícil, ya que la fiebre hacía que los granjeros se sintieran reacios a traer sus productos. Estaba examinando un puñado de melones de aspecto penoso cuando advirtió un fuego del corazón familiar que se le acercaba entre la multitud. Habló antes de darse media vuelta.

—Jim Bowie —dijo.

Bowie le sonrió, con una sonrisa ancha y cálida que impulsó a Alvin a comprobar si el hombre llevaba el cuchillo en la mano. No estaba cerca de él, pero eso poco importaba, como bien sabía Alvin después de haber visto al hombre en acción.

—Todavía aquí en Barcy —dijo Bowie.

—Creí que los de tu expedición os habíais marchado ya.

—Casi lo conseguimos antes de que cerraran los puertos. Maldito sea el Rey por armar todo este lío.

¿Maldito el Rey? Como si Bowie no formara parte de una expedición destinada a extender el poder del rey en tierras mexicanas.

—Bueno, la fiebre pasará —dijo Alvin—. Siempre lo hace.

—No tenemos que esperar a eso —contestó Bowie—. Acaba de llegar la orden del gobernador general de Nueva Barcelona. La expedición de Steve Austin puede continuar. Los sureños que nos acompañen podrán conseguir pasaje para el barco que nos lleve a la costa mexicana.

—Supongo que eso habrá impulsado el reclutamiento.

—Puedes apostarlo —dijo Bowie—. Los españoles odian más a los mexica que a los caballeros sureños. Supongo que tendrá algo que ver con el hecho de que el rey Arturo no arrancó los corazones palpitantes de diez mil ciudadanos españoles para ofrecérselos como sacrificio a algún dios pagano.

—Bueno, pues buena suerte.

—Viéndote en este mercado, te digo que me sentiría mucho mejor si nos acompañaras en esta expedición.

«¿Para que tengas oportunidad de apuñalarme por la espalda por haberte humillado?»

—No soy soldado —dijo Alvin.

—He estado pensando en ti —dijo Bowie.

«Oh, estoy seguro de eso.»

—Creo que un ejército que te tuviera de su lado tendría la victoria en el bolsillo.

—Hay un montón de mexica sedientos de sangre, y sólo un yo. Y recuerda que no sé disparar.

—Ya sabes a qué me refiero. ¿Y si todas las armas mexica se volvieran blandas o desaparecieran, como pasó una vez con mi cuchillo de la suerte?

—Diría que se trata de un milagro causado por un dios malvado que querría ver extenderse la esclavitud a las tierras mexicanas.

Bowie se quedó aturdido un momento.

—Así que se trata de eso. Eres abolicionista.

—Ya lo sabías.

—Bueno, hay gente a la que le gusta la esclavitud y hay abolicionistas. A veces le puedes ofrecer a un hombre un buen montón de oro y no le importa cuántos esclavos posea otro.

—Será otra persona —dijo Alvin—. No me interesa mucho el oro. Ni las expediciones contra los mexica.

—Son un pueblo terrible. Sangriento y asesino.

—¿Y con eso se supone que vas a convencerme para ir a pelear contra ellos?

—Un hombre no abandona una pelea.

—Este hombre sí —dijo Alvin—. Y tú lo harías también, si tuvieras cerebro.

—Los mexica no se enfrentarán a hombres que sepan disparar. Además, tendremos miles de pieles rojas de las otras tribus que se unirán a nosotros para derrocar a los mexica. Están cansados de que sacrifiquen a los suyos.

—Pero restauraríais la esclavitud. Eso tampoco les gustaría.

—No, no esclavizaríamos a los pieles rojas.

—Hay montones de antiguos esclavos negros en México.

—Pero son esclavos por naturaleza.

Alvin se dio la vuelta y guardó media docena de melones en su saco.

Bowie le golpeó el brazo con fuerza.

—No me des la espalda.

Alvin no dijo nada; alcanzó un par de monedas de diez centavos al vendedor de melones, quien sacudió la cabeza.

—Vamos, es para los niños de un orfanato —dijo Alvin.

—Sé para quiénes son —dijo el granjero—, y el precio de los melones hoy es de diez centavos cada uno.

—¿Qué, costó mucho más trabajo recogerlos? ¿Están rellenos de oro?

—Lo tomas o lo dejas.

Alvin sacó más dinero del bolsillo.

—Espero que se sienta orgulloso de aprovecharse de la necesidad de unos niños indefensos.

—Nadie está indefenso en esa casa —murmuró el granjero.

Alvin se dio la vuelta y encontró a Bowie cerrándole el paso.

—Te he dicho que no me des la espalda —murmuró Bowie.

—Ahora te estoy dando la cara. Y si no apartas la mano del cuchillo, perderás algo que te es muy querido... y no está hecho de acero, no importa cuánto alardees ante las damas.

—No me quieras como enemigo.

—Eso es verdad —dijo Alvin—. Te quiero como un completo desconocido.

—Demasiado tarde para eso. Eres amigo o enemigo.

Alvin se marchó con el saco de melones, pero mientras calentó la hoja del cuchillo del hombre. También los botones de su bragueta. El hilo de los botones se quemó y a Bowie se le abrió la bragueta. Y cuando echó mano al cuchillo, la vaina se prendió fuego. Alvin escuchó cómo los clientes del mercado se reían y lo abucheaban.

Probablemente había sido un error. Pero claro, también Bowie había cometido uno al volver a acercarse a Alvin. ¿Por qué los hombres como ése se negaban a aceptar la derrota y seguían desafiando a alguien que sabían superior?

Arturo Estuardo se despertó en plena noche con las entrañas en pie de guerra. Algo se retorcía en su interior, y no era cosa que pudiera aliviar soltando gas en silencio y fingiendo estar dormido si Alvin se daba cuenta. Así que, resignado a su destino, se levantó, se llevó las botas al piso de abajo, se las calzó junto a la puerta trasera y luego atravesó la noche oscura hasta el excusado.

Allí pasó una miserable media hora, pero cada vez que creía haber terminado y se incorporaba para marcharse sus entrañas se removían otra vez y tenía que volver a sentarse, para soportar gruñendo otra sesión. Por supuesto, cada vez que creía haber terminado se limpiaba, así que al final tenía el trasero tan irritado como un filete macerado. «Al menos las vacas tienen la suerte de estar muertas antes de que las conviertan en carne cruda», pensó.

Finalmente pudo levantarse sin oír más movimientos ni sentir más presión, aunque eso no era ninguna garantía de que pudiera terminar de subir las escaleras sin tener que volver atrás. Le preocupaba, por supuesto, que aquello tuviera algo que ver con la fiebre amarilla, que Alvin no lo hubiera sanado lo suficiente, que regresara.

Aunque, pensándolo bien, le parecía que probablemente tendría más que ver con el pastel de carne que aquella tarde le había comprado a un vendedor callejero y que posiblemente no estaba tan hecho como pensaba.

Abrió la puerta del excusado y salió.

Alguien le tiró del camisón. Arturo Estuardo gritó y dio un salto.

—¡No tengas miedo! —dijo María de los Muertos—. ¡No soy un fantasma! Sé que los africanos tienen miedo de los fantasmas.

—Tengo miedo de la gente que me tira del camisón

cuando salgo del excusado en plena noche —dijo Arturo Estuardo—. ¿Qué estás haciendo aquí?

—Estás enfermo.

—No me digas.

—Pero no morirás esta vez.

—Y yo que empezaba a desear que así fuera.

—Tanta gente va a morir... Y muchos me echan la culpa a mí.

—Lo sé —dijo Arturo Estuardo—. Fui a avisaros, pero os habíais ido.

—Te vi entrar y pensé: «Este muchacho viene a avisarnos.» Así que me he dicho que tal vez puedas darnos algo de comida. Tenemos mucha hambre.

—Claro, entra en casa.

—No, no —dijo ella—. Es una casa extraña. Muy peligrosa.

Arturo Estuardo hizo una mueca de disgusto.

—Sí, de modo que las historias que cuentan sobre ti son mentira, pero las que cuentan sobre esta casa son todas verdad, ¿es eso?

—Las historias que cuentan sobre mí son medio verdad —dijo María de los Muertos—. Y si las historias que cuentan sobre esta casa son medio verdad también, no entraré, no.

—En esta casa no hay ningún peligro para ti, no por lo menos por parte de la gente que vive ahí —dijo Arturo Estuardo—. Y ahora que llevo tanto tiempo de pie ante el excusado, empiezo a darme cuenta de lo mal que huele. Así que ven con tu madre dentro, donde el aire es respirable. Y que sea rápido o tendré que volver a salir otra vez al excusado, y entonces, ¿quién os va a dar de comer?

María de los Muertos lo pensó un momento, luego se recogió las faldas y se perdió en la oscuridad, entre los árboles situados detrás de la propiedad. Arturo Estuardo aprovechó la oportunidad para alejarse del excusado y acercarse más a la cocina.

Unos minutos más tarde, tenía una vela encendida y María de los Muertos y su madre mordisqueaban el pan rancio y el queso blando y bebían agua tibia. Pero no importaba cómo supiera. Se lo tragaban tan rápido que probablemente no distinguían el pan del queso.

—¿Desde cuándo no habéis comido? —preguntó Arturo Estuardo.

—Desde que nos escondimos —dijo María de los Muertos—. No teníamos comida en casa, o nos la habríamos llevado.

—Y todo el tiempo los mosquitos picándome —dijo la madre—. Ya no me queda sangre.

Ahora que Arturo Estuardo la miraba, sí que tenía unas cuantas hinchazones por las picaduras de los mosquitos.

—¿Cómo se encuentra? —le preguntó.

—Muy hambrienta. Pero no enferma. Eso se acabó. Tu amo me curó bien.

—No es mi amo, es mi cuñado.

María de los Muertos lo miró de reojo.

—¿Así que Alvin se casó con una africana? ¿O tú te has casado con su hermana?

—Soy adoptado.

—Entonces, ¿eres libre?

—No soy esclavo de nadie —dijo Arturo Estuardo—. Pero no es exactamente lo mismo que ser libre, no cuando todo el mundo dice: eres demasiado joven para hacer esto y eres demasiado joven para hacer lo otro y eres demasiado negro para ir allí y tienes demasiada poca experiencia para ir allá.

—Yo no soy negra —dijo María de los Muertos—, pero prefiero ser esclava a ser lo que soy.

—Ser francesa no está tan mal —dijo Arturo Estuardo.

—Me refiero a ver quién está enfermo.

—Lo sé —dijo Arturo Estuardo—. Estaba bromeando. Naturalmente, como dice Alvin, si tienes que decirle a la gente que estás bromeando la broma no vale nada, ¿verdad?

—Ese Alvin —dijo María de los Muertos—, ¿qué es?

—Mi cuñado.

—*Non, non* —dijo la madre—. ¿Cómo me curó?

De pronto, Arturo receló. Aquellas dos aparecían en plena noche y hacían preguntas sobre Alvin. Había explicaciones perfectamente buenas para todo eso (¿por qué no sentir curiosidad por Alvin?), pero también podía ser que alguien pretendiera tenderle una trampa a Arturo Estuardo para que dijera más de la cuenta.

—Espero que pueda preguntárselo usted misma por la mañana.

—Por la mañana nos habremos ido —dijo María de los Muertos—. Antes del amanecer. La gente vigila esta casa. Si nos ven, nos seguirán y nos matarán. Nos quemarán por brujas, como en Nueva Inglaterra.

—Hace años que no hacen eso en Nueva Inglaterra —dijo Arturo Estuardo.

—Tu Alvin —dijo la madre—. ¿Tocó este pan?

Alvin, en efecto, había tocado los panes. Así que Arturo vaciló un instante antes de decir:

—¿Cómo quiere que yo lo sepa?

Comprendía que la vacilación era mejor respuesta que sus palabras. Y, sin saber por qué, quiso recuperar el pan y que se marcharan.

Como si ella hubiera leído su deseo, o tal vez porque opinaba que su madre no había sido demasiado discreta, María de los Muertos dijo:

—Nos vamos.

—*Immédiatement* —dijo la madre.

—Gracias por la comida.

Incluso mientras le daba las gracias, la madre guardaba un par de panes más en su delantal. Arturo podría haberla detenido (se suponía que era parte del pan de por la mañana), pero las imaginó en el pantano durante días sin nada que comer y poco que beber y se calló la boca. Iría a comprar más panes por la mañana.

Las siguió hasta la puerta.

—*Non* —dijo la madre.

—No deberías ir con nosotras.

—No voy a ir —dijo Arturo Estuardo—. Tengo que volver al excusado. Será mejor que os deis prisa, porque no quiero que el olor ofenda vuestras delicadas sensibilidades.

—¿Qué? —dijo María de los Muertos.

—Voy a soltarlo rápido en el excusado, señora, así que dense prisa si valoran sus narices.

Ellas se dieron prisa, y Arturo Estuardo volvió a gemir en el excusado.

Empezó cuando arrojaron unas cuantas piedras contra la casa a la noche siguiente, y con un grito ahogado que nadie comprendió.

A la mañana siguiente, un grupo de personas pasó por delante de la casa con un ataúd a cuestas, gritando:

—¿Por qué no hay nadie enfermo ahí dentro?

Como Papá Alce y Mamá Ardilla estaban todavía atendiendo a los tres niños que habían caído enfermos por la fiebre a pesar de la cura preventiva de Alvin, tentados estuvieron de invitar a entrar a los hombres para que vieran que su suposición no era cierta. Pero todos sabían que mostrar a tres niños enfermos no sería mucho, cuando en aquel barrio estaban muriendo más niños que en ningún otro lugar de Barcy, mientras que ni un solo niño de la casa de Alce y Ardilla había salido de allí en una caja.

No es que Alvin hubiera limitado sus atenciones a los niños del orfanato. Había buscado otros fuegos del corazón en otras casas, y los había salvado. Pero llevaba tiempo trabajar uno a uno, y aunque salvó a muchos, muchos más murieron más allá de su alcance, los que ni siquiera había mirado. Había límites a lo que podía hacer.

Ya no fingía hacer recados o tareas en casa. Los panes que Arturo Estuardo había compartido con María de los Muertos y su madre fueron los últimos que compró, y cuando dormía era porque ya no podía seguir despierto. Dormía a trompicones, despertando de pesadillas donde morían niños en sus manos. Y la peor de todas era una en que la madre de María de los Muertos, llena de enfermedad invisible, caminaba para transmitir a los demás la fiebre amarilla sólo con chocar con ellos o hablarles o susurrarles al oído. Acariciaba la cabeza de un niño, pasaba de largo y el niño caía muerto tras ella. Y cada persona muerta se volvía hacia Alvin y decía: «¿Por qué la salvaste y la dejaste caminar entre nosotros para que nos matara a todos?»

Entonces despertaba y buscaba más fuegos del corazón apagados por la enfermedad y trataba de reparar sus cuerpos asolados.

Nunca se le ocurrió no buscar primero entre los que estaban más cerca de donde se hallaba en ese momento. Pero el resultado fue que las muertes por la fiebre aumentaron en relación directa a la distancia del orfanato. Era como si Dios hubiera puesto una bendición en el lugar que se desparramara hasta las casas vecinas.

O, como daban a entender a las claras los que se manifestaban ante la casa, era como si el diablo estuviera protegiendo a los suyos.

Esa noche hubo más piedras, y manifestantes con antorchas, y borrachos que lanzaron botellas que se rompieron con estrépito. Los niños se despertaron y lloraron, y Papá Alce y Mamá Ardilla los llevaron a las habitaciones traseras de la casa.

Alvin yacía todavía en la cama, buscando con su poder para sanar y sanar, concentrado ahora en los niños, salvando a todos los que podía.

Arturo Estuardo no se atrevía a interrumpir su trabajo, ni a despertarlo, si por casualidad estaba dormido. Sabía que de algún modo Alvin se echaba la culpa por la plaga, y comprendía el sombrío tesón de sus esfuerzos. Era un asunto personal: Alvin intentaba enmendar algún terrible error. Eso había dado a entender antes de quedarse completamente en silencio. Y ahora Alvin guardaba silencio, y Arturo Estuardo también.

Arturo Estuardo no tenía poder para sanar a nadie. Pero había aprendido un poco del poder del hacedor, y se le ocurrió utilizarlo para proteger la casa. Algo que Ardilla dijo fue lo que le impulsó a la acción.

—Lo que más temo son las antorchas. ¿Y si intentan quemar la casa para que salgamos?

Así que exploró a los hombres que portaban las antorchas y trató de comprender el fuego. Había trabajado con el metal, pero poco más. La madera y la tela eran orgánicas y resultaba difícil entrar en ellas, para sentirlas y conocerlas. Pero pronto descubrió que lo que ardía era el petróleo en el que habían empapado las antorchas, un fluido que tenía más sentido para su vacilante poder.

No sabía cómo funcionaba el fuego, así que no podía detenerlo. Pero podía disipar el fluido, convertirlo en gas como había convertido el metal en líquido. Y cuando lo hubiera evaporado, la antorcha no tardaría en apagarse.

Una a una, las antorchas más cercanas a la casa empezaron a apagarse.

—¿Qué pasa? Que Dios nos ayude, ¿por qué se apagan las antorchas? —dijo Papá Alce. Y entonces Arturo Estuardo cayó en la cuenta de que podía estar cometiendo un error.

Había temor en la voz de Papá Alce.

—Las antorchas más cercanas se están apagando.

Arturo Estuardo abrió los ojos y miró. Había apagado una docena de antorchas. Vio que los demás hombres se habían apartado de la casa y la calle estaba sembrada de antorchas abandonadas, dispersas como los huesos de una criatura muerta hacía mucho.

—Si querían demostrar que esta casa es un lugar maldito, ya lo han hecho —dijo Mamá Ardilla—. Cada vez que alguien se acerca, su antorcha se apaga.

Arturo Estuardo se sintió profundamente enfermo. Estaba a punto de confesar lo que había hecho cuando la multitud empezó a retirarse.

—A salvo por esta noche —dijo Papá Alce—. Pero volverán, y serán más, con un milagro más del que informar.

—Arturo Estuardo —dijo Mamá Ardilla—. Alvin no será tan tonto como para haber apagado sus antorchas, ¿verdad?

—No, señora —respondió Arturo Estuardo.

—Que los niños vuelvan a la cama, Mamá Ardilla —dijo Papá Alce—. Se alegrarán de saber que la multitud se ha ido.

Sólo cuando hubieron salido de la habitación vio Arturo Estuardo por la ventana la oscura silueta de un hombre que esperaba todavía en la calle, sin observar nada en concreto, pero sin marcharse tampoco. Por su forma de moverse, tambaleándose como un oso, le pareció reconocerlo. Era alguien a quien había visto recientemente. Alguien del barco fluvial. ¿Abe Lincoln? ¿Coz?

Buscó su fuego del corazón. Al no ser un experto, como Alvin, no sabía cómo mirarlo simplemente. En un instante lo veía como una chispa lejana, y al siguiente se llenó de la conciencia del hombre, de sus sensaciones corporales, de lo que veía y oía, lo que ansiaba. Estaba lleno de odio, y furia, y vergüenza. Pero no hubo palabras, ni nombres: eso no era fácil de encontrar. Peggy podía ver esas cosas, pero no Arturo Estuardo, y tampoco Alvin, o eso creía.

Fue difícil apartarse del feroz corazón del hombre, pero ahora sabía quién era, pues en medio de todo el tumulto destacaba una cosa: una constante conciencia del cuchillo que llevaba al cinto, como si fuera la mano mejor y más fiel del hombre, la herramienta en la que confiaba por encima de todas las demás. Jim Bowie, sin duda.

Con toda la malicia que había en él, no cabía duda de que Jim Bowie estaba allí para causar algún mal. Arturo Estuardo no podía dejar de preguntarse si seguía resentido por lo del río. Pero claro, ¿por qué no recordaba también su miedo?

Tal vez necesitaba un recordatorio. Arturo Estuardo no podía hacer desaparecer el cuchillo como había hecho Alvin, pero podía hacer algo. En unos momentos hizo que el arma se calentara lo suficiente para que Bowie la sintiera. Sí, allí estaba: Bowie se dio media vuelta y se alejó a la carrera del orfanato.

Lo que Arturo Estuardo no comprendía era por qué, mientras corría, Bowie se agarraba la parte delantera de los pantalones, como si temiera que fueran a caérsele.

Alvin dormía, sin saber dónde acababan los sueños y dónde empezaba la pesadilla viviente de su fracaso en salvar más vidas. Pero en mitad de su inquieto sopor oyó una voz que lo llamaba.

—¡Curandero!

Era una voz imperiosa, y extraña. Fuera quien fuese el que lo llamaba en sueños, la suya no era una voz familiar. Pero parecía conocerlo, y le hablaba al centro de su propio fuego del corazón.

—¡Despierta, dormilón!

Alvin abrió los ojos como en contra de su voluntad. Había una levísima luz fuera de la buhardilla, visible sólo a través de la ventana situada al fondo de la larga habitación.

—¡Despierta, hombre que guarda un arado de oro en la chimenea!

Se levantó de la cama y en una exhalación cruzó la larga habitación, y permaneció de pie con la mano apretada contra los ladrillos. El arado de oro seguía allí. Pero alguien lo sabía.

O no. Debía de haber sido un sueño. Se había quedado dormido después de sanar a un niño que vivía a cuatro calles. La madre también se estaba muriendo, y tenía intención de curarla a continuación. ¿Lo había hecho, antes de que lo venciera el sueño?

Buscó a la desesperada, luego concentrándose más. Allí estaba el niño, un chaval de unos cinco años. Pero donde tendría que haber estado la madre, nada. Su cuerpo le había fallado. El niño estaba vivo, pero ahora era huérfano. La culpa se apoderó de él.

—¡Saca tu oro de la chimenea, curandero, y baja a hablar conmigo!

Esta vez no podía ser un sueño. La voz era tan fuerte que obedeció como si hubiera sido idea propia. De inmediato, sin embargo, supo que no era así.

No había ningún motivo para obedecer. Alguien sabía lo del arado de oro, y por eso ya no estaba a buen recaudo. Era hora de sacarlo de la chimenea y llevárselo de nuevo en el saco.

Necesitó tiempo y casi toda su concentración, cansado como estaba, apenado y culpable como se sentía, para separar los ladrillos, ablandar el arado de oro y dejarlo caer en su mano. Allí tembló, vibrante como siempre, alerta, aunque no parecía querer nada. Hizo que su mano temblara mientras lo sacaba por la abertura en los ladrillos y lo atraía hacia sí. Su corazón se reconfortó cuando el arado se acercó. No sabía si era a causa del arado, o por la emoción de saludar a un amigo y compañero de viaje.

—Ven a mí, curandero.

«¿Quién eres?», preguntó en silencio. Pero no hubo respuesta. Quien llamaba a su fuego del corazón, o no oía sus pensamientos o no deseaba responderle.

—Ven y parte el pan conmigo.

Pan. Algo sobre el pan. Significaba más que simplemente comer. Ella quería que compartiera más que una comida.

Ella. Quien lo llamaba era una mujer. ¿Cómo lo sabía?

Con el arado en el saco, junto con sus otras pocas pertenencias, Alvin bajó las escaleras. Papá Alce lo vio al pasar por el segundo piso, Mamá Ardilla por el primero, y cuando llegó a la planta baja los tenía justo detrás.

—Alvin —dijo Ardilla—. ¿Qué estás haciendo?

—¿Adónde vas? —preguntó Papá Alce.

—Alguien me llama —contestó él—. Cuidad de Arturo Estuardo hasta que vuelva.

—Quienquiera que te esté llamando, ¿seguro que no es una trampa? —dijo Ardilla—. Anoche vinieron con antorchas. Algún extraño poder apagó las antorchas cuando se acercaban a la casa, y ahora puedes estar seguro de que la están vigilando. Les encantaría atraparnos.

—Me llama como curandero —dijo Alvin—. Para partir el pan con ella.

Arturo Estuardo apareció en la puerta de la cocina.

—Es la mujer que curaste en el pantano —dijo—. Vino hace dos noches, con María de los Muertos. Les di pan, y preguntaron si tú lo habías comprado.

—Ahí lo tienes —dijo Ardilla—. Lo que María de los Muertos tiene es un poder terrible.

—Saber que algo va a suceder es una carga terrible, pero no perjudica a quienes no temen la verdad. Y no es María de los Muertos quien me llama.

—¿Su madre? —preguntó Arturo Estuardo.

—No lo creo.

—¿Entonces no crees que podría tratarse de un cebo? —preguntó Ardilla—. ¿Te crees tan poderoso que esas cosas no te afectan?

—Un cebo —dijo Alvin—. Sí, es probable.

—Entonces no debes ir —dijo Arturo Estuardo—. Las buenas personas no usan esos hechizos para atraer a los hombres. Ni hacen los horribles sacrificios que un hechizo semejante requiere.

—Sospecho que lo único que hizo falta fue quemar un poco de pan —dijo Alvin—. E iré o no, según elija.

—¿No es lo que todos sienten, cuando les echan un hechizo como cebo? —preguntó Papá Alce—. ¿No se les ocurren a todos buenos motivos para obedecer la llamada?

—Tal vez, pero voy a ir.

Salió por la puerta.

Arturo Estuardo se pegó a sus talones.

—Vuelve a casa, Arturo Estuardo.

—Ni hablar. Si vas a meterte en una trampa, voy a verlo, para poder contar luego cómo el hombre más poderoso de la tierra en ocasiones puede ser tan bruto como un ladrillo.

—Ella me necesita.

—Como el diablo necesita las almas de los pecadores.

—No me está ordenando nada. Me lo está pidiendo.

—¿No ves que así es como un hombre bueno interpretaría una orden? Cuando la gente te necesita, tú vas, así que cuando alguien quiere que vayas, te hacen creer que eres necesario.

Alvin se detuvo y se dio media vuelta para mirar a Arturo Estuardo.

—Un niño se quedó huérfano anoche porque no pude permanecer despierto —dijo—. Si soy tan débil que no puedo resistir mi propio cuerpo, ¿qué te hace pensar que puedes convencerme para que sea lo bastante fuerte para resistir este hechizo?

—Así que sabes que no es seguro.

—Sé lo que estoy haciendo —dijo Alvin—. Y tú no eres lo bastante fuerte como para detenerme.

Continuó caminando por la calle desierta, mientras Alvin trotaba a su lado.

—Fui yo quien apagó las antorchas —dijo Arturo Estuardo.

—Sin duda —respondió Alvin—. Fue una tontería.

—Temía que quisieran quemar la casa.

—Lo pretendían, sin duda, pero habrían tardado un rato en hacer acopio de valor —dijo Alvin—. O en vencer el miedo. Cualquiera de las dos cosas, si se vuelve lo bastante fuerte, los hará prenderle fuego a la casa. Probablemente no hiciste más que acrecentar el miedo. Quítatelo de la cabeza.

—Tienes que dormir para quitarte los problemas de la cabeza tú también —dijo Arturo Estuardo.

—No me hables como si comprendieras mis pecados.

—No me hables tú a mí como si supieras qué comprendo y qué no comprendo.

Alvin se rió, sombrío.

—Oh, qué boca tienes.

—No tienes respuesta para lo que he dicho, así que me reprochas lo que digo.

—No voy a reprocharte nada. Te he dicho que no vengas conmigo.

—Vi a Jim Bowie anoche —dijo Arturo Estuardo—. Fue el último hombre que se quedó en la calle cuando la multitud se dispersó.

—Me invitó a unirme a su expedición. Me dijo que si no era su amigo, sería su enemigo.

—Entonces tal vez estaba alentando a la multitud, para obligarte a unirte a él.

—Un hombre como ése piensa que el miedo puede ganar lealtades.

—Muchos amos con un látigo pueden atestiguar que funciona.

—No se gana lealtad, sólo obediencia, y sólo mientras el látigo está presente.

Salían de la ciudad de edificios pintados y entraban en una Nueva Orleans diferente, las casas ajadas y las barracas de los franceses perseguidos, y luego las chozas de los negros libres y los esclavos sin amo: un mundo de putas baratas y desesperadas, de hombres capaces de venderse por un ochavo para asesinar y de practicantes de oscuras magias africanas que quemaban trocitos de cuerpos vivos para ordenar a la naturaleza que infringiera sus propias leyes.

Las costumbres de los negros eran tan distintas de

los poderes de los blancos como de la canción verde de los pieles rojas. Alvin lo percibía a su alrededor en los fuegos del corazón: una especie de valor desesperado por el que, en el peor de los casos, una persona podía sacrificar algo al fuego y salvar lo que más quería.

—¿Lo sientes? —le preguntó a Arturo Estuardo—. ¿El poder a tu alrededor?

—Huelo la peste —dijo el muchacho—. Como si por aquí la gente vaciara sus escupideras en el suelo.

—Las carretas con tierra no vienen aquí —dijo Alvin—. ¿Qué otra cosa pueden hacer?

—No siento ningún poder, yo.

—Y sin embargo hablas de este lugar como si fueras francés. «No siento ningún poder, yo.»

—Eso no quiere decir nada, ya sabes que se me pega todo.

—Entonces los oyes. A tu alrededor.

—Ésa es la *ciudá* negra, *masa* —dijo Arturo Estuardo, imitando el habla de un esclavo—. No será *Fransia*.

—Los esclavos franceses huyen igual que los españoles, o que los esclavos de los sureños.

Ahora de las casas salían unos cuantos niños negros seguidos de sus madres, mujeres cansadas de ojos tristes. Y hombres que parecían peligrosos fueron tras ellos como en un desfile. Hasta que llegaron junto a una mujer sentada cerca de un fuego. No era una mujer gorda, pero tampoco delgada. Voluptuosa como la tierra, eso era; pero cuando alzó la cabeza del fuego, le sonrió a Alvin como el sol. ¿Qué edad tenía? Podía tener veinte años por la suave piel color bronce. Podía tener cien años por los ojos sabios y chispeantes.

—Vienes a ver a La Tía —dijo.

Una mujer más pequeña, francesa por su aspecto, se acercó desde detrás del fuego.

—Ésta es la Reina —dijo—. Ahora inclinaos.

Alvin no se inclinó. Nada en el rostro de La Tía sugería que ella quisiera que lo hiciese.

—De rodillas, hombre blanco, si quieres vivir —dijo la francesa bruscamente.

—Calla, Michele —dijo La Tía—. No quiero que este hombre se arrodille. Quiero que haga un milagro, no tiene que arrodillarse ante mí. Vino cuando lo llamé.

—Todo el mundo tiene que venir, cuando lo llamas —dijo Michele.

—Éste no —dijo La Tía—. Vino, pero no lo obligué. Todo lo que hice fue que me oyera. Éste decidió venir.

—¿Qué quieres? —preguntó Alvin.

—Va a haber incendios, aquí, en Barcy —dijo la mujer.

—¿Lo sabes con seguridad?

—Lo oigo. Los esclavos escuchan, los esclavos hablan. Ya sabes. Como en Camelot.

Alvin recordó la capital de las Colonias de la Corona, y cómo los rumores viajaban a través de la comunidad de esclavos con más rapidez de lo que podía correr un niño. Pero, ¿cómo sabía ella que él había estado allí?

—Tenía tu piel en ese pan —dijo la mujer—. La mayoría de las muchachas como yo, no la ven, tan pequeña es. Pero yo la veo. Te tuve entonces. Mientras el fuego ardía, tuve lo que tenías ahí. Vi tu tesoro.

Ella era capaz de ver mejor en su fuego del corazón de lo que Alvin podía ver en el suyo. Todo lo que él veía era el calor de su cuerpo, y algunos temores intensos, pero también una intensa determinación. Sin embargo, no entendía el propósito de su determinación. Una vez más, su don no era tan fuerte como necesitaba, y le dolía.

—No temas, hijo mío —dijo—. No voy a decir nada. Y no, no me refiero a esa cosa que llevas en tu saco.

Ése no es tu tesoro. Eso se pertenece a sí mismo. Tu tesoro está en un vientre de mujer, lejos y a salvo.

Oír esas palabras, de una desconocida, le apuñaló el corazón. Los ojos se le llenaron de lágrimas, y una debilidad, casi un mareo, le llenó la cabeza. Sin pensarlo, cayó de rodillas. Ése era su tesoro. Todas las vidas que no había conseguido salvar en Barcy, eran esa única vida, el niño que había muerto hacía años. Y su redención, su única esperanza, su (sí, su tesoro) era el nuevo niño que estaba tan lejos, y más allá de su alcance, al cuidado de otra persona.

—Levántate —susurró Arturo Estuardo—. No te arrodilles ante ella.

—No se ha arrodillado ante mí —dijo La Tía—. Se arrodilla ante su amor, al santo del amor. No a san Valentín, no, no a él. Al santo del amor de un padre, san José, el marido de la Santa Madre. A él se arrodilla. ¿Es así, verdad?

Alvin negó con la cabeza.

—Me arrodillo porque estoy vacío por dentro —susurró—. Y tú quieres que este hombre roto haga algo por ti, y no hay nada que yo pueda hacer. El mundo está más enfermo cada día y no tengo ningún poder para sanarlo.

—Tienes el poder que necesito —dijo La Tía—. María de los Muertos me lo dijo. Curaste a su madre.

—Tú no estás enferma —dijo Alvin.

—Toda Barcy está enferma —dijo La Tía—. Vives en una casa a punto de morir por esa enfermedad. Este barrio negro, a punto de morir. Los franceses de Barcy, a punto de morir. El mal de los furiosos, el mal de los estúpidos, todos tienen miedo. A alguien hay que echarle la culpa. Será a ti y a esos locos de Alce y Ardilla. Será a mí y a todos los que mantenemos a África viva. Será a todos los franceses como María de los Muertos y su madre.

¿Qué harán cuando la muchedumbre decida echarle la culpa de la fiebre a alguien y quemarlo? ¿Adónde van a ir?

—¿Qué crees que puedo hacer yo? No tengo control sobre la muchedumbre.

—Sabes lo que quiero.

—No lo sé.

—Tal vez no sepas que lo sabes, pero las palabras arden en tu corazón desde que tu madre te las dijo hace muchos años, cuando eras pequeño: «Deja ir a mi pueblo.»

—No soy ningún faraón y esto no es Egipto.

—Es también Egipto y no eres el faraón, eres Moisés.

—¿Qué quieres, una plaga de cucarachas? Barcy ya la tiene, y a nadie le importa.

—Quiero que separes el mar y nos dejes cruzar hasta tierra seca en la oscuridad de la noche.

Alvin negó con la cabeza.

—Moisés lo hizo gracias al poder de Dios, que yo no lo tengo. Y él tenía un sitio al que ir, un desierto en el que perderse. ¿Dónde puedes ir tú? Y toda esta gente. Demasiados.

—¿Dónde enviaste a los esclavos que liberaste del barco fluvial?

Eso dejó de piedra a Alvin. No era posible que esa historia fuera conocida aquí en el sur. ¿Verdad?

Alvin se volvió y miró a Arturo.

—No se lo he dicho a nadie —dijo Arturo—. ¿Crees que estoy loco?

—¿Crees que necesito que alguien me lo diga? —repuso La Tía—. Lo vi dentro de ti, todo en llamas. Llévanos al otro lado del río.

—Pero no estamos hablando de dos docenas de esclavos, sino de la ciudad negra y del orfanato y de... ¿El barrio francés? ¿Sabes cuántos son?

109

—Y todos los esclavos que quieran ir —dijo La Tía—. En la bruma de la noche. Haz que llegue a Barcy la bruma del río. Reúnelos a todos en la niebla, haznos cruzar el río. Tienes amigos rojos, llévanos a salvo al otro lado.

—No puedo hacerlo. ¿Crees que puedo contener todo el Mizzippy? ¿Qué crees que soy?

—Creo que eres un hombre que quiere saber por qué está vivo —dijo La Tía—. Quiere saber para qué es su poder. ¡Ahora La Tía te lo dice, y no quieres darte por enterado, por lo visto!

—No soy Moisés —dijo Alvin—. Y desde luego tú no eres el Señor.

—¿Quieres ver una zarza ardiendo?

—¡No! —dijo Alvin. Posiblemente ella fuese capaz de conjurar algún tipo de fuego artificial, pero no quería verlo.

—Y de nada serviría cruzar el río, de todas formas —dijo Alvin—. ¿Cómo daríamos de comer a la gente en la otra orilla? Es un pantano, con lodo y serpientes y caimanes y mosquitos, igual que aquí. No hay maná en ese desierto. Mis amigos pieles rojas están lejos, al norte. Nadie puede hacerlo. Menos que nadie, yo.

—Sobre todo, tú —dijo La Tía.

Guardaron silencio un momento.

Arturo Estuardo habló.

—¿Usted es tía de quién?

—No hablo español, muchacho. Me llaman La Tía porque los españoles no saben decir mi nombre ibo.

—Nosotros tampoco la llamamos por su nombre —informó la otra mujer—. Ella es nuestra Reina, y dice «deja ir a mi pueblo». Así que hazlo.

—Calla, niña —dijo La Tía—. No se le dice a un hombre como éste lo que tiene que hacer. Ya quiere hacerlo. Así que le ayudamos a encontrar su valor. Le decimos, ve al muelle y allí encuentra esperanza esta mañana. Allí encuentra un hermano como hizo Moisés, lo hace valiente, le crea problemas.

—Oh, bien —dijo Alvin—. Más problemas.

Pero sabía que lo haría: iría al muelle, al menos, y vería qué podía significar su profecía.

—Esta noche, con la primera oscuridad, habrá niebla —dijo La Tía—. Tú haz niebla, todo el mundo sabe venir.

—¿Venir adónde? —dijo Alvin—. No lo hagas. No podemos cruzar el río.

—Dejamos este lugar de una manera o la dejamos de otra —dijo La Tía.

Mientras se marchaban, observados por negros a ambos lados, Arturo Estuardo preguntó:

—¿Quería decir lo que creo que quería decir?

—Van a marcharse o van a morir intentándolo —dijo Alvin—. Y no puedo decir que hagan mal. Algo feo está tomando forma en esta ciudad. Anhelaban una guerra antes de esta guerra amarilla. Steve Austin ha estado congregando hombres a los que les gusta luchar. Y no hay escasez de gente que luche cuando se tiene miedo. Todos pretenden matar de algún modo, y La Tía tiene razón. No pueden quedarse aquí, no toda esa gente contra la que pueden volverse. Si encuentro un modo de sacar a Papá Alce y su familia de Barcy, se volverán contra los negros libres o los franceses.

—¿Qué tal un huracán? Creaste una riada para detener la revuelta de esclavos en Camelot, pero creo que esta vez podrías hacerlo con viento y lluvia —dijo Arturo Estuardo.

—No sabes lo que me pides. Un mal golpe en este lugar y podremos matar a tantos como pretendemos salvar.

Arturo Estuardo miró a su alrededor.

—Oh —dijo—. El terreno es demasiado bajo, supongo.

—Eso creo.

Unos rostros blancos los observaron desde las ventanas de las pobres barracas del barrio francés. Las palabras de La Tía se habían extendido ya. Todos confiaban en que Alvin los salvara, y él no sabía cómo.

«La historia de mi vida —pensó Alvin—. Las expectativas se acumulan a mi alrededor, pero yo no tengo ni el poder ni la sabiduría para cumplir ninguna de ellas. Puedo hacer que el cuchillo de un hombre desaparezca y fundir las cadenas de un puñado de esclavos, pero es una gota de sangre en un cubo de agua, no se puede encontrar, mucho menos recuperar.»

Una gota de sangre en un cubo de agua.

Recordó cómo Tenskwa-Tawa creó un remolino en un lago, puso su sangre en el agua, y vio el futuro en las paredes mientras él y Alvin se alzaban en el aire.

Recordó que fue en las visiones que tuvo dentro de aquella columna de agua giratoria donde vio la Ciudad de Cristal por primera vez. ¿Era algo del pasado lejano, o del futuro? Lo que importaba no era ese sueño de lo que podría haber sido. Era el proceso por el que Tenskwa-Tawa daba al agua la forma que quería, y la mantenía allí, aparentemente girando a gran velocidad, pero en realidad absolutamente quieta.

Sangre en el agua, y un remolino, y paredes tan claras y lisas como el cristal.

5

La bola de cristal

Mucho antes de llegar al muelle, Alvin empezó a escrutar los fuegos del corazón de la multitud que tenía delante. No podía verlos como Margaret, sabiendo cosas sobre ellos, sobre su pasado y su futuro. Pero distinguía entre aquellos fuegos del corazón que brillaban con más fuerza y aquellos que simplemente humeaban calientes y oscuros: quién era fuerte y quién era débil, quién era miedoso y quién valiente.

Reconocía a muchos, después de tanto tiempo en la ciudad. Encontró fácilmente a Steve Austin y Jim Bowie, alejados en este momento, y no demasiado parecidos. Sabía que Austin era un soñador, y Bowie un asesino. Los soñadores siempre parecían creer que su sueño merece el precio que pagarán los demás. También se engañan a sí mismos diciendo que controlarán el mal que usarán para hacer cumplir su sueño.

Pero pronto sus reflexiones sobre Austin y Bowie se interrumpieron en seco por un fuego del corazón brillante y familiar, lo último que esperaba (o quería) encontrar en Barcy.

Su hermano menor, Calvin.

Calvin había sido el compañero más íntimo de la infancia de Alvin. Habían sido inseparables, y todo cuanto Alvin hacía Calvin tenía que intentarlo.

Alvin, por su parte, rara vez sucumbía a la tentación

de burlarse de su hermano, sino que lo comprendía y lo cuidaba.

Con lo que no contaba nadie era con los celos de Calvin.

También él era el séptimo hijo de un séptimo hijo; aunque Calvin lo era solamente porque el primogénito, Vigor, murió al cruzar el río Hatrack el mismo día y a la misma hora en que nació Alvin. Así que fueran cuales fuesen los poderes conferidos por aquella poderosa circunstancia de nacimiento, los de Calvin no eran tan grandes como los de Alvin.

Pero tener un don menor que el de Alvin no era ninguna gran decepción: la mayoría de los humanos sufrían la misma deficiencia. Y los poderes de Calvin eran notables.

El problema era que Calvin nunca había trabajado su poder. Esperaba poder hacer lo que Alvin hacía, y cuando no podía, se volvía hosco y furioso. Se enfurecía con Alvin, cosa que era ridícula e injusta, en opinión de Alvin. Y lo decía.

A Calvin no le hacían mucha gracia las discusiones ni las críticas. No podía soportarlas, y las evitaba, y por eso los hermanos que una vez fueron íntimos habían pasado los últimos años distanciados. Tampoco ayudó que a Margaret no le gustara Calvin. O tal vez no fuera eso: tal vez simplemente lo temía, y no quería que estuviera cerca de Alvin.

Y sin embargo allí estaba Calvin. La coincidencia era demasiado grande. Habían enviado a Calvin aquí. Y la única persona que podía haberlo hecho era Margaret. Por algún motivo había decidido que la presencia de Calvin era buena para Alvin en aquel momento. O tal vez simplemente era necesaria para cumplir cualquiera que fuese su propósito.

Mientras se acercaba al muelle, Alvin captó el instante en que Calvin sintió su fuego del corazón. Su corazón se aceleró. El antiguo amor aún ardía allí. Calvin podía ser molesto, decepcionante, y algunas veces incluso un poco aterrador. Podía haber hecho algunas cosas oscuras que hacían que su fuego del corazón pareciera a veces sombrío y titilante. Pero seguía siendo aquel chiquillo con el que Alvin había compartido las mejores horas de su infancia, antes de comprender al oscuro enemigo que buscaba su vida.

Antes de que Calvin empezara a ser seducido por ese mismo enemigo.

Así que Alvin avivó el paso por las calles abarrotadas, y tropezó con gente de vez en cuando, aunque a nadie se le ocurrió desafiarlo viendo su estatura, y la envergadura de sus hombros de herrero.

Tras él, Arturo Estuardo trotaba para no perder el paso.

—¿Qué pasa? ¿Qué está pasando?

Y entonces salieron de la calle y vieron la interminable fila de barcos atracados en el muelle, los estibadores cargando y descargando, las grúas alzándose y bajando, los pasajeros deambulando (pocos llegaban, muchos partían), los vendedores gritando y empujando, los ladrones y las putas acechando y ofreciéndose, y en mitad de todos ellos, de pie y solo y mordisqueando pan, estaba Calvin.

Por fin había alcanzado su estatura adulta. No era tan alto como Alvin, pero sí más delgado, así que parecía un hombre alto, mientras que Alvin parecía grande. Su pelo estaba iluminado por la luz del sol. Y sus ojos chispearon cuando vio que Alvin se acercaba.

—¿Qué estás haciendo aquí, chavalote? —exclamó Alvin, corriendo a abrazar a su hermano.

Calvin se echó a reír y le devolvió el abrazo.

—Supongo que he venido a salvarte de algún peligro, aunque tu esposa no dio más detalles.

—Me alegro de tenerte aquí —dijo Alvin—. Aunque ninguno de nosotros tiene idea de por qué está aquí.

—Oh, yo sé por qué estamos aquí —dijo Calvin—. Lo que no sé es por qué nos envió Peggy.

—Bueno... ¿vas a decírmelo?

—Estamos aquí porque es hora de que superemos pequeñas rencillas y trabajemos juntos para cambiar de verdad el mundo.

No llevaban hablando ni un minuto y Alvin rechinaba ya un poco los dientes. ¿Pequeñas rencillas? Calvin era el único que había sentido siempre celos, el que decidió dejar Iglesia de Vigor y partir adondequiera que hubiese estado: Francia e Inglaterra, sabía Alvin, y Camelot, y Filadelfia una vez, y un montón de otros lugares de los que no tenía ni idea. Fue Calvin quien decidió dejar de seguir perfeccionando su don, quien tuvo que aprenderlo todo por su cuenta.

Al parecer lo había aprendido todo y estaba dispuesto a ocupar su lugar como igual de Alvin. Pero Alvin no se hacía ilusiones de que fueran a trabajar juntos. Calvin cooperaría si le apetecía, y no lo haría si no le apetecía.

Y cuando realmente la cagara, Alvin intervendría y trataría de deshacer la locura en la que Calvin se hubiera metido.

«No, no, eso no es justo. Dale una oportunidad al chico. Al hombre, quiero decir. O quizás eso es lo que quiero decir.»

—Muy bien —dijo Calvin—. Tal vez no hemos superado nuestras pequeñas rencillas.

Alvin advirtió que no había contestado a las palabras de Calvin.

—¿Qué rencillas? Estaba intentando decidir cómo repartirnos mejor el trabajo.

—¿Por qué no en voz alta? —preguntó Calvin—. Así quizá tenga oportunidad de proponer alguna idea, en vez de esperar la tuya.

Lo dijo con una sonrisa, pero Alvin casi se rió en su cara. Se acabó lo de olvidar las pequeñas rencillas.

—¿Dónde está aquel francés con el que viajabas hace unos años?

—¿Balzac? —dijo Calvin—. De vuelta en Francia, escribiendo novelas subversivas que hacen que Napoleón parezca un gilipollas.

—¿Y Napoleón lo permite?

—No lo sabemos. Balzac no ha llegado a publicar ninguna todavía.

—¿Es bueno?

—Tendrás que decidirlo por ti mismo —dijo Calvin.

—No sé leer en francés.

—Lástima. Hoy en día todas las cosas interesantes se escriben en francés.

«Adelante —pensó Alvin—. Asegura tu superioridad. Eres superior a mí cuando se trata de hablar francés, y no me importa. Los buenos modales deberían sugerirte que no me lo restriegues en las narices. Pero claro, tú opinas que yo siempre te restriego a ti mi habilidad como hacedor, así que... lo que es justo, es justo.»

—¿Tienes hambre? —preguntó Alvin.

—Comí en el barco —respondió Calvin—. De hecho, no había otra cosa que hacer sino comer. No había más que niebla en el río.

—¿No se quedó en la orilla oeste?

Calvin se echó a reír.

—De vez en cuando jugueteaba un poco con ella. Creaba un poco más de niebla usando el agua del río. Rodeaba el barco de niebla. Supongo que parecíamos extraños a la gente de la orilla. Una pequeña nube flotando río abajo y el sonido de un motor de vapor surgiendo de ella.

Alvin sintió el desdén familiar alzarse en él. Calvin insistía en usar su poder para hacer tonterías y alardear.

No es que a Alvin le fuera del todo ajeno ese impulso. Pero al menos trataba de controlarlo. Al menos Alvin se avergonzaba cuando se sorprendía a sí mismo alardeando. Calvin se complacía en ello. Parecía inmune al desdén de Alvin. O quizás era el desdén de Alvin lo que quería provocar. Tal vez quería una pelea.

Y posiblemente se encontrara metido en una. Pero no por eso, ni en aquel mismo momento.

—Qué gracioso —dijo.

Calvin lo miró divertido.

—¿Nunca has creado un poco de niebla?

—De vez en cuando —respondió Alvin—. Y la he despejado también, cuando sentía la necesidad.

—Por alguna noble causa, estoy seguro —dijo Calvin—. Bien, ¿qué horrible problema estás intentando solucionar, y qué crees que tendré yo que ver en ello?

Alvin explicó la situación lo mejor que pudo: la fiebre amarilla, cómo había estado sanando a tanta gente como podía. Los rumores sobre el orfanato. La pequeña muchedumbre de Jim Bowie. La Tía y el deseo de los pueblos oprimidos de Barcy de salir de allí antes de que empezara el derramamiento de sangre.

—Entonces, ¿qué haremos? ¿Tomar todos esos barcos?

—Entre los franceses, los esclavos, los negros libres y los huérfanos no haya muchos marineros.

—Podríamos persuadir a las tripulaciones para que se queden a bordo.

—La Tía tiene la idea de separar las aguas del río.

Como hizo Moisés en el mar Rojo. En mi opinión sería más como lo de Josué cruzando del Jordán, cuando el agua se acumuló en la orilla derecha mientras los israelitas cruzaban a la orilla occidental.

—Y tú no quieres hacer eso.

—No tiene sentido —dijo Alvin—. Primero, hay un montón de agua que a alguna parte tiene que ir. Inundaría toda la ciudad, lo cual no mejoraría precisamente las cosas. Y cuando lleguemos al otro lado, ¿qué hay allí? Niebla y pantanos. Y algunos pieles rojas terriblemente recelosos que no se alegrarán de vernos. Y, no lo olvidemos, varios miles de personas que alimentar.

Calvin asintió.

—No me sorprende, Al. Todo el mundo tiene un plan, pero se ve claramente que son todos unos idiotas y que sus planes no valen un pimiento.

Alvin sabía que si le decía a Calvin que se estaba buscando una pelea, el muchacho lo miraría con ojos inocentes y diría: «¿Cómo, Al? Si son todos idiotas y sus planes no sirven para nada.»

—No son idiotas —dijo Alvin—. Sobre todo teniendo en cuenta que yo ni siquiera tenía un plan hasta que me acordé, cuando venía de camino, de algo que vi hacer a Tenskwa-Tawa.

—Ah, sí, Lolla-Wossiki, ese piel roja tuerto y estirado.

Oír hablar así del gran Profeta hizo que a Alvin le ardiera la sangre en las venas, pero no dijo nada.

—Claro que supongo que ahora no beberá mucho —dijo Calvin—. ¿Y no le arreglaste el ojo? Porque no sabemos qué está haciendo al otro lado de la niebla. A lo mejor destilan alcohol de maíz y se emborrachan cada jueves —se rió de su propio chiste.

Alvin no.

119

—¡Oh, qué soso! —dijo Calvin—. Para ti todo es serio.

«Sólo la gente que amo», pensó Alvin. Pero se lo guardó.

—Lo que vi hacer a Tenskwa-Tawa, fue mezclar su sangre con agua y convertirla en algo sólido —dijo.

Calvin asintió.

—No conozco los dones rojos.

—Ellos no tienen dones —dijo Alvin—. Sacan sus poderes de la naturaleza.

—Eso es una chorrada —dijo Calvin—. Todos somos humanos, ¿no? Los pieles rojas pueden casarse con blancos, ¿no? Entonces, ¿qué tendrían sus hijos, medio don? ¿Cómo sería medio don? ¿Y podrían sacar medio poder de la naturaleza?

—Y yo que pensaba que no sabías nada sobre los dones rojos —dijo Alvin—, y resulta que insistes en que tienen dones igual que los nuestros.

—Bueno, si vas a ponerte a discutir, lamentaré haber venido.

«Ya seremos dos», se abstuvo de decir Alvin.

—Así que crees que puedes hacer lo que hizo el viejo Lolla-Wossiky —dijo Calvin—. ¿Y luego qué? ¿Solidificarás el río? ¿Como un puente, y el resto del agua pasará por debajo?

—Todos los demás problemas siguen sin resolver —dijo Alvin—. No, estaba pensando en el lago Pontchartrain.

—¿Dónde está eso?

—Al norte de la ciudad. Un gran lago salado poco profundo. Es bueno para pescar gambas y cangrejos, y hay un ferry que lo cruza, pero no se usa mucho, porque no hay nada que merezca la pena al otro lado. La mayoría de la gente toma un barco río arriba o río abajo. Pero

120

al menos al otro lado del Pontchartrain hay granjas y comida y refugio y no hay pieles rojas furiosos preguntándose qué hemos ido a hacer a su tierra.

—Pero hay un montón de granjeros furiosos que se preguntarán por qué llevas a tres mil personas, incluyendo negros libres y esclavos fugitivos, justo a sus plantaciones de algodón —dijo Calvin.

Esa sí que era una discusión que merecía la pena, pensó Alvin. No pelear por pelear, sino algo que realmente importaba.

—Bueno —dijo Alvin—. Supongo que si tuviéramos a treinta fugitivos la gente se enfadaría con nosotros. Pero si cruzamos con tres mil, pienso que preferirán no luchar contra nosotros y darnos algo de comer y esperar a que pasemos de largo rápido.

—Es posible —dijo Calvin—. O puede que manden llamar a los soldados del Rey para que vengan e impongan disciplina.

—Y los soldados del Rey podrían encontrarnos en la niebla —dijo Alvin.

—Ajá. Sabía que lo de la niebla acabaría siendo idea tuya.

—Creí que querías incluir tus ideas en este plan —dijo Alvin sonriendo, porque era eso o darle un puñetazo en la nariz al muchacho.

—Mientras recuerdes que son mías...

—Cal —dijo Alvin—, las ideas no son tierra o poemas o bebés o algo por el estilo. Si me das una idea, y me gusta, entonces es también mi idea, y sigue siendo tuya, y también pertenece a todo el mundo que la considere buena.

—Pero a mí se me ocurrió primero.

—Bueno, Cal, si vas a ponerte quisquilloso, cuando se trata de niebla, pienso que a Dios se le ocurrió mucho antes de que tú y yo naciéramos.

—Y supongo que vas a hacerme remover toda esta niebla mientras tú haces todas las cosas chulas con el agua.

—No sé —dijo Alvin—. Nunca he creado niebla. Y tú nunca has mezclado sangre y agua y la has convertido en cristal. Así que si los dos hacemos lo que ya sabemos hacer...

Calvin se echó a reír y sacudió la cabeza.

—Así que ya me has pensado mi parte.

—Te diré una cosa —contestó Alvin—. Yo haré lo de la niebla y lo del agua, y tú podrás volver en el barco y seguir viviendo tu vida como has estado haciendo durante los últimos seis años.

—Así que no me necesitas —dijo Calvin—. Supongo que Peggy volvió a equivocarse.

—Hay partes de ti que necesito. La parte que quiere usar su don para ayudar a un puñado de gente inocente, o inocente en su mayoría, a salir de Barcy antes de que empiecen las matanzas, eso sí lo necesito. Pero la parte tuya que quiere pelear conmigo y distraerme de lo que tengo que hacer, esa parte puede meter la cabeza en el culo de un caballo.

Calvin se echó a reír.

—Apuesto a que al caballo le gustaría eso aún menos que a mí.

—Tienes razón —dijo Alvin—. Olvidaba que los caballos tienen también derechos.

—Tranquilízate, viejo Al —dijo Calvin—. ¿No sabes cuándo se están burlando de ti?

—Me parece que sí. Te crees un perro veloz acosando a un toro lento. Pero lo que no pareces advertir es que a veces el perro no es tan rápido y el toro no es tan lento.

—¿Me estás amenazando?

—Te estoy recordando que no tengo toda la paciencia del mundo.

—¿Ni siquiera tienes paciencia suficiente para mí? ¿Tu amado hermano menor?

—Un hombre podría tener ocho barriles de paciencia llenos para ti, Cal, y seguirías pinchándolo hasta ver qué pasa cuando se descubra que necesitaba nueve.

—A veces fastidio a la gente, lo admito —dijo Calvin—. Pero tú también.

—Lo reconozco —dijo Alvin, pensando en Jim Bowie.

—¿Así que harás un puente sobre ese Ponche Tren?

—Creía que hablabas francés.

—¿Se supone que Ponche Tren es francés? —Calvin se echó a reír—. Oh... oh, ahora lo pillo. Pont Chartrain.

Lo dijo con un exagerado acento francés, de manera que su boca parecía que acababa de comerse un níspero.

Alvin no pudo evitarlo. Siguió haciéndose el tonto.

—¿Ponte el tren? Ni siquiera puedo poner la boca bien para pronunciar esas palabras francesas.

Fue como en lo viejos tiempos, pinchándose el uno al otro.

—Ése ha sido el mejor acento francés que he oído jamás de un herrero errante.

—Ah, venga ya, Cal —dijo Alvin—. Reconozco que me has hecho querer irme con el saco hasta Pagggís.

—Si te lavas bien, te llevaré a que conozcas a Bonaparte en persona.

—No gracias —dijo Alvin—. Lo conocí una vez y acabé con él.

De inmediato el jugueteo desapareció del rostro de Calvin y Alvin pudo ver que su fuego del corazón destellaba de ira.

—Oh, disculpa, olvidé que ya lo hiciste todo mucho antes de que viniera el pequeño Calvin.

—Oh, no seas...

—¿Que no sea qué? ¿Qué ibas a llamarme, hermano mayor?

—Lo conocí cuando era un chaval, y no le gustó. Tú lo conociste, y al parecer te cayó bien. ¿Y qué más da? Estuvo aquí en América. Fue antes de que echáramos a la monarquía. ¿Qué se supone que he de hacer, fingir que no lo conocí, solo para no provocarte? ¿Eres el único que tiene derecho a conocer a gente famosa?

—Oh, cierra el pico —dijo Calvin, y echó a andar en otra dirección.

Como Calvin era perfectamente capaz de encontrar el fuego del corazón de Alvin cada vez que quisiera, Alvin no se preocupó. Se dirigió a casa, deseando que Margaret hubiera decidido que necesitaba un ayudante distinto. Como, digamos, Verily Cooper: ese sí que era un buen hombre, y no le gustaba buscar pelea. O Medida. Alvin podría haber usado a cualquiera de sus hermanos mejor que a Calvin.

Pero la verdad era que Alvin no tenía ni idea de si podría crear una buena niebla y hacer aquello con el agua; no al mismo tiempo... no de manera digna de confianza. Por prometedor que fuera Arturo Estuardo, todavía estaba dando los primeros pasos como hacedor, y Alvin tendría suerte si podía enseñarle a Arturo a elevar vapor de una tetera, mucho menos una niebla completa. Así que necesitaba a Calvin. Una buena niebla densa no sería sólo para esconderlos al otro lado. Cubriría toda la ciudad aquella noche. Impediría que la gente los encontrara hasta que hubieran cruzado el lago y estuvieran a salvo.

Margaret hizo bien al enviarlo, y Alvin se tendría que tragar el orgullo y no permitir que Calvin lo enfureciera.

El gran logro del día de Arturo Estuardo fue aparecer con quince sacos de lona que los niños mayores podrían utilizar para llevar comida para el viaje. Papá Alce y Mamá Ardilla supervisaron la carga de los sacos, discutiendo sobre lo que necesitaban. Papá Alce estaba decidido a que llevaran ropa, mientras que Mamá Ardilla no quería más que comida.

—Tendrán hambre antes de quedarse desnudos —dijo.

—Pero no importa cuánta llevemos, nos quedaremos sin comida pronto, y si vamos a tener que vivaquear o comprar víveres de todas formas, bien podríamos llevar ropa para que los niños no tengan que viajar en harapos.

—Si podemos permitirnos comprar comida podemos permitirnos comprar ropa, y necesitaremos la comida primero.

—Podemos obtener comida de los árboles y de los campos.

—Bueno, si estás hablando de robar, Papá Alce, podemos obtener la ropa de los tendederos.

—Si somos lo bastante afortunados para encontrar ropa que les vaya bien.

—No hay un niño en esta casa a quien le siente bien la misma ropa seis meses seguidos.

Y así continuaron. Mientras tanto, para diversión de Arturo Estuardo, descargaban la bolsa del otro casi con la misma velocidad con que cargaban la suya propia. Los niños parecían acostumbrados a este tipo de discusión y la mayoría de los sacos estaban en otra habitación, donde los cargaban con cuidado con la ropa que sacaban de la cocina. Al parecer, estaban a favor de Mamá Ardilla.

—No me gusta la ropa que tenemos —le dijo uno de

los niños a Arturo Estuardo—. Prefiero viajar desnudo.

En ese momento un grito procedente de la cocina los hizo echar a correr a todos.

Papá Alce estaba tendido en el suelo, sujetándose el pie lisiado y gritando con grandes gemidos de dolor.

—¿Qué ha pasado? —preguntó Arturo, entre el clamor de los niños.

—No lo sé, no lo sé —dijo Mamá Ardilla.

Arturo Estuardo se arrodilló junto a Papá Alce, apartando a algunos de los niños. Tomó el tobillo y el pie del hombre en sus manos y empezó a quitar las vendas que lo mantenían en su sitio y sostenían la almohadilla bajo el talón. Casi de inmediato los gemidos cesaron, pero no porque el dolor se hubiera aliviado, advirtió pronto Arturo Estuardo. Papá Alce se había desmayado.

Nadie llegó a oír que llamaron a la puerta... si es que lo hicieron. Advirtieron que tenían visita cuando habló.

—Esto es lo que pasa por tener la cocina nada más entrar en la casa.

Arturo Estuardo alzó la cabeza. Era el hermano menor de Alvin, Calvin.

Calvin negó con la cabeza.

—¿Se ha quemado con el horno?

—No lo sé.

—¿No te ha enseñado nada Alvin?

Arturo Estuardo se retorció por dentro, pero se ciñó al tema.

—Tiene que ver con su pie.

Calvin se arrodilló junto a Arturo y empezó a examinar a Papá Alce.

—Parece un pie lisiado —dijo.

Arturo Estuardo miró a Mamá Ardilla, alzando las cejas para decir: ¿No es maravilloso tener un médico de verdad que nos diga lo que ya sabemos?

Sin embargo, Mamá Ardilla no estaba de humor para sarcasmos.

—¿Quién es usted, señor? Y quite las manos del pie de mi marido.

Calvin la miró y sonrió.

—Soy Calvin Maker, el hermano de cierto herrero errante que ha estado viviendo en su casa, creo.

Eso sí que enfureció a Arturo Estuardo. Llamarse a sí mismo hacedor, como si fuera su profesión, cuando Alvin no decía serlo, ¡y eso que era diez veces mejor hacedor de lo que sería jamás Calvin!

Pero Arturo se calló la boca, ya que no tenía nada que ganar enfrentándose a Calvin.

—Estoy estudiando lo que falla en los huesos de su pie. Los músculos han crecido mal alrededor de los huesos. —Calvin palpó un poco más el pie, y luego quitó los gruesos calcetines.

—¿Qué estás haciendo? —exigió saber Mamá Ardilla.

—No puedo creer que Alvin lleve tanto tiempo en esta casa y no haya hecho nada por el pie de su marido.

—Mi marido está contento con el pie tal como lo tiene.

—Bueno, ahora estará más contento —dijo Calvin—. Lo he devuelto todo a su sitio.

Se levantó y le ofreció la mano.

—Tardará un poco en acostumbrarse, pero en unas semanas andará mejor de lo que ha hecho en toda su vida.

—¿Unas semanas? —dijo Mamá Ardilla, ignorando su mano—. Tal vez estarás muy orgulloso de tu milagro, pero podría habérsete ocurrido preguntar si era un día conveniente para arreglarle el pie. ¡Tenemos que caminar kilómetros esta noche! Y durante semanas.

—¿Y él iba a hacerlo con un pie lisiado? —dijo Calvin.

Arturo Estuardo sabía, por el leve tono de desdén de Calvin, que le irritaba la falta de gratitud de Mamá Ardilla.

—Alguna gente está tan orgullosa de su poder que no se le ocurre que otra gente puede no querer que hagan a su costa demostraciones públicas —dijo Mamá Ardilla.

—Bueno, entonces estoy seguro de que recordaré cómo era antes ese pie lisiado —dijo Calvin—. Creo que puedo volver a dejarlo como estaba.

—No, no puedes —dijo Arturo Estuardo.

Calvin lo miró con fría, divertida hostilidad.

—¿No?

—Porque su pie ya había sido cambiado antes de que llegaras —dijo Arturo Estuardo—. Eso fue lo que le hizo gritar de dolor y caerse. Algo removió todos los huesos mientras el pie estaba todavía envuelto en vendas. Y eso fue hace sus buenos cinco minutos.

—Qué interesante.

—Ya ves, los huesos que encontraste cuando te arrodillaste no estaban como antes.

Calvin meneó tristemente la cabeza.

—Arturo Estuardo, ¿sabe Alvin que has estado intentando curar a este pobre hombre sin que él lo pidiera?

—¡No he hecho tal cosa!

—Si sabías cómo estaba su pie antes, y lo distinto que estaba cuando yo llegué, es que has estado husmeando ahí dentro —dijo Calvin—. No lo niegues, siempre has sido un mal mentiroso.

—Qué sabrás tú lo que he sido siempre.

—Oh, entonces supongo que eres un buen mentiroso. No esperaba que nadie estuviera orgulloso de serlo, pero como quieras. —Calvin se acercó a la puerta y se asomó al patio—. ¿Le importa si uso su excusado? Ha pasado mucho tiempo desde que bajé del barco que me trajo, y me vendría bien un retrete.

Mamá Ardilla le indicó que continuara. En cuanto se marchó, se arrodilló de nuevo junto a Papá Alce.

—Lo hizo, ¿verdad? —dijo—. Antes de entrar por la puerta.

—Le gusta hacer entradas teatrales —respondió Arturo Estuardo—. Y le encanta derrotar a Alvin, si puede.

—Atreverse a causarle tanto daño a mi marido. ¿Crees que no sabemos lo que es Alvin? ¿Crees que no podríamos haberle pedido que arreglara ese pie si hubiéramos querido?

—Calvin no va a admitir nunca que lo ha hecho —dijo Arturo Estuardo—. Así que bien podría ayudarle a aprender a caminar con el pie así. ¿Tiene el otro zapato del par?

—¿Otro zapato? ¿Par? —bufó Mamá Ardilla—. Él nunca ha comprado un par de zapatos en su vida.

—Bueno, ¿es el único zapato que tiene?

—Tiene otro, para los domingos.

—Pues que se lo ponga en el otro pie.

—No le entrará.

—Un pie con zapato y otro descalzo será peor —dijo Arturo Estuardo.

Mamá Ardilla envió a un par de niños en busca del zapato de los domingos de Papá Alce. Luego se volvió hacia Arturo Estuardo.

—Supongo que no sabrás despertar a mi marido.

—No jugueteo con las cabezas ni los pies de la gente —dijo Arturo Estuardo—. Además, Calvin no hizo un gran trabajo. El pie sigue siendo un caos por dentro, aunque tenga más o menos la forma adecuada por fuera. Creo que cuando Papá Alce se despierte va a sentir un montón de dolor.

—Entonces será mejor que duerma —dijo Mamá Ardilla—. Es que... desde que lo conozco, nunca he visto así a Papá Alce. Con todas las cosas que han pasado, no me he asustado hasta ahora.

—Cuando Alvin vuelva lo arreglará todo —dijo Arturo Estuardo.

—Oh, eso espero, eso espero.

—Bien podríamos seguir cargando los sacos.

Y en unos instantes los niños volvieron a cargarlos de comida. La ropa extra, descargada ahora, se quedó amontonada en la sala.

—Para los pobres —dijo Mamá Ardilla.

Arturo se preguntó si ella tenía alguna definición de la palabra «pobre» que no les incluyera a ella y a su enorme y hambrienta familia.

Alvin estaba sentado en la húmeda ribera, cerca de casa de María de los Muertos, los pies descalzos en el agua, contemplando pasar un caimán. El caimán le había dirigido un pensamiento de pasada: Alvin vio en su fuego del corazón aquel destello de hambre. Pero Alvin le pidió que buscara en otra parte, y el caimán accedió.

Bueno, para decirlo exactamente, Alvin le puso en la mente la idea de que le arrancaban las tripas, y la asoció con la imagen de Alvin, y el caimán se marchó a toda pastilla.

«Es buena cosa poder asustar a los caimanes —pensó Alvin—. Podría dedicarme a eso a tiempo completo y convertirlo en una profesión. Podrían llamarme Caimán Al, y siempre me preguntarían cómo es que no llevaba botas de piel de caimán o un cinturón de piel de caimán, y yo diría: "¿Cómo voy a conseguirme una piel de caimán, si los caimanes no pueden acercarse a mí?"»

Le parecía un trabajo mejor que el que tenía ahora: la responsabilidad de salvar las vidas de cientos de personas sin tener ni idea de cómo hacerlo.

Se pinchó un par de veces con el cuchillo para sacarse sangre, cosa que le resultó embarazosa ya para empezar. Le hizo sentir que estaba a un par de pasos de un sacrificio mexica. Dejó que la sangre cayera en el agua sucia y luego la sintió disgregarse y desaparecer.

Lo había hecho una vez, en la Reina Yazoo, pero no con agua de río. Fue con agua potable, ya pura. La sangre no tenía ningún sitio adonde ir, se mezcló con el agua inmediatamente y Alvin pudo darle la forma que quería. ¿Pero cómo sacar algo de un cuerpo de agua casi infinito, lleno de impurezas?

¿Más sangre? ¿Abría una vena? ¿Una arteria?

¿Y una arteria de caimán, qué tal?

No, sabía que no. El hacedor es parte de lo que hace. Si había una cosa que supiera, era ésa.

Pero se había pasado la vida escapando por los pelos de que el agua lo matara, hasta que su padre se asustó incluso de que Alvin tomara un trago fresco de un arroyo por miedo a que se ahogara o se atragantara.

«Deja de pensar —se dijo—. Esto no es ciencia, como palpar un chichón en la cabeza o sangrar a un paciente. Esto es serio, y tienes que mantener la mente abierta por si viene una idea: tienes que dejarle espacio para que encaje.»

Así que se ocupó de aclarar el agua a su alrededor. No fue difícil: era bueno con los fluidos y los sólidos, purificándolos, pidiendo que se quedara a lo que correspondía, y que se marchara a lo que no. Los huevos de mosquito, los animales diminutos, los sedimentos flotantes, todas las criaturas grandes y pequeñas, y por encima de todo la sal de aquel cuerpo de agua: les pidió que

131

buscaran otro sitio adonde ir, y se fueron, hasta que pudo contemplar el agua y entre el reflejo de los árboles que extendían sus ramas por encima pudo ver sus pies descalzos y el fondo fangoso.

Mirar el agua fue interesante, ver dos niveles a la vez: el reflejo en la superficie y lo que había debajo.

Recordó cuando estuvo dentro del torbellino con Tenskwa-Tawa; en las paredes de agua sólida vio no sólo un reflejo o lo que había en el agua, sino también cosas en lo profundo del tiempo, conocimiento oculto. Era demasiado joven para entenderlo en aquel momento, y ya no estaba seguro de si lo recordaba o simplemente recordaba que lo recordaba, si saben a qué me refiero.

Oía una especie de canción sin palabras, tan quieto estaba. No era tampoco en su mente. Era otra canción, familiar, la canción que había oído tantas veces en su vida mientras corría como el viento entre los árboles. La canción verde de la vida a su alrededor, de los árboles y el musgo, los pájaros y los caimanes y los peces y las serpientes, y las vidas diminutas y las vidas momentáneas, todas ellas creando una especie de profunda armonía conjunta que se convertía en parte de él de modo que podía oírse a sí mismo como una pequeña parte de aquella canción.

Y mientras escuchaba la canción verde y contemplaba el agua, otra gota de sangre cayó de su mano y empezó a extenderse.

Sólo que esta vez dejó que su poder se extendiera con su sangre, siguiendo el líquido familiar, manteniéndolo caliente, dejándolo unirse con el agua como si fuera parte de la misma música. No había límites que lo contuvieran, pero se aferró a la sangre, conservándola como parte de sí mismo en vez de algo perdido, como si su corazón estuviera todavía bombeándola por sus venas.

En vez de imponer en la sangre fronteras externas,

envió sus propios límites en su fluir. Hasta ahí, le dijo a su sangre, y no más lejos. Y como era todavía parte de sí mismo, obedeció.

En los límites la sangre empezó a formar una pared, a convertirse en sólida, como una hoja muy fina de cristal. Entonces, trabajando hacia dentro, la sangre formó un entramado que atrajo el agua hacia sí en complicados remolinos que nunca dejaban de moverse, pero tampoco dejó nunca su órbita alrededor de los hilos de sangre, imposiblemente finos.

El agua se movió más y más rápido, un millar de millones de diminutos remolinos alrededor de los hilos calmados, y Alvin extendió las manos a ambos lados de la esfera de agua solidificada y la sacó de las aguas claras del lago Pontchartain.

Era pesada: le hicieron falta todas sus fuerzas para levantarla, y deseó no haberla hecho tan grande. Pesaba mucho más que el arado que llevaba en su saco. Pero era también extrañamente inerte. Aunque sabía que el movimiento del agua dentro de la esfera era incesante, en sus manos seguía pareciendo una piedra. Y mientras la miraba, lo vio todo a la vez.

Vio su propio nacimiento, el esfuerzo por emerger al mundo, las paredes del vientre de su madre apretándose contra él mientras él empujaba; oyó sus gritos y la vio rodeada por las paredes de lona de una carreta cubierta que se mecía y se deslizaba y se mecía en la corriente de un río desbocado. Y luego estaba fuera de aquella carreta y vio un gran árbol caído que flotaba como un ariete directamente hacia la carreta, directamente hacia él, aquel apasionado niño no nacido, furioso y esperanzado, y entonces oyó un fuerte grito y vio a un hombre saltar al árbol y empujarlo, empujarlo, de modo que chocó de refilón contra la carreta y se perdió en la tormenta...

Y luego vio a una niña pequeña extender la mano para tocar el rostro de un niño recién nacido que aún no había tomado aire porque una placenta de carne le cubría la cara entera como si fuera una máscara terrible. Ella apartó la placenta y el aire entró en la boca del niño y empezó a llorar. La niña retiró la placenta con tanto cuidado como si fuera el corazón de un sacrificio mexica, y él sintió cómo el bebé y la placenta permanecían conectados, y supo que era la Pequeña Peggy, la niña que tenía cinco años cuando él nació, que ahora era su esposa, que casi no tenía nada de aquella placenta antigua y reseca a su cuidado, porque la había amasado entre sus dedos y había convertido cada trocito en polvo para extraer el poder del propio don de Alvin y usarlo para salvarle la vida.

«Pero ahora —pensó él—. ¿Ahora qué?»

Respondiera la pesada espera a su pregunta o le mostrara simplemente el deseo de su corazón, se vio a sí mismo arrodillado en el agua de la orilla del Pontchartrain, virtiendo sangre copiosamente en el mar interior, y viendo cómo un sendero de cristal cruzaba el lago, de un metro y medio de ancho, tan fino como el hielo que queda en el alféizar de una ventana la noche de la primera helada de otoño. Y solos y por parejas la gente empezó a salir al puente de cristal y a caminar por la superficie del agua que los contenía, una decena, docenas, cientos de ellos, una gran cadena de gente. Pero entonces se dio cuenta de que la gente frenaba el paso, se paraba, vacilaba, a medida que más y más personas miraban el cristal a sus pies y empezaban a ver lo que Alvin ya veía.

No avanzarían, tan atrapados estaban por las visiones de cristal en el agua. Tardaban demasiado tiempo, demasiados minutos, mientras la sangre continuaba manando de él.

De repente en el cristal se vio a sí mismo desmayarse y caer al puente y de inmediato éste empezó a romperse y desmoronarse y toda la gente cayó al agua y gritaba y manoteaba y...

Alvin soltó la esfera de cristal y ésta cayó al agua con una salpicadura.

Al principio pensó que se había disuelto al instante tras romper la superficie, pero cuando metió la mano en el agua, a sus pies, allí estaba.

La recogió de nuevo.

«He creído que las cosas que el agua de cristal me ha enseñado serían verdad —pensó—. Pero no puede ser así. Margaret no me habría enviado aquí si no tuviera la fuerza para hacer que este puente aguante hasta que haya cruzado la última alma.»

Miró la bola de cristal que tenía en las manos. «No puedo dejar esto aquí —pensó—. Pero no puedo llevármelo tampoco. Es demasiado pesada; no con el arado, no con todo lo que tengo que hacer.»

—La llevaré yo —susurró una voz tras él.

Alvin vio el reflejo de su cara en el cristal y, para su sorpresa, la superficie redonda no distorsionó la imagen.

No la estaba viendo sobre el cristal, sino dentro, y de inmediato supo más sobre ella de lo que habría creído llegar a saber sobre nadie.

—No eres francesa —dijo—. Tu madre y tú sois portuguesas. Ella tiene un don con los tiburones. La llevaron a un viaje tras otro por eso, para mantener a los monstruos a raya, sólo que uno de ellos la usó para algo más y se quedó embarazada de ti y por eso saltó del barco y viajó en la espalda de un tiburón hasta la orilla y te dio a luz en la misma desembocadura del río.

—Nunca me lo ha contado —dijo María de los Muertos—. Puede que sea así, puede que no.

135

Alvin se puso en pie, todavía dentro del agua, y se volvió para tenderle la esfera.

—Es pesada.

—Puedo soportar cualquier carga si la acepto libremente —dijo ella. Y era cierto. Aunque vaciló un poco por el peso, apretó la bola junto a sí y no la dejó caer.

—No la mires.

—La tengo delante de la cara, ¿cómo no voy a mirarla?

Y sin embargo no miró. Cerró los ojos con fuerza.

—Ya es bastante malo saber lo que ya sé sobre la gente —dijo—. No quiero saber todo esto además.

Alvin se quitó la camisa y envolvió con ella la esfera.

—Yo la llevaré ahora —dijo.

—No —contestó María de los Muertos—. Necesitas todas tus fuerzas para el trabajo de esta noche.

Todos los niños estaban sentados en el suelo, repartidos por las habitaciones de la planta baja. Los mayores tenían todos un saco que cargar, lleno de cualquier resto de comida que hubiera en la casa. Arturo Estuardo admiraba cómo todos obedecían a Mamá Ardilla, sin demasiado jaleo por parte de ella ni de los niños.

Lo que no sabía era qué iban a hacer con Papá Alce. Estaba tendido en el suelo de la cocina, despierto ahora, pero con los ojos cerrados, sin decir nada, sin gemir, sin ningún respingo, pero con un río de lágrimas corriéndole desde los ojos hasta el pelo y las orejas. Arturo Estuardo ansiaba ayudarlo, sabía que todos los huesecillos estaban malformados y no encajaban, pinchando aquí y allá, los ligamentos y tendones demasiado cortos, a veces demasiado largos para el lugar donde se suponía que debían estar. Lo que no sabía era cómo hacerlos cambiar para convertirlos en algo que se acercara más a lo que estaba bien.

La puerta de la cocina se abrió y entró Alvin. No llevaba camisa, y Arturo Estuardo advirtió que parecía mucho más delgado que en la época en que trabajaba como herrero cada día. Pero por delgado que estuviera, comparado consigo mismo, seguía siendo grande, y absorbía el aire como un gran barco con las velas hinchadas.

Antes de que Arturo Estuardo pudiera preguntarse qué había hecho con su camisa, María de los Muertos entró tras él llevando algo envuelto.

Calvin no los había molestado ni pizca después de causar todo aquel dolor a Papá Alce. Pero ahora que Alvin estaba de vuelta, apareció al instante.

—¡Alvin, llegas en buen momento! Deberías ver el lío que tu cuñado ha causado, al juguetear con el pie de este buen hombre.

Arturo Estuardo no se molestó en contestar, sabedor de que Alvin conocía a Calvin demasiado bien para creer su versión.

Alvin se acercó a Papá Alce. Cerró los ojos, y Arturo Estuardo pensó por un momento que podía sentir el poder de Alvin calentar el suyo dentro del pie rehecho. Sin mirar a nadie, Alvin habló en un susurro.

—Esta noche más que nadie necesito todas mis fuerzas, y ahora me hacéis gastarla en algo que podría haber esperado otra semana u otro año.

—Entonces espera —dijo Mamá Ardilla acaloradamente—. ¿Crees que no es suficiente hombre para soportarlo? Oh, puede. Lo llevaré en brazos si hace falta, yo y algunos de los chicos más grandes. Mi Alce no quiere costarnos lo que no podamos permitirnos pagar. Moriría por estos niños, Alvin, lo sabes.

Todos lo sabían.

—Pero lo necesito caminando —dijo Alvin—. Necesito su fuerza. Pasaré parte de mi tiempo con él, y más tarde él podrá pasar parte de su tiempo conmigo.

Arturo Estuardo intentó con todas sus fuerzas seguir lo que estaba haciendo Alvin. Pero era demasiado rápido. Alvin era demasiado habilidoso en esto. Huesos que no estaban bien formados lo estuvieron de pronto. Tendones que se envolvían de manera inadecuada de pronto estuvieron bien. En no más de un minuto estuvo hecho, y Papá Alce soltó un grito.

No, no fue un grito. Fue un gran suspiro de alivio, tan agudo y brusco que pareció un grito.

—Que dios te bendiga —dijo Mamá Ardilla.

Papá Alce se levantó y cayó hacia atrás en el instante en que intentó dar un paso.

—No sé cómo se hace —dijo—. No sé caminar con dos pies. Me parece que la pierna derecha es demasiado larga.

—Apóyate en mí —dijo Mamá Ardilla.

Él así lo hizo, y consiguió permanecer de pie.

—Id al Muelle del Francés —dijo Alvin—. Vosotros y todos los niños. Yo me adelantaré.

—¿Yo también? —preguntó María de los Muertos.

—Ve con tu madre y consigue una carretilla de los franceses, para llevar eso. Me pondré otra camisa.

—¿Y yo? —preguntó Arturo Estuardo.

—Ve con La Tía, y dile que los lleve a todos al Muelle del Francés al anochecer.

Cuando todos se fueron, sólo quedaron Alvin y Calvin en casa de Alce y Ardilla, que no era más que un caserón vacío cuando no estaban los niños.

—Supongo que he cometido una docena de equivocaciones —dijo Calvin con una sonrisa torcida.

—Necesito que crees niebla —dijo Alvin—. Para cubrir toda la ciudad. Excepto en el Muelle del Francés.

—No sé dónde está.

—No importa. Tú haz la niebla en todas partes y yo la despejaré donde no quiero que vaya. Pero no te enfrentes a mí.

No llegó a decir: «Por una vez.»

—Puedo hacerlo —dijo Calvin.

—Me alegro de que Margaret te enviara. Y me alegro de que vinieras.

Arturo Estuardo esperó ante la puerta de la cocina hasta que oyó esas palabras. Apenas podía creer que Alvin actuara como si Calvin no hubiera mediado y conspirado y buscado pelea, por no mencionar el jaleo que había causado con Papá Alce.

Arturo Estuardo sólo podía explicárselo de una forma: Alvin no creía que Calvin hubiera causado el problema con Papá Alce. Y eso significaba que Alvin se creía la mentira de Calvin y pensaba que el causante era Arturo Estuardo.

Ardiendo de resentimiento hacia Calvin, por la forma en que un hermano de verdad podía sustituir al instante a un cuñado mulato que debería ser un esclavo, Arturo Estuardo echó a correr para buscar a La Tía y ponerse en marcha.

6

Éxodo

Calvin se encontraba en el dique que impedía que el Mizzippy inundara con una riada la ciudad de Nueva Barcelona. Un par de cientos de mástiles sobresalían del agua como un bosque curiosamente pelado, mientras los navíos que zarpaban a la mar eran remolcados por barquitos de vapor. Docenas de columnas de humo y vapor se unían para formar un palio sobre la ciudad mientras el sol se hundía por el horizonte.

Había sido un día sofocante y perezoso. Todo se difuminaba ya apenas a un kilómetro de distancia. El aire estaba tan cargado de humedad que el sudor apenas se evaporaba. Corría por el cuello y la espalda y las piernas de Calvin, y cuando se secó la frente con un pañuelo, se empapó.

A nadie le importaría que refrescara un poco el ambiente.

A su alrededor el aire de repente cedió parte de su calor, enviándolo hacia arriba. En el momento en que el aire se enfrió apenas un par de grados, el vapor de agua empezó a condensarse un poco, lo suficiente para formar una nube, pero no para crear lluvia o rocío. No era fácil mantener la temperatura en ese punto, y Calvin tuvo que ir subiéndola y bajándola un poco hasta que lo logró.

Pero una vez que la bruma se formó, empezó a extenderla más y más, enfriando el aire, condensando la humedad invisible en niebla visible.

Se giró despacio para ver cómo su niebla se extendía por toda la ciudad. Esto era el poder: cambiar el aspecto del mundo, cegar los ojos de hombres y mujeres, bloquear la luz y el calor del sol, permitir que los esclavos y oprimidos huyeran hacia la libertad. Pobre Alvin, siempre limitando su poder con reglas: nunca sentía la pura alegría del poder que sentía Calvin.

Era como ser rico, pero gastar dinero como un pobre. Así era Alvin, ¿no? Un mísero, atesorando su enorme poder, usándolo solamente cuando se veía obligado, y para fines triviales, y según reglas pensadas para permitir que los hombres débiles controlaran a los fuertes.

«Esas reglas no me sirven —pensó Calvin—. No quiero llevar cadenas, mucho menos forjarlas. Así que te ayudaré, Alvin, porque puedo y porque te amo y porque no me importa participar en tus nobles causas cuando me conviene. Pero yo decido en todo. Reúne a tus discípulos e intenta enseñarles alguna torpe imitación del poder del hacedor, como a ese penoso Arturo Estuardo, cuyo auténtico don le robaste. Pero no me cuentes jamás a mí como a uno de tus discípulos. Me pasé demasiados años de mi vida adorándote y siguiéndote y suplicando tu atención y tu amor y tu respeto. Ésos fueron los días de mi infancia. Ahora soy un hombre, y me he visto ante un gran emperador y he matado a un malvado a quien tú no tuviste el valor de matar, Alvin.

»No es suficiente tener poder, Alvin. Tienes que tener la voluntad para usarlo.»

Calle tras calle, la niebla se arrastró sobre la ciudad, oscureciendo la luz del sol poniente y ocultándolo todo.

Los esclavos sintieron la fría niebla pegajosa pasar a su alrededor, o se asomaron a las ventanas y vieron cómo desaparecían los edificios al otro lado de la calle, y pensaron: «Hoy cruzaremos el Jordán hasta la tierra prometida.»

En el barrio francés, los hijos y nietos de los fundadores de aquel lugar, a quienes habían robado la ciudad, se asomaron a sus chozas y pensaron: «No podréis retenernos más, conquistadores. Podéis quedaros con nuestra ciudad, pero eso es sólo tierra. No podéis retenernos cuando tenemos una meta.»

En el pantano, los más pobres de los pobres (negros libres y esclavos empobrecidos) vieron la niebla y recogieron sus escasas pertenencias para el viaje que les esperaba. A La Tía, a María de los Muertos, a algún hechicero venido del norte, no les importaba a quién siguieran. No podía ser peor que estar allí.

Pero en el resto de la ciudad, en las casas bien y las casas más humildes de la clase obrera, en hoteles y lupanares y en el muelle, donde la gente ya se agrupaba temerosa de la fiebre amarilla, de salir a la calle, vieron la niebla extenderse y les pareció una plaga bíblica. «No voy a salir a la calle con este tiempo —pensaron—. Enviaré a un esclavo a que haga mis encargos. Dejaré la calle para los pobres y aquellos para quienes sus negocios consisten en arriesgarse a morir por hacerlos.»

Pero en las tabernas, donde la bebida otorgaba unas cuantas horas de valor y pasión desatada, el miedo se convirtió en odio. «Alguien nos ha echado encima esta fiebre amarilla. Fueron las brujas francesas, esa María de los Muertos y su madre, ¿no dijo María de los Muertos que fue su madre quien primero tuvo la enfermedad?»

«Fueron esos perversos abolicionistas mezcladores de razas de Alce y Ardilla, ellos nos han traído esto, maldiciendo a la ciudad porque nos odian por mantener a los negros en el sitio donde Dios quiso que estuvieran. ¿Queréis pruebas? Alrededor de esa casa la gente se muere de fiebre, pero ni un alma en esa casa repleta está enferma, no han sacado ni un cadáver.»

—No es cosa de Alce y Ardilla, no señor —dijo un hombre de aspecto poderoso que llevaba un cuchillo al cinto igual que cualquier otro hombre podría llevar una pistola—. Es su casa, sí, pero hay un viajero alojado allí, él y un sodomita mulato al que utiliza como una bruja a un gato. Se llama Alvin y tiene un saco lleno de oro que robó al herrero del que era aprendiz. Os digo que trajo esta fiebre aquí. Lo vieron a él y a su sodomita en la fuente pública de donde se sacó esa agua mágica.

Escucharon absortos al hombre. Anhelaban acción. Habían ido a Barcy para hacer la guerra, pero el temor a la fiebre había devuelto el ejército del Rey a sus madrigueras, y aquí estaban sin nada que hacer. Cerraron los puños. La bebida ardía en ellos. Les vendría bien un buen ahorcamiento. Apresar a un hombre y su esclavo y arrastrarlos hasta un árbol o una farola e izarlos y verlos agarrarse y retorcerse y mearse encima mientras se estrangulaban al final de la soga. Para eso servía una noche de niebla como ésta. No habría testigos, y tal vez detuviera la fiebre, y aunque no lo hiciera, un ahorcamiento seguía siendo buena idea de vez en cuando, sólo para calentarte la sangre, y nada de tonterías sobre inocentes y tal. No había nadie en el mundo que no se hubiera ganado que lo ahorcaran cinco veces, si se supiera lo que hay dentro de su corazón.

Salieron a la calle, tambaleándose, gritando amenazas y baladronadas. Unos cuantos llevaban antorchas contra la niebla y la noche mientras la oscuridad caía sobre la ciudad, y a medida que se acercaban al muelle, se les unieron los borrachos, los temerosos, y los meros curiosos de otras tabernas. «¿Adónde vais?» «A colgar a un mago vagabundo y su muchacho.»

Los esclavos que recorrían las calles se agazaparon en los callejones y las sombras de los zaguanes mientras la multitud pasaba. Pero no querían ahorcar al primer negro que encontraran. Esa noche tenían en mente a un hombre concreto, gracias a aquel tipo del cuchillo grande al cinto. Lo encontrarían en la casa de Alce y Ardilla, a quienes probablemente habría que ahorcar también, pues no había escasez de soga en Barcy.

Arturo Estuardo vio de inmediato que el nombre «Muelle del Francés» era una cruel ironía. Comparado con los muelles que había a lo largo del Mizzippy, aquel desvencijado embarcadero del lago Pontchartrain era patético. Había varias docenas de barcos de pesca de gambas amarrados y llegaban más; los mariscadores gritaban y se respondían para ayudarse a encontrar el camino en la niebla. Todos hablaban francés, un idioma en el que Arturo estaba adquiriendo bastante fluidez, aunque sospechaba que el francés que estaba aprendiendo aquí en Nouveau Orleans no era del todo el mismo francés que Calvin habría escuchado en París.

No había espacio en aquel muelle repleto para cincuenta niños, así que Alce y Ardilla retuvieron a su familia al fondo, entre las casas de pescadores, tratando de mantenerla apartada. Muchos de los mariscadores ya habían oído lo que pasaba aquella noche. Vendrían o no, pero no lo debatían ni lo discutían. Todos sortearon a los niños y no hicieron ningún comentario sobre su presencia allí. Aunque no seguirían a María de los Muertos para salir de la ciudad, tampoco se atrevían a interponerse en su camino.

Empezaron a llegar los negros, que se mantenían aún más apartados. Como los niños, llevaban bolsas y sacos, pero era triste ver lo poco que tenían, considerando que la mayoría llevaba cuanto poseía. Los negros que se interponían en el camino de los mariscadores eran recibidos con un gruñido o una imprecación para que se apartaran: estaba claro que los negros estaban incluso por debajo de los oprimidos franceses.

Las moscas revoloteaban por todas partes, pues había mucho donde cebarse entre los restos de gambas descartados por toda la orilla. Mosquitos también, y Arturo Estuardo suponía que, con toda aquella gente allí reunida, aquellos pequeños chupadores de sangre beberían hasta reventar. Imaginaba el sonido, como de disparos lejanos, el *pop pop pop* de los mosquitos saciados.

Sólo que él no quería que se cebaran con la sangre de los niños.

Intentó meter su don dentro de un mosquito, pero no aguantaba. Además, no pretendía realizar una operación, sino hablar con él como lo haría Alvin, para decirle que se fuera. Pero no pudo encontrar el fuego del corazón. Era demasiado pequeño y débil. Incluso los fuegos del corazón de las moscas grandes y perezosas le resultaban casi invisibles. De todas formas, intentó hablar a los mosquitos con la mente.

—Marchaos —dijo en silencio—. Aquí no hay nada que comer.

Pero si lo oyeron, no le hicieron ningún caso.

Un par de barcos chocaron entre sí en la niebla, y hubo muchos gritos y maldiciones. Era una tontería, pensó Arturo Estuardo, luchar con la niebla cuando no era necesario. Y la niebla era como el metal o el agua, podía meterse dentro y trabajar con ella. Arturo Estuardo agitó un poco de aire, atrayendo una pequeña brisa del lago y devolviendo la niebla hacia la ciudad, donde hacía falta.

A Arturo Estuardo le complació que el aire no tardara tanto en despejarse. El ocaso ahora ardía rojo al oeste, mientras que la niebla flotaba densa a un par de calles del agua. Los mariscadores rápidamente amarraron sus barcos y descargaron su pesca y la llevaron a las lonjas. Luego desaparecieron en las calles, algunos de ellos con carros llenos de gambas para vender, otros de regreso a casa, para llevar a sus familias al Muelle del Francés y escapar.

Como ya no hacía falta que la visión estuviese despejada, Arturo Estuardo dejó que la brisa cesara, y la niebla volvió a cubrir un poco el agua. Todo quedó quieto, en un pesado silencio de pisadas apagadas y voces en susurros.

A medida que oscurecía del todo, a Arturo empezó a preocuparle que la gente se extraviara por el camino, o que alguien cayera al agua, así que despertó de nuevo la brisa para despejar el aire cerca de la orilla. En la distancia, oía gritos, y al cabo de un rato advirtió que, probablemente, era el ruido de la multitud que recorría las calles de Barcy. Le preocupaba la gente que intentaba abrirse paso por las calles, pero la niebla era su mejor aliada y a Arturo Estuardo no se le ocurría nada para hacerla más densa.

Mientras la niebla se aclaraba y la débil luz de las estrellas y una rebanada de luna iluminaban la orilla, Arturo Estuardo advirtió que el hombre sentado con las piernas cruzadas en la orilla era Alvin.

De inmediato Arturo se acercó, pero no dijo nada, porque Alvin parecía estar concentrándose. Arturo se situó tras él y vio que Alvin sostenía un cuchillo en la mano, con la punta de la hoja bajo el agua. Estaba cortando la suave piel de su talón izquierdo, allí donde se unía a la pierna.

La sangre empezó a manar en un lento hilillo dentro del agua.

Casi por costumbre ya, Arturo Estuardo siguió la sangre en el agua a medida que se disgregaba. Pero entonces dejó de disolverse, y empezó a formar una estructura rígida, congregando agua a su alrededor en un delicado entramado, espesando y endureciendo el agua en algo que no era del todo hilo pero parecía un cristal fino y delicado.

La zona de agua endurecida se extendió unos seis palmos a cada lado de Alvin, y luego se estrechó gradualmente extendiéndose sobre el lago. Cuando se redujo a lo que Alvin podía abarcar con ambos brazos, dejó de estrecharse y continuó y continuó, derecha hacia el norte. Arturo pudo sentirla avanzar. Pero también percibía que estaba conectada a la sangre viva de Alvin, que todavía fluía dentro del agua y empujaba la estructura interna de aquella carretera de cristal más y más. El puente crecía desde la base, no desde la punta.

—¿Lo ves, Arturo Estuardo? —susurró Alvin.

—Sí.

—Y al otro lado, ¿crees que podrás anclarlo allí y sostenerlo firme?

—Puedo intentarlo.

—Requiere más sangre de lo que esperaba —dijo Alvin—, pero menos de lo que temía. No estoy seguro de saber cuándo será suficiente. Tengo que concentrarme en lo que hago. Así que necesito que guíes el camino, porque puedes verlo. Y cuando llegues al extremo, ánclalo e impide que siga creciendo. Lo sentiré desde este extremo. Sabré que lo estás haciendo, y sabré cuando haya terminado.

—¿Ahora?

—Si vamos a hacer que toda esta gente cruce en una noche, creo que es buen momento para empezar.

Arturo Estuardo se dio media vuelta y llamó a Alce y Ardilla. Ellos no lo vieron. Así que los llamó, pero no en voz alta.

—¡Papá Alce! ¡Mamá Ardilla! ¿Podéis traer a los niños?

Se acercaron hasta el borde del agua, Papá Alce apoyado en Mamá Ardilla y uno de los niños mayores. Cuando llegaron, Arturo Estuardo avanzó hacia el cristal.

A los demás les pareció que se alzaba sobre el agua. Se quedaron boquiabiertos, y uno de los niños empezó a llorar.

—Acercaos más —dijo Arturo Estuardo—. ¿Veis? Es liso y seguro para caminar. Ya no es agua. Es cristal, y podéis pisarlo. Pero quedaos en el centro. Agarraos de las manos, permaneced juntos. Si alguien se cae, tirad de él. Es lo bastante fuerte para sosteneros, ¿veis?

Arturo miró el cristal mientras daba un par de golpes con el pie.

Lo que vio allí lo hizo detenerse.

Era su madre, volando, con un bebé recién nacido atado a su regazo. Volaba sobre los árboles, hacia el norte, hacia la libertad.

Y de repente ya no pudo volar más. Agotada, cayó a tierra y se quedó allí llorando. Arturo Estuardo comprendió que mataría al bebé. Antes que dejar que volvieran a convertirlo en esclavo, mataría al bebé y se mataría.

—No —murmuró.

—Arturo Estuardo —dijo Alvin bruscamente—. No mires el cristal.

Arturo apartó la mirada y se sorprendió al encontrar a Alce y Ardilla y su familia mirándolo asombrados.

—Que nadie mire el puente —dijo Arturo Estuardo—. Os parecerá ver cosas, pero no están realmente ahí. No es para mirar, sino para caminar.

—No veo los bordes —dijo Mamá Ardilla—. Los niños no saben nadar.

—No tendrán que hacerlo. Pongamos a los más pequeños entre los mayores. Que todo el mundo se agarre de la mano.

—Los más jóvenes no pueden caminar tanto —dijo Papá Alce.

Alguien se abrió paso entre la familia hasta el borde del agua. La Tía.

—No temas por eso. Tenemos un montón de brazos fuertes para llevar a los que no puedan caminar.

Pronunció varios nombres, y unos jóvenes fuertes de ambos sexos avanzaron; la mayoría eran negros, pero había algunos franceses o de otras naciones europeas.

—No pasa nada, niños —dijo La Tía—. Dejad que esta gente mayor os lleve. Dígales que no teman —le dijo a Mamá Ardilla.

—No pasa nada —dijo Ardilla—. Éstos son nuestros amigos, y van a llevarnos por este puente que Alvin ha hecho para nosotros.

Algunos de los niños gimieron y unos cuantos lloraron, pero se abrazaron a los mayores de todas formas, haciendo todo lo posible por obedecer a pesar de su miedo. Arturo Estuardo avanzó por el puente, cuidando de permanecer en el centro. Lo peor sería que cayera por el borde. Todos se aterrorizarían.

—Venid conmigo —dijo—. Tenemos que movernos rápido, una vez empecemos.

—Yo me quedo aquí —dijo La Tía—. Los iré enviando, haciendo que todo el mundo se ayude. Vosotros continuad. Nosotros os seguiremos.

Arturo se volvió y caminó sus buenos veinte pasos por el puente. Entonces se detuvo y se dio media vuelta. Varios de los niños mayores le seguían dubitativos. Regresó junto a ellos y tomó al primero de la mano.

—Daos todos la mano —dijo—. Avanzad en fila. Es un trecho largo, pero podéis hacerlo.

—Escuchad la música —dijo Alvin—. Escuchad la música del agua y el cielo, de toda la vida a vuestro alrededor. La canción verde os llevará hacia delante.

Arturo Estuardo conocía bien la canción verde, aunque nunca podía encontrarla en sí mismo. Pero en cuanto Alvin habló de ella, fue consciente de su existencia, como si siempre hubiera estado allí, y no se hubiera molestado en advertirla antes. Avanzó, agarrando la mano de la niña que tenía detrás, y marcó un ritmo que pensó que todo el mundo sería capaz de mantener.

En la oscuridad, no veía el puente que se extendía ante sí: sus ojos le decían solamente que caminaba en medio de un lago sin camino. Pero su poder sentía el puente tan claro como el día, extendiéndose ante él, más y más, y caminó confiado.

Al principio no dejaba de pensar en todo lo que podía salir mal. Alguien que se caía. Perder de algún modo el camino. Llegar al final del puente y encontrarse con que no llegaba hasta la otra orilla. O que el puente se volviera más blando y más húmedo cuanto más se alejara de Alvin. O que el puente se doblara sobre sí mismo, creando una espiral que no llevara a ninguna parte. Toda clase de desastres imaginables.

Pero el ritmo del paso, el paso, el paso, y el sonido del agua y los gritos de los pájaros empezaron a apaciguar aquel implacable temor. Era el ritmo familiar de la canción verde. Dejó que lo envolviera como un trance. Sus piernas parecieron moverse solas, así que ya no pensó en caminar o en moverse siquiera, sino que simplemente fluyó hacia delante como si fuera parte del puente, como si él mismo fuera una brisa en el aire nocturno. El puente estaba vivo bajo sus pies. El puente formaba parte de Alvin, lo comprendía ahora. Era como si las manos de Alvin lo sostuvieran, como si el agua y el viento lo llevaran.

A veces advertía que él mismo estaba cantando. No sólo tarareando, sino cantando en voz alta, una canción extraña que siempre había sabido pero que nunca había advertido antes. La niña que tenía detrás captó la melodía y empezó a murmurar con él, y el niño que la seguía, hasta que Arturo Estuardo oyó que muchas voces cantaban la canción. Nadie lloraba ni gemía ya. Pudo oír voces adultas al fondo. Pero todas eran débiles, sólo hilos entre el tejido de la gran canción que Arturo oía en el viento y las olas y los peces bajo el agua y los pájaros del cielo y los animales que los esperaban al otro lado, y en toda la gente del puente, medio kilómetro de gente, un kilómetro entero.

Arturo Estuardo caminó más y más rápido sin advertir que aceleraba, pero los niños no se quejaron. Sus piernas los llevaban tan rápido como era necesario. Y los adultos que sostenían a los niños descubrieron que los pequeños no se volvían más pesados. Los bebés se quedaban dormidos agarrados a quienes los sostenían en brazos, su aliento susurrando al ritmo de la canción. Siguieron y siguieron avanzando, pero parecía que la lejana orilla no se acercaba.

Y mientras estaban todos arrobados en la canción verde, el puente pareció convertirse en luz. Todos veían ahora los bordes, y podían sentir cómo la canción verde latía dentro. Cada pisada en el puente de cristal brillaba un poco más claramente en la noche. Y Arturo Estuardo advirtió que se estaban volviendo parte del puente, sus pies lo alargaban, lo engrosaban, lo hacían más fuerte para quienes venían detrás. Y como el puente era parte de Alvin mismo, también lo fortalecía, o al menos hacían que la creación del puente le drenara menos fuerzas.

Arturo captaba el latido del corazón de Alvin en el puente de cristal. Y advirtió que la luz que todos veían surgir del cristal era un pálido reflejo del propio fuego del corazón de Alvin.

El recorrido se hizo eterno. Y entonces, de repente, apareció la tierra como si en realidad no hubiera durado nada.

Sondeó con su poder y vio que el puente no llegaba todavía a tierra. Así que, sin frenar el ritmo, Arturo Estuardo envió su poder más allá del extremo del puente para ver dónde el borde del agua lamía el lodo y le dijo al puente, a Alvin: «Aquí está. Éste es el borde. Ven hasta este punto, no más.»

El puente saltó hacia delante. Era lo que Alvin había estado esperando, a que el poder de Arturo le enseñara el camino, y en unos momentos el puente se ancló en tierra.

Arturo Estuardo no aceleró, aunque quiso correr los últimos cientos de metros. Había gente tras él, las manos enlazadas. Así que mantuvo el mismo ritmo, hasta el final, y luego llevó a la niña que lo seguía hasta la orilla.

Continuó guiándola hasta los árboles, hablando mientras lo hacía.

—Nos internaremos en los árboles —le dijo—. Los otros seguirán. Sigue avanzando, hacia la derecha, para que haya espacio para todos. ¡Seguid de la mano, todos vosotros!

Entonces la soltó.

Al hacerlo, la canción verde lo abandonó.

Se tambaleó, estuvo a punto de caer.

Se quedó allí, boquiabierto un instante en el desagradable silencio.

Vio que la fila de gente en el puente se extendía a lo largo de kilómetros, y todos se movían rápidamente, más rápido de lo que hubiese creído posible. Incluso Papá Alce avanzaba fácil, osadamente, sin ayuda de nadie.

Vio cómo Alce y Ardilla se tambaleaban también cuando se soltaron de la fila. Pero inmediatamente se hicieron cargo de los niños, sin olvidar su responsabilidad.

«Ni yo olvidaré la mía», pensó Arturo Estuardo. Escrutó la zona cercana en busca de los fuegos del corazón de criaturas pequeñas. Al contrario que con los mosquitos, encontró fácilmente las serpientes y, no tan fácilmente, las despertó y las hizo marchar. «Aquí hay peligro —les dijo en silencio—. Marchaos, poneos a salvo.» Torpemente, le obedecieron. Eso lo llenó de alegría. Sospechaba que una parte del poder de Alvin todavía descansaba en él, permitiéndole hacer más de lo que le había resultado posible hasta entonces. O tal vez viajar por el puente de Alvin, rodeado de la canción verde, había despertado en el interior de Arturo Estuardo sentidos dormidos.

¿Seremos todos hacedores, después de cruzar este puente?

Aquí y allá hizo que el agua se apartara de un cenagal, para que la tierra donde la gente tuviera que esperar fuera firme. Y de vez en cuando escrutaba el agua, siguiendo el puente con su poder, tratando de ver cómo le iba a Alvin. El puente permanecía fuerte, y eso significaba que el fuego del corazón de Alvin ardía con brillantez. Pero su cuerpo estaba demasiado lejos para que Arturo Estuardo lo encontrara, así que no podía decir si se estaba debilitando. Ni era capaz de encontrar la otra orilla para contar la gente que seguía allí, así que ni siquiera tenía idea de cuántos más vendrían.

Su trabajo era asegurar que hubiera espacio para todos, suficiente terreno seguro y firme para que pudieran reunirse.

Muchos se sentaron, luego se tendieron y, con los

ecos de la canción verde todavía resonando en sus corazones, dormitaron a la leve luz de la luna, sus sueños imbuidos de la música de la vida.

Calvin no podía evitar sentir curiosidad. Y no es que tuviera que quedarse en el dique para mantener la niebla en su sitio.

De hecho, la niebla podía cuidar muy bien de sí misma a esas alturas. Y con todos los furiosos y asustados fuegos del corazón que fluían por las calles de Barcy, Calvin no encontraba ningún motivo concreto para quedarse allí. ¿Quién sabía qué maldades podría estar planeando la muchedumbre? Y como él era hacedor, ¿no era su trabajo impedir que esas maldades se llevaran a cabo?

Una muchedumbre recorría el barrio francés, enfureciéndose más y más a medida que encontraba vacía casa tras casa. Otra muchedumbre, compuesta principalmente de borrachines del muelle, buscaba esclavos para arrojarlos al agua. Al no encontrar a ninguno, empezaron a arrojar a cualquier transeúnte que hablara inglés con acento extranjero o no lo hablara. Lo cual no tenía demasiada lógica, puesto que ni siquiera era una ciudad americana.

Todo lo que Calvin veía era la furia en los fuegos del corazón y, por supuesto, el pánico de aquellos que eran arrojados al río.

La muchedumbre más airada, y la que se movía con más sensación de propósito, se encaminaba directamente hacia el orfanato donde Alvin había sido incapaz de resistirse a alardear trastocando la curación del pie del hombre que había hecho Calvin. ¿De qué se trataba?, quiso saber Calvin. ¿Cuándo se suponía que tenía que haber aprendido anatomía? Naturalmente, Alvin lo sabía todo... todo excepto cómo funcionaba de verdad el mundo.

Así que lo dejó allí sentado junto a aquel lago salado y vertiendo su fuego del corazón en el puente para que la escoria de la tierra lo recorriese. ¿No era típico de Alvin?

Alardear de ser humilde y el siervo de todos. Pero igual que Jesús dijo que la persona que más quería ser el amo era el que era siervo de todos, ¿no decía eso algo sobre Alvin, después de todo? ¿Quién era el ambicioso? Calvin estaba perfectamente dispuesto a quedarse en segundo término, lo cual era la actitud que un hacedor debería tener, como Alvin decía siempre. Pero con Alvin era hacer lo que yo digo, no lo que yo hago.

Calvin correteó tranquilo por las calles cubiertas de niebla: la gente honrada y decente estaba en su casa, temerosa de la súbita niebla y el sonido de gritos lejanos. Había soldados desfilando, también. Los españoles esperaban que se produjera una algarada, pero los oficiales se dirigían con cuidado a las calles más tranquilas, ya que no había ni honor ni seguridad en enfrentarse a una muchedumbre. Si disparas, es una masacre; si no disparas, lo más probable es que recibas un ladrillo en la cabeza.

Así que no fue difícil evitar a los soldados, y pronto Calvin se encontró cerca de la muchedumbre justo cuando ésta llegaba a la casa de Alce y Ardilla. No le interesaba la mayoría de la gente: una muchedumbre era una muchedumbre, y todas las caras eran tan feas y estúpidas como siempre cuando la gente entrega su capacidad de decisión a otra. Marionetas brutales, eso eran todos. Lo que Calvin quería era el caliente y oscuro fuego del corazón que los guiaba y los apremiaba.

Los cristales se rompieron con estrépito cuando los ladrillos y piedras atravesaron las ventanas de la casa. Varios hombres con antorchas intentaban prenderle fuego, pero el aire era tan húmedo y cargado que resultaba imposible.

El líder, que llevaba un gran cuchillo al cinto, apremiaba a los de las antorchas.

—¿Nunca habéis prendido un fuego antes? ¡Los bebés se queman solos cada dos por tres, pero vosotros ni siquiera podéis hacer que una casa de madera reseca arda!

Calvin avanzó.

—A veces hay que hacer las cosas uno mismo.

El hombre se volvió hacia él y sonrió.

—¿Y que los españoles encuentren a algún informador que testifique contra mí? No, gracias.

—No me refería a usted —dijo Calvin. Extendió la mano y señaló hacia el tejado. Mientras señalaba, calentó la madera bajo el pico del remate, de manera tan súbita y repentina que estalló en llamas.

La multitud vitoreó, todos al parecer demasiado borrachos para advertir que el fuego había empezado lo más lejos posible del lugar donde los de las antorchas hacían aquel patético trabajo. Pero el líder de la multitud no estaba borracho, y era la única persona a la que Calvin intentaba impresionar.

—¿Sabe una cosa? —dijo el hombre del gran cuchillo—. Creo que se parece usted un montón a cierto ladrón y truhán llamado Alvin Smith que vivía en esta casa esta misma mañana.

—Está usted hablando de mi amado hermano, señor —dijo Calvin—. Nadie puede llamarle de esa forma más que yo.

—Usted perdone, señor —dijo el hombre—. Soy Jim Bowie, a su servicio. Y si no me equivoco, acaba de demostrarme que Alvin no es el único hombre peligroso de su familia.

—No se le ocurra echarme a esa multitud encima

—le advirtió Calvin—. Mi hermano odia matar a nadie, pero yo no tengo esos prejuicios. Si me lanza a esa gente en contra, todos volarán en pedazos como si se hubieran tragado un barril de pólvora. Usted el primero.

—¿Qué me impide matarlo aquí mismo? —dijo el hombre. Y entonces, de repente, en su rostro se dibujó una expresión de pánico—. No, estaba solo bromeando, no le haga nada a mi cuchillo.

Calvin se rió en su cara.

—¿Quiere ver volar la casa de manera realmente espectacular?

—Tú eres el artista.

Calvin encontró el camino hasta la estructura de la casa, los gruesos y pesados postes y vigas que formaban su esqueleto. Los calentó todos a la vez, tanto que no sólo ardieron, sino que se derritieron. La capa externa de cada pieza de madera ardió tan rápido que las cenizas se desprendieron como si alguien hubiera arrojado contra el suelo una almohada repleta y hubiera liberado cien mil plumas a la vez.

La casa se desmoronó, levantando una nube de humo y ceniza y aire caliente y abrasador que quemó el pelo y las cejas y las pestañas de los hombres situados en primera fila. La piel también se les quemó, y algunos quedaron cegados, pero Calvin no sintió ninguna compasión. Se lo merecían, ¿no? Eran una turba incendiaria y asesina, ¿no era cierto? Los que ahora estaban ciegos nunca volverían a unirse a una muchedumbre, así que Calvin los había curado de golpe de su violencia.

—Tenerte como amigo puede ser útil —dijo el hombre del cuchillo.

—¿Cómo lo sabe? —dijo Calvin—. No me ha visto con ninguno de mis amigos.

El hombre le tendió la mano.

—Jim Bowie, y me gustaría ser tu amigo.

—Señor, no creo que tenga muchos amigos en este mundo, y yo tampoco. Así que no finjamos amarnos. Usted tiene algo para lo que quiere usarme, y estoy perfectamente dispuesto a considerar ser utilizado si puede hacerme ver qué tengo que ganar, y por qué es una empresa buena y noble.

—No se trata de ninguna empresa buena y noble. Todo el mundo que conozco acaba enterrado, y antes muerto, y nadie parece disfrutar de ello.

Bowie sonreía.

—¿Qué quiere de mí, señor Bowie?

—Tu compañía. En una expedición. Un trabajo que tu hermano rechazó porque creo que le daba miedo.

—Al no tiene miedo de nada.

—Si alguien no le tiene miedo a los mexica bien puede volarse los sesos, porque entonces no merece la pena.

—¿Los mexica?

—Algunos pensamos que ya es hora de que la civilización vuelva a México.

Civilización... ¿como ésta? Calvin vio cómo los hombres de la muchedumbre saltaban y brincaban ante las calientes ascuas, riendo.

—Una muchedumbre es una muchedumbre —dijo Bowie—. Pero los mexica son malignos y hay que destruirlos.

—Sin duda —respondió Calvin—. Pero, ¿por qué es trabajo suyo?

—Me cansé de esperar a Dios.

Calvin le sonrió.

—Tal vez tengamos algo de qué hablar. Nunca he estado en México.

Alvin sintió que alguien lo sacudía por el hombro.

—Sale el sol —dijo una voz de mujer.

Era la Tía.

—Todo el mundo ha pasado ya —dijo otra mujer. La madre de María de los Muertos.

—¿Cómo se llama? —murmuró Alvin—. No sé su nombre.

—Rien —dijo ella.

María de los Muertos extendió la mano y tomó entre las suyas sus manos sangrantes.

—Levántate, mago. Levántate y cruza el puente de tu sangre.

Él intentó levantarse, con su ayuda, pero de inmediato se sintió débil y las piernas le fallaron. Cayó de bruces sobre sus manos e incluso sus codos se combaron, y su cara golpeó la superficie del puente de cristal. El peso del arado hizo que el saco le resbalara del hombro. Hizo que todo el puente titilara de vida, y Alvin se sintió sofocado de calor. En paz. Todo estaba hecho. Ahora podía dormir.

De inmediato el puente empezó a ceder a sus plantas.

—¡No! —gritó La Tía—. ¡Sostén ese puente! ¡No puedes dormirte todavía!

Extendió la mano y levantó el arado de la superficie del puente. De inmediato el tintineo cesó, y Alvin pudo volver a concentrarse. No, no era hora de descansar, todavía.

—¡Viene el ejército, muchacho! —dijo La Tía—. Saben que los esclavos han huido, llega la mañana y nadie hace sus trabajos. No es una multitud de borrachos, no. ¡Son soldados, y tenemos que cruzar!

No sólo sus palabras lo llenaron de energía. Alvin sentía el poder de sus hechizos. Siempre veía la pequeña magia de los ensalmos y los hechizos y podía detenerlos si quería, así que se había acostumbrado a la idea de que no tenían ningún efecto sobre él.

Pero ahora agradecía la fuerza que fluyó en su interior cuando ella colgó un amuleto en su cuello.

—Tengo que quedarme aquí —dijo en voz baja—, o el puente no aguantará.

—Tenías que quedarte aquí para tender el puente —dijo La Tía—. ¿Pero no sientes a tu hermano poner su sangre desde el otro lado?

Alvin proyectó su conciencia por toda la longitud del puente y advirtió entonces que su fuego del corazón no estaba solo. La suya era la abrumadora luz dentro del cristal, pero había otro fuego del corazón allí también, y no era débil. Arturo Estuardo se había apoderado del puente y había puesto su propia sangre en el agua para unirse a él.

La Tía y la madre de María de los Muertos (Rien, ¿no era así?), lo sujetaron cada una por un lado, mientras que María de los Muertos empujaba su carrito para guiarlos. Las últimas personas se perdían de vista en la niebla. Pero la niebla empezaba a disiparse, y los primeros rayos del amanecer iluminaban el cielo por el este. Arturo Estuardo podía estar todavía actuando, pero Calvin no.

Tras ellos, Michele, la amiga y guardiana de La Tía, colocaba amuletos en el puente. No causaron el tintineo que había provocado el arado. Más bien parecían sal sobre hielo.

—Eso quema —dijo Alvin—. No puedo soportarlo.

—Entretendrá a los enemigos —dijo La Tía—. Me temen a mí y a los encantamientos de fuego que está poniendo.

—Este puente fue tendido para recibir a la gente. El cristal les abre los ojos. No puede poner oscuridad y miedo en él y esperar que se sostenga.

—Tú sabes lo que sabes —dijo La Tía—. Tú haces algo que yo nunca veo, así que mientras piso tu sangre, haré lo que tú dices —se volvió—. ¡Michele, recoge tus cosas, haz un anillo en la orilla, frénalos un poco!

Michele corrió a tierra y trazó con los amuletos un gran semicírculo para mantener a los soldados a raya lo máximo posible.

—Para ellos será como fuego —dijo La Tía—. Odio y miedo, lo convierten en fuego.

Todavía seguía manando sangre de las manos de Alvin mientras caminaba. María de los Muertos soltó la carretilla y trató de sostenerle una mano y vendársela para detener la hemorragia, pero Alvin la apartó.

—Mi sangre tiene que seguir cayendo al puente. Arturo no podrá sostenerlo solo.

—Entonces esta cosa que has hecho, ¿no se sostiene sola? —dijo María de los Muertos.

—Es la primera vez que la hago, y no creo que la haya hecho bien. Pero tal vez no pueda mantenerse nunca. Tal vez no se puede construir nada así que dure.

—Deja de hacerlo hablar —dijo Rien—. Sigue avanzando, Marie, sigue enseñándonos el camino.

—Yo conozco el camino —dijo Alvin.

—¿Pero qué nos pasará a nosotras cuando te desmayes? ¿Qué?

Alvin no tenía respuesta, y María de los Muertos siguió empujando su carretilla.

No habían llegado muy lejos cuando Michele se acercó corriendo.

—Llegan los soldados, y un montón de hombres, muy furiosos. El fuego los detendrá por ahora, pero cruzarán pronto. Tenemos que correr.

—No puedo —dijo Alvin.

Pero mientras lo decía, oyó la canción verde que había ayudado a los otros a cruzar tan rápidamente, y ahora que no estaba concentrándose en sostener el puente él solo, pudo dejarla entrar, dejarla fortalecerlo y sanarlo un poco. Las hizo callar.

—¿Oís eso? ¿Podéis oírlo?

Y al cabo de un instante, sí, pudieron. Dejaron de hablar entonces, y Alvin dejó de apoyarse en ellas, y pronto él y las cuatro mujeres caminaron con fluidez, más rápido de lo que se creían capaces, a zancadas más grandes de lo que ninguna de aquellas mujeres había dado jamás. Mucho antes de llegar al otro lado del Pontchartrain adelantaron a los últimos que cruzaban, y cuando Alvin llegó allí, la canción se hizo también más fuerte en sus corazones, y dejaron de arrastrarse y avivaron el paso.

Fue bueno que lo hicieran, porque Alvin sintió como un golpe cuando el primero de los soldados cargó contra el puente. Era su fuego del corazón lo que estaban pisando, y mientras que los pies de la gente habían sido ligeros, las botas de los soldados eran pesadas, y cuando corrían por el estrecho puente Alvin los oyó luchar contra la canción verde: la cacofonía de dos bandas que tocaran músicas salvajemente distintas.

Aquello lo debilitó y lo retrasó, sólo un poco al principio, pero más y más a medida que se acercaban. Cientos de ellos, con mosquetones. Al otro lado del puente, alguien intentaba que un caballo pasara al cristal: un caballo que tiraba de una pieza de artillería ligera.

—No puedo aguantar —jadeó Alvin.

—Casi hemos llegado —dijo María de los Muertos—. ¡Ya veo la orilla!

Empezó a correr.

Pero no había niebla a este lado del Pontchartrain, así que ver las hogueras de la orilla no significaba que casi estuvieran allí. Alvin se detuvo, tambaleándose. Una vez más tuvo que apoyarse en las mujeres hasta que casi tuvieron que llevarlo a rastras. De nuevo se sintió solo, abandonado por (o quizá simplemente ajeno a) la canción verde. Pero cada vez que sus fuerzas se debilitaban bajo la carga del ejército que se acercaba, notaba otra fuerza moverse bajo su sangre en el esqueleto del puente. Arturo Estuardo estaba ya estirándose muy por encima de sus fuerzas, pero Alvin no tenía más remedio que basarse en él hasta que todos estuvieran a salvo.

Justo cuando parecía que el puente se extendía infinitamente ante ellos, recorrieron los últimos cien, los últimos cincuenta, los últimos doce pasos y llegaron a la orilla. María de los Muertos había dejado su carretilla allí y se dio la vuelta, ansiosa por ayudar.

Allí se encontraba Arturo Estuardo, postrado en la arena, Papá Alce y Mamá Ardilla arrodillados junto a él, las manos sobre él, Papá Alce rezando, Mamá Ardilla cantando las primeras palabras que Alvin oía a nadie dar a la canción verde, palabras sobre savia y hojas, flores e insectos, peces y pájaros y, sí, ardillas que escalaban por las redes de Dios.

Arturo Estuardo tenía las manos extendidas, las muñecas sangrando en el puente, y sus dedos hundidos en el cristal. No debería haber podido hacer eso, empujar la piel y los huesos dentro del puente de cristal de Alvin, pero aquí era en parte el puente de Arturo Estuardo, y alrededor de sus dedos ensangrentados era completamente suyo, y por eso seguía su necesidad.

Alvin se desplomó junto a él y apoyó las manos y la cabeza sobre la espalda de Arturo.

—Arturo, tienes que dejarlo, tienes que dejarlo tú primero. Cuando yo lo deje todo el peso caerá sobre ti, y no puedes soportarlo, tienes que dejarlo tú primero.

Arturo parecía no oírlo, tan profundo era su trance de concentración.

—Apartadle las manos del puente —dijo Alvin a los demás.

Pero Alce y Ardilla no pudieron hacerlo, y La Tía y María de los Muertos tampoco, y Alvin le susurró al oído:

—Vienen y no podemos detenerlos, el puente no podrá soportar una carga tan dura, tienes que dejarlo, Arturo Estuardo, yo no puedo sostenerlo más y si lo intentas tú solo te matará.

Arturo Estuardo finalmente consiguió responder, de manera casi inaudible.

—Morirán.

—Eso creo —dijo Alvin—. Los que no sepan nadar. Morirán intentando devolver los esclavos a la esclavitud. No es cosa tuya mantener con vida a hombres dispuestos a eso.

—Sólo son soldados.

—Y a veces hombres buenos mueren en causas malas, cuando se trata de la guerra.

Arturo Estuardo lloró.

—Si lo dejo, los mataré.

—Ellos decidieron cruzar un puente que fue construido para la libertad, con el corazón lleno de esclavitud y muerte.

—Sostenlo, Alvin, o no podré dejarlo.

—Haré lo que pueda —dijo Alvin—. Haré lo que pueda.

Con un gemido final de angustia, Arturo Estuardo arrancó sus manos ensangrentadas del cristal. Alvin sintió su fuego del corazón desvanecerse de la sustancia del puente, y en ese momento retiró sus propias manos.

El puente aguantó un momento, sostenido sólo por la sangre.

Y luego desapareció.

—¡Sostenlos en el agua! —gritó Arturo Estuardo. Y entonces se hundió en algo a caballo entre el desmayo y el profundo sueño.

Papá Alce y Mamá Ardilla lo apartaron del borde del agua y le vendaron las manos, mientras que María de los Muertos y su madre hacían lo mismo con las manos y pies de Alvin.

Pero Alvin apenas lo advirtió, porque estaba intentando encontrar los fuegos del corazón de los soldados. No podía salvarlos a todos. Pero aquellos que fueron lo bastante listos como para soltar sus armas, para quitarse las botas, para intentar nadar, a esos pudo mantenerlos a flote. A los que no lo intentaron, y los que no quisieron soltar las cosas que los convertían en soldados, no tuvo fuerzas para ayudarlos.

La Tía comprendió lo que estaba haciendo y se acercó al borde del agua, donde antes había estado el puente. Echó atrás la cabeza y vertió un polvo en su boca abierta. Luego miró el agua y gritó con una voz que podía oírse por todo el lago, una voz fuerte como un trueno, una voz que hizo que corrieran amplias ondas por el agua:

—¡Soltad las armas, vosotros! ¡Intentad nadar! ¡Quitaos las botas! ¡Nadad hacia el otro lado!

Todos oyeron, la mayoría obedecieron, y vivieron. Trescientos soldados subieron al puente esa mañana, con un caballo que tiraba de una pieza de artillería. El caballo no tenía modo de salvarse, pero Alvin sólo tardó un momento en cortar el arnés que lo sujetaba a aquella carga asesina. El caballo vivió; la pieza de artillería se hundió bajo el agua. Todos menos dos docenas de hombres consiguieron nadar hasta la orilla, jadeando y medio ahogados pero vivos. Pero ningún arma y ninguna bota regresó.

Sólo entonces, salvado el último enemigo que estaba dispuesto a ser salvado, Alvin perdió el conocimiento.

La orilla norte rebosaba de miles de personas, de todas las edades y colores y lenguajes. Necesitaban desesperadamente a alguien que les dijera qué hacer, y adónde ir para encontrar agua potable y comida. Pero ninguno propuso despertar a Alvin ni a Arturo Estuardo, el hombre y el muchacho que hicieron el puente de cristal con sangre y agua. Tal poder los llenaba de asombro y no se atrevieron.

En Barcy, Calvin vio lo que sucedía con el fuego del corazón de Alvin, lo profundamente que dormía, lo débil que estaba.

Podría matarlo en aquel momento. Bastaba abrir un agujero en su corazón y llenar sus pulmones de sangre y estaría muerto antes de que nadie se diera cuenta de lo que pasaba, y nadie sabría que había sido él, o si lo hiciera, nunca podría demostrarlo.

«Pero no lo mataré hoy —pensó Calvin—. Nunca lo mataré. Aunque él me mate todo el tiempo, con sus juicios y sus condenas, su condescendencia y sus lecciones y su completa ignorancia de quién soy. Porque yo no soy como Alvin.

»Él se abstiene de matar a nadie porque opina que está mal, por alguna ley arbitraria. Mientras que yo me abstengo de matar a nadie no por obediencia, sino por mi libre voluntad, porque soy piadoso con quienes me hieren y me utilizan con desdén.

»¿Quién es aquí el fariseo? ¿Y quién es como Jesús? Aunque nadie lo entenderá jamás así, ésa es la verdad, Dios es testigo.»

7

El chico de los recados

Verily Cooper despertó en la vieja casa de postas del pueblo de Río Hatrack. Era el lugar donde había nacido Alvin Maker, y donde regresó doce años más tarde para convertirse en aprendiz de herrero.

Fue ese aprendizaje lo que trajo allí a Verily Cooper. El viejo herrero había muerto hacía tiempo, y como su esposa había muerto antes que él, sus hijos poseían ahora un testamento que les dejaba «un arado de oro puro, robado por un aprendiz llamado Alvin, hijo de Alvin Miller de Iglesia de Vigor». El padre de Margaret Larner, Horace Guester, le había escrito a Verily en cuanto los rumores del testamento empezaron a extenderse. Verily era el único abogado en quien confiaba el viejo Horace, y por eso estaba allí para tratar de impedir que algún juez de sesos de chorlito promulgara una sentencia que obligase a Alvin a entregar el arado.

«Si tan solo el arado no existiera...»

Pero existía, y nunca había sido del herrero. Alvin lo había forjado él mismo en la fragua de Río Hatrack. Fue Alvin quien de algún modo lo convirtió en oro, y sólo la avaricia hizo que el viejo herrero dijese que Alvin se lo había robado.

Habría sido pan comido de no ser por los prejuicios de muchos años contra Alvin, al menos entre aquellos que nunca lo habían tratado, pues lo consideraban una especie de truhán. En vano había insistido Horace por activa y por pasiva en que el herrero nunca había poseído tal oro, que su hija nunca se habría casado con un ladrón, y que todo el mundo sabía que el herrero era un mentiroso notable y un sinvergüenza. El asunto llegaría a los tribunales, y el juez, que tenía que presentarse a la reelección aquel otoño, podría promulgar una sentencia basándose en los prejuicios populares más que en la ley.

Y por esto Verily Cooper, abogado, estaba una vez más allí para defender el caso de Alvin ante el tribunal. Esta vez, por fortuna, Alvin no estaba encarcelado. Estaba en alguna parte cumpliendo un encargo de su esposa, Margaret... Como si no tuviera suficiente trabajo propio que hacer.

No era justo, no señor. «No juzgues, no vaya a ser que alguien piense que estás celoso de la esposa de Alvin, por el amor de Dios.»

Fuera estaba completamente oscuro. ¿Por qué demontres se había despertado? No necesitaba ir al retrete. Se habría tratado de algún ruido. ¿Un borracho que se negaba a marcharse de la casa de postas a la hora de cierre?

No. Ahora oyó un estrépito de caballos y la voz del encargado del establo mientras los llevaba a abrevar y comer y los encerraba para la noche. Era raro que la diligencia parara en la oscuridad. Pero cuando Verily se asomó a la ventana y la abrió, en efecto, allí estaba, con las linternas encendidas: tantas que desde lejos se las podía confundir con un fuego del bosque.

La curiosidad nunca lo dejaría dormir sin averiguar antes quién había llegado a una hora tan intempestiva.

No le sorprendió del todo encontrar, sentada a la mesa de la cocina, a la esposa de Alvin, Margaret, que comía un plato del justamente famoso guiso de pollo de su padre.

—Tú —dijo ella.

—Yo también estoy encantado de verte, Goody Smith —si ella iba a ser ruda con él, él podía replicar con la «cortesía» de llamarla por el apellido de su marido en vez de por el suyo propio.

Ella lo miró entornando los ojos.

—Estoy cansada y me ha sorprendido verte levantado, pero mis disculpas, señor Cooper. Por favor, acéptalas.

—Las acepto, señorita Larner, y tú también tienes las mías.

—No hay nada de lo que disculparse —dijo ella—. Hace años que no soy maestra, así que a duras penas me merezco ya el apellido Larner. Y estoy orgullosa de tener como título la ocupación de mi marido, ya que su trabajo es todo el trabajo que me queda.

El viejo Horace se acercó a ella por detrás y le masajeó los hombros.

—Estás cansada, pequeña Peggy. Deja la conversación para mañana.

—Bien puede saberlo ahora. No esperaba verlo hasta mañana, pero ya que lo he despertado, bien puedo estropearle el resto de la noche.

Naturalmente, ella sabía que Verily estaba en Río Hatrack. Aunque Horace no le hubiera escrito contándole su llegada, tenía que saberlo, como sabía todo lo que le importaba, dado su poder de antorcha. A él siempre le molestaba bastante que supiera sólo con mirarlo qué le deparaba el futuro pero no se tomara la molestia de decírselo.

—¿Qué quieres que sepa? —dijo Verily.

—Alvin necesita tu ayuda.

—Alvin decidió que no fuera su compañero de viaje hace años. Pero sigo ayudándolo... por eso estoy aquí.

—Es algo más urgente que esto.

171

—Entonces envía a otro —dijo Verily—. Si no resuelvo este asunto del testamento y el arado ahora mismo, volverá para amargarlo.

—Ahora mismo de Alvin dependen unas cinco mil personas que acaban de escapar de Nueva Barcelona —dijo Margaret—. Más de la mitad son esclavos fugitivos o esclavos libres, y la mayoría del resto franceses marginados, así que ya supondrás lo ansiosos que están los españoles de ponerles la mano encima.

—¿Y qué voy a hacer, reclutar un ejército y volar todos hasta allí como palomos mensajeros para salvarlos en el último momento?

Horace Guester chasqueó la lengua.

—No es imposible, ya sabes.

—Para mí lo es —respondió Verily—. Ése no es mi don.

—Tu don es hacer que las cosas encajen —dijo Margaret.

—A veces.

—Alvin no podrá mantener a esa gente a salvo mientras viajan. Lo que necesita más desesperadamente es un lugar al que ir.

—Supongo que tienes un sitio en mente.

—Alvin hizo un amigo allá en Nueva Barcelona —dijo Margaret—. Un tendero fracasado de la zona oeste de Noisy River. Se llama Abraham Lincoln.

—¿Y tiene tierras?

—Es muy apreciado en su zona. Puede ayudaros a encontrar algún terreno.

—Gratis, espero —dijo Verily—. Mi oficio no ha llegado a hacerme un hombre rico. Sigo trabajando sin cobrar para los amigos.

—No sé cómo habrá que pagarlo —dijo Margaret—. Sólo sé que si no vas a ver al señor Lincoln, hay unos cuantos caminos que llevan al desastre para Alvin y la gente que tiene a su cargo. Pero si vas...

—Déjame adivinar: podría haber algún camino que lleve a la seguridad.

—Lo primero es lo primero. Él necesita un lugar donde acojan a esa gente sin hogar y le den cama y cobijo una temporada. No hay ningún sitio así en las tierras esclavistas, esto está claro.

Verily se sentó a la mesa, apoyó la barbilla en las manos y la miró a los ojos.

—Prefiero quedarme aquí y librar a Alvin de este asunto del testamento de una vez por todas. ¿Por qué no vas tú a hablar con el señor Lincoln?

Ella suspiró y miró su plato.

—Me he pasado cinco años de mi vida tratando de persuadir a la gente para que haga cosas que evitarán una guerra terrible y sangrienta. Con tantos años de hablar, ¿sabes qué he conseguido?

—Todavía no hemos tenido una guerra —dijo Verily.

—Pospuse la guerra un año o dos, tal vez tres. Y, ¿sabes cómo lo hice?

—¿Cómo?

—Enviando a mi marido a Nueva Barcelona.

—¿Él pospuso la guerra?

—Sin saber que lo hacía, sí, la guerra fue retrasada. A causa de un estallido de fiebre amarilla. Pero luego continuó e hizo esto, esta huida imposible. Este rescate, esta liberación de esclavos.

Horace se echó a reír.

—Parece que por fin captó el espíritu abolicionista.

—Siempre ha tenido ese deseo —dijo Margaret—. ¿Por qué tuvo que escoger este momento para encontrar la voluntad? Esta fuga de esclavos... llevará a la guerra con toda seguridad.

—Así que eliminó una causa para la guerra y luego creó otra —dijo Verily.

Margaret asintió y tomó un poco de guiso.

—Está muy bueno, papá.

—Perdóname por pensar como abogado —dijo Verily Cooper—, pero, por qué no previste esto antes de enviarlo?

Ella estaba masticando, así que fue Horace quien contestó.

—No ve las cosas tan claras cuando se trata de Alvin. No puede ver lo que él va a decidir hacer. Percibe algunas cosas, pero no la mayoría, cuando se trata de él. Cosa que considero un alivio. Un hombre que tiene una esposa que puede ver todo lo que hace y piensa y quiere y desea, bueno, creo que bien podría matarse.

Horace estaba bromeando, y por eso se rió, pero Margaret no se lo tomó a guasa. Verily vio caer sus lágrimas en el plato.

—Vamos, vamos, ya está lo bastante salado —dijo—. Puedo asegurarlo, he cenado lo mismo.

—Papá tiene razón —dijo ella—. Oh, pobre Alvin. Nunca tendría que haberme casado con él.

A Verily se le había ocurrido esa misma idea varias veces en el pasado, y como sabía que ella podía ver en su fuego del corazón, no se molestó en intentar mentir y tranquilizarla.

—Tal vez —dijo—, pero como ya sabes, Alvin elige libremente. Te eligió como la mayoría de la gente elige a su pareja, sin ver el final, sino queriendo encontrar su camino con su mano en la tuya.

Ella lo tomó de la mano y le dedicó una débil sonrisa.

—Tienes el don de palabra de los abogados.

—Lo que digo es verdad. Alvin te eligió a ti por ser

quien eres y por lo que siente por ti, no porque pensara que siempre tomas las decisiones acertadas

—Lo que siente por mí —dijo ella, y se estremeció—. ¿Y si descubre que lo envié a Nueva Barcelona sabiendo que al ir allí, causaría la muerte de cientos de almas?

—¿Por qué tiene que descubrirlo? —dijo Verily. Pero sabía ya la respuesta.

—Me lo preguntará. Y yo se lo diré.

—Causó la plaga de fiebre amarilla, ¿verdad?

—No a propósito, pero sí.

—Y tú lo sabías.

—Era lo único capaz de detener la guerra que el Rey había planeado ya. Su invasión de Nueva Barcelona habría obligado a Estados Unidos a invadir las Colonias de la Corona para impedir que el Rey cerrara nuestro acceso al mar. Pero la fiebre amarilla impidió que el ejército real se acercara a la ciudad. Cuando la epidemia remita, se habrán ido también todos los agentes que el Rey tiene dentro de la ciudad. Ese camino a la guerra está cerrado.

—Así que, al coste de los que mueren por la fiebre, salvaste las vidas de todos los que habrían muerto en la guerra.

Ella negó con la cabeza.

—Eso creí. Pero Alvin volvió a abrir la puerta sin darse cuenta, y la guerra que vendrá ahora será igual de sangrienta.

—Pero la retrasaste unos cuantos años.

—¿De qué sirve eso?

—Son dos o tres años más de vida. De amar y casarse y tener hijos. De comprar y vender, de arar y plantar y cosechar, de mudarse y asentarse. Será un mundo diferente dentro de dos o tres años, y los que mueran en la guerra habrán tenido eso más de vida. No es poca cosa, esos años.

—Tal vez tengas razón —dijo Margaret—. Pero eso no impedirá que Alvin me odie por enviarlo allí a causar cientos de muertes para posponer cientos de miles de otras muertes.

—Calla —dijo Horace—. Él no va a odiarte.

Pero Verily no estaba tan seguro. A Alvin no le gustaba ser manipulado para cometer lo que consideraría, sin duda, un pecado terrible.

—¿Por qué no se lo dijiste y dejaste que él mismo decidiera?

Ella negó con la cabeza.

—Porque todos los caminos donde se lo decía lo llevaban a hacer otra cosa para impedir la guerra... y todas esas cosas habrían fallado, y la mayoría de esos caminos terminaban con él muerto.

Se echó a llorar.

—¡Sé demasiado! ¡Oh, que Dios me ayude, estoy tan cansada de saber tanto!

Horace se sentó junto a ella y de inmediato rodeó su hombro con el brazo. Miró a Verily, que estaba a punto de intentar ofrecer consuelo.

—Está cansada, y te has despertado de tu sueño —dijo Horace—. Vete a la cama, como hará ella. Ya habrá tiempo de hablar mañana.

Como de costumbre, Horace sabía decir lo adecuado para que todo el mundo estuviera contento. Verily se levantó de la mesa.

—Iré a hacer lo que has pedido —le dijo a Margaret—. Puedes contar conmigo para encontrar un lugar para la gente de Alvin.

Ella asintió levemente, la cara todavía oculta en las manos.

Ésas eran todas las buenas noches que él iba a recibir, así que se encaminó pasillo abajo hacia su habitación.

Al principio se sintió irritado por tener que dejar de lado su plan para liberar a Alvin de los herederos en litigio del herrero. Pero para cuando llegó a su habitación ya lo había olvidado. No era ya su caso. Tenía otro trabajo que hacer, pero aún no había empezado. Y por eso, cuando se acostó de nuevo en la cama, tardó poco tiempo en dormir, pues en ese momento no tenía ninguna preocupación.

Por la mañana, no vio a Margaret al final. Había una nota esperándolo en el suelo, con el nombre del pueblo de Abraham Lincoln e instrucciones para llegar allí.

En el desayuno, el viejo ventero parecía triste.

—Me preocupa el bebé —dijo Horace—. Margaret empezó a vomitar anoche. Está agotada y enferma. Ahora duerme, pero si pierde también este bebé, juro que no sé si perderá la cabeza.

—Entonces, ¿debo marcharme sin hablar con ella?

—Todo lo que necesitas saber está en ese papel.

—Lo dudo —dijo Verily.

—Muy bien —dijo Horace con una sonrisa débil—. Pues todo lo que ella cree que necesitas saber.

Verily Cooper sonrió también, y luego volvió a su habitación a recoger sus cosas para el largo viaje al oeste. Si se hubiera quedado en Iglesia de Vigor en vez de ir a Río Hatrack, se habría ahorrado un tercio del viaje. A veces tenía la sensación de haberse pasado la mayor parte de la vida viajando sin llegar nunca a un sitio que importara.

Pero bueno, aquella podía ser una descripción tan buena de la vida como cualquier otra. El único destino real era la muerte, y nuestra vida consistía en encontrar el camino más cómodo y agradable para llegar a ella.

Montó a caballo y se puso en camino mucho antes de mediodía, así que todavía tenía el sol a la espalda. Sería agradable cuando por fin el ferrocarril llegara al Mizzippy.

Si tendían suficientes vías, no harían falta caballos. Pero ahora era: o bien cabalgar, o esforzarse para impedir que el caballo se volviera loco en una balsa o un barco de vapor; tampoco tenía ganas de intentarlo.

Pensó, mientras cabalgaba, en que Alvin y Margaret eran dos de las personas más poderosas, dotadas y benditas de aquel continente, sin duda, y sin embargo Margaret estaba desesperadamente triste y asustada todo el tiempo, y Alvin deambulaba por ahí medio perdido y melancólico, y no por primera vez Verily pensó que era buena cosa ser un hombre de dones relativamente corrientes.

8

Planes

Nueva Barcelona tenía por fin algo para distraer a la gente de la fiebre amarilla. Todavía morían algunos por la enfermedad, y desde luego sus familias no perdían la pista del sañudo avance de la epidemia por la ciudad, pero un puñado de hombres que se habían sentido completamente indefensos ante la epidemia tenían ahora una tarea que los cubriría de honor por hacer lo que anhelaban hacer desde el primer estallido de la plaga: salir de la ciudad.

El primer movimiento de los ricos, cada vez que golpeaba la fiebre, era reunir a sus familias e irse a la plantación. La gente corriente no tenía esa opción, y despreciaba a los ricos por tenerla. No, los hombres de verdad se quedaban. No podían permitirse sacar a sus familias de la ciudad, así que tenían que quedarse con ellos y arriesgarse a ver a sus esposas e hijos enfermar y morir. Por no mencionar el riesgo de morirse. No era una buena forma de morir, gimiendo de fiebre hasta que te convertías en uno de esos cadáveres que las carretas recogían en su triste paso por las calles.

Así que cuando se corrió la voz de que el gobernador Anselmo Arellano pedía voluntarios para ir río arriba y traer de vuelta a casa a todos los esclavos fugitivos (y matar a los renegados blancos que los habían ayudado), bueno, no hubo escasez de voluntarios. Sobre todo del esta-

179

mento que en la ciudad era comúnmente conocido como «borracho y pendenciero».

No todo el mundo los consideraba particularmente valientes u honorables. Pocas putas, por ejemplo, les concedían quince minutos gratis porque «soy un soldado y podría morir». Nadie sabía mejor que las prostitutas que los hombres eran algo más que cháchara. Aquel ejército no era probable que aguantara mucho si encontraba resistencia. Ahorcar a franceses indefensos y desarmados, para eso era lo único para lo que serviría, y sólo si los franceses no hacían nada peligroso, como abofetearlos o tirarles piedras.

Eso era lo que Calvin oía en las tabernas de los muelles mientras los «soldados» se congregaban para ser embarcados río arriba. El comandante era el hijo del gobernador, el coronel Adán, quien, como jefe de la guarnición de Nueva Barcelona desde hacía tiempo, era más o menos apreciado por ser menos brutal de lo que podría haber sido. Pero a Calvin no le costaba imaginar la desesperación que el pobre coronel debió de haber sentido al ver embarcar a aquel lamentable grupo.

Sin embargo, ellos no lo lamentaban tanto. La mayoría estaban borrachos, pero al día siguiente no lo estarían, y tal vez entonces parecieran mejores soldados. Y no podía decirse que el enemigo fuera difícil de encontrar. Cinco mil esclavos y franceses moviéndose al ritmo del niño más lento... No iba a ser difícil localizarlos, ¿no? ¿Y qué clase de lucha podrían ofrecer? Oh, el coronel Adán probablemente se sentía en la gloria por eso.

Habría opinado de modo diferente si hubiese creído realmente en aquellos ridículos informes sobre un puente de agua cristalina que desapareció cuando sus soldados lo estaban cruzando y que causó una docena de muertes y un montón de salpicaduras y escupitajos. Posiblemente estaba tan acostumbrado a oír excusas patéticas de sus hombres por sus fracasos que nunca se le ocurrió que aquello pudiera ser cierto.

«¿Qué hará Alvin? —se preguntó Calvin—. Probablemente no luchará. Da demasiado valor a la vida humana, pobrecillo. Y eso que la mitad de estos tarugos van a morir en alguna pelea sin sentido o cayendo al río una noche de borrachera.

»Bueno, haga lo que haga, yo no estaré allí para ayudar.»

Y eso que Calvin no se oponía a echar una mano si eso no lo desviaba de su camino. Por eso había quedado con Jim Bowie aquella mañana; habían acordado que llevaría a Calvin a ver a Steve Austin. Se reunieron en un *saloon* a dos calles del agua, lo cual implicaba que era un lugar relativamente tranquilo, sin jaleos. Había unos cuantos hombres más, aunque ninguno importaba mucho a Calvin. O los conocería más tarde o no. En aquel preciso momento todo lo que importaba eran Austin y su aventura mexicana.

Austin decía que debía ayudar al gobernador a devolver a los esclavos a su lugar antes de partir en su expedición.

—No tardaremos mucho —dijo—. ¿Hasta dónde pueden llegar un puñado de fugitivos? Probablemente los encontraremos en la orilla norte del Pontchartrain. Colgaremos a unos cuantos, azotaremos a un puñado y los arrastraremos de vuelta a casa. Y luego, a México.

Calvin solamente sacudió la cabeza.

Austin los miró, a él y a Bowie.

—Necesito luchadores, no consejeros —dijo.

—Yo lo escucharía, Steve.

—La aventura para capturar esclavos del coronel

Adán está condenada —dijo Calvin—. Procure no estar con ellos cuando se quemen.

—¿Condenada? ¿Por qué ejército?

Como respuesta, Calvin, simplemente, ablandó el metal de sus jarras hasta que éstas se desplomaron, cubriendo la mesa de cerveza y frío metal blando. Un poco cayó sobre sus regazos.

Todos los hombres se levantaron de la mesa de un salto y empezaron a sacudirse la cerveza. Calvin evitó sonreír, aunque parecía que todos se habían meado en los pantalones. Esperó hasta que Austin cayó en la cuenta de que los charcos de metal de la mesa eran las antiguas jarras.

—¿Qué has hecho?

—No mucho —respondió Calvin—. Para un hacedor, al menos.

Austin lo miró con los ojos entornados.

—¿Me estás diciendo que eres un hacedor?

—Los hacedores no existen —murmuró otro hombre.

—Y tu cerveza sigue en tu jarra —dijo Calvin alegremente—. No soy gran cosa como hacedor. Pero mi hermano Alvin lo es, de primera clase.

—Y está con ellos —dijo Jim Bowie—. Intenté que se uniera a nosotros, pero no quiso.

—Cuando el ejército del coronel Adán encuentre a esos fugitivos —dijo Calvin—, si los encuentra, no me sorprendería mucho si a todos se les convirtieran las armas en charcos de metal en el suelo.

—O que el plomo desapareciera —dijo Bowie—. He visto hacerlo. Acero duro y pesado y desapareció tal que así —chasqueó los dedos.

Austin se cambió a una mesa seca y pidió más cerveza. Entonces se detuvo un momento, para preguntar:

—Supongo que se me permitirá terminar la bebida, ¿no?

Calvin sonrió.

No tardaron en estar todos sentados a la nueva mesa, excepto un par de hombres de Austin que encontraron asuntos urgentes que atender en algún lugar donde nadie fundía jarras de metal con sólo pensarlo.

—Señor Austin, ¿cree usted que yo podría ser útil en su expedición a México? —preguntó Calvin.

—Creo que sí —dijo Austin—. Claro que sí.

—Me muero de ganas de saber cómo es esa tribu. Mi hermano, verá, piensa que lo sabe todo sobre los pieles rojas. Pero sus pieles rojas son todos pacíficos. Quiero ver a algunos de esos mexica, los que arrancan el corazón palpitante en sus sacrificios.

—¿Te contentarás si los ves muertos? Porque no vamos allí a verlos, sino a matarlos.

—¿A todos? Oh, vaya.

—Bueno, no —dijo Austin—. Pero supongo que la gente corriente se alegrará de que acabemos con esos paganos que sacrifican seres humanos.

—Voy a decirle una cosa. Iré con ustedes hasta el final de su expedición, y le ayudaré si puedo. Siempre que salgan para México mañana por la mañana.

Austin se echó hacia atrás y soltó una carcajada.

—Así que crees que puedes venir aquí y empezar a dictar cuándo nos marchamos.

—No dicto nada. Sólo digo que si mañana parte una expedición para México, con todos sus hombres, me uniré a ella. Y si no, no. Usted no hizo sus planes contando conmigo, y es libre de continuar y llevarlos a cabo sin mí.

—¿Por qué estás tan ansioso para impedir que ayudemos a capturar a los fugitivos?

—Bueno, para empezar, mi hermano va con ellos, como decía. Sus hombres son probablemente los más peligrosos que hay ahora mismo en Barcy, así que hago que mi hermano esté un poco más a salvo si los aparto a ustedes de aquí.

—Es lo que me suponía —dijo Austin—. ¿Y quién me asegura que en cuanto el coronel Adán haya ido río arriba no desaparecerás sin más?

—El segundo motivo es más importante —dijo Calvin—. Si va usted río arriba con el coronel, sus hombres acabarán tan masacrados como todos los demás. Pienso que en cuanto Alvin haya acabado con ellos, nunca conseguirá que invadan el excusado de su abuela, mucho menos México.

—No sé si tu hermano es tan peligroso.

Calvin se levantó, se acercó a la primera mesa y sostuvo un pedazo de metal que una vez había sido una jarra.

—¿Puede recordar esto un rato, para que no tenga que fundir ninguno más?

—Muy bien —dijo Austin—, claro que es peligroso, y te agradezco que nos lo hayas advertido.

—Y el tercer motivo es que no me gusta esperar. Si la expedición parte mañana, iré. Si no, me aburriré y me marcharé a buscar algo entretenido que hacer.

Austin asintió.

—Bueno, me lo pensaré.

—Bien.

—Pero aún no has respondido a mi pregunta. ¿Cómo sé que estarás allí mañana?

—Le he dado mi palabra —dijo Calvin—. No podrá obligarme a ir si no quiero, pero le digo lo que quiero, y lo haré. No tiene otra garantía mejor. No tiene que confiar en mí. Puede hacer lo que quiera.

—¿Cómo sé que no me darás más que problemas todo el viaje, y que tratarás de mandar en todo, como me estás mandando ahora?

Calvin se levantó de la silla.

—Veo, caballeros, que algunos de ustedes están más interesados en ser el jefazo que en vencer los poderes que esos mexica obtienen de toda la sangre que vierten. Pido disculpas por haberles hecho perder el tiempo. He oído decir que los mexica castran al gran jefe antes de arrancarle el corazón. Es un honor que se merecen.

Se encaminó hacia la puerta.

Austin no lo llamó. Nadie corrió tras él.

Calvin no vaciló. Siguió caminando. Salió a la calle. Y nadie lo siguió. Bueno, al diablo.

No, había alguien. Jim Bowie: Calvin reconoció su fuego del corazón. Y se detenía y lanzaba un...

Calvin se agachó un poco hacia la izquierda.

Un gran cuchillo quedó clavado temblando en la pared de madera donde antes estaba la cabeza de Calvin.

Calvin saltó, furioso. En un momento Jim Bowie estaba allí, sonriendo. Calvin soltó una larga sarta de obscenidades en francés, tan elocuentes que un par de personas cercanas, que hablaban francés, lo miraron con sincera admiración.

—¿Qué te contiene, señor hacedor? —dijo Jim Bowie—. Claro que te apunté a la cabeza. Tu hermano habría hecho desaparecer mi cuchillo en el aire.

—Yo tengo más respeto por las armas —dijo Calvin. Aunque, a decir verdad, no podía hacer desaparecer un cuchillo en el aire mejor que detener el mundo en su giro. Podía trabajar con jarras porque estaban sobre la mesa, muy muy quietas.

—Tal como yo lo veo —dijo Bowie—, no eres ni la mitad de hacedor que tu hermano, pero quieres que pensemos que lo que él puede hacer, lo puedes hacer tú también. Y si te cabrea oírme decir eso, como parece...

—No estoy cabreado —dijo Calvin.

—Me alegro de oírlo —respondió Bowie—. Te lo

explico tal como se lo expliqué a Steve Austin. Quería a tu hermano porque habría garantizado nuestro éxito. No quiso, y ahora tiene cinco mil fugitivos que alimentar y ningún sitio adonde llevarlos. Por mí, bien. Pero tú, tú quieres venir con nosotros, y creo que es porque quieres una oportunidad para demostrar que eres tan bueno como tu hermano; pero no lo eres, y cuando ese hecho quede claro y evidente, creo que un montón de muchachos de esta expedición estarán muertos porque contaron contigo.

Calvin hubiese querido hacerlo pedazos en el acto. Pero tenía sus propias reglas, aunque no fueran las de Alvin. No se mata a un hombre sólo por decir algo que no quieres oír, aunque sea una sarta de mentiras.

Así que Calvin se limitó a asentir y se encaminó hacia el muelle.

—Bueno —dijo—, reconozco que es una elección sabia. Vuelve con Steve Austin y dile que le deseo buena suerte.

Bowie, sin embargo, no se marchó. Una buena señal.

—Mira, Calvin, he venido a pedirte que vuelvas. Pero tenemos que saber qué puedes hacer. Convertir un montón de jarras de metal en gelatina es fascinante, desde luego, pero necesitamos saber de qué eres capaz. Viste mi cuchillo con tiempo suficiente para esquivarlo, pero no lo destruiste en el aire, lo cual sugiere que las balas mexica no van a desaparecer tampoco. Así que antes de que te llevemos con tus alardes y tus ganas de mandar (y lo digo de la forma más amable posible, siendo características de las que yo mismo me enorgullezco), antes de que te llevemos, tenemos que saberlo: ¿Qué puedes hacer exactamente para contribuir a nuestra lucha?

—Esa niebla de ayer —contestó Calvin—. Era mía.

—Es fácil decir que modificaste el tiempo. Yo llevo

gobernando el invierno desde que mi padre me dejó el cargo en su testamento.

En respuesta, Calvin enfrió el aire alrededor de ambos.

—Creo que tenemos una niebla que empieza a formarse aquí mismo.

Y, en efecto, la humedad del aire empezó a condensarse hasta que Bowie no vio otra cosa que la cara de Calvin.

—Muy bien —dijo Bowie—. Es un don útil.

—Mi don no es crear niebla —dijo Calvin—. Ni controlar el tiempo, ni nada de eso.

Un pez saltó del agua al muelle. Y otro. Y un par más. Y muy pronto hubo docenas de peces en los tablones de madera, entre los transeúntes. Naturalmente, algunos de los pescadores empezaron a recogerlos: algunos para devolverlos al agua, otros para intentar llevárselos a vender. Inmediatamente empezó una discusión.

—¡Esos peces deben de estar enfermos! ¡No puedes venderlos!

—¡A mí no me parece enfermo, un pez tan fuerte como éste!

Y, mientras, el pez se escabulló aleteando de los brazos del hombre y cayó de nuevo al agua.

—Si alguna vez necesitáis peces... —dijo Calvin.

—Oh, sí, claro. ¿Pero qué puedes hacer cuando no hay ningún río?

Por un momento Calvin quiso abofetearlo. ¿No reconocía un milagro cuando lo veía? Sería un israelita perfecto, quejándose a Moisés porque lo único que tenían era maná y no carne.

Entonces Bowie sonrió y le dio una palmada en el hombro.

—¿No te das cuenta de cuándo se están quedando

contigo, hombre? Claro que puedes venir. Nadie tiene un don para esquivar un cuchillo por detrás y para crear niebla y para hacer que los peces salten del agua directamente al embarcadero.

—Entonces, ¿he pasado tu prueba? —dijo Calvin, dejando que un poco de fastidio asomara a su voz.

—Claro.

—Pero, ¿pasarás tú la mía?

En cuanto Calvin dijo esto sintió la hoja de un cuchillo pinchando su vientre. No lo había previsto, ni en el fuego del corazón de Bowie ni en su cuerpo. De repente el cuchillo apareció en su mano.

—Si te quisiera muerto —dijo Bowie—, ¿habrías tenido tiempo de detenerme?

—Reconozco que tienes un don muy respetable.

—Oh, ése no es mi don —dijo Bowie—. Es simplemente que soy puñeteramente bueno con el cuchillo, eso es todo.

Alvin despertó sólo porque tenía que orinar. De lo contrario habría dormido otras diez horas, estaba seguro. No había en el mundo un sueño lo bastante profundo para devolverle las fuerzas.

Pero cuando despertó, descubrió que lo rodeaban deberes imposibles de evitar. Cosas que tenía que hacer antes de vaciar siquiera su vejiga. Sólo que su mente no estaba despejada, y tenía todavía los ojos hinchados de sueño, y mientras la gente lo bombardeaba a preguntas descubrió que no podía concentrarse en las respuestas.

—No lo sé —le dijo a la mujer que exigía saber dónde iban a encontrar el desayuno en aquel lugar olvidado de la mano de Dios.

—No lo sé —le dijo al hombre que trémulamente

preguntó, en un inglés entrecortado, si vendrían más soldados en barco.

Y cuando Papá Alce se le acercó y le preguntó si pensaba que habría fiebre a este lado del lago, Alvin ladró su «no lo sé» tan fuerte que Papá Alce retrocedió visiblemente.

Arturo Estuardo estaba acostado cerca, como un caimán que tomara el sol a la orilla del lago. O un cadáver. Alvin se acercó y se arrodilló junto a él. Lo tocó, porque de esa forma podía sentir su fuego del corazón sin agotarse. Nunca había estado tan cansado antes para que simplemente mirar el fuego del corazón de otra persona le pareciera una carga imposible.

Arturo estaba bien. Cansado, nada más. Al menos tan agotado como Alvin. La diferencia era que nadie molestaba a Arturo Estuardo con preguntas.

—Dejad tranquilo a este hombre —dijo La Tía—. ¿No veis que está agotado?

Alvin sintió unas manos en su brazo (manos pequeñas, brazo grueso), tratando de levantarlo. Su primer impulso fue librarse de ellas. Pero entonces una voz suave dijo:

—¿Tienes hambre? ¿Tienes sed?

Era María de los Muertos, y Alvin se volvió hacia ella y dejó que lo ayudara a ponerse en pie.

—Tengo que orinar —dijo en voz baja.

—Hemos puesto a la gente a cavar letrinas —dijo ella—. Tenemos una no muy lejos. Apóyate en mí.

—Gracias.

Lo condujo por un sendero entre los matorrales hasta que llegaron a un pozo hediondo con una tabla encima.

—Creo que no sería difícil encontrarlo en la oscuridad —comentó él.

—Los cuerpos tienen que hacer lo que los cuerpos tienen que hacer —dijo ella—. Ahora te dejo.

Lo hizo, y él se dedicó a lo suyo. Habían amontonado hojas para limpiarse, y un par de cubos de agua para lavarse, y Alvin tuvo que admitir que se sentía mejor. Un poco más despierto. Un poco más vigoroso. Y hambriento.

Cuando volvió a la orilla, vio que La Tía hacía un buen trabajo manteniendo calmada a la gente. Tenía una fila de personas esperando para hablar con ella, pero les respondía a todos con paciencia. No es que tuviera un plan, ni organizara las cosas para el viaje que tenían por delante. Tampoco parecía que nadie resolviera el problema de la comida.

Alvin contempló la orilla, que rebosaba de gente, un kilómetro en cada dirección. También buscó caimanes, que no tendrían ningún reparo en atrapar a algún niño pequeño que se aventurara demasiado cerca del agua. No había ninguno de momento, y se sintió lo bastante fuerte para que escrutar en busca de fuegos del corazón no le requiriera un esfuerzo notable.

Mamá Ardilla y Papá Alce no estaban demasiado lejos. Alvin empezó a acercarse a ellos. De inmediato encontró a María de los Muertos a su lado, ofreciéndole el brazo.

—Soy demasiado grande para apoyarme en ti.

—Ya lo hiciste antes, y fui lo bastante fuerte.

—Me siento mejor.

Pero acabó apoyándose en ella, porque su equilibrio no era todavía demasiado bueno, y la arena de la orilla era irregular y traicionera, la hierba húmeda, resbaladiza y llena de zanjas y charcos.

—Gracias —le dijo otra vez. Aunque intentaba no apoyarse demasiado en ella.

Papá Alce se le acercó, dando zancadas, sin que sus piernas denotaran ningún signo de su antigua cojera.

—Lamento haberte molestado nada más despertarte —dijo.

—Me alegro de que estés bien —dijo Alvin—. Y de que camines bien.

Papá Alce lo abrazó.

—Es una bendición de Dios, pero sigo dando las gracias a las manos que hicieron en mí el trabajo de Dios.

Alvin le devolvió el abrazo, pero sólo brevemente, porque tenía trabajo que hacer.

—Mamá Ardilla —dijo—, trajiste un montón de sacos de comida.

—Para los niños —contestó ella, a la defensiva.

—Sé que es para los niños —dijo Alvin—. Pero quiero que lo consideres... Si la gente llega a desesperarse, ¿cuánto tiempo crees que podrás impedir que roben esos sacos? Hay granjas con comida de sobra no demasiado lejos, pero tenemos que viajar juntos. Comparte esta comida ahora, al menos con los niños que no son de tu casa, y puedo prometerte más comida para el anochecer... para todo el mundo.

Mamá Ardilla sopesó sus palabras. Él vio claramente que le dolía la idea de compartir lo que sus niños iban a necesitar. Pero también sabía que le dolería ver a los otros niños pasar hambre mientras los suyos tenían de sobra.

—Muy bien, lo compartiremos con los niños. Pan y queso, al menos. Ahora mismo no podemos hacer nada con las patatas crudas y el grano sin cocer.

—Buena idea —dijo Alvin. Se volvió hacia María de los Muertos—. ¿Crees que podrías conseguir que La Tía haga correr la voz entre los negros, y tú y tu madre entre los franceses, de que traigan aquí a los niños para que formen cola tranquilamente para comer?

—Estás soñando, si piensas que se pondrán en cola tranquilamente —dijo María de los Muertos.

—Pero si se lo pedimos, algunos lo harán.

—Pedir es fácil —dijo María de los Muertos. Se marchó corriendo, sujetándose la falda para saltar sobre los obstáculos del camino.

La gente formó cola de manera bastante ordenada, después de todo, pero los adultos que no tenían niños se pusieron a gritar, furiosos. Mientras Alvin caminaba contra la corriente de niños y sus padres que hacían cola para comer, uno de los hombres sin hijos lo llamó desde los árboles.

—¿Crees que no tenemos hambre, tío?

—Gracias por su paciencia —respondió Alvin.

Una gruesa mujer negra gritó:

—¡Morir de hambre no me parece la libertad!

—Todavía le quedan unas cuantas horas de vida —respondió Alvin. Eso provocó la risa de los demás, y la retirada silenciosa de la mujer.

Pronto se reunió de nuevo con La Tía, María de los Muertos y su madre.

—Tenemos que organizarnos —dijo—. Dividir a la gente en grupos y nombrar líderes.

—Buena idea —dijo La Tía. Luego esperó a que le diera más.

—No conozco a nadie —dijo Alvin—. Tiene usted que dividir a la gente que habla inglés. —Se volvió hacia María de los Muertos y su madre—. Y vosotras tenéis que dividir a los franceses. Y en cada grupo de diez familias, que elijan un líder, y si no pueden elegir a uno sin pelear, yo lo escogeré por ellos.

—No les gusto —dijo María de los Muertos.

—Pero te conocen. Y te temen. Y por ahora, eso es suficiente. Diles que yo te pedí que lo hicieras. Y diles que cuanto antes nos organicemos, antes nos marcharemos del Pontchartrain y conseguiremos agua fresca y comida. Diles que yo no comeré hasta que todos ellos coman.

—Podrías pasar mucha hambre, ¿sabes? —dijo La Tía.

Tardaron más de lo que Alvin esperaba. Parecía una tarea sencilla, pero era más de mediodía cuando La Tía y María de los Muertos informaron de que todo el mundo estaba organizado. Tenían sus grupos de diez, y de cada cinco líderes se elegía uno para encabezar un grupo de cincuenta, y uno de cada dos líderes de cincuenta, lideraba a un centenar.

Tal como salieron las cosas, tuvieron diez líderes de cien familias que se sentaron en la orilla del Pontchartrain: el Consejo para planear el viaje con Alvin, La Tía, María de los Muertos y Arturo Estuardo, que estaba despierto por fin. Rien, la madre de María, era una de los líderes de una centena (elegida por su gente, para su sorpresa) y Papá Alce y Mamá Ardilla no pertenecían al grupo de nadie, ya que su familia era extravagantemente numerosa.

Alvin sabía que a la gente le gustan los títulos, así que nombró «coroneles» a los líderes de cien, «mayores» a los líderes de cincuenta y «capitanes» a los líderes de diez.

—Supongo que eso te convierte en «general» —dijo Arturo Estuardo.

—Me convierte en Alvin. Tú puedes ser general.

—Yo seré general —dijo La Tía—. No este muchacho. ¿Quién va a seguirlo?

—Usted lo hará, cuando yo me marche —dijo Alvin.

La Tía quiso replicarle, pero se mordió la lengua y escuchó mientras Alvin se explicaba ante el Consejo.

—No tenemos ningún sitio al que ir —dijo Alvin—. Puedo llevaros al norte, a las granjas, y encontraremos un modo de conseguir comida sin que las familias de los granjeros pasen hambre. Pero cuanto más tiempo marchemos por el campo, más nutridos serán los ejércitos que puedan congregar para destruirnos. Tenemos que salir del territorio esclavista, y sólo hay una forma de hacerlo.

—Por mar —dijo María de los Muertos—. Necesitamos barcos.

—Los barcos no nos servirán de nada sin tripulaciones dispuestas. ¿Alguien sabe navegar?

Nadie sabía.

—Era una buena idea, de todas formas —dijo Alvin—. Y te agradezco la sugerencia. Eso va por todos. No hay ninguna idea que no valga la pena sugerir, en el momento y lugar adecuados.

—¿Adónde vamos, entonces? —preguntó La Tía.

—Bueno, generala La Tía —dijo Alvin, sin sonreír por el título, lo que hizo que ella se enorgulleciera un poco—, sólo hay un lugar donde podemos ir, donde los hombres blancos no nos seguirán.

—¡No nos lleves a territorio rojo! —dijo Rien.

—No podremos quedarnos allí —dijo Alvin—, pero tal vez Tenskwa-Tawa nos deje pasar. Tal vez los pieles rojas nos proporcionen comida y refugio. Pero mi argumento es que yo conozco a Tenskwa-Tawa, y por eso soy el que tiene que ir y hablar con él y ver si podemos cruzar sus tierras para viajar al norte. No puedo enviar a nadie más. Así que lo que tenéis que hacer todos es seguir a La Tía.

—Pero yo no conozco el camino.

—Seguid hacia el norte, y luego buscad un camino que lleve al oeste, al Mizzippy —dijo Alvin—. Sed imaginativos. Lo que no os digan los blancos por el camino, lo harán los negros.

—Pero, ¿y si llega un ejército? —preguntó María de los Muertos—. No tenemos guerreros, excepto tal vez algunos de los franceses. No tenemos armas.

—Por eso la generala La Tía tiene que consultar con Arturo Estuardo, aquí presente.

—Yo no tengo ningún arma —dijo Arturo.

—Pero sabes qué hacer con las armas que se alcen contra nosotros —dijo Alvin—. En todas las plantaciones a las que lleguéis, Arturo, tienes que estar tú, para asegurarte de que no se dispara ningún arma. Por la noche, tienes que hacer que haya niebla para que impida que la mala gente nos encuentre. Tienes que seguir los fuegos del corazón para que nadie se pierda.

—No —dijo La Tía—. Yo puedo hacer eso. Sé cómo hacerlo, no puedes cargarle todo eso al muchacho.

Arturo asintió agradecido.

—Ver los fuegos del corazón no es tan fácil para mí como para ti, Alvin. Y crear niebla... Eso fue cosa de Calvin, no mía.

—Pero no es difícil —contestó Alvin—. Te enseñaré hoy. Y hay otra cosa. Tú eres el único que habla todos los idiomas, Arturo. Tienes que asegurarte de que todo el mundo entienda a los demás.

—Demontres, Alvin, la mitad de las veces ni siquiera te entiendo a ti.

Todo el mundo se rió, pero en realidad estaban todos asustados: de los peligros del camino, pero, aún más, de su propia inexperiencia. No era el ciego guiando al ciego, sino más bien el torpe guiando al torpe.

—Y una cosa más —dijo Alvin—. Va a haber un montón de quejas. Muy bien, no perdáis la paciencia, los líderes... todos vosotros, aseguraos de que ellos lo saben.

Escuchadlo todo, no os enfurezcáis. Pero si alguien levanta una mano contra un líder... eso no podéis permitirlo. ¿Me entendéis? Si alguien alza una mano contra un líder, está fuera de la compañía. Ya no será uno de nosotros. Porque no podemos tener miedo de nuestra propia gente. Tenemos que saber que podemos confiar en que todo el mundo sea amable con los demás.

—¿Cómo vamos a expulsarlo entonces? —dijo La Tía—. ¿Quién va a hacerlo?

—La generala pedirá a algunos hombres fuertes que expulsen al agresor del campamento —respondió Alvin—. Y entonces Arturo se encargará de que no encuentre el camino de regreso.

—Pero, ¿y si tiene familia?

Alvin suspiró.

—Generala La Tía, siempre encontrarás un buen motivo para no castigar a un hombre. Pero a veces hay que castigar a un hombre para salvar a docenas de otros hombres del castigo necesario. Y a veces tienes que tener un corazón duro para hacer lo que hace falta hacer.

Arturo resopló en voz baja.

—Arturo lo sabe —dijo Alvin—. Pero cuando yo no esté aquí, ya no será mi trabajo. Las decisiones son vuestras. Las tomáis, las hacéis cumplir, o no, y luego vivís con las consecuencias. De un modo u otro, vivid con ellas.

—¿Por eso te vas? —preguntó La Tía.

—Eso es —dijo Alvin—. Justo cuando las cosas se ponen difíciles, me voy.

La miró con dureza. Cuando ella apartó la mirada, se le ocurrió que tal vez no lo hacía muy a menudo. Renunciar de esa forma.

—¿Cuándo te marcharás? —preguntó uno de los coroneles.

—No lo haré hasta que hayamos tomado nuestra primera comida —dijo Alvin—. Hasta que nos hayamos acostado todos para pasar la noche. Tierra adentro. Donde esté seco y estemos a salvo de estos mosquitos.

Margaret subió las escaleras hasta el desván donde había dormido cuando era niña. Ahora era un trastero. Su padre tenía una habitación en la planta principal para ella, cuando estaba de visita. Había intentado alquilarla como cualquier otra habitación de la posada, pero él no lo consentía.

—Si otra gente paga para dormir ahí —decía—, ya no será tu habitación.

Era la habitación donde había nacido Alvin veinticinco años antes. Su padre probablemente no lo recordaba. Pero cada vez que ella entraba en aquel cuarto de la planta principal, veía aquella escena. La madre de Alvin tendida en la cama, desesperada de dolor y más desesperada aún de pena, pues a su primogénito, Vigor, se lo habían llevado las aguas del río Hatrack hacía apenas una hora.

Peggy (la «pequeña Peggy» entonces, pues su madre estaba viva y era la comadrona) tenía trabajo que hacer. Corrió hacia la mujer tendida en la cama y le puso las manos en el vientre. Vio tantas cosas en ese momento... Cómo yacía el niño dentro del vientre. Cómo la madre estaba agarrotada y no podía dejar salir al niño. Su madre hizo un hechizo con un anillo de llaves entonces, y el vientre se abrió, y el bebé salió.

Ella nunca había visto un bebé cuyo fuego del corazón contara una historia tan terrible. El fuego del corazón más brillante que había visto jamás, pero cuando puso los ojos en los caminos de su futuro, no había ninguno. Ningún camino. Ningún futuro. Aquel niño iba a morir, y antes de tomar ninguna decisión significativa.

Excepto... había una cosa que ella podía hacer. Un diminuto camino sombrío que se apartaba de todos los futuros oscuros, y se abría en cientos, en miles de futuros gloriosos. Y en aquella estrecha puerta, la que conducía a todo para este niño, ella se vio a sí misma, la pequeña Peggy Guester, de cinco años, extender la mano y quitar una placenta de piel de la cara del bebé. Y así lo hizo, y todas las muertes desaparecieron, y todas las vidas se hicieron posibles.

«Yo le di vida. En esa habitación.»

Pero sólo aquella vez. Ella recogió la placenta y la guardó, y más tarde la subió allí al desván, a su cuarto, y la escondió en una caja. Y a medida que el bebé crecía y se convertía en un niño pequeño, luego en un niño más grande, usó pequeños trocitos de la placenta para acceder a su don, pues él era demasiado joven e inexperto para comprender.

No es que Peggy supiera mucho más. Aprendía sobre la marcha. Aprendía a hacer su trabajo de salvarle la vida. Pues cuando le quitó la placenta de la cara, miles de futuros brillantes se abrieron para él. Pero en cada uno de aquellos caminos, él moría joven. Y cada vez que ella lo salvaba de una de aquellas muertes, otra muerte se abría para él más allá, en el camino.

El hijo de Alvin el molinero tenía un enemigo.

Pero también tenía una amiga que lo cuidaba. Y gradualmente, a medida que más y más caminos lo mostraban llegando a la edad adulta, ella empezó a ver algo más. Una mujer severa y austera, una maestra, que lo amaba y se casaba con él y lo mantenía a salvo.

Allí, en aquella habitación del desván, sujetando uno

de los últimos jirones de la placenta, advirtió que la maestra severa y austera era ella misma.

«Lo quiero —pensó—. Y soy su esposa. Llevo a su bebé en mi interior.

»Pero no puedo mantenerlo a salvo.

»De hecho, lo perjudico tanto como cualquiera. Ya no tengo más placenta suya. Y tanto daría si la tuviera. Él comprende profundamente su don. Sabe más de cómo funciona el universo de lo que lo haré yo; ni siquiera cuando miro en su interior comprendo lo que ve, cómo ve.

»Así que en vez de cuidarlo, lo utilizo. Encontré mi propósito en la vida: combatir la esclavitud, pero también impedir la terrible guerra que veo en los fuegos del corazón de todo el mundo. He ido a todas partes y he hecho de todo, mientras que él vacilaba, inseguro de qué debía hacer.

»Y, ¿por qué estaba tan inseguro?

»Porque yo nunca se lo he dicho.

»Conozco la gran obra que se supone que tiene que hacer. Pero no puedo decírselo, porque cuando ponga el pie en ese camino, no podré salvarlo. Morirá, y morirá brutalmente, a manos de hombres que lo odian, traicionado por alguien que ama. Una muerte amarga y triste, con su gran obra inconclusa. Y sin mí a su lado siquiera. En algunos caminos está solo; en otros, tiene amigos consigo. Algunos de esos amigos mueren, otros viven. Pero nadie puede salvarlo. De hecho, es su muerte la que los salva a ellos.

»¿Pero por qué? ¿Por qué debería morir? Es un hombre que puede detener las balas derritiéndolas en el aire. Puede atravesar sin más una pared y salir de la habitación donde lo acorralan. Podría arrojarlos a todos al suelo. Podría cegarlos a todos, o llenarlos de un pánico irracional para haceros huir.

»Y sin embargo, en cada camino, no hace nada de eso. Acepta la muerte que le traen. Y yo no puedo soportarlo. ¿Cómo podía Alvin, tan lleno de vida y alegría, elegir abrazar la muerte cuando siempre tiene el poder de vivir?»

Se arrodilló ante la pequeña ventana donde, cuando tenía cinco años, se asomó para ver a la familia de Alvin marcharse al oeste, al lugar donde construyeron un molino que se convirtió en la fundación del pueblo de Iglesia de Vigor. Y cayó en la cuenta: si Alvin deseaba morir, no podía fingir que no tenía nada que ver con ella.

«Un hombre con esposa e hijos no quiere morir. No si los ama, y ellos lo aman a él. No si tiene esperanza para el futuro. Si yo lo amo lo suficiente, podría salvarlo. Siempre lo he sabido.

»Sin embargo, ¿qué he hecho? Lo envié a Nueva Barcelona. Sabiendo que si iba causaría indirectamente la muerte de cientos de personas. Salvaría a miles, sí, pero cientos caerían, y no sirve de nada que sea mi responsabilidad. De hecho, dolerá. Porque él dejará de confiar en mí. Pensará que amo algo más que a él. Que invertiré su confianza en una causa mayor.

»Pero no es cierto, Alvin. Te quiero más que a nada.

»No te quise como tú querías ser amado. Te quise como aquella niña de cinco años, manteniéndote a salvo. Ayudándote a apartarte de esos futuros terribles. Dándote la libertad de tomar todas las buenas decisiones que has tomado como adulto.

»Y luego quitándote la libertad al no decirte que sabía todas las consecuencias de tus acciones.»

Ella podía oírlo diciéndole: «Un hombre no es libre si no sabe todo lo que podría saberse sobre sus decisiones.»

«Pero si te lo dijera, Alvin, no habrías hecho las cosas que había que hacer. Habrías intentado intervenir y salvar a todo el mundo. Y yo vi esos caminos. No habría salido bien. Habrías fracasado, y probablemente habrías muerto, entonces, con tu gran obra sin hacer.

»En cambio te has convertido en algo maravilloso. No vi estos caminos. Cuando usas tu poder siempre abres puertas al futuro que no existían antes. Así que no vi ese puente que hiciste sobre el agua, no vi esos cinco mil fuegos del corazón que sacaste contigo de la ciudad, llevándolos al desierto. Así que salió bien, ¿no lo ves?»

Pero él diría: «Si mi poder abre la puerta a caminos que no viste, ¿por qué no confiaste en que encontraría el camino a Barcy?»

O tal vez no lo diría. «Hay caminos en los que él no lo dice.»

Se colocó las manos en el vientre, donde latía el corazón del bebé. Un bebé sano, con un fuego del corazón tan brillante y fuerte como cabía esperar.

Pero no como el fuego del corazón de Alvin. Un niño corriente.

Y eso era todo lo que ella podría haber esperado. Un niño corriente: con talento para esto, con un don para lo otro, pero dentro de los confines de lo esperado. Aquel niñito no tendrá ningún enemigo persiguiéndolo todos los días de su vida.

«Y en vez de vigilarlo cada minuto consciente como vigilé a Alvin durante tantos años, podré ser una madre natural para él. Y para sus hermanos y hermanas, Dios mediante.

»Dios y Alvin mediante, claro. Porque puede que él nunca regrese. Cuando sepa cómo lo he utilizado, cómo lo he engañado, lo que hice que hiciera, sin saberlo. Cómo no confié en que tomara sus propias decisiones.»

Se sentó de espaldas a la ventana y lloró en silencio contra su delantal.

Y mientras lloraba, se preguntó: «¿Lloró así mi madre, cuando mis dos hermanas mayores murieron, siendo bebés? No, sé cómo son esas lágrimas. Aunque mi primer bebé no vivió lo suficiente para que llegara a conocerlo, deposité su cuerpecito en el suelo y supe al menos algo de lo que ella pasó, al depositar sus cadáveres en la tumba. Ni lloro como habría llorado mi madre si hubiera sabido lo de mi padre y su amor por la señorita Modesty. Le mantuve ese secreto porque vi las terribles consecuencias de saber la verdad, cómo los destruiría a ambos.

»No, lloro como habría llorado mi padre, de haber sabido que su traición a mi madre iba a ser descubierta, sin poder hacer nada para impedirlo. Mi pecado no es el adulterio, eso es seguro. He sido fiel a Alvin en ese aspecto. Pero es una traición de todas formas, una violación de la profunda confianza entre un hombre y la mujer que ha tomado para que sea la mitad de su alma, y su alma la mitad de la de ella.»

Lágrimas amargas de vergüenza anticipada.

Y con ese pensamiento sus lágrimas se secaron.

«Lloro por mí misma. Es de mí misma de quien me compadezco. Bueno, pues no lo haré. Soportaré las consecuencias de lo que hice. E intentaré sacar lo mejor de lo que quede entre nosotros. Y quizás este bebé nos sane. Quizás.»

Odiaba los quizás. Pues en aquel asunto, como en tantos otros, la niebla que le impedía ver tantos futuros de Alvin oscurecía lo que sucedería. Ella podía saber exactamente los sucesos de toda la vida de algún pastor que pasara en su carros, pero su marido, la persona cuyo futuro más le importaba, permanecía peligrosamente expuesto y a la vez dolorosamente oculto.

Todas las esperanzas de ella estaban en partes ocultas del fuego del corazón de él. Porque los caminos que no estaban ocultos no le daban ningún motivo para la esperanza. No habría felicidad para ella en ninguno de aquellos caminos. Porque una vida sin Alvin no contenía para ella ninguna esperanza de alegría.

Calvin se encontraba en el muelle y contemplaba los barcos zarpar uno a uno. El coronel Adán había hecho bien sus planes. Los barcos zarpaban según lo previsto, y no había ningún riesgo de colisión.

Por desgracia, también había hombres decididos a salir de esta ciudad, formaran parte de la expedición o no. Así que, en medio del intento por ordenar los barcos en un convoy para navegar corriente arriba, dos grandes remolcadores ocupaban el río, con seis hombres a los remos de cada uno y otra docena o más preparados, muchos de ellos alocadamente de pie y dando hurras a su propia bravata.

Calvin se rió con ganas al verlos. Qué idiotas. Tan ansiosos por morir, y tan seguros de encontrar la muerte.

Más pronto, de hecho, de lo que el propio Calvin esperaba. Aunque en retrospectiva parecía casi inevitable. Demasiado orden siempre parecía aburrir a Dios o al Destino o la Providencia o quienquiera que decidiese estas cosas. Siempre había un poco de caos sólo para animar un tanto las cosas.

Naturalmente, uno de los botes, con su piloto gritándole a un barco de vapor para que se apartase, trató de situarse entre los grandes barcos fluviales. Pero los barcos de vapor no se paran fácilmente, y los remeros medio borrachos no maniobran bien cuando intentan cruzar la estela de uno de esos barcos. El capitán del vapor vio el peligro, y algunos de los soldados españoles a bordo dispararon a los remeros.

Eso provocó que los hombres armados del otro bote se levantaran y dispararan una andanada contra los soldados españoles. Ninguno de los disparos alcanzó el blanco, por el obvio motivo de que tantos mosquetes disparando a la vez en la misma dirección provocaron un retroceso que hizo que el bote se sacudiera y volcara. Algunos de los hombres salieron a flote escupiendo. Algunos gritando. Algunos no salieron, incapaces al parecer de quitarse las botas dentro del agua o deshacerse de todas las balas de plomo que llevaban en sus saquitos de munición.

«Qué corta es la vida para los idiotas —pensó Calvin—. Zarpan sin pensar en cómo llegar a la orilla si el bote les falla.»

Mientras tanto, llevados por el pánico provocado por los disparos de los soldados españoles, y algunos pensando que una bala de cañón había hundido el otro bote, los remeros del primer bote intentaron cambiar de dirección. El problema fue que no habían acordado qué dirección tomar, y por eso los remos interfirieron unos con otros y el bote fue arrastrado por la corriente justo contra la proa del gran barco de vapor.

La colisión rompió la mitad de los remos y convirtió otros varios en lanzas que perforaron los cuerpos de sus antiguos amos. Algunos de los hombres saltaron al agua; los que no lo hicieron fueron arrollados por el barco de vapor que embistió la barca.

En los muelles fue una locura. Algunos intentaban ayudar a que llegaran a la orilla, y un par incluso se lanzó al agua para salvar a alguno de los ahogados. Botes de remos más pequeños zarparon rápidamente para ayudar en el rescate. Pero la mayoría de la gente se reía y abucheaba y aplaudía, pasándoselo de muerte a expensas de aquellos idiotas. Y aunque él no abucheó, Calvin tuvo que admitir que fue de los que se reían.

Alvin habría intentado probablemente usar su don para salvar a los idiotas que no sabían nadar. Tal vez disolvería sus botas o algo. O les daría agallas: probablemente podría hacerlo, sólo para alardear.

Pero aunque a Calvin se le hubiera ocurrido pensar en algo tan rápido, y aunque hubiese poseído el suficiente control para hacer algo útil a tanta distancia, no lo habría intentado. El mundo no era peor por perder a unos cuantos idiotas. De hecho, era muy generoso por parte de aquellos valientes borrachos sin seso mejorar la población reproductora de Barcy eliminándose a sí mismos.

«Todos los idiotas están hoy en el río», pensó Calvin. Porque los que seguían aquellos planes tan cuidadosamente trazados iban a terminar con el mismo aspecto estúpido de aquellos payasos, cuando Alvin acabara con ellos. Probablemente no morirían (se trataba de Alvin, después de todo), pero desde luego lo que no tendrían sería éxito.

Cosa que probablemente sucedería también con la expedición a México, reconoció Calvin alegremente. Aquellos arrogantes, que creían que porque eran blancos podrían derrotar fácilmente a los mexica. Probablemente fracasarían también. Y como se enfrentaban a los mexica, y no a Alvin Maker, un buen número de chicos de Steve Austin acabaría muerto.

Pero no Calvin. Podría seguir los planes de los idiotas mientras le fueran útiles, o al menos le resultaran entretenidos. Pero nunca entregaría su vida a los planes de nadie. Sus propios planes eran los únicos planes que seguía.

No como Alvin, que dejaba que su esposa le dijera lo que tenía que hacer. Hablando de idiotas.

9

Expediciones

Costó trabajo, pero encontraron los vestidos más bonitos de toda la compañía que les venían bien, y vistieron a María de los Muertos y a su madre, Rien, para que pudieran pasar por dueñas de esclavos. Un poco difícil, tal vez, pero no era completamente imposible que tuvieran una esclava vieja como parecía ser la Tía y un recio jovencito como Arturo Estuardo.

Tampoco los forasteros eran raros en aquel país. Diez años antes los únicos blancos que había por allí eran tramperos o fugitivos. Pero cuando la mayoría de los pieles rojas que no quisieron vivir a la usanza de los blancos cruzaron el Mizzippy, aquella tierra se abrió a la colonización. Por aquellos lares, si tu casa llevaba en pie cinco años, eras un veterano. Así que a nadie le sorprendería demasiado ver a dos damas de una familia a la que no conocían... o eso esperaban.

Alvin se negó a ir con ellas hasta la puerta de la casa de la plantación.

—¿De qué sirve que yo vaya para ver cómo lo haría yo? Soy un hombre blanco, y ni una palabra que yo diga os sería útil después. Estaré vigilando por si algo sale mal, pero tenéis que hacerlo vosotras solas.

La Tía y Arturo Estuardo esperaron ante el porche mientras María de los Muertos y Rien subían de la mano y llamaban a la puerta. No tardó en abrirla un viejo negro.

—Buenas tardes —dijo gravemente.

—Buenas tardes —respondió María de los Muertos. Ella hablaba porque su acento francés no era tan pronunciado como el de Rien. Y porque podía fingir mejor una conversación de clase alta—. Señor, a mi madre y a mí nos gustaría hablar con el amo de la casa, si es posible.

—El amo de la casa no está —dijo el viejo—. La ama de la casa no está disponible. Pero el joven amo sí que está.

—¿Podría llamarlo?

—¿Les gustaría pasar y descansar dentro, donde hay sombra? —preguntó el anciano.

—No, gracias —dijo María. No tenía intención de perder de vista a La Tía y Arturo Estuardo.

El viejo regresó pronto, y vino acompañado por un joven que no podía tener más de catorce años. Tras él venía un hombre blanco de mediana edad. No era el amo de la casa, ni un esclavo, ¿quién era entonces?

María se dirigió al joven.

—Me llamo Marie Moore —dijo. Todos habían acordado que un apellido inglés sería mejor para ella, sugiriendo que su padre se había casado con una francesa—. A mi madre le cuesta hablar inglés.

Fue el hombre de mediana edad quien se apresuró a responder.

—*Parlez-vous français, madame?*

—Señor Tutor —dijo el muchacho—, han *venío* a verme a mí.

—*Venido*, joven amo —dijo el tutor.

—En este momento no estamos en clase, si no le importa.

Así que el muchacho fingía tanto como María ser de clase alta. Se volvió de nuevo hacia ella con aire irritado, pero compuso rápidamente una expresión de dignidad.

—¿Qué desean? Si quieren agua o un bocado que comer, la cocina está detrás.

No era buena señal que las tratara como mendigas cuando debería haberlas tomado por dueñas de esclavos, como él mismo.

Por fortuna, el señor Tutor vio de inmediato la metedura de pata.

—¡Joven amo, no puede pedir a estas damas que vayan por detrás como si fueran criadas o mendigas! —Se volvió hacia María y Rien—. Por favor, disculpen este desliz. Nunca ha recibido a visitantes en la puerta con anterioridad, y por eso...

—No son damas —dijo el muchacho—. Mire su ropa. He visto a esclavos mejor vestidos.

—Amo Roy, me temo que está siendo descortés.

—Señor Tutor, olvida cuál es su sitio —dijo Roy. Se dirigió a María—. No sé qué quieren, pero no tenemos nada con lo que contribuir a su causa, y yo si fuera ustedes tendría cuidado, porque se cuenta que un montón de gente cruzó el Pontchartrain anoche. Los rumores dicen que son un puñado de esclavos fugitivos. Hemos encerrado hoy a los nuestros por si se les ocurre alguna mala idea, pero nunca mantendrán a esos dos bajo control si se les mete algo en la cabeza.

María sonrió y adoptó su tono más exagerado de clase alta.

—Hay peligro, y sin embargo no invita usted a pasar a dos damas porque nuestros vestidos no le parecen lo bastante adecuados. A su madre le encantará cuando todas las damas vecinas se enteren de cómo nos rechazaron en su puerta porque el joven amo de la casa era tan orgulloso.

Se dio media vuelta y empezó a bajar las escaleras del porche.

—Vamos, madre, ésta no es una casa educada.

—¡Joven amo! —dijo el señor Tutor, con gran desazón.

—Siempre piensa usted que hago las cosas mal, pero le digo que sé que son un atajo de mentirosas, ése es mi don.

María se volvió sobre sus talones.

—¿Dice que tiene un don para discernir mentiras?

—Siempre lo sé —dijo Roy—. Y usted y su madre tienen «mentirosa» escrita por toda la cara. Es duro decirlo, lo sé, pero mi padre me lleva a comprar caballos o esclavos o cualquier cosa cara, porque siempre le digo si el hombre está mintiendo cuando dice: «Es lo más que puedo bajar el precio» o «este caballo está realmente sano.»

—Debe ser de mucha ayuda para su padre.

—Lo soy —dijo el muchacho, orgulloso.

—Pero no todas las mentiras son iguales. Mi madre y yo hemos pasado tiempos difíciles, pero seguimos pretendiendo ser damas de alcurnia porque eso nos permite conservar nuestra dignidad. Pero me sorprendería que fuéramos las primeras damas que llegan a esta casa planeando engañarle sobre nuestro lugar en el mundo.

El muchacho sonrió tímidamente.

—Bueno, en eso tiene razón. Cuando las amigas de mi madre vienen de visita, las mentiras son más abundantes y más densas que el granizo en una tormenta.

—A veces hay que dejar pasar una mentira inofensiva, señor, sin señalarlo, por bien de los buenos modales.

—Yo no podría haberlo dicho mejor —dijo el señor Tutor—. El joven amo es todavía muy joven.

—Ya pueden ver que soy joven —dijo Roy, irritado otra vez. Se dirigió de nuevo a María y Rien—. ¿Por qué no pasan ustedes, pues, y les traeremos algo para beber, como... limonada?

—La limonada sería fantástica —dijo María—. Pero antes de aceptar su amable invitación, hemos oído que su nombre es Roy, pero no su apellido.

—Vaya, tomamos nuestro apellido de lo que cultivamos. Roy Cottoner,* y mi padre es Abner Cottoner, como un general de la Biblia.

—Y en francés, su nombre significa «rey».

—Eso ya lo sé —dijo Roy, irritado otra vez. Era un muchacho bastante irritable.

Lo siguieron al interior de la casa. María no tenía ni idea de si estaban haciendo las cosas adecuadamente (¿debería pasar primero su madre, o ella?), pero supusieron que Roy no lo sabría tampoco, y además, ya las había etiquetado de impostoras, así que no perjudicaría hacer unas cuantas cosas mal.

—Amo Cottoner —dijo María.

Roy se volvió.

—Nuestros criados tienen sed. ¿Hay...?

Él se echó a reír.

—Oh, ellos. El viejo Bart, nuestro criado, les mostrará dónde está la cisterna.

En efecto, el viejo negro ya estaba cerrando tras de sí la puerta principal y salía hacia el lugar donde esperaban Arturo Estuardo y La Tía. María deseó tener más confianza en el don de Arturo Estuardo. Pero Alvin parecía confiar en él, así que, ¿cómo podía María negarse a confiar en sus habilidades?

---

* El apellido significa «algodonero». Los personajes siguen adoptando el nombre de su oficio, como el Tutor. *(N. del T.)*

Roy las condujo a un saloncito y las invitó a sentarse. Se volvió hacia el señor Tutor.

—Dígale a Petunia que necesitamos limonada.

El señor Tutor pareció mortalmente ofendido.

—No soy criado de esta casa, señor.

—Bueno, ¿y qué espera? ¿Que vaya a decírselo yo?

María sospechaba que, por lo que sabía de modales, era exactamente eso lo que debería hacer, pero el señor Tutor simplemente entornó los ojos y obedeció. María se alegró de que saliera de la habitación.

Vio cómo Roy asumía una pose en el pasillo. Resultaba estudiada y artificial, y sospechó que estaba imitando las maneras de su padre cuando había visitas. En un hombre adulto, la pose habría parecido lánguida y cómoda.

—Amo Cottoner —dijo María—. Como habrá usted supuesto, hemos venido a pedir ayuda.

—Mi padre no está aquí. No tengo dinero.

—Da la casualidad de que no queremos dinero. Lo que necesitamos es permiso para traer un gran grupo de gente a sus tierras, y alimentarlos con su cosecha, y dejarlos que duerman para pasar la noche.

Roy entornó los ojos y abandonó su pose.

—Así que son ustedes la gente que cruzó el Pontchartrain.

—Lo somos, en efecto —dijo María—. Somos cinco mil, y preferiríamos que nos ofreciera su ayuda libremente. Pero si tenemos que hacerlo, tomaremos lo que necesitamos. Tenemos centenares de niños hambrientos entre nosotros, y no queremos que sigan pasando hambre.

—Salgan de mi casa —dijo Roy—. Salgan de aquí.

Por primera vez, la madre de María habló.

—Es usted joven —dijo—. Pero la esencia de la dignidad es pretender desear lo que no se puede impedir.

212

—Mi padre los abatirá como a perros cuando llegue a casa.

—¡Roy!

Una voz de mujer sonó en el pasillo, y una mujer de aspecto frágil apareció tras él, pálida y entumecida por el sueño, con una bata sobre los hombros.

—Roy, en mi casa seremos amables.

—¡Son un puñado de fugitivos de Barcy, mamá! Amenazan con quitarnos la comida y todo lo demás.

—Eso no es motivo para no ser amables —dijo la mujer—. Soy Ruth Cottoner, la señora de esta casa. Por favor, perdonen a mi maleducado hijo.

—¡No debes disculparte por mí, mamá, no ante ladronas y mentirosas!

—Si no estuviera tan enferma, le sacudiría bien en el trasero —dijo Ruth tristemente.

Luego empuñó un mosquete que ocultaba tras la pierna. Apuntó directamente a Rien y, antes de que María pudiera gritar siquiera, apretó el gatillo.

La pólvora chisporroteó y prendió, y un doble puñado de postas brotó por el extremo del cañón.

—Qué extraño —dijo Ruth—. Mi marido dijo que estaba cargado y listo para disparar.

Arturo Estuardo apareció tras ella.

—Lo estaba —dijo—. Pero a veces las armas no hacen lo que uno les dice.

Ella se dio media vuelta para mirarlo, y por primera vez hubo miedo en su cara.

—¿De quién eres esclavo? ¿Qué estás haciendo en mi casa?

—No soy esclavo de ningún hombre —respondió Arturo Estuardo—, ni de ninguna mujer tampoco. Sólo soy un tipo al que no le hace demasiada gracia que apunten con un mosquete a sus amigos.

La Tía apareció tras él.

—Señora —dijo—, suelte esa arma estúpida y siéntese.

La Tía llevaba una bandeja con una jarra de limonada y seis vasos.

—Tenemos que hablar, nosotros.

—¡Dejad a mi madre en paz! —gritó Roy. E hizo ademán de empujar a La Tía. Pero Arturo Estuardo estaba ya allí y lo agarró por las muñecas y lo sujetó.

—Morirás por haberle puesto una mano encima a mi hijo —dijo Ruth.

—Todos moriremos algún día —respondió Arturo Estuardo—. Ya ha oído a la señora. Siéntese.

—Han invadido mi hogar.

—Esto no es un hogar —dijo Arturo Estuardo—. Es una prisión, donde sesenta personas negras son cautivas contra su voluntad. Usted es una de las captoras, y por ese crimen seguro que se merece un castigo terrible, señora. Pero no estamos aquí para castigar a nadie, así que tal vez será mejor que se guarde esas ideas de castigo. Ahora, siéntese.

Ella obedeció. Arturo empujó a Roy a otra silla y se aseguró de que también él se sentara.

La Tía colocó la bandeja en la mesita y empezó a llenar los vasos de limonada.

—Para que lo sepan —dijo—, nos dimos cuenta de que algún idiota ha encerrado a todos los negros en sus cabañas. Con el calor del día, eso es terrible.

—Así que los dejé salir —dijo Arturo—. Están bebiendo en el abrevadero ahora mismo, pero muy pronto ayudarán a nuestra compañía a encontrar sitios donde acampar en sus prados y sus graneros, y a preparar la cena para alimentar a cinco mil personas. Es como estar en la Biblia, ¿no les parece?

—¡No tenemos comida para tantos! —dijo Ruth.

—Si no tienen, recurriremos a la hospitalidad de algunos de sus vecinos.

—¡Mi marido volverá en cualquier momento! ¡Muy pronto!

—Estaremos atentos. No creo que tenga por qué preocuparse: no dejaremos que dañe accidentalmente a nadie.

María no pudo dejar de admirar lo frío que se mostraba, como si estuviera disfrutando de aquello. Y sin embargo no había ninguna malicia en él.

—¡Levantará el país y os hará colgar a todos! —dijo Roy.

—¿Incluso a las mujeres y los niños? —respondió Arturo Estuardo suavemente—. Eso es un precedente peligroso. Por fortuna, nosotros no somos asesinos, así que no les colgaremos.

—Apuesto a que el señor Tutor ya ha ido a buscar ayuda —dijo Roy a regañadientes.

—Supongo que el señor Tutor es ese hombre blanco de cuerpo blandito que ha leído más libros de los que comprendió.

Roy asintió.

—Está en el patio con los pantalones bajados hasta los tobillos, mientras algunos de los negros incultos le leen la Biblia. Parece que lo oyeron alardear de que no se puede enseñar a leer a los negros porque sus cerebros no son lo bastante grandes o porque se cuecen al sol o alguna teoría de esas, y ellos le están demostrando en este momento que está equivocado.

—Has estado muy ocupado ahí fuera —dijo Rien.

—Soy una mujer enferma y moribunda —dijo Ruth—. Es cruel que me hagan esto en mis últimas semanas de vida.

Arturo la miró y sonrió.

—¿Y cuántas semanas de libertad iba a darle a cualquiera de sus esclavos, antes de que murieran?

—¡Tratamos bien a nuestros sirvientes, gracias!

Como en respuesta a sus palabras, el Viejo Bart entró en la habitación. Ahora no caminaba despacio. Su paso era decidido y rápido, y se acercó a Ruth y escupió en su regazo. De inmediato Roy se puso en pie de un salto, pero el Viejo Bart se volvió y le abofeteó con tanta fuerza la cara que cayó al suelo.

—¡No! —gritó Mary.

—*Non!* —exclamó también su madre.

—Nosotros no golpeamos a nadie —dijo La Tía en voz baja—. Y tampoco escupimos.

El Viejo Bart se volvió hacia ella.

—Los muchachos querían hacerlo, pero yo les dije: dejadme hacerlo a mí una vez por todos nosotros. Y me eligieron para el trabajo. Este muchacho ya se ha salido con la suya con dos de las chicas, y una de ellas ni siquiera era mujer todavía.

—¡Eso es mentira! —chilló Roy.

—Mi hijo no es capaz de...

—No intente decir a los negros de qué son capaces los blancos —dijo Arturo Estuardo—. Pero hemos acabado con todo eso ahora. No hemos venido aquí, señor, para traer venganza ni justicia. Sólo libertad. Y si levanta una mano contra alguien más mientras estemos aquí, señor, tendré que detenerle.

El Viejo Bart le sonrió condescendiente.

—Me gustaría verle intentarlo.

—No, no le gustaría —dijo Arturo.

María trató de calmar la situación. Se levantó de la silla y se acercó a Ruth Cottoner.

—Por favor, deme la mano.

—¡No me toques! —chilló Ruth—. ¡No le daré la mano a una invasora ladrona!

—Sé algo sobre las enfermedades —dijo María—. Sé más que su médico.

—En Barcy —informó Arturo Estuardo—, todo el mundo acudía a ella para saber si iban a mejorar cuando estaban enfermos.

—No le haré ningún daño —dijo María—. Y le diré la verdad de lo que vea. Su hijo sabrá si estoy mintiendo.

Lentamente, la mujer levantó la mano y la colocó sobre la de María.

María sintió el cuerpo de la mujer como si fuera parte del suyo propio, y de inmediato supo dónde estaba el cáncer. Centrado en su vientre, pero extendido, también, royéndola por dentro.

—Es malo —dijo—. Empezó en su vientre, pero ahora está por todas partes. El dolor debe de ser terrible.

Ruth cerró los ojos.

—Mamá —dijo Roy.

María se volvió hacia Arturo Estuardo.

—¿Puedes...?

—Yo no —respondió Arturo Estuardo—. Es demasiado para mí.

—Pero Alvin, ¿no crees que él...?

—Puedes pedírselo. Puede que también sea demasiado para él, ¿sabes? No hace milagros.

—¿Tienen algún tipo de curandero con ustedes? —dijo Ruth amargamente—. Ya he visto a curanderos antes, charlatanes.

—No es un curandero —dijo Arturo Estuardo—. Sólo lo hace, ya sabe, cuando se encuentra con alguien que lo necesita.

María soltó la mano de la mujer y se acercó a la ventana. La gente entraba ya en la propiedad en grupos de diez y cincuenta familias. Los negros de la plantación los guiaban a diversos edificios y cobertizos, y había ruidos de sartenes y ollas, de trabajos y charlas en la cocina.

Entre la gente, fue fácil detectar a Alvin. Era tan fuerte como un héroe de leyenda (Aquiles, Hércules) y tan sabio y bueno como Prometeo. María sabía que él podría curar a esa mujer. ¿Y quién podría entonces acusarlos de robar, si le pagaba con años y años de vida?

A Verily Cooper siempre se le lastimaban los muslos cuando cabalgaba. Por fuera y por dentro de los músculos. Hay gente a la que le gusta cabalgar, hora tras hora. Verily no era una de ellos. Y no tenía por qué serlo. Los abogados prosperaban, ¿no? Los abogados viajaban en carruaje. O en tren.

Montando a caballo tenías que pensar todo el tiempo, y trabajar también. El caballo no lo hacía todo, en modo alguno. Siempre tenías que estar alerta, o el caballo sentiría que no había nadie al mando y te encontrarías siguiendo una ruta por donde al caballo hubiera olido casualmente algo interesante.

Y luego estaba el roce. La única manera de impedir que la silla te irritara la cara interna de los muslos era alzarte un poco en los estribos, mantenerte firme. Pero eso resultaba agotador para los músculos de las piernas. Tal vez con el tiempo desarrollaría más fuerza y resistencia, pero la mayoría de los días no pasaba demasiado tiempo a caballo. Así que se alzaba en los estribos hasta que le dolían los muslos, y entonces se sentaba y dejaba que los muslos sufrieran rozaduras.

Fuera como fuese, las piernas te ardían.

«¿Por qué tengo que hacer esto por Alvin? ¿O por Margaret Larner? ¿Qué les debo en realidad? ¿No les he ofrecido todo tipo de servicios desde que me hice amigo suyo? ¿Qué saco exactamente de todo esto?»

Se avergonzaba de sí mismo por pensar esas cosas tan desleales, pero no podía evitar lo que se le metía en la cabeza, ¿no? Durante una temporada fue amigo y compañero de viajes de Alvin, pero esos días habían pasado. Había intentado aprender a ser hacedor con los demás en Iglesia de Vigor, pero aunque su propio don era ver cómo encajaban las cosas y cambiarlas lo suficiente para que encajaran perfectamente (lo que, como decía Alvin, era una de las claves para ser hacedor), seguía sin poder hacer las cosas que hacía Alvin.

Podía arreglar un hueso roto (lo cual no era un mal don), pero no sanar una herida abierta. Podía hacer que un barril encajara tan bien que nunca tuviera pérdidas, pero no abrir una cerradura de acero fundiendo el metal. Y cuando Alvin dejó su escuela de hacedores para irse a vagabundear, Verily no encontró muchos motivos para quedarse y continuar con los ejercicios.

Sin embargo Alvin se lo pidió, y lo hizo. Él y Mesura, el hermano mayor de Alvin: dos idiotas, eso es lo que eran. Trabajando para enseñar a los demás lo que ellos mismos no habían aprendido.

Y sin ganar mucho dinero como abogado.

«Soy un buen abogado —se dijo Verily—. Soy tan bueno con la ley como con los toneles. Tal vez mejor. Pero nunca apelaré ante el Tribunal Supremo ni el Tribunal del Rey ni ninguna corte importante. Nunca tendré un caso que me haga famoso... excepto defendiendo a Alvin.» Y en ese caso era Alvin quien se llevaba toda la fama, algo que a Verily no le importaba.

Y se había distraído otra vez, y el caballo no seguía el camino principal. «¿Dónde estoy? ¿Tendré que retroceder?»

Justo ante el sendero donde se encontraba había un pequeño arroyo. Sólo que en vez de un vado, como tenían la mayoría de estos caminos, había un puente sólido (y cubierto, además), de sólo tres metros de largo, pero por encima del agua, y sin signos de debilitamiento, aunque Verily sabía que todos los puentes cubiertos de aquel camino habían sido construidos por el padre y los hermanos mayores de Alvin, para que ningún otro viajero perdiera a un hijo y hermano querido porque un río insignificante como el Hatrack se desbordara el mismo día en que tenían que cruzarlo.

Así que el caballo había tomado un giro en alguna parte y ahora se dirigían, no directamente al oeste hacia Carthage y Noisy River desde allí, sino al noroeste hacia Iglesia de Vigor. Tardaría un poco más en llegar hasta Abe Lincoln por aquí, pero ahora que Verily lo pensaba detenidamente, éste era el mejor camino. Le ofrecería un lugar donde descansar y reponerse. Podría enterarse de las noticias. Y tal vez el amor de su vida estaría allí, dispuesta a presentarse y apartarlo de todos aquellos complicados asuntos.

«Alvin encontró una esposa y un bebé por el camino, ¿y qué tengo yo? Las piernas lastimadas. Y ningún cliente.

»Lo que necesito es encontrar un abogado en Noisy River que necesite un buen abogado experto y lo haga su socio. Creo que sé cómo ser socio de otro abogado. Nunca seré socio de Alvin Maker. Él mismo es el mejor socio que podría tener, a excepción de su propia esposa, y por muy separados que estén siempre, es difícil mantener una relación de esa manera.

»Echaré un vistazo en Springfield, Noisy River, y veré si parece mi hogar.

»Y no atravesaré Iglesia de Vigor. El amor de mi vida

no está allí. Para bien o para mal, es mi amor por Alvin Maker lo que da forma a mi vida, y me enviaron a servirle en Springfield. No tomaré ningún otro camino.»

Hizo girar al caballo y no fue muy lejos antes de encontrar una bifurcación, donde el animal había tomado por el sendero equivocado. «No, sé sincero —se dijo Verily—. Donde tú tomaste el camino equivocado, esperando huir de tu deber como Jonás.»

Arturo Estuardo observaba a Alvin con atención, esperando aprender a sanar aquel tipo de enfermedad. No había pillado los detalles de cómo Alvin arregló el pie de Papá Alce, pero sí lo principal. El cáncer de esta mujer iba a ser más difícil. Una vez que María de los Muertos señaló qué ocurría con su cuerpo, Arturo pudo encontrarlo, pero fue difícil ver los límites del cáncer, saber dónde acababa la carne buena y empezaba la mala. Y había montones de puntitos esparcidos por aquí y por allá dentro de ella... Pero había algunos sobre los que no estaba seguro: no sabía si eran cáncer o no.

Así que cuando Alvin entró en la casa y lo saludó a él y a La Tía y a Rien y a María de los Muertos, Arturo Estuardo apenas pudo esperar a llevarlo junto a la señora Cottoner.

Alvin se inclinó sobre su mano, y estrechó la mano del muchacho, también, aunque Roy se mostró hosco.

Luego Alvin preguntó si podía sentarse junto a ella y tomarle la mano.

—Porque es más fácil si la toco, aunque puedo hacerlo sin tocarla, si lo prefiere.

Por respuesta, ella colocó sus manos en la suya. Y allí, sentados en el saloncito, con todo el ruido del campamento fuera, y parte del ruido dentro, ya que la gente entraba de vez en cuando, exigiendo una decisión de La Tía o de Rien, Alvin se puso a cambiarla por dentro.

Arturo Estuardo intentó seguirlo, y esta vez Alvin se movió lenta y metódicamente. Casi como si estuviera intentando dejarlo claro para Arturo... y tal vez era así. Pero siempre los detalles más importantes parecían eludirlo. Veía lo que estaba mirando Alvin, y sentía que buscaba el límite entre la carne buena y la mala. Pero cómo sabía Alvin cuándo lo hacía bien era lo que Arturo Estuardo no conseguía dilucidar.

Pero podía ver algunas cosas: cómo, cuando Alvin rompía la carne enferma, la hacía disolverse en la sangre para desaparecer; cómo se aseguraba de conectarlo todo por dentro cuando las partes cancerosas eran anuladas; cómo la fortalecía.

—Me siento mareada —murmuró ella.

—Pero no dolorida —susurró Alvin por respuesta.

—No, no dolorida.

—Ya casi he terminado. Su cuerpo me está ayudando a encontrar todos los sitios malos. No podría hacerlo sin la ayuda de su cuerpo. Sabe cómo curarse usted misma, no con la mente, sino en carne y hueso y sangre. Sólo necesitaba un poco de... dirección. ¿Ve? Aquí no hay ningún milagro. Mi don no es más que averiguar lo que su cuerpo ya quiere pero no puede hacer por sí mismo, y... mostrarle el camino.

—No comprendo —dijo ella.

—La sensación de mareo pasará cuando desaparezcan los últimos restos. Mañana por la mañana, como muy tarde. Tal vez antes.

—Pero, ¿no moriré?

—¿No puede sentirlo? —preguntó Alvin en voz baja—. ¿No puede sentir cómo las cosas están ahora bien en su interior?

Ella negó con la cabeza.

—El dolor ha desaparecido, eso es todo.

—Bueno, eso ya es algo, ¿no?

Ella empezó a llorar.

De inmediato, Roy corrió hacia ella, puso una mano en su hombro y miró enfurecido a Alvin y Arturo Estuardo.

—¡Ella no llora nunca! ¡La habéis hecho llorar!

—Está llorando de alivio —dijo Arturo Estuardo.

—No —dijo Alvin.

—¡La habéis lastimado! —dijo Roy.

—Está llorando porque tiene miedo —Alvin miró a la señora Cottoner—. ¿De qué tiene miedo, señora?

—Tengo miedo de que cuando se vayan, vuelva.

—No puedo prometerle que no lo hará —dijo Alvin—. Pero no creo que lo haga. Pero si alguna vez lo hace, envíeme una carta. Mándela a Alvin, el hijo del molinero, en Iglesia de Vigor, en el estado de Wobbish.

—No podrá volver aquí —dijo ella.

—Desde luego que no —aseguró Roy—. ¡Seré mayor entonces, y lo mataré!

—No, no lo harás —dijo la señora Cottoner.

—Lo haré. ¡Robar todos nuestros esclavos! ¿No lo ves, madre? ¡Seremos pobres!

—Todavía tenemos la tierra —dijo su madre—. Y tú todavía tienes a tu madre. ¿No vale eso nada para ti?

Su firme mirada debió decir algo al muchacho que Arturo Estuardo no comprendió, porque se echó a llorar y salió corriendo de la habitación.

—Es joven —dijo ella.

—Todos hemos sido culpables de ese pecado —comentó Alvin—. Y algunos nunca lo superan.

—Yo no —dijo ella—. Nunca fui joven.

A Arturo Estuardo le pareció que había toda una

historia detrás de aquellas palabras, pero no sabía cuál era. Si su hermana mayor Peggy hubiera estado allí, lo habría sabido, y tal vez podría habérselo dicho más tarde. O si Truecacuentos hubiera estado allí y hubiera aprendido la historia y la hubiera escrito en su libro, entonces tal vez comprendería. Tal como era, sólo podía imaginar lo que ella pretendía decir con eso de que nunca fue joven.

O lo que Alvin quiso decir cuando le respondió:

—Es usted joven ahora.

—Durante unas cuantas horas, al menos —dijo ella.

Alvin abrió las manos para soltar las suyas. Pero ella se movió rápidamente y lo asió por las muñecas.

—Oh, por favor. Todavía no.

Así que permaneció allí sentado un ratito más, sujetando sus manos.

Arturo Estuardo no pudo seguir mirando mucho rato. Ya no se trataba de ninguna curación. Alvin no estaba haciendo nada con su don. Estaba solamente sujetando las manos de una mujer que lo miraba como si fuera Dios o un hermano perdido o algo así. Arturo Estuardo sintió como si algo fuera mal. Como si su hermana adoptiva, Peggy, estuviera siendo traicionada de algún modo. «Esas manos no son para sujetarte a ti, Ruth Cottoner», quiso decir.

Pero no dijo nada, y salió, y vio cómo La Tía tomaba decisiones y mantenía las cosas en movimiento sin alzar la voz. Incluso se reía en ocasiones, y recibía sonrisas y risas por parte de aquellos que acudían a verla.

Ella lo vio, y lo llamó.

—¡Ven aquí, tú! ¡No sé suficiente español para entender a este hombre!

Así que Arturo Estuardo volvió al trabajo en el campamento, y dejó a Alvin solo en la casa con una mujer que estaba medio enamorada de él. Bueno, ¿por qué no debería estarlo? Acababa de salvarle la vida. Había mirado dentro de su cuerpo y vio lo que estaba mal y lo arregló. Hay que amar a alguien que hace eso, ¿no?

No fue un barco de vapor lo que abordaron para la expedición a México. Steve Austin debía de haber encontrado a alguien con bolsillos realmente profundos, porque lo que consiguieron fue un velero de tres palos, bueno para el comercio costero, y con remos como una galera, porque el golfo de México estaba con frecuencia en calma. Había cañones a bordo, y piezas de campo para desembarcar cuando llegaran. ¡Artillería, demonios!

Calvin empezó a respetar la habilidad de Steve Austin para hacer las cosas. Naturalmente, había un montón de personas dispuestas a poner dinero para conquistar México... siempre y cuando creyeran que la expedición podría tener éxito. Y como casi no había ninguna posibilidad de que lo tuviera (no con un solo barco y un centenar aproximado de «soldados» mínimamente obedientes), el hecho de que hubiera conseguido tanto dinero para el proyecto significaba que Steve Austin sabía bien cómo venderlo.

«Eso es algo que necesito aprender —pensó Calvin—. Observaré a este hombre y aprenderé cómo persuade a la gente para que invierta dinero en proyectos insanos. Es un don útil.»

El barco entró en el río con la ayuda de un par de cabos aún amarrados, para que no hubiera ninguna posibilidad de perderse en la niebla perpetua de la orilla. Luego se soltaron e iniciaron el largo y majestuoso viaje hacia la desembocadura del Mizzippy.

No muy lejos de Barcy, la niebla de la orilla derecha se redujo y, bastante antes de llegar a mar abierto, desapareció. Eso era interesante. La niebla no debía de estar relacionada con el río, sino con los límites de la tierra que Tenskwa-Tawa pretendía proteger. Lo cual hizo que Calvin se preguntara si había niebla a lo largo de la costa también, y niebla entre las tierras mexica y las tierras que Tenskwa-Tawa había tomado bajo su protección.

«¿O está Tenskwa-Tawa aliado de algún modo con los mexica? ¿Practica él también sacrificios humanos? Y, si lo hace, ¿lo sabe Alvin? Qué idea tan interesante. Todas estas grandes ideas sobre oponerse a la esclavitud y tratar de impedir una guerra sangrienta, y al mismo tiempo es el mejor amigo de un profeta rojo conchabado con los salvajes que arrancan el corazón en México.»

Calvin lo sabía desde siempre. Alvin pretendía ser virtuoso y usar sólo su poder para el «bien», pero no sabía mejor que Calvin ni que nadie en qué consistía ese «bien». Fuera cual fuese la historia en la que creía, fueran quienes fuesen los «nosotros» a los que protegía contra «ellos», Alvin necesitaba creer que lo que estuviera haciendo era noble, pero no lo era. Nunca lo había sido. Alvin era igual que todos los demás: hacía lo que quería y lo que creía que podía hacer para salirse con la suya, usando el poder que tenía a mano, y pisando a quien se interpusiera en su camino.

Al menos Calvin lo sabía respecto a sí mismo. No se hacía ilusiones.

Contempló el agua teñida por el sol mientras la brisa hinchaba las velas y permitía que el barco zigzagueara camino al mar. Tan liso y claro, este océano, tan deslumbrante. Absolutamente cegador, cuando el sol se refleja en las pequeñas olas y la luz te salta a los ojos. Todo tan límpido, con las nubecillas blancas desfilando en el brillante cielo azul.

Pero el agua era fangosa, el fondo sucio, y por él se arrastraban criaturas que devoraban cuanto encontraban y quedaban atrapadas en las redes de los mariscadores como si Dios bajara a castigar a los pecadores. Sólo que no había ningún castigo, y no todos eran pecadores, sino únicamente animales brutales y hambrientos que quedaban atrapados, y animales hambrientos y brutales que se quedaban atrás.

«Alvin trata de vivir en la parte de arriba del brillante mar azul. Pero yo no.»

A su alrededor los otros soldados de la expedición reían y bromeaban y alardeaban sobre lo que harían en México. Pero Calvin tenía una idea bastante clara de lo que sucedería, pues el plan de Steve Austin consistía en desembarcar en alguna parte y luego usar los poderes de Calvin para impresionar a sus aliados potenciales e impresionar a los mexica. Estos hombres que reían y alardeaban... eran mercenarios, todos ellos. Y no había muchos mercenarios que alquilaran su valor además de su cuerpo. Mientras nadie les disparara, mientras no vieran a sus camaradas convertidos en cadáveres, serían valientes. Pero cuando empezaran los problemas, desaparecerían.

«Bueno, ¿y por qué no? Igual que yo.»

Pobre Steve Austin. Todo aquel dinero sólo para llevar unos cañones a los mexica.

Pero claro, también podía ganar. Después de todo, contaba con Calvin Maker, el hombre que no se avergonzaba de usar su poder.

Después de todo, ¿no era Calvin quien mantenía el viento soplando, hermoso y firme, y siempre en la di-

rección que les era útil? Nadie a bordo sospechaba que
era él. «Pero conmigo a bordo, no necesitaréis esos remos.»

Era de noche, y todo el mundo había comido. Una
densa niebla cubría la plantación de los Cottoner, aunque
en su centro el aire era claro y podían ver las estrellas.

Arturo Estuardo estaba orgulloso de haber aprendido a crear niebla. Era duro advertir que hacía apenas un
par de semanas estaba aprendiendo a ablandar el hierro,
y de un modo tan dolorosamente lento. Era como un bebé que se esfuerza en dar dos pasos y, dos semanas más
tarde, corre por toda la casa y el patio chocando con todo y pasándoselo muy bien.

Niebla o aire despejado. Arturo Estuardo podía decidir.

—Es sólo niebla —le dijo Alvin cuando se puso tan
nervioso—. No has creado una nueva luna ni has movi-
do una montaña.

—Es clima —dijo Arturo Estuardo—. Estoy creando clima.

—Estás creando una verja alrededor de unas personas que necesitan protección —dijo Alvin—. No empieces a alardear, y no empieces a intentar decidir quién
consigue lluvia y quién no. En cuanto empiezas una tormenta, es muy difícil controlarla.

—No voy a desatar ninguna tormenta —dijo Arturo
Estuardo a regañadientes—. ¿Me conoces desde hace
tantos años y me comparas a Calvin?

Alvin sonrió.

—No estoy confuso hasta ese punto. Pero así no vas
a poder decirme: ¡No fue culpa mía, no lo sabía!

—Entonces, ¿vas a enseñármelo todo?

—Todo lo que se me ocurra.

—¿Quién te enseñó a ti?

—Aprendí de mis propios errores estúpidos.

—Pues si los errores estúpidos han hecho tanto por ti, ¿cómo es que no me dejas estudiar con el mismo maestro?

Alvin no tenía respuesta para eso. Se echó a reír.

Y llegó el momento de marcharse.

—Tienes que dormir —le dijo María de los Muertos—. No te vayas hasta mañana.

—La noche es el mejor momento para mí —dijo Alvin—. Y dormiré sobre la marcha.

María de los Muertos parecía confundida.

—Es una cosa que aprendió de los pieles rojas —dijo Arturo Estuardo—. Corre mientras duerme. Le pasó anoche, mientras cruzábamos el lago. ¿No lo oísteis?

—¿Oírlo? ¿Cómo suena eso de correr mientras estás dormido? —se echó a reír, creyendo que Arturo Estuardo bromeaba.

Pero olvidó a Arturo de inmediato. Siguió observando a Alvin, y a Arturo se le ocurrió que observar a Alvin era lo que hacía cada vez que no estaba obligada a hacer otra cosa. No lo miraba de la manera emocional con que lo hacía Ruth Cottoner. Era otra cosa. Tal vez embeleso. Completa intensidad. Como si quisiera poseerlo con los ojos.

Lo de Ruth Cottoner era amor, desde luego, amor hecho de gratitud y alivio y temor y confianza en aquel hombre que la había salvado. Pero María de los Muertos lo amaba también, pero de otro modo. Tenía un propósito. Aún no había conseguido lo que quería pero pretendía conseguirlo.

«No puedo saber eso —pensó Arturo Estuardo—. No soy Peggy, no soy ninguna antorcha para ver dentro de los fuegos del corazón de la gente.

»Y, en cualquier caso, Peggy no enviaría a Alvin a un lugar donde otra mujer fuera a enamorarse de él.»

Pero claro, por lo que Arturo Estuardo sabía, las mujeres se enamoraban siempre de Alvin y él siempre había sido demasiado joven y obtuso para darse cuenta. Recordaba unas cuantas veces, desde luego. Nunca significó mucho. No es que Alvin correspondiera a su amor.

Pero esta vez. Alvin no parecía ver cómo lo miraba ella. Porque tal vez era más sutil. Después de todo, ni siquiera Arturo se había dado cuenta hasta esa noche. Así que posiblemente Alvin no advertía cómo su mirada estaba siempre fija en él, cómo escuchaba cada palabra, cómo lo adoraba. Pero lo advirtiera o no, tenía su efecto sobre él. Seguía volviéndose hacia ella. Hablaba a cualquier otro, pero seguía mirándola, como si comprobara, para asegurarse de que ella lo escuchaba. Como si esperara que ella pillara algún chiste que sólo ellos dos conocían.

Sólo que no había ningún chiste entre ellos, no había nada, no había habido tiempo para nada, Arturo Estuardo había estado allí, ¿no? Casi siempre, excepto aquella primera vez que se vieron, cuando ella lo condujo a aquella cabaña del pantano para que curara a su madre.

«Esta María de los Muertos lo único que ve en cada hombre que encuentra es si está enfermo o no, y si va a morir por ello. Pero en Alvin, ¿qué es lo que ve? El hombre que puede hacer que sus pesadillas no se conviertan en realidad.

»No, ve poder. Para cambiar el mundo, cambiar el futuro.

»O tal vez sólo los fuertes brazos y hombros de un herrero.

»¿Y a mí qué me importa? Alvin no se va a enamorar de ella. No mira siquiera a otra mujer que no sea Peggy: si

230

lo hiciera, yo lo sabría. Entonces, ¿a mí qué más me da?

»No es que Alvin sea el único hombre de por aquí que sabe hacer cosas. Puede que yo no sea capaz de curar a la gente, pero sostuve el otro extremo del puente de Alvin, y eso no es moco de pavo. Impedí que el mosquete de Ruth Cottoner disparara. Creé la niebla.

»¿En qué estoy pensando? Ella debe de tener cinco años más que yo. Y es blanca, y francesa. Aunque sé hablar francés bastante bien y soy medio blanco. ¿Qué diferencia habrá, de todas formas, cuando salgamos de los territorios esclavistas?

»No. Soy un niño a sus ojos, y mulato, y sobre todo, soy el aprendiz de hacedor de Alvin, y él es de verdad, ¿por qué iba a mirarme?

»Pero es buena cosa que Alvin se marche. Es buena cosa que tenga una misión que cumplir. No quiero tener muchas distracciones, cuando hay tanto por hacer.»

Alvin no dio demasiada importancia a su partida. Había hecho todo cuanto dijo que haría. La Tía, Arturo, María de los Muertos y Rien sabían lo que tenían que hacer: María de los Muertos y Rien distraer a la gente de la gran casa hasta que Arturo Estuardo y La Tía pudieran liberar a los esclavos y descubrir lo que todos tenían que hacer. No siempre sería así, naturalmente, con el hombre de la casa fuera y los esclavos encerrados en sus cabañas y el supervisor borracho y fácil de mantener dormido. Y no habría curaciones de mujeres enfermas, sin Alvin. Pero se las apañarían.

Y lo último que Alvin quería que vieran los miles de refugiados de Barcy era alboroto por su marcha. Sobre todo que alguien se emocionara y le suplicara que se quedara. Eso llenaría el campamento de incertidumbre. Tal como estaban las cosas, la gente que había hecho todo el trabajo importante ese día se quedaba con ellos. Y cuando la gente empezara a preguntar dónde estaba Alvin, le dirían: se ha adelantado para explorar, volverá pronto.

Así que cuando llegó el momento de que Alvin se marchara, la mayoría de la gente ni siquiera se dio cuenta de que lo había hecho.

Sólo Arturo Estuardo, y no corrió hacia Alvin para decirle unas últimas palabras, sino que le dirigió una sonrisa y lo vio con el saco al hombro internarse entre los árboles y perderse en la niebla.

Cuando apartó la mirada del lugar por donde Alvin había desaparecido de la vista, nadie más parecía haberse dado cuenta.

Excepto María de los Muertos, que hablaba aparentemente con su madre y un par de franceses, pero con la mirada fija en el lugar donde había visto a Alvin por última vez.

«Es amor —pensó Arturo Estuardo—. La chica está loca de amor. O de algo.»

La gente tardó un rato en asentarse. No habían dormido mucho, así que era de esperar que estuvieran todos cansados, y los niños se habían quedado dormidos en cuanto llenaron el estómago. Pero había conversación y asombro y preocupación, muchas cosas que los mantuvieron conversando durante una hora o así después de terminar la cena y la limpieza.

Arturo sabía que necesitaba dormir tanto como cualquiera, quizá más. Pero antes tenía que asegurarse de que la niebla estuviera en su sitio. Ése era su principal trabajo y, si fallaba en eso, ¿para qué serviría? Así que recorrió el perímetro del campamento una última vez. Un par de negros recién liberados de la esclavitud en la plantación de los Cottoner lo vieron y se acercaron a darle las gracias, pero él no quiso aceptarlas porque, según dijo, no les había dado nada que Dios no les hubiera dado primero, y luego se excusó para terminar de comprobarlo todo.

Cuando regresó a la gran casa, la mayoría de la gente dormía. Y se le ocurrió que ni siquiera había buscado una manta.

No importaba. La hierba estaba seca y el aire era cálido y no le importaban los insectos. Encontró una zona libre no lejos del borde de la niebla, donde no había nadie más durmiendo, y se sentó y empezó a frotarse las plantas de los pies con hierba, cosa que le resultó relajante después de un día de caminata. Sus zapatos estaban en algún lugar cerca de la casa, recordó. Los recuperaría por la mañana, o se las apañaría sin ellos. Los zapatos eran buenos para el invierno, pero era una molestia llevarlos en verano, cuando lo que querías era sentir el suelo bajo tus pies.

—Así que se ha marchado —comentó María de los Muertos.

Arturo ni siquiera la había notado acercarse. Se maldijo. Alvin sabía siempre quién estaba cerca. Y Arturo Estuardo podía ver los fuegos del corazón, al menos los cercanos. Pero no estaba acostumbrado a mirar. Había cientos de personas a su alrededor en aquel momento, todas durmiendo. No había prestado atención.

—Y tú eres ahora el hacedor —dijo María de los Muertos.

—Aprendiz de hacedor —respondió Arturo Estuardo—. Si acaso. Mi verdadero don es aprender idiomas.

Ella le dijo algo en un idioma que parecía en parte español y en parte francés.

—Tengo que aprenderlo primero —dijo Arturo—. No es que ya tenga dentro de la cabeza todos los lenguajes posibles.

Ella se echó a reír.

—¿Cómo es viajar con él todo el tiempo?

—Como estar con tu cuñado, que a veces te trata como a un niño y otras te trata como a una persona.

Ella sonrió y sacudió la cabeza.

—Debe de ser maravilloso verle hacer todas esas cosas nobles.

—Normalmente no hace más que una cosa noble antes de cenar, y se acabó por ese día.

—Te estás burlando de mí.

—¿Quieres saber cómo es? —dijo Arturo Estuardo—. Pregúntale a tu madre lo excitante que es cada vez que descubres si otra persona está enferma, y si morirá o no.

—¿Cómo puede nadie acostumbrarse a algo así?

—No estoy intentando acostumbrarme —dijo Arturo—. Estoy intentando aprender a hacerlo.

—¿Por qué? ¿Por qué necesitas saberlo, cuando él puede hacerlo mucho mejor?

¿No tenía ella ni idea de lo doloroso que era un comentario así?

—Bueno, es buena cosa que aprendiera algo, ¿no crees? O tendríamos que haber apostado un puñado de centinelas esta noche, y en este grupo, ¿cuántos guardias dignos de confianza crees que podríamos encontrar?

—¿Entonces hiciste tú de verdad la niebla? ¿No fue él?

—Él la empezó, para enseñarme cómo. Yo hice el resto.

—¿Y podrás hacerla mañana?

—Eso espero, porque tenemos que dejar esta niebla atrás. Si nos quedáramos aquí una segunda noche, en esta plantación no quedaría nada para comer y los Cottoner se morirían de hambre.

—No se morirán de hambre: ya no tienen todos esos

esclavos que alimentar, ¿recuerdas? —Se tendió en la hierba—. Si pudiera viajar con él, sería feliz cada minuto del día.

—Eso a mí no me pasa —dijo Arturo Estuardo—. Cada dos por tres me lastimo un pie o como algo que me sienta mal. Por lo demás, es puro éxtasis.

—¿Por qué te burlas de mí? Sólo te estoy contando lo que hay en mi corazón.

—Es un hombre casado. Y su esposa es mi hermana.

—No te pongas celoso por tu hermana —dijo María de los Muertos—. No lo quiero de esa forma.

«Sí que lo quieres», pensó Arturo Estuardo.

—Me alegra oír eso —dijo.

—¿Puedes ayudarme?

—¿Ayudarte a qué?

—Este globo de agua de cristal que hizo él, el que he estado llevando...

—Que yo recuerde, había un par de muchachos que fueron amables contigo empujando esa carretilla la mayor parte del día.

Ella ignoró su burla.

—Lo miro y lo que veo me asusta.

—¿Qué ves?

—Todas las muertes del mundo. Tantas que ni siquiera puedo decir quién las causa.

Arturo Estuardo se estremeció.

—No sé cómo funciona. Tal vez sólo ves lo que estás entrenada para ver. Ya sabes cómo ver la muerte, así que eso es lo que ves.

Ella asintió.

—Eso tiene sentido. Iba a preguntarte qué ves tú.

—A mi madre —dijo Arturo Estuardo—. Volando. Llevándome a la libertad.

—Así que naciste siendo esclavo.

—Mi madre agotó todas sus fuerzas y murió, llevándome.

—Qué valiente por su parte. Qué triste por la tuya.

—Tuve familia. Un par de familias. Una negra, los Berry, que fingieron que eran mis verdaderos padres durante algún tiempo, para que la gente no me tildara de fugitivo. Y los Guester, la familia blanca que me crió. La suegra de Alvin, la vieja Peg, me adoptó. Aunque supongo que Alvin ha sido más un padre para mí que el padre de Peggy. Es posadero, y un buen hombre. Ayudó a un montón de esclavos a llegar a la libertad. Y siempre me hizo sentirme a gusto, pero fue Alvin quien me llevó a todas partes y me lo enseñó todo.

—Y todo eso antes de cumplir veinte años.

—No creo que hayamos terminado todavía —dijo Arturo Estuardo.

—Así que tú puedes burlarte de mí, pero yo no puedo burlarme de ti, ¿eh?

—No sabía que te estuvieras burlando.

—Así que no hablas todos los idiomas —ella se rió.

—Si no te importa, creo que es hora de dormir.

—No te enfades conmigo, aprendiz de hacedor. Tenemos que trabajar juntos. Deberíamos ser amigos.

—Lo somos —dijo Arturo Estuardo—. Si tú quieres serlo.

—Quiero.

Él pensó, pero no lo dijo: «Sólo para poder usarme para estar cerca de Alvin.»

—¿Tú quieres? —preguntó ella.

«¿Importa lo que yo quiera?»

—Por supuesto —dijo él—. Todo irá mejor si somos amigos.

—¿Y algún día me ayudarás a comprender lo que veo en el globo de Alvin?

—Ni siquiera comprendo lo que veo en mi sopa —dijo Arturo Estuardo—, pero lo intentaré.

Ella giró sobre un brazo y se inclinó hacia él y lo besó en la frente.

—Dormiré mejor sabiendo que eres mi amigo y que puedo aprender de ti.

Entonces se levantó y se marchó.

«Puede que tú duermas mejor —pensó Arturo Estuardo—, pero yo no.»

10

Mizzippy

A Alvin le resultaba difícil escuchar la canción verde en aquel lugar. No era sólo por la falta de armonía de campo tras campo de algodón atendido por esclavos, que zumbaban un tono amargo y quejumbroso bajo las canciones de la vida. Era también que sus propios temores y preocupaciones le distraían, de modo que no podía escuchar la vida a su alrededor como necesitaba.

Dejar a Arturo a cargo de todo el trabajo de hacedor que aquel éxodo requería era peligroso; no dudaba del chico, simplemente, había muchas cosas que no sabía. No sólo sobre el trabajo de hacedor, sino sobre la vida, sobre cuáles podrían ser las consecuencias de cada acción. No es que Alvin fuera un experto, ni tampoco Margaret, pues incluso ella veía muchos caminos y no estaba segura de cuáles conducían a una buena meta. Pero él sabía más que Arturo Estuardo simplemente porque había vivido más años, ojo avizor.

Peor, la autoridad del campamento la ostentaban La Tía y, en menor grado, María de los Muertos y su madre. Había conocido a La Tía el día antes de cruzar el lago. Era una mujer acostumbrada a ser más poderosa que nadie que hubiese a su alrededor: ¿cómo aceptaría tratar con Arturo Estuardo cuando Alvin no estuviera allí para cuidar de él? Si por lo menos pudiera ver en el corazón de la gente... La Tía era intrépida, pero eso podía significar que no tenía ningún reparo o que no tenía conciencia.

Y María de los Muertos. Quedaba claro que estaba enamorada de Arturo Estuardo: la forma en que lo miraba, disfrutaba de su compañía, reía sus gracias. Naturalmente el muchacho nunca se daría cuenta, pues no estaba acostumbrado a la compañía de mujeres, y como María de los Muertos no era un flirteo ni una puta, le resultaría difícil reconocer las señales, al carecer de experiencia. Pero, ¿y si, en ausencia de Alvin, ella hacía algo para dejarlo claro después de todo? ¿Qué haría Arturo Estuardo, sin supervisión, en compañía de una mujer mucho más experimentada que él?

También estaba poco convencido de llevarse a los esclavos de las plantaciones donde se fueran deteniendo por el camino. Pero como dijo La Tía cuando le sugirió que tal vez no fuese conveniente hinchar su número: «¡Esto es una marcha de la libertad, amigo! ¿A quién vas a dejar atrás? ¿Esta gente necesita menos libertad? ¿Por qué somos los elegidos? ¡Son tan israelitas como nosotros!»

Israelitas. Naturalmente, todo el mundo comparaba aquel éxodo con el de Egipto, incluido el ahogamiento de algunos miembros del ejército del «faraón» cuando el puente se desmoronó. La niebla era la columna de humo. ¿Y en qué convertía eso a Alvin? ¿En Moisés? No era probable. Pero así era como lo veía mucha gente.

Pero no toda. Había muchísima ira en aquel grupo. Mucha gente que odiaba cualquier clase de autoridad, no sólo la de los españoles o los esclavistas. La ira del Viejo Bart, el mayordomo de la casa de los Cottoner: había tanta furia en su corazón, que Alvin se preguntó cómo había conseguido contenerla todos esos años. Sin embargo había logrado de algún modo persuadir a los otros esclavos para que dejaran que él fuese el único en vengarse de la familia que los poseía. Y eso que un esclavo de la casa normalmente era casi tan detestado por los esclavos del campo como los propietarios blancos.

¿Y cuántos otros más había, resentidos contra la autoridad, o con corazones problemáticos? ¿Cuáles encontrarían algún modo de crear un becerro de oro que destruyera el éxodo antes de llegar a la tierra prometida?

Y ésa era una preocupación aún mayor. ¿Dónde demontres iba a llevarlos Alvin? ¿Dónde estaba la tierra de leche y miel? No podía decirse que el Señor se le hubiera aparecido a Alvin en una zarza ardiente. Lo más cerca que había estado de ver a un ángel fue la oscura noche en que Tenskwa-Tawa (entonces un borracho llamado Lolla Wossiky) apareció en su habitación y Alvin le curó el ojo ciego. Pero Lolla Wossiky no era Dios, ni un ángel como el que luchó con Jacob. Era un hombre que gemía por el dolor de su pueblo.

Y sin embargo era el único ángel que Alvin había llegado a ver, o incluso a oír, a menos que contaran lo que el marido de su hermana, Armadura-de-Dios Weaver, había visto en la iglesia del reverendo Thrower cuando Alvin era un crío. Algo titilante que corría por dentro de las paredes de la iglesia, que volvía loco a Thrower pero Armadura-de-Dios nunca pudo distinguir. Y eso fue lo más cerca de ver una criatura sobrenatural que los conocidos de Alvin habían estado jamás.

Oh, había habido bastantes milagros en la vida de Alvin, multitud de hechos extraños, y algunos de ellos maravillosos. Peggy cuidándolo durante toda su infancia sin que él lo supiera. Los poderes que había encontrado en su interior, la habilidad para ver en el corazón del mundo y persuadirlo para que cambiara y mejorara. Pero ninguno de ellos le había dado el conocimiento de lo que debería hacer de un momento al siguiente. Tenía que capear el temporal como mejor podía, siguiendo los consejos que le daban. Pero nadie, ni siquiera Margaret, estaba en posesión de la verdad: una verdad tan verdadera que sabías que era verdad, y sabías que lo que tú sabías tenía que ser bueno. Alvin siempre tenía una sombra de duda porque nadie sabía realmente nada, ni siquiera en el fondo de su corazón.

Con todo esto pasándole por la cabeza una y otra vez, sin llegar a ninguna conclusión, pronto descubrió que sus piernas se cansaban y sus pies se magullaban, algo que no le había sucedido mientras corría desde que Ta-Kumsaw le enseñó por primera vez a oír la canción verde y dejar que lo llenara con la fuerza de toda la vida a su alrededor.

«Esto no me lleva a ninguna parte. Si corro como un hombre normal, avanzaré tan despacio que pasará más de una noche antes de que llegue al río. Tendré que apartar todo esto de mi mente y dejar que la canción me lleve.»

Así que hizo lo único que se le ocurrió para apartar todo lo demás de su mente.

Buscó el fuego del corazón de Margaret, que siempre había conocido tan bien como un hombre puede conocer su propio ser. Allí estaba... y allí, justo bajo su propio fuego del corazón, aquella chispa brillante del bebé que habían creado juntos. Alvin se concentró en el bebé, buscando su camino a través de su cuerpecito, sintiendo el latido del corazón, el fluir de la sangre, la fuerza que le llegaba desde el cuerpo de Margaret, la manera en que sus pequeños músculos se flexionaban y extendían mientras los ponía a prueba.

Al explorar esta nueva vida, este hombre futuro, todas las demás preocupaciones abandonaron a Alvin y la canción verde vino a él, y su hijo era parte de ella, aquel corazón latente era parte del ritmo de los árboles y los pequeños animales y la hierba y, sí, incluso del algodón cultivado por los esclavos, todo vivo. Los pájaros del cielo, los insectos que se arrastraban por la tierra, las moscas y mosquitos, todos eran parte de la música. Los caimanes en las orillas de lánguidos ríos y charcas estancadas, los ciervos que todavía pastaban en bosques que aún no habían sido convertidos en campos de algodón, las pequeñas hierbas que sanaban y envenenaban, los peces del agua y el zumbido de las personas dormidas que, durante la noche, se convertían de nuevo en parte del mundo en vez de luchar contra él como hace la mayoría de la gente durante el día.

Así que ya no estuvo cansado, ni magullado, sino atento y lleno de vigor y bienestar cuando llegó a las orillas del Mizzippy. Había cruzado muchos senderos transitados por carretas pero nada parecido a una carretera, pues por aquella zona la mejor carretera era el agua, y la más grande de todas era el Mizzippy.

Aunque era de noche, había suficientes estrellas y una rendija de luna. Alvin veía el ancho río extendiéndose a derecha e izquierda, cada onda del agua captando un poco de luz. Sin embargo, a medio camino, estaba la niebla perpetua que protegía la orilla occidental de la interminable e inquieta ambición de los europeos.

No había ninguna duda de que Tenskwa-Tawa sabía que Alvin venía. Su cuñada, Becca, era tejedora de los hilos de la vida. Habría advertido el hilo de Alvin y cómo se movía para llegar a la frontera entre los hombres blancos y los rojos. Tenskwa-Tawa habría sido informado. Sabría que si Alvin iba allí, derecho al río, sin viajar al norte o al sur siguiéndolo, era porque quería cruzar el agua. Significaba que quería hablar.

No era algo que Alvin hiciera a menudo. No quería

ser una molestia. Tenía que importar. Y por eso Tensk-wa-Tawa confiaría en su juicio y acudiría a recibirlo.

O no. Después de todo, Tenskwa-Tawa no acataba las órdenes de Alvin. Si estaba ocupado, entonces Alvin tendría que esperar. No había sucedido antes, o no había tenido que esperar mucho, al menos. Pero Alvin sabía que podía suceder, y estaba preparado para esperar si era necesario. Durante un tiempo.

Pero si Tenskwa-Tawa no aparecía, después de todo, ¿qué significaría eso? ¿Que su respuesta era no? ¿Que no dejaría que esos cinco mil hijos de Israel (o al menos hijos de Dios, o tal vez sólo hijos de sus impotentes padres, pero hijos igualmente) pasaran? ¿Qué haría Alvin entonces?

Miró a su izquierda, no con los ojos, sino buscando los fuegos del corazón de la expedición que había salido de Barcy aquella tarde para devolver a casa a los esclavos fugitivos. Bien: no habían hecho muchos avances el primer día, y todavía estaban muy lejos. Había mucha ira e incomodidad en el grupo también, mientras los borrachos vomitaban y los resacosos soportaban el dolor de cabeza y los hombres que deseaban estar borrachos gruñían por el tedio del viaje y la pobre calidad de los placeres a bordo de un barco militar.

Aún más lejos se hallaba el barco que llevaba a Calvin. Había también mucha ira en ese navío, pero de un tipo diferente, una especie de amarga sensación de derechos mucho tiempo aplazados. Calvin había encontrado un grupo de gente parecida a él, que opinaba que el mundo les debía algo y era lento a la hora de pagárselo. ¿Iban de verdad a México? ¿Era Calvin tan tonto como para relacionarse con esa loca expedición? Fueran donde fuesen, sabía que causarían problemas cuando llegaran.

Pero sobre todo, Alvin se preguntaba cómo iba a cruzar el río.

Construir un puente para sí mismo no parecía tener mucho sentido. Pero era un trecho largo para ir nadando, y difícil con toda la ropa y un arado de oro además, que sería un ancla muy buena pero una almadía muy pobre.

Así que empezó a abrirse paso río arriba. El problema era que cerca del agua solo había árboles y arbustos, y más allá no veía ningún bote amarrado. Aquel país no era bueno para fundar granjas o pescar, y era dudoso que alguien viviera demasiado cerca. Y había caimanes: podía ver sus fuegos del corazón, oscurecidos un poco por el sueño, excepto los de los hambrientos. Sí que les gustaría digerir un trozo de carne de hombre mientras yacían tumbados en la orilla del río soportando el calor del día.

No te despiertes por mí, le murmuró a un caimán cercano. Sigue donde estás, hoy no soy para ti.

Finalmente, advirtió que no iba a haber ningún bote a menos que él creara uno.

Así que encontró un árbol muerto y medio caído (cosa que no escaseaba en esa tierra desatendida) y consiguió que soltara las raíces que lo mantenían sujeto a tierra. Con una gran sacudida cayó al agua. Alvin eliminó todas las ramas que sobraban. El árbol llevaba allí de pie tanto tiempo, casi muerto, que era madera seca, y flotaba bien. Le dio un poco más de forma y luego se abrió camino entre los arbustos y pisando raíces hasta que estuvo tan cerca del leño que no tuvo que nadar mucho para alcanzarlo.

Subir a él fue un poco problemático, ya que tenía tendencia a rodar, y a Alvin se le ocurrió que se parecía bastante al gran árbol que bajó con la riada del río

Hatrack el día de su nacimiento. «Lo que mató a mi hermano Vigor es ahora mi vehículo para pasar.»

Pero pensar en el pasado le recordó todos aquellos años de su infancia, cuando parecía que todos los malos accidentes que le sucedían estaban relacionados con el agua. Su padre lo había recalcado a menudo, y no por una especie de superstición ni coincidencia. El agua estaba decidida a cargárselo, eso era lo que decía Alvin Senior.

Y no era del todo falso. No, el agua en sí misma no tenía ninguna voluntad ni deseo de dañarlo ni nada. Pero al agua rompía y oxidaba y erosionaba y fundía y enfangaba de modo natural todo por lo que pasaba o atravesaba. Era una herramienta natural del Deshacedor.

Al pensar en su antiguo enemigo, que tan a menudo lo había llevado a las puertas de la muerte, experimentó aquella extraña sensación de su infancia. La sensación de que algo lo vigilaba desde más allá de la periferia de su visión. Pero cuando volvía la cabeza, quien lo observaba parecía huir hacia dondequiera que estuviese ahora el borde de su visión. Allí nunca había nada. Pero ése era el problema: el Deshacedor «era» nada, o al menos era un amante de nada, y deseaba convertirlo todo en nada, y no descansaría hasta que todo quedara destruido y barrido y desapareciera.

Alvin se alzaba contra él. «Soy un enclenque fútil y patético —pensó Alvin—. No puedo construir más rápido de lo que el Deshacedor destruye. Sin embargo, me sigue odiando por intentarlo.

»O tal vez no me odia. Tal vez es una criatura salvaje, constantemente hambrienta, y yo simplemente huelo igual que su presa. No hay malicia.»

¿No era destruir una parte de construir? Todo era parte del mismo gran fluir de la naturaleza. ¿Por qué debería él ser enemigo del Deshacedor, cuando realmente trabajaban juntos, el hacedor y el deshacedor, el hacedor creando cosas de los escombros de lo que fuese que el deshacedor destruía.

Alvin se estremeció. ¿Qué había estado a punto de hacer? ¿En qué había estado pensando?

Había un fuego del corazón cerca de él. Y hambriento. Aquel caimán al que le había dicho que se apartara. Al parecer había cambiado de opinión, al ver a Alvin allí de pie con agua hasta las rodillas en el Mizzippy, apoyando las manos en un leño flotante y cargado con un pesado arado al hombro.

Alvin sintió las fauces cerrarse sobre su pierna y tirar inmediatamente hacia abajo, un brusco tirón que le hizo perder pie y sumergirse en el agua.

Luchó para impedir que los reflejos de su cuerpo lo dominaran: agitar los brazos lleno de pánico para intentar nadar en busca de aire no le serviría de mucho con un caimán apresándole una pierna.

El caimán sacudió la cabeza a un lado y a otro, y Alvin sintió el músculo del muslo tirar del hueco de la cadera. Al siguiente intento, el caimán se lo arrancaría.

Alvin entró en la mente del caimán para persuadirlo de que lo soltara. Algo sencillo, decirle a un animal de mente débil cómo tenía que ver el mundo. «No soy comida, ni una presa, peligro, márchate.»

Sólo que el caimán no tenía ningún interés en esta historia. Lo que Alvin sintió en su fuego del corazón fue algo antiguo y malicioso. No era hambre. Sólo quería a Alvin muerto. Pudo sentir su ansia por destrozarlo, un frenesí acumulándose en su interior.

Y percibió otros fuegos del corazón acercándose. Más caimanes, atraídos por las sacudidas en el agua.

¿Por qué no quería responder este caimán?

«Porque estás en el agua, bobo.

247

»No, he estado en el agua un millar de veces sin correr peligro y...

»No hay tiempo para resolver esto ahora. Si no puedo hacerlo con persuasión, lo haré de otro modo.»

Alvin extendió su poder, y cerró las fosas nasales del caimán y le dijo que necesitaba aire y no podía respirar.

No importó. Al caimán no le importó.

Y ahora Alvin supo que estaba luchando con algo mucho más peligroso que un caimán. Los animales querían vivir, y nunca lo olvidaban. Así que si a ese caimán no le importaba no poder respirar...

Otra sacudida. Alvin sintió la articulación de la cadera soltarse por dentro. Ahora eran solo ligamentos y músculos y piel lo que sujetaba la pierna a su cuerpo. El caimán lo desgarraría de un momento a otro.

El dolor era terrible, pero Alvin cerró su mente a eso. No había venido hasta allí sorteando tantos peligros para morir en un río de la manera en que el Deshacedor había intentado matarlo antes tantas veces.

Alvin se quitó el arado del hombro y golpeó con su pesado extremo la boca del caimán.

Con un extremo del arado viviente entre los dientes, el caimán intentó romperlo. Eso significaba soltar su presa sobre la pierna de Alvin. Pero él no pudo liberar la pierna: los huesos separados de los músculos no funcionaban bien y la pierna no le obedecía. Ni tampoco podía extender las manos y soltarse la pierna, porque las necesitaba ambas para sostener el arado. Por lo que sabía, el plan del Deshacedor era quitarle el arado y hundirlo en el fondo del río, y Alvin no estaba dispuesto a que así fuera. Había puesto una buena parte de sí mismo en aquel arado, y no iba a perderlo sin librar una buena batalla.

Los otros caimanes se acercaban. Alvin entró en el más cercano y trató de guiarlo para que atacara al caimán que lo sujetaba. Pero aunque este segundo animal no estaba lleno de malicia, tampoco le respondía. Tenía miedo de obedecerle. El Deshacedor podía meter miedo en el corazón del animal con más fuerza que Alvin podía hacerle sentir hambre. Se retiró. Los demás caimanes esperaron en semicírculo, a unos tres metros de distancia, observando la pelea en el agua.

El caimán estaba todavía intentando roer el arado, y cada vez que lo mordía, Alvin lo metía más y más profundamente entre sus fauces. El arado era más grueso que la pierna de Alvin. Y finalmente, cuando los dientes dejaron de sujetarlo, pudo torcer el cuerpo y liberar la pierna herida.

En ese momento el caimán hizo su movimiento, intentando alejarse con el arado en la boca. Pero Alvin estaba preparado. Se agarró a la espalda del caimán y cubrió toda su cabeza con un gran abrazo de oso, cerrando con fuerza las mandíbulas en torno al arado.

Eso molestó al caimán. El arado era demasiado grande para que las fauces se cerraran, y con Alvin agarrado con tanta fuerza no podía ni tragar ni abrir la boca lo suficiente para soltarlo. Además, sus fosas nasales estaban todavía cerradas, y aunque Alvin había respirado varias veces durante la pelea, el caimán llevaba varios minutos sin tomar aire. ¿Cuánto tiempo podían aguantar los pulmones de un caimán?

Mucho, descubrió Alvin, mientras seguía agarrado, apretando más y más fuerte.

Al cabo de un rato, advirtió que el caimán ya no se debatía.

Con todo, continuó agarrado.

Sí, allí estaba. Un último estertor, un débil intento por subir a la superficie y respirar.

Y en ese momento Alvin liberó sus fosas nasales. Porque desde luego no estaba dispuesto a dejar que el Deshacedor lo obligara a matar a un caimán completamente inocente que no habría hecho daño a nadie si el Deshacedor no lo hubiera obligado.

Alvin se levantó, equilibrándose sobre su pierna buena, alzando la cabeza del caimán por encima del agua. De inmediato empezó a sacudirse débilmente, sorbiendo aire por la boca entreabierta y las fosas nasales. Entonces Alvin lo colocó sobre el leño. Su boca permaneció abierta y Alvin agarró el saco, con el arado dentro, y lo sacó de la boca del caimán. Luego empujó de nuevo al caimán al agua y esta vez, cuando le dijo que se marchara, el animal lo escuchó y, débilmente, empezó a alejarse nadando.

Los otros caimanes saltaron sobre el caimán debilitado y lo arrastraron bajo el agua.

«¡No! —gritó Alvin en sus mentes—. Soltadlo. Marchaos. Soltadlo.»

Ellos obedecieron.

Y mientras se marchaban, a Alvin le pareció, sólo un momento, que nadando con ellos había una criatura reptilesca que no era un caimán, sino más bien una feroz salamandra, su brillo oscurecido por las aguas enfangadas del Mizzippy.

¿Qué fue lo que Thrower dijo en su iglesia, cuando Armadura-de-Dios lo vio aterrorizarse por lo que rodeaba las paredes? ¿O fue sólo un engaño de la vista debido a que el dolor era tan... atroz?

Alvin arrastró la pierna mala y el saco con el arado hasta la orilla y se quedó allí tendido, jadeando.

Y entonces se dio cuenta de que incluso aquello sería una victoria para el Deshacedor. «No quería que cruzase el río. Por tanto, debo cruzarlo, y sin tardanza, o seguirá ganando.»

Con el agua para ayudarle a soportar el peso agónico de su pierna dislocada, Alvin medio saltó medio nadó hasta el leño y puso el saco encima y se encaramó. Le hizo falta más que fuerza física: tuvo que utilizar su poder para impedir que el tronco rodara con él. Pero por fin se subió a él, y lo dirigió hasta la corriente del río.

Ante él esperaba la pared de niebla. Era la seguridad. Si llegaba hasta allí, estaría bajo la influencia de Tenskwa-Tawa, que tenía todo el poder del pueblo rojo tras la creación de aquella niebla. El Deshacedor sin duda no podría penetrar allí.

Alvin continuó, a pesar de la bruma de dolor que amenazaba con hundirlo en la inconsciencia. No podía concentrarse lo suficiente para ir más rápido o para que le resultara más fácil chapotear. Ni podía desviar su atención para atender su cadera dislocada. Seguía chapoteando y chapoteando, sabiendo que la corriente lo desviaba hacia la izquierda y corriente abajo, más lejos de donde quería ir.

La niebla se cerró a su alrededor. Y con la oleada de alivio que lo barrió, por fin se sumió en la inconsciencia.

Se despertó y encontró a un hombre negro inclinado sobre él.

El hombre hablaba en un idioma que Alvin no comprendía. Pero lo había escuchado antes. No recordaba dónde.

Alvin yacía de espaldas. En arena seca. Debía de haber cruzado.

O tal vez alguien lo había encontrado en el río y lo había llevado a la otra orilla.

Era difícil preocuparse.

La voz del hombre se volvió más apremiante. Y entonces su significado se volvió muy claro cuando unas manos grandes y fuertes tiraron de su pierna herida y otro par de manos sujetaron su muslo, haciendo rozar hueso contra hueso en un cegador destello de agonía. No funcionó, el hueso no quiso volver a su hueco, y cuando los hombres dejaron que la pierna regresara a su posición dislocada el dolor se volvió demasiado intenso y Alvin se desmayó.

Despertó de nuevo, quizás apenas un momento después, y de nuevo el hombre habló e hizo gestos y Alvin alzó una débil mano.

—Espera —dijo—. Espera un momento.

Pero si comprendieron sus palabras o su gesto, no dieron muestras de ello. Alvin vio que eran varios, y estaban decididos a recomponerle la cadera, y nada que dijera iba a detenerlos.

Así que, con desesperada prisa, escrutó su propio cuerpo y encontró los ligamentos que bloqueaban el camino y, esta vez, cuando ellos tiraron y empujaron, Alvin dispuso las cosas para que la parte superior del hueso del muslo superara los obstáculos. Vaciló momentáneamente en el borde del hueco, y entonces, con una sacudida, encajó en el lugar que le correspondía.

Alvin volvió a desmayarse.

Cuando despertó, estaba en un lugar diferente, en el interior de algún recinto, y solo, aunque fuera oyó voces en un idioma extraño que no era el mismo de antes.

¿Fuera de dónde?

«Abre los ojos, bobo, y mira dónde estás.»

Una cabaña. Una cabaña vieja, que necesitaba barro fresco para taponar los agujeros de las paredes. Deshabitada desde hacía tiempo, al parecer.

La puerta se abrió. Entró un negro distinto al de antes. Y ahora Alvin vio que le resultaba familiar. Iba vestido con un atuendo que consistía en plumas y pieles de animal dispuestas para dar la impresión de desnudo decorado. No como un piel roja. Tal vez como un africano. Posiblemente vestía como lo había hecho en su tierra natal, antes de que lo convirtieran en esclavo.

Pero Alvin ya lo había visto, en la cubierta de un barco.

—Yo saber inglés —dijo el hombre.

Era cierto, los esclavos del barco no solían hablar inglés. Algunos hablaban español, y la mayoría utilizaban el idioma de los mexica, pero esos dos idiomas eran un misterio para Alvin.

—Estabas en el *Reina Yazoo* —dijo Alvin.

El hombre pareció desconcertado.

—El barco del río —dijo Alvin—. Tú.

El hombre asintió, feliz.

—¡Tú en el barco! Tú poniste yo... a nosotros... ¡fuera del barco!

—Sí —dijo Alvin—. Os liberamos.

El hombre se arrodilló junto al camastro de Alvin y luego se inclinó para abrazarlo. Alvin le devolvió el abrazo.

—¿Cuánto tiempo llevo aquí? —preguntó.

De nuevo el hombre pareció desconcertado. Al parecer Alvin había llegado más allá de su límite con el inglés.

Alvin trató de sentarse, pero el hombre lo obligó a tenderse de nuevo.

—Duerme, duerme —dijo.

—No, ya he dormido suficiente.

—¡Duerme, duerme! —insistió el hombre.

¿Cómo podía explicarle Alvin que, mientras habían estado hablando y abrazándose, Alvin había comprobado su pierna, encontrado todas las heridas (los puntos lastimados en la articulación, los lugares donde los dientes del caimán habían desgarrado la piel) y los había curado?

Todo lo que pudo hacer fue levantar la pierna que antes estaba dislocada y mostrar que podía moverla libremente. El hombre lo miró con sorpresa, y trató de hacerle bajar la pierna, pero Alvin en cambio le mostró que donde le había mordido el caimán no había cicatrices.

El hombre de repente se echó a reír y tiró de la manta que aún cubría la otra pierna de Alvin. Al parecer pensaba que Alvin estaba bromeando enseñándole la pierna que no había resultado herida. Pero cuando también ésta resultó estar ilesa, el hombre se levantó y retrocedió lentamente.

—¿Dónde está mi ropa? —preguntó Alvin.

En respuesta el hombre salió corriendo por la puerta a la luz del día.

Alvin se levantó y buscó en la semipenumbra de la cabaña, pero no era la ropa lo que buscaba. El saco había desaparecido, y con él el arado. ¿Se había caído al Mizzippy? ¿O lo había conservado hasta llegar a la orilla donde ahora se encontraba y lo tenían estos hombres?

Buscó con su poder el cálido brillo del arado. Pero no era como un fuego del corazón, una chispa brillante en un mar titilante. El arado era oro vivo, sí, pero oro de todas formas, sin ningún fuego de la vida. Si Alvin sabía dónde buscarlo, siempre lo encontraba fácilmente. Pero nunca lo había buscado sin saber ya dónde estaba.

Finalmente se ató la manta a la cintura a modo de falda. Tal vez ellos no creyeran que pudiera sanar tan rápido, pero no iba a dejar que su cautela o su modestia le impidiera encontrar lo que se había perdido.

Salió a la brillante luz del día: luz de la mañana, así que tal vez no había dormido tanto. Si era en efecto la mañana del mismo día. ¿Por qué tendría que haber dormido más tiempo? Se había sentido perfectamente revigorizado por la canción verde, justo antes de su lucha con el caimán. Y la lucha no había durado tanto. Unas cuantas sacudidas y se acabó. ¿Por qué lo había agotado tanto? Aparte del dolor y la pérdida de sangre y la energía que le hizo falta para ayudarlos a poner la cadera en su sitio, no tendría por qué haberle supuesto un gran esfuerzo. No, tenía que ser la misma mañana. No había perdido un día.

Repararon en él rápidamente, y unos cuantos negros corrieron a su encuentro. Tenían que ser los esclavos que Arturo Estuardo y él habían liberado a bordo del *Reina Yazoo*, los hombres que Steve Austin planeaba usar como intérpretes y guías en México, ya que habían sido esclavos allí. Así que no tenían ningún motivo para hacerle daño.

—Mi saco —dijo—. Un saco casero, lo llevaba al hombro, era pesado —hizo el gesto de quitárselo y ponérselo.

De inmediato, ellos lo entendieron.

—¡Espíritu de oro! —gritó el que había hablado con él momentos antes en la cabaña—. ¡Oro que vuela!

Corrió unos cuantos pasos, luego llamó a Alvin para que lo siguiera.

Encontró el arado, fuera del saco, flotando en el aire a un metro del suelo. Tres negros estaban sentados formando un triángulo perfecto, mirando el arado, cada uno con una mano extendida hacia él.

El guía de Alvin los llamó mientras se acercaban, y lentamente los tres se levantaron, pero sin apartar las manos. El arado permaneció equidistante entre ellos y a un metro del suelo. Con cuidado, se volvieron y empezaron a caminar hacia Alvin.

—No tomar —dijo el guía—. No dejarse.

Alvin advirtió que el arado, simplemente, no se dejaba tomar por otra mano. Mantenía la distancia entre las manos que intentaban alcanzarlo.

Excepto las manos de Alvin. Se acercó, tendió la mano, y el arado no se apartó. Casi saltó a sus manos. Naturalmente, tuvo que soltar la manta, pero viéndose casi desnudo ante ellos, Alvin se limitó a decir:

—¿Tenéis mi ropa en alguna parte, por favor? ¿Y el saco donde llevaba el arado?

Entre montones de sonrisas y de gestos con la cabeza, Alvin se encontró vestido: de hecho, incluso intentaron levantarle las dos piernas a la vez para metérselas en las perneras de los pantalones.

—¡No! —dijo firmemente—. Llevo vistiéndome solo desde que era pequeño.

Con cuidado, depositó el arado en la hierba húmeda. Debía de haber caído un montón de rocío. O tal vez hubiese llovido durante la noche. En el momento en que lo soltó, ellos se abalanzaron hacia delante, intentando sostenerlo, lo que causó que el arado se elevara en el aire.

—¡Oro que vuela! —le advirtió el guía.

—Es un arado —dijo Alvin—. Tiene que estar en la tierra.

De hecho, había sido forjado para que se hundiera en la tierra y la agitara, destripando terrones y desnudando el suelo al calor del sol. Y en ese momento Alvin comprendió la naturaleza del arado. Todo aquel tiempo había estado pensando en aquello de lo que estaba hecho, el oro vivo, pero era antes que nada un arado, antes de convertirse en oro, y hacía tiempo que tendría que haber sido destinado a su correspondiente uso. Que una cosa estuviera hecha de un metal que, al fundirse, podía valer un montón de dinero, no significaba que no siguiera siendo al mismo tiempo la cosa que tenía que ser.

Vestido ya, con el saco en una mano, Alvin simplemente lo abrió sobre el arado en el aire, y luego se cargó el saco al hombro. Encajó dócilmente en su sitio, como siempre.

Los hombres suspiraron al verlo.

Y entonces otro negro se acercó, sosteniendo con cuidado algo en un puñado de hojas. Brillaba al sol como cristal, y Alvin lo reconoció de inmediato. Si le quedaba alguna duda de que aquellos hombres eran los mismos que Arturo Estuardo y él habían liberado en el *Reina Yazoo*, se esfumó, porque el cubo de cristal que sostenía el hombre estaba hecho con una gota de su propia sangre en agua. Les había dado dos cubos como aquél en el *Reina Yazoo*, para que los usaran como prueba ante los pieles rojas del otro lado del río. Ellos sabrían que este tipo de cosas sólo podía hacerlas el propio Tenskwa-Tawa o alguien a quien él hubiera enseñado, y les conseguirían un pasaje seguro. Al parecer había funcionado.

—Bien —dijo Alvin—. ¿Dónde estoy, y dónde está Tenskwa-Tawa?

—Profeta Rojo —dijo uno de los hombres—. Ten-si-ki-wa-Ta-wa.

La forma en que lo pronunció se parecía más a la manera en que los pieles rojas decían el nombre del Profeta. Bueno, hablar otras lenguas no era el don de Alvin, eso ya era más que sabido y no iba a cortarse por haber llamado a su amigo por un nombre equivocado todos estos años.

—Ten-sa-ka-wa-Ta-wa —murmuró.

Uno de los hombres intentó corregirlo, pero Alvin lo dejó correr. Tenskwa-Tawa llevaba años respondiendo a ese nombre, y de haberle importado lo habría mencionado a esas alturas.

—Nosotros quedamos —dijo el guía—. Esperando.

Así que Tenskwa-Tawa acudiría. Bien, Alvin podía esperar como cualquiera: sobre todo ahora que iba vestido y había recuperado el arado. También le tranquilizaba descubrir que el arado podía cuidar de sí mismo. Un arado que vuela de tu mano cuando intentas agarrarlo sería difícil de fundir. Aunque eso no implicaba que algún hechizo poderoso no pudiera lograrlo. Con todo, no era algo fácil para un ladrón. Ahora que lo sabía, Alvin se preocuparía un poco menos por el arado.

Alvin se pasó lo que quedaba de la mañana intentando aprender los nombres de algunos de los hombres, pero se convirtió en un juego de risas por su mala pronunciación. Por lo que deducía, no le estaban diciendo sus nombres, sino haciéndole decir palabras malsonantes en su idioma.

Hubo comida a mediodía, pero también ésta fue extraña y desconocida. Un pan delgado como una torta, solo que más fino, untado con una pasta picante que podría haber sido de habichuelas aplastadas, aunque no era así. Estaba buena, de todas formas. Picaba bastante, y beber agua no servía de nada, pero tenían fruta en una cesta y un bocado le alivió. Y al cabo de un rato se acostumbró al picor y acabó por gustarle más o menos.

Después de la comida, Alvin se fue a pasear para intentar orientarse. Descubrió que toda la tropa lo seguía, como niños de un pueblo pequeño detrás de un forastero. No estaba seguro de si lo estaban protegiendo o si lo vigilaban para asegurarse de que no escapara o si simplemente sentían curiosidad por ver qué hacía a continuación.

Descubrió que estaban en una isla ancha y llana cerca de la ribera izquierda del Mizzippy. La niebla, que estaba a su lado del río, acababa en la orilla, fina como manteca cortada con un cuchillo. Y había canoas en la orilla del canal que separaba la isla de la orilla principal. Así que aquellos hombres no eran prisioneros. Alvin se sintió aliviado por eso. Imaginó, sin embargo, que escoger esa isla grande como morada podría haber sido algún tipo de compromiso alcanzado por Tenskwa-Tawa y los pieles rojas que no querían hacer ninguna excepción a la regla de que sólo los rojos podían vivir al oeste del río, y aquellos que creían que los esclavos fugitivos entraban en una categoría diferente a la de los hombres blancos con armas de fuego y hachas.

Tenskwa-Tawa llegó esa tarde con gran algarabía. De repente un montón de pieles rojas empezaron a aullar y a gritar como si fueran a la guerra: Alvin había oído ese sonido antes, cuando los guerreros lo hicieron prisionero, antes de que el Mizzippy se convirtiera en línea divisoria. Era un sonido terrible, y por un momento se preguntó si los pieles rojas de esta orilla habían estado aprovechando los años de paz para prepararse para la guerra. Pero luego se dio cuenta de que los gritos y cánticos eran el equivalente rojo a los vítores, hosannas, aleluyas y hurras.

Tenskwa-Tawa emergió del bosque en la otra orilla del canal, y los pieles rojas lo rodearon y lo guiaron hasta una canoa grande. Lo llevaron en volandas para que ni siquiera se mojara los pies y lo depositaron en la canoa, y luego saltaron a bordo y remaron furiosamente, de modo que cruzó el agua como una piedra que rebota. Luego lo alzaron de nuevo y lo llevaron a la orilla y lo depositaron justo delante de Alvin.

Así que allí estaba Alvin, con veinticinco negros formando semicírculo tras él, y Tenskwa-Tawa, con el mismo número de pieles rojas formando otro semicírculo detrás.

—¿Es igual cuando el rey de Inglaterra se reúne con el rey de Francia? —preguntó Alvin.

—No —respondió Tenskwa-Tawa—. No tenemos suficientes armas, ni suficiente ropa.

Lo cual era cierto. Aunque comparados con los negros los pieles rojas parecían muy emperifollados, pues había partes de sus cuerpos cubiertas aquí y allá con pieles de ciervo o tela. «Si yo me vistiera así, —pensó Alvin—, el sol me asaría y estaría listo para ser servido.»

—Me alegra que vinieras —dijo Tenskwa-Tawa—. También quería hablar contigo.

—¿Sobre esta gente?

—¿Ellos? No son ningún problema. Mientras duerman en la isla, pueden moverse libremente por la orilla. Allí están sus granjas. Lamentaremos verlos marchar, cuando te los lleves.

—No planeaba llevármelos.

—Pero están decididos a ser soldados para luchar por ti y matar a todos tus enemigos. Por eso tienen que dormir en esta isla. Porque se niegan a renunciar a la guerra.

Alvin se quedó sorprendido.

—Yo no tengo ningún enemigo. —Tenskwa-Tawa dejó escapar una risotada—. Quiero decir, ninguno al que puedan combatir los guerreros.

—Es tan extraño oír a los negros hablar una lengua roja como si hubieran nacido para ello —dijo Tenskwa-Tawa—... El lenguaje que hablan no es muy distinto al navajo, que yo tuve que aprender porque esa tribu se sentía menos inclinada a renunciar a la guerra que la mayoría. Parecía que no habían terminado del todo de exterminar a los hopi y no querían dejar de matar hasta acabar el trabajo.

260

—Así que no ha sido fácil unir a todos los pieles rojas para que tomen el juramento contra la guerra.

—No —dijo Tenskwa-Tawa—. Ni conseguir que todos los jóvenes hagan el juramento cuando llegan a la mayoría de edad. Se sigue jugando a la guerra entre los jóvenes, y si tratas de detenerlos, se escapan y lo hacen. Creo que hemos estado educando a nuestros niños para la guerra durante demasiadas generaciones para que sea algo que desaparezca de nuestras cabezas de la noche a la mañana. Ahora mismo la paz aguanta, porque hay suficientes adultos que recuerdan todas las muertes... y cómo fuimos derrotados, una y otra vez. Pero siempre hay quienes quieren cruzar el río y combatir para recuperar nuestras tierras y expulsar a todos los diablos blancos hasta el mar.

—Hay montones de hombres blancos que sueñan con atravesar la niebla y tomar posesión de estas tierras también —dijo Alvin.

—Incluido hermano.

Alvin intentó pensar cuál de todos sus hermanos había dicho alguna vez una tontería semejante.

—Todos son granjeros o molineros en Iglesia de Vigor —dijo Alvin—. Excepto Calvin.

—Ése es —dijo Tenskwa-Tawa—. De eso quería hablarte.

Se volvió hacia los hombres rojos que lo acompañaban y pronunció unas cuantas palabras, y luego les habló a los negros en una lengua diferente. Alvin se quedó impresionado pero encantado cuando los dos grupos inmediatamente se mezclaron y empezaron a jugar a las cartas y los dados.

—No me digas que se imprimen cartas en vuestro lado del río —dijo Alvin.

—Estos negros que me enviaste las llevaban —dijo

Tenskwa-Tawa—. Apuestan jugando, pero su dinero son guijarros. Quien gana alardea una hora entera, pero la siguiente vez que juegan, todos empiezan a la par otra vez.

—Parece civilizado.

—Al contrario —dijo Tenskwa-Tawa—. Parecen salvajes infantiles.

Su sonrisa tenía un rastro de antiguo dolor, pero Alvin comprendió.

—Bueno, los diablos blancos simplemente lo consideraríamos una oportunidad dorada, y jugaríamos con fichas que representaran todas sus propiedades y luego los engañaríamos hasta quedarnos con todo.

—Mientras que nosotros los diablos rojos os mataríamos a la mayoría y torturaríamos al resto hasta la muerte por el poder que podríamos sacar del dolor. —Tenskwa-Tawa alzó una mano—. De eso quería hablarte. Hasta que tu hermano partió para México no era asunto tuyo, pero ahora lo es.

—Así que se ha unido de verdad a esos locos —dijo Alvin.

—Los mexica han sido un problema para nosotros. Hay un ancho desierto entre nuestras tierras y las suyas, pero no es una muralla tan clara como este río. Hay muchas tribus que viven en esas tierras secas, y mucho comercio y viajes entre una y otra, e historias de cómo los mexica se alzaron contra los españoles y los expulsaron, excepto a los cinco mil que conservaron para sacrificarlos, uno al día, arrancándoles el corazón.

—No parecen muy agradables —dijo Alvin.

—Viven de una manera distinta a nosotros. Recordamos bien cómo sus antepasados vinieron del norte, un pueblo feroz que hablaba una lengua distinta a todas las demás. Los navajos fueron la última oleada, los mexica la primera, pero no confiaron en la canción verde. Extrajeron sus poderes del dolor y la sangre de sus enemigos. Es una forma de poder que se predijo también entre nuestros pueblos. La liga irrakwa fue notable por eso, y tuviste un encuentro, creo, con otros que amaban el derramamiento de sangre y la tortura. Pero nosotros siempre pudimos apartarnos de todo eso y volver a la música de la tierra viviente. Estos hombres rojos no pueden, o no lo intentan, cosa que viene a ser lo mismo. Y desprecian mis enseñanzas de paz y envían embajadas amenazadoras exigiendo que les suministremos hombres blancos para sacrificarlos o vendrán y tomarán cautivos entre nuestro pueblo.

—¿Lo han hecho ya?

—Sólo amenazas, pero oímos de otras tribus más al sur que una vez hecha la amenaza, es sólo cuestión de tiempo que la cumplan.

—Entonces, ¿qué vas a hacer?

—Niebla no —dijo Tenskwa-Tawa secamente—. No hay suficiente humedad en ese aire desértico, y además, torturarían a alguien y extraerían poder de su dolor, suficiente para dispersar lo que yo ponga en su camino.

—Entonces, si ése no es tu plan...

—Nosotros vivimos en armonía con la tierra —dijo Tenskwa-Tawa—. Ellos empapan su tierra en sangre. Creemos que con un poco de esfuerzo, podremos despertar al gigante que duerme bajo su gran ciudad de México.

Alvin se quedó sorprendido.

—¿Hay gigantes de verdad? No lo sabía.

Tenskwa-Tawa parecía dolido.

—Su ciudad está construida justo encima de un promontorio de roca caliente y líquida. No se ha quebrado desde hace muchos años, pero se inquieta con tantas muertes.

—Estás hablando de un volcán.

—Sí —dijo el profeta.

—Vas a hacer con ellos lo que se hizo con Pompeya.

—La tierra va a hacerlo.

—¿No es eso una especie de guerra? —preguntó Alvin.

Tenskwa-Tawa suspiró.

—Ninguno de nosotros alzará un arma ni golpeará a un hombre. Y les hemos advertido ya de que su ciudad se cubrirá de fuego si no detienen sus malignos sacrificios de seres humanos y liberan a todas las tribus que dominan por el miedo y la fuerza.

—Así que ésta es la forma en que ahora libras la guerra —dijo Alvin.

—Sí —respondió Tenskwa-Tawa—. Estaríamos en paz con todos los pueblos de la tierra, si nos dejaran. Mientras que no lleguemos a amar la guerra, o a usarla para gobernar a los demás, seguiremos siendo un pueblo pacífico.

—Así que supongo que los navajos no se dejaron persuadir sin más para hacer el juramento de paz.

—Tuvieron un largo período de sequía; la única lluvia que cayó fue sobre tierras hopi.

—Supongo que captaron el mensaje.

—Alvin, no tengo que justificar nuestras acciones ante ti, ¿verdad?

—No señor —dijo Alvin—. Pero luchar así parece más propio de tu hermano. Pensaba que eras... más paciente, supongo.

—Porque fuimos responsables de la matanza de nuestros amigos y seres queridos en Tippy-Canoe.

—Sí. Los dejaste masacraros hasta que se hartaron de tanta muerte.

—Pero, ¿qué deberíamos hacer con la gente que nunca se harta? —preguntó Tenskwa-Tawa.

—Así que los blancos no son tan malos, eso es lo que estás diciendo.

—Los dioses de los mexica están sedientos de sangre y hambrientos de dolor. Los blancos generalmente quieren enriquecerse y que los dejen en paz. Mientras te maten, el motivo no supone una gran diferencia. Pero la mayoría de los blancos creen que la guerra y la muerte no son el objetivo, sólo el medio.

—Bueno, eso nos pone en un lugar especial en el infierno.

—Alvin, vamos a hacer lo que vamos a hacer. De hecho, ya está en marcha, y ahora no podemos controlarlo ni detenerlo. Las fuerzas bajo la tierra son enormes y terribles y han hecho falta todos nuestros hombres y mujeres sabios de todas las tribus durante muchos meses para enseñarle a la tierra lo que necesitamos hacer en la ciudad de México.

—Y necesitabas decírmelo porque Calvin va para allá ahora mismo.

—Me apenaría causar la muerte de tu hermano.

—El problema —dijo Alvin—, es que no hay ningún caso registrado en que Calvin haya hecho lo que yo quería que hiciese cuando lo quise.

—No digo que sea fácil. Pero sabía que no me perdonarías si no te advertía y te daba una oportunidad de intentarlo.

Alvin suspiró y se sentó.

—Ojalá fuera de nuevo un niño.

—¿Con el Deshacedor derribando vigas sobre tu cabeza y enviando predicadores para desangrarte hasta la muerte bajo el disfraz de una operación?

—Al menos entonces sólo intentaba salvarme a mí mismo. No puedo seguir a Calvin hasta México y tratar de traerlo, porque tengo unos cinco mil esclavos fugitivos y franceses refugiados de Barcy a quienes tengo que encontrar un lugar donde vivir.

Tenskwa-Tawa indicó con el brazo la isla donde se encontraban.

—Si piensas que puedes instalar a esos cinco mil aquí, eres bienvenido. Pero sólo los esclavos fugitivos. Mi pueblo no soportaría tener viviendo en nuestra tierra a esos franceses que dices.

—No, supongo que no.

—Canadá no es un sitio tan hermoso para que confiemos en que los franceses sean más amables y menos sangrientos que los ingleses y los españoles.

—También tenemos algunos —dijo Alvin—. Gente pobre que nos confió su suerte. Pero no queremos vivir aquí.

—Bien —dijo Tenskwa-Tawa—. Porque estaría más allá de mi poder persuadir a las naciones para que os dejaran.

—Lo que necesitamos es un pasaje seguro.

—¿Adónde?

—Al norte. A lo largo del río. Al norte hasta que crucemos el río hacia Estados Unidos. O, más concretamente, al estado libre de Noisy River. No queremos volver a territorio esclavista.

—Cinco mil personas —dijo Tenskwa-Tawa—. ¿Comiendo qué?

Alvin suspiró.

—Lo que la tierra y la amabilidad de vuestros corazones les proporcionen.

—Cinco mil personas dejan una cicatriz en la tierra cuando pasan.

—Es temporada de cosecha —dijo Alvin—. Los campos maduran, hay fruta en los árboles. ¿Tan difíciles están las cosas a este lado del río que no podéis compartir lo suficiente para una gente que huye de las cadenas y la opresión?

—Haría falta un esfuerzo muy grande —dijo Tenskwa-Tawa—. No somos como vosotros. No cultivamos la tierra aquí y la llevamos en carretas o trenes o barcazas para vender su producto allá. Cada aldea cultiva su propia comida, y sólo cuando el hambre golpea en un lugar se trae comida de otro.

—Bueno, ¿no dirías que cinco mil personas sin tierra ni comida son una especie de hambruna ambulante?

Tenskwa-Tawa negó con la cabeza.

—Estás pidiendo algo realmente difícil. Y no únicamente por esos motivos. ¿Qué dirán todos los blancos de Estados Unidos y las Colonias de la Corona cuando cinco mil esclavos fugitivos crucen el río a pesar de la niebla y vuelvan a salir ochocientos kilómetros al norte?

—No lo había pensado.

—Intentarán cruzar hasta nuestro lado a puñados.

—Pero no lo lograrán.

—La niebla es niebla —dijo Tenskwa-Tawa—. La llenamos de miedo, sí, pero los que tienen suficiente avaricia o ira pueden superar ese miedo. Unos cuantos lo intentan cada año, y de esos pocos, de vez en cuando un hombre lo consigue.

—¿Qué hacéis con ellos? —preguntó Alvin.

—Llevan ligaduras y trabajan con las mujeres hasta que encuentran en sus corazones el modo de hacer el juramento de la paz y vivir entre nosotros.

—Y si no, ¿qué, los enviáis de vuelta?

—Nunca enviamos a nadie de vuelta.

—Excepto a mí.

—Y esos veinticinco negros. Puedes llevarlos contigo adonde quieras. Porque no contarán historias de este paraíso que espera a que el ejército adecuado venga y expulse a los salvajes paganos y desarmados.

—Así que tal vez tengamos que hacer un cruce tan espectacular que nadie piense que podría hacerse en bote.

Tenskwa-Tawa se echó a reír.

—Oh, Alvin, tienes el corazón de un hombre del espectáculo.

—Tú también te has puesto un par de gafas en tu momento, viejo amigo.

—Supongo que si parece un milagro, el ejército de Estados Unidos y el ejército real no se creerán capaces de hacer lo mismo. El único fallo en tu idea, Alvin, es que cruzasteis el lago Pontchartrain de una manera muy milagrosa, y eso no impidió que enviaran un ejército en vuestra persecución.

—Cuando derribé el puente, no intentaron cruzar el lago —dijo Alvin.

Tenskwa-Tawa suspiró.

—Tengo entre las manos una guerra con los mexica, y ahora tengo que ayudarte a ejecutar un cruce milagroso del Mizzippy, poniendo en peligro a la gran nación pacífica.

—Eh, eso vale para los dos —dijo Alvin—. Aquí estoy intentando salvar a cinco mil fugitivos y tú y me dices que mi hermano se encamina hacia la boca de un volcán que no puedes detener.

—¿No es buena cosa que nos queramos tanto? —dijo Tenskwa-Tawa.

—Me enseñaste todo lo que sé.

—Pero no todo lo que yo sé.

—Y yo te devolví el ojo.

—Y sanaste mi corazón —dijo Tenskwa-Tawa—. Pero eres una lata, de todas formas.

11

Inundación

Después de la segunda noche, la voz se corrió y las cosas se pusieron más difíciles. La señora Cottoner no habló, así lo dijo La Tía, pero su hijo sí. Y con la gente de la segunda casa Arturo Estuardo tuvo que usar sus poderes de hacedor para sellar las puertas y ventanas de una habitación para que no pudieran salir, porque no querían calmarse, seguían gritando: «Nos estáis quitando la vida, nos estáis empobreciendo, no tenéis derecho, estos esclavos son nuestros.» Hasta que María quiso llenarles la boca de algodón, todo el algodón que habían recogido sus esclavos, metérselo en la boca hasta que fueran tan gordos y blandos como las grandes almohadas en las que dormían mientras sus esclavos dormían en duras tablas y paja en sucias cabañas infestadas de ratas.

Tan sucias e infestadas de ratas como la cabaña donde su madre la había criado allá en el pantano. Sólo que su madre no era ninguna esclava. «Somos mejor que esta escoria —decía—. Somos de la realeza portuguesa, sólo que Napoleón nos expulsó y nos obligó a exiliarnos en Nouveau Orleans y luego la vendió a los españoles para que nosotras nunca pudiéramos volver a casa. Porque tú eres la nieta de un duque, y ese duque fue el hijo de un rey, y deberías casarte como mínimo con un conde, así que debes aprender modales educados y hablar francés e inglés muy bien y aprender a hacer reverencias y a permanecer erguida y...»

Y entonces María creció lo suficiente para comprender que no todo el mundo podía ver en los cuerpos de la gente y sentir si estaban enfermos o si iban a morir por ello. Y de repente la historia de su madre cambió. «Tu padre fue un gran mago —decía—. Un hacedor, lo llaman por aquí. *Facteur. Créateur*. Podía tallar un pájaro en madera y soplarle y se marchaba volando. Y tú tienes parte de su don, y parte del mío, porque mi talento es el amor, amo a la gente, mi querida María, tienes ese amor y te permite ver dentro de sus corazones, y el poder de tu padre te permite ver su muerte porque ése es el poder definitivo, mirar a la muerte a la cara y no tener miedo.»

Su madre, vaya cuentista. Fue entonces cuando María supo que las historias de su madre eran todas mentira. En Portugal se había llamado Caterina, y la llamaron Rina para abreviar. Cuando llegó a Nouveau Orleans lo convirtieron en un chiste y la llamaron Rien, que significa «nada» en francés. O incluso *de rien*, que era lo que los franceses decían después de *merci*, igual que se dice «no hay de qué». Porque ahora María comprendía que su madre era una prostituta, y ni siquiera cara, y su padre había sido probablemente un cliente, allá en los días previos a tener un hechizo contra los embarazos que funcionara.

Pero fingía creer en las historias de su madre porque se sentía feliz al contarlas. Y María se sentía aliviada, porque siempre había temido que algún día Napoleón perdiera el poder y muriera, y la familia real portuguesa fuera devuelta al trono y vinieran a buscarlas y las encontraran y eso estaría bien para su madre, podría volver a ser aquello para lo que la habían educado, pero María no era buena haciendo reverencias y su francés no era elegante y fino y estaba sucia y siempre cubierta de picotazos de mosquito y ellos la despreciarían y se burlarían en la corte real, igual que hacían aquí en las calles de Barcy. Sólo que sería peor, porque serían finas damas y caballeros los que lo harían. Así que odiaba la idea de pertenecer a la realeza. Era mejor ser la hija de una prostituta portuguesa barata en Nueva Barcelona.

Pero ahora, lejos de ser las más despreciadas de Barcy, eran importantes. Porque Alvin y Arturo Estuardo y La Tía las trataban con respeto, porque ellas eran las que iban a las puertas de las casas, y todos las miraban con admiración. Llevaban ropa bonita y actuaban como si pertenecieran a la realeza, y aunque no engañaban a la gente porque la ropa no era lo bastante bonita, seguía siendo divertido fingir que en la historia de su madre había algo de verdad, después de todo.

Sin embargo, al tercer día, cuando se acercaban a una casa, La Tía dijo:

—Esta casa no es buena. Pasemos de largo.

Y lo habrían hecho, pero entonces tres hombres salieron al porche con mosquetes y los apuntaron y les exigieron que se rindieran.

Así que Arturo Estuardo (un chico tan listo, bendito sea) hizo que los extremos de los tres mosquetes se ablandaran y cayeran, para que no pudieran disparar más. Los hombres los soltaron y empuñaron espadas y empezaron a correr hacia ellos, y Arturo Estuardo hizo que las espadas se volvieran blandas también, como varas de sauce, y La Tía se echó a reír y venga reír.

Pero no se podía fingir esta vez. La gente de esa casa, de todo el vecindario, había oído hablar del enorme ejército de esclavos fugitivos que tomaban plantaciones y violaban a las mujeres y mataban a los hombres y dejaban que los esclavos lo quemaran todo hasta los cimientos. Naturalmente no era verdad, ni pizca... excepto eso de que dos mujeres francesas se acercaban a la puerta y se hacían invitar al interior, y mientras estaban allí los dos esclavos que viajaban con ellas, una vieja y un jovencito, iban a provocar una rebelión entre los esclavos de la plantación y luego todo era asesinar y violar y quemar.

No habría más engaños ante las puertas. Cada casa sería a partir de ahora más bien una campaña militar.

Así que la tercera noche, con los tres hombres blancos atados en el granero y todas las mujeres blancas encerradas en el piso de arriba de la casa y ni un esclavo a la vista porque todos habían sido retirados, La Tía y Arturo Estuardo y su madre y María se reunieron con el consejo de coroneles para decidir qué iban a hacer.

—Si pudiéramos oír la canción verde —dijo Arturo Estuardo—, podríamos viajar de noche y no pasar hambre: como hicimos al cruzar el Pontchartrain.

—No recuerdo ninguna canción verde —dijo La Tía.

—Sí que lo recuerdas. Sólo que no sabes qué es lo que estabas escuchando.

—¿Qué había en esa canción? —dijo La Tía—. ¿Qué la hace verde?

—Es la canción de la vida a tu alrededor. No la vida humana, que casi siempre es solo ruido. Ni de las máquinas tampoco. Sino la música de los árboles y el viento y el calor del sol, la música de los peces y los pájaros y los insectos y las abejas. Toda la vida del mundo a tu alrededor, y tú formas parte de la canción. Yo no puedo hacerlo solo, pero cuando estoy con Alvin, él me lleva en la canción y entonces la oigo y parece que mi cuerpo funciona solo, ¿sabes lo que quiero decir? Puedo correr y correr y, al final, parece que me acabo de despertar de una larga siesta. Y no tengo hambre, no mientras estoy corriendo. Ni sed tampoco. Soy sólo parte del mundo, pasando del día a la noche, el viento soplando sobre mí, las plantas creciendo a partir de mí, los animales moviéndose a través de mí.

Era maravilloso oírlo hablar de aquella manera, la cara tan iluminada. Aquel joven mulato amaba a su amigo, a su cuñado Alvin, incluso más que María. Oh, sujetar la mano de Alvin y correr entre los árboles y oír aquella canción verde y ver los arbustos y las ramas apartarse del camino y el suelo volverse liso y blando bajo sus pies...

Pero La Tía no se puso a soñar con eso. Estaba haciendo una lista.

—Peces, pájaros, árboles —dijo cuando Arturo Estuardo terminó—. No tienes hambre, no tienes sed. Viento. Y también insectos, ¿no? El calor del sol. ¿Qué más? ¿Algo?

—¿Crees poder hacer un hechizo que consiga lo mismo?

—Lo intentaré lo mejor que pueda —dijo La Tía. Sonrió con picardía—. Ése es mi don, chico.

Inmediatamente, envió a su amiga Michelle y a media docena más que, obviamente, habían cumplido sus encargos antes, a buscar las cosas que necesitaba. Plumas de pájaro, las aletas de un pez (eso fue lo más difícil), un escarabajo vivo, hojas de un árbol. Una pizca de tierra, una gota de agua, ceniza de un fuego, y cuando todo estuvo dentro de una bolsita la sopló y luego la cerró con el pelo de una mujer de cabello largo, que resultó ser la propia María.

Por la mañana hizo una bolsita para Arturo Estuardo y otra para ella, y bolsitas para cada uno de los coroneles.

—Ahora veamos si podemos oír esta canción verde mientras caminamos —dijo.

—¿Y yo? —preguntó María—. ¿Y mi madre?

—Tú me das la mano —dijo La Tía—. Tu madre que se la dé a Arturo. Lo haría al revés, pero te pondrías a pensar en cosas de amor.

Arturo la miró y alzó las cejas como si la idea fuera ridícula. Muchacho ignorante.

María tomó la mano de La Tía y Arturo la de su madre y empezaron a caminar y... no sucedió nada. No era como lo que había sentido al cruzar el río.

—Supongo que necesitamos a Alvin —dijo Arturo Estuardo—. Aunque pensaba que era algo que se podía aprender. Quiero decir, él no nació sabiéndolo. Lo aprendió de Ta-Kumsaw.

La Tía gruñó con fuerza y le dio un golpecito suave en la frente.

—Muchacho estúpido, ¿por qué no le dijiste a La Tía que esta canción verde era cosa de hombres rojos? Llama a los coroneles, a todos, y que me traigan sus bolsas.

Pronto la marcha se detuvo de nuevo y los coroneles se reunieron mientras la gente rumiaba y murmuraba por otro día de retraso en su viaje.

Una a una, La Tía abrió la bolsita de cada uno y dijo:

—Muy bien, vosotros. Una gota de sangre, ahora mismo.

Bueno, ¿cuánta gente haría eso sin rechistar? Pero Arturo Estuardo se levantó y dijo:

—Puedo dejar que caiga una gota de sangre de vuestros dedos, y no dolerá, pero sólo si decís que sí.

Bueno, naturalmente todos dijeron que sí, y, en efecto, Arturo les sostuvo la mano y cerró los ojos y pensó con todas sus fuerzas y una sola gota de sangre salió de debajo de sus uñas y cayó a la bolsita.

Una vez más La Tía sopló las bolsitas y las cerró, pero esta vez añadió una brizna de hierba al pelo de María para atarlas.

—Tal vez ahora —dijo.

Y esta vez, mientas caminaban, el ensalmo pareció surtir efecto. María no estaba segura de si en efecto respondía a la canción verde: en realidad no la había oído al cruzar el río. Había sido más bien como una especie de intensidad en su interior mientras tiraba de la carretilla, de modo que sus manos nunca se magullaron por manejar las asas, y su espalda nunca se cansó, sino que siguió caminando y caminando.

Bueno, algo por el estilo empezó a suceder ahora. Hacía tiempo que había soltado la carretilla, y ella y su madre habían llevado por turnos la bola de agua y sangre que Alvin había creado. Pero ahora no necesitó a su madre. La carga seguía siendo pesada, pero no la cansaba. Ni siquiera hizo que los hombros le dolieran donde se le clavaban las correas.

Pero sí sintió hambre y calor y sed durante el día. Sin embargo, no le importaba. Y sus pies siempre parecían encontrar el lugar adecuado donde pisar.

La única persona para la que no funcionó fue Arturo Estuardo, hasta que finalmente se quitó la bolsita y se la dio a la madre de María.

—Supongo que el hechizo no influye en mí mientras me paso el rato pensando en mantener firme la niebla por delante y por detrás de nosotros, y buscando los fuegos del corazón que podrían hacernos daño.

—Lástima, muchacho —dijo La Tía—. Sigue haciendo lo que estás haciendo, todos rezaremos por ti.

Arturo Estuardo se llevó la mano al sombrero para saludarla y sonrió y luego se adelantó.

María quiso alcanzarlo y tomarlo de la mano y caminar con él. Pero eso era una tontería. Para empezar, necesitaba la bolsita como ayuda. Y además, él necesitaba mantener la mente centrada en el trabajo. Y sin duda no la querría al lado.

En cuanto al resto de la gente, las bolsitas parecieron ayudar. Los niños pequeños aguantaron mejor. Los adultos que llevaban a los niños no se cansaron tanto. No había gente que se tumbara constantemente para descansar y luego perdiera el puesto en la compañía. Así que aunque nadie caminara más rápido que antes, hicieron más progresos durante el día.

También esperaron hasta más tarde para escoger una plantación que fuera su alojamiento durante la noche.

—Hemos llegado muy lejos —dijo Arturo Estuardo—. Tal vez la gente de por aquí piense que está a salvo y no nos esté esperando.

—¿Crees que voy a acercarme a una casa? —dijo La Tía—. Despierta, chico.

—¿Qué otra cosa podemos hacer?

—Matarlos en sus casas.

Todos se volvieron al escuchar la voz. Era el Viejo Bart, el criado de la casa de los Cottoner.

—Me habéis oído. Tú tienes ese don, chico. Úsalo. Entra en sus corazones y haz que dejen de latir.

—Eso sería asesinarlos.

—Ni más ni menos que lo que se merecen, por lo que nos han hecho.

—¿Tú estás muerto? —preguntó La Tía—. ¿Tu corazón ha dejado de latir?

—Estuve muerto para todos ellos durante años —dijo el Viejo Bart.

—Curiosa forma de estar muerto. Ahí de pie, hablando. ¡Apuesto a que meas tres veces al día también! ¿Cuántos muertos pueden hacer eso?

La risa de los que estaban cerca convenció al Viejo

276

Bart de que aquél no era el día apropiado para defender su postura. Pero María vio que no había cambiado de opinión. Sólo había decidido no hablar sobre ello.

—Matarlos en sus casas —continuó La Tía, despectiva—. Queremos comida. Queremos un lugar donde dormir. ¿Mataremos a alguien en su propia casa por eso?

—Ya sé —dijo María—. Iré yo sola.

—¡No! —exclamó su madre.

—Buscan a dos mujeres con dos esclavos. Iré sola, y Arturo Estuardo y La Tía irán por otro lado. Arturo, me protegerás, ¿verdad?

—Lo haré.

—Iré y les explicaré que sólo queremos comida y un lugar donde dormir. Sólo que... tal vez deberías mostrarles tu poder mientras les hablo. Pon niebla en todas las ventanas. Muéstrales que es mejor que nos dejen quedarnos una noche y marcharnos.

Reflexionaron sobre el plan, y Arturo lo mejoró un poco.

—Todas las ventanas menos una —dijo—. Cielo claro a través de una ventana.

—Entonces será mejor que lo hagamos antes de que se ponga el sol —dijo María.

Sólo cuando todos estuvieran de acuerdo y se encaminaran hacia la casa que habían elegido se dio cuenta María de lo que acababa de hacer. ¿Y si tenían escopetas esta vez? ¿Hasta qué punto era rápido Arturo Estuardo?

Justo antes de llegar a la casa, Arturo Estuardo los detuvo.

—Hay cuatro hombres adultos en esa casa, y seis mujeres. Y no andan escasos de armas. No hay niños.

María sabía que eso era mala señal. Probablemente habían sacado de allí a los niños.

—Buena señal —dijo La Tía—. No han evacuado

a las mujeres. No pensaban que fuéramos a llegar esta noche.

—Niebla en cuanto entre allí —le recordó María a Arturo Estuardo.

Él le apretó la mano.

—Cuenta conmigo.

Entonces la soltó y ella caminó sola por la carretera y subió por el largo sendero de acceso hasta la casa.

Mucho antes de que llegara la localizaron, y tres hombres salieron al porche, empuñando mosquetes.

—¿Estás loca, muchacha? —dijo el más viejo de todos—. ¿No sabes que anda por aquí un ejército de fugitivos saqueando y violando?

—La carreta de mi padre volcó en el camino, necesito ayuda.

—Tu padre se ha quedado sin suerte —dijo el más grande de los hombres—. No vamos a dejar este porche por nadie.

—Pero está herido, cuando intenta levantarse, se cae.

—¿Qué es ese acento? —preguntó el hombre más joven—. ¿Eres francesa?

—Mis padres son de Nueva Barcelona.

—Ser francesa en estos andurriales no es buena cosa esta semana.

Ella les sonrió.

—¿Puedo cambiar quien soy? Oh, tienen ustedes que ayudarme. Al menos envíen un par de criados para que me ayuden a levantar la carreta y traer aquí a mi padre, ¿no pueden hacer eso?

—Los esclavos están todos encerrados, preparados para ser evacuados por la mañana, y no vamos a dejar que ninguno salga, tampoco —dijo el grandullón.

—Entonces veo que la providencia me ha traído a una casa donde no hay caridad cristiana —respondió ella.

Se dio media vuelta y echó a andar hacia la carretera.

Cuando pareció dispuesta a marcharse, los acabó de convencer.

—Nunca he cerrado mi puerta a nadie con problemas —dijo el viejo.

—Nunca se había declarado una revuelta de esclavos —replicó el grandullón.

—Pero incluso durante una revuelta de esclavos —dijo el joven—, las carretas pueden volcarse y los hombres honrados resultar heridos y necesitar ayuda.

A María no le gustó mentir a estos hombres. El viejo quería ser amable, y el joven quería confiar en ella. El grandullón sólo cuidaba de los suyos. Y como sus recelos estaban completamente justificados, no parecía justo que fuera el que parecía falto de caridad. Bueno, todo quedaría claro muy pronto. María esperaba que esta mala experiencia no les impidiera ayudar a sus vecinos en el futuro. Sería una lástima si aquel viaje sólo servía para que el mundo empeorara.

—Vuelve —gritó el viejo.

—¡No, quédate ahí! —gritó el grandullón—. Iremos contigo.

Y el joven y él saltaron del porche y empezaron a correr hacia ella.

Éste no era el plan. ¿Qué haría con ellos?

—Pero necesitamos llevarle agua.

—Ya habrá tiempo de sobra para eso cuando lo traigamos a la casa.

Ahora estaban junto a ella, y no podía hacer otra cosa sino guiarlos camino abajo.

De repente se levantó niebla. Surgida de ninguna parte, y entonces el aire se heló y la niebla se hizo tan densa que María ni siquiera veía a los hombres que la acompañaban.

—Qué demonios —dijo el grandullón.

—No puedo verme los pies en el suelo —comentó el joven.

María, sin embargo, no dijo nada, pues en el momento en que se alzó la niebla, se dio media vuelta y se encaminó de regreso a la casa.

En un momento salió de la niebla. No miró atrás para ver qué aspecto tenía, allí en medio una sola nube densa. Se preguntó si sería como en la historia de la Biblia, una columna de humo.

El viejo no estaba en el porche.

Y entonces, cuando se acercó, allí apareció, con un mosquete en las manos.

—¡Reconozco la obra del diablo cuando la veo, bruja! —gritó.

Disparó el mosquete.

La apuntaba directamente. Y el cañón no era blando. María pensó que iba a morir en el acto.

Pero cuando el sonido del estampido se apagó, no sintió nada, y continuó caminando hacia el porche.

Fue entonces cuando la bala de plomo salió del cañón del mosquete y avanzó unos dos metros y cayó al suelo. Creó un charco de plomo allí, plano como un dólar de plata.

—No soy ninguna bruja —dijo María—. Y usted es un hombre bueno y amable. ¿Cree que alguien le hará daño a usted o a la gente que ama? Nadie dañará a nadie.

Desde dentro de la niebla llegaron gritos.

—¿Quién dispara? ¿Dónde está la casa?

Ahora María sí que miró hacia atrás. Dos gruesas nubes apenas más altas que un hombre se movían rápidamente por los terrenos, pero ninguna se encaminaba hacia el porche, y ninguna mantenía tampoco un rumbo recto.

—¡Nos hemos enterado de lo que habéis hecho en otros sitios, mentirosa! —gritó el viejo.

—Oyeron mentiras —respondió ella—. Piénselo. Si matamos a todo el mundo, ¿quién pudo decirles que había dos mujeres francesas y dos esclavos que se acercaban a las puertas? Eso es lo que estaban esperando, ¿no?

El viejo no era tonto. Sabía escuchar muy bien.

—Queremos comida —dijo ella—. Y la tomaremos de esta casa. Tienen ustedes de sobra, pero no la tomaremos toda. Sus vecinos les ayudarán a compensar la falta. Y ustedes no necesitan tanta comida, de todas formas.

—Porque vais a quitarnos todos nuestros esclavos, ¿no es así?

—¿Quitar? —dijo María—. Nosotros no podemos quitar nada. ¿Qué haríamos, metérnoslos en el bolsillo? Les dejaremos que viajen con nosotros si quieren. Si deciden quedarse aquí, entonces pueden quedarse. Ellos hacen lo que quieren, como los hijos de Dios que son.

—Bastardos abolicionistas —dijo el viejo.

—Abolicionistas, sí. En mi caso, bastarda también —pronunció deliberadamente la palabra con cargado acento francés—. Y usted, un hombre que sabe ser amable con los extraños, pero que tiene a seres humanos en propiedad. Lo que hacéis a estos pequeños me lo hacéis a mí.

—No me cites las escrituras —dijo el anciano—. Róbanos si quieres, pero no pretendas ser santa cuando lo haces.

María estaba en el porche ya, enfrentada al viejo. Oyó que la puerta se abría tras ella. Oyó el chasquido de un percutor golpeando la yesca. Oyó el chisporroteo de la pólvora.

Y luego el sonido blando de la bala sobre el suelo del porche.

—Maldición —dijo una voz de mujer.

—Me habría asesinado —dijo María sin darse la vuelta.

—Por aquí disparamos a los intrusos.

—Nosotros no hacemos daño a *personne*, pero ustedes tienen la muerte en el corazón —dijo María, y entonces se volvió a mirar a la mujer—. ¿Qué significa su comida, que puede disparar a una mujer por la espalda por pedirles que la compartan?

Tendió una mano hacia la temblorosa mujer, quien se acurrucó contra la puerta. Le tocó el hombro.

—Tiene salud —dijo María—. Eso es bueno. Atesórela, para ser tan fuerte, sin enfermedad. Viva una larga vida.

Después se volvió hacia el anciano y le tomó la mano.

—Oh, es usted un hombre fuerte —dijo—. Pero le cuesta respirar, ¿verdad?

—Soy un viejo —dijo él—. No es difícil adivinar que me cuesta respirar.

—Y le duele el pecho. Intenta ignorarlo, ¿verdad? Pero el dolor vuelve cada pocos meses, y luego otros pocos meses después. Ponga su casa en orden, despídase, buen hombre. Verá a Dios dentro de unas cuantas semanas.

Él la miró con dureza a los ojos.

—¿Por qué me maldices? ¿Qué te he hecho?

—No lo estoy maldiciendo —respondió ella—. No tengo ese poder, para matar o no matar. Simplemente, toco a una persona y sé si está enferma y si morirá por eso o no. Usted está enfermo. Morirá. Durmiendo. Pero sé que es un hombre generoso, y muchos llorarán su muerte, y su familia lo recordará con amor.

Los ojos del anciano se llenaron de lágrimas.

—¿Qué clase de ladrona eres?

—Una ladrona hambrienta —contestó ella—, o de lo contrario no robaría. Ni yo ni ninguno de nosotros.

El anciano se volvió y contempló los campos. María supuso que estaba mirando a los otros dos hombres, o las nubes que los rodeaban, pero no. Mientras hablaban, Arturo y La Tía y su madre debían de haber abierto los barracones de los esclavos y la casa quedó rodeada por hombres, mujeres y niños negros. Las nubes ya no cubrían a los dos hombres blancos. Estaban desarmados, de pie en medio del círculo.

Arturo Estuardo avanzó y tendió la mano. Como si esperara que un dueño de esclavos fuera a estrechársela a un negro.

—Me llamo Arturo Estuardo —dijo.

El anciano se echó a reír.

—¿Intentas decirnos que eres el rey?

Arturo se encogió de hombros.

—Le estaba diciendo mi nombre. También le digo que ninguna de las armas de esta casa van a funcionar, y que el hombre que está esperando detrás de la puerta con un trozo de madera para golpearme a mí o a María en la cabeza bien puede soltarlo, porque no va a hacerle más daño a nadie que si le pegara con un papel o una esponja seca.

María oyó a alguien detrás de la puerta murmurar una maldición, y un grueso palo de madera salió volando hasta el jardín.

—Por favor, déjennos entrar —dijo María—. A mi madre y mis amigos y a mí. Déjennos sentarnos y charlar sobre cómo hacer esto sin lastimar a nadie y sin dejarlos sin nada.

—Conozco la mejor manera —dijo el viejo—. Marchaos y dejadnos en paz.

—Tenemos que ir a alguna parte —dijo María—. Tenemos que comer algo. Tenemos que dormir por la noche.

—Pero, ¿por qué nosotros?

—¿Por qué no ustedes? —contestó ella—. Dios los bendecirá diez veces por lo que compartan con nosotros hoy.

—Si voy a morirme tan pronto como dices, permíteme que les deje un buen lugar a mis hijos e hijas.

—Sin esclavos, éste será por fin un buen lugar —dijo María.

Más tarde, sin haber encerrado a la familia, y con todo el mundo alimentado y durmiendo, María tuvo una oportunidad para hablar con Arturo Estuardo.

—Gracias por darme la niebla cuando la necesitaba, en vez de esperar a que estuviera dentro de la casa.

—No se puede esperar que los planes salgan bien cuando las otras personas no conocen su parte —respondió él con una sonrisa—. Pero lo hiciste muy bien.

Ella le devolvió la sonrisa. Sí que había hecho un buen trabajo. Pero nunca antes había sabido cómo era que te lo dijesen. No hasta este viaje. No hasta Alvin y Arturo Estuardo. Oh, tenían unos poderes, unos dones muy grandes. Pero el que más lo impresionaba era el poder de llenar su corazón como lo hacían sus amables palabras.

Un grupo de pieles rojas cruzó en canoa a Alvin: esta vez fue un viaje mucho mejor. Lo llevaron Mizzippy abajo, a un lugar situado poco más arriba de la ciudad portuaria de Red Stick. El río trazaba una gran curva allí, así que Alvin sólo tuvo que caminar un trecho por territorio reseco para llegar a la población. Mientras tanto, los pieles rojas se marcharon sin que los viera ningún hombre blanco. Al norte, en Estados Unidos, los hombres rojos eran un espectáculo bastante común, pues ahora eran mayoría en los estados de Irrakawa y Cherriky. Pero solían vestir como hombres blancos. Y aquí en el profundo sur, donde las Colonias de la Corona tenían más peso, los pieles rojas no aparecían mucho, sobre todo los del otro lado del río, que todavía vestían a la antigua usanza. Los hombres blancos se asustaban al verlos, en aquellas raras ocasiones en que mostraban la cara. Salvajes, eso parecían, y la gente empuñaba las armas y empezaba a hacer sonar las campanas de las iglesias dando la alarma.

Pero a un blanco solitario, vestido como él iba, a un herrero trashumante con un pesado saco al hombro nadie le prestaría ninguna atención.

Además, había una noticia más importante. La expedición del gobernador acababa de llegar, y de repente Red Stick se llenó de cientos de milicianos aburridos, algunos de los cuales habían perdido su entusiasmo después de atravesar el territorio y combatir a los esclavos fugitivos. De hecho, su entusiasmo descendía en proporción directa a la cantidad de alcohol que había en su sangre, y el coronel Adán no era tan duro para no ver lo conveniente de mantener a los hombres un poco alegres. Así que ocupaban los bares, mientras los soldados españoles intentaban no sobrepasar un límite de dos copas para no estar demasiado borrachos para la marcha. Nadie esperaba ver al líder del mismo grupo que habían venido a destruir caminando solo por las calles de la población.

A Alvin no le costó mucho trabajo comprender la situación. Le alegró que no hubiera allí ninguno de los hombres de la compañía de Steve Austin. Eran tipos duros que sabían matar y no les importaba hacerlo. Estos hombres, por el contrario, eran buenos para alardear y pavonearse por lo que iban a hacer, y por lo que ya habían hecho, pero no les atraía la idea de hacerlo.

Alvin barajó la idea de encontrarse directamente con el coronel Adán, en uno de los barcos, y decirle que estuvieran allí mismo al cabo de dos días y los verían cruzar el río y dejarlos hundidos hasta el cuello en barro. Pero había una buena posibilidad de que Adán simplemente lo hiciera ahorcar o fusilar en vez de encerrarlo, y aunque Alvin posiblemente podría salir con buen pie de una situación así, ¿qué sentido tenía provocarla? Luchar contra el Deshacedor en forma de caimán le había quitado a Alvin las ganas de combatir. La parte de él que anhelaba una buena pelea estaba agotada, así que buscó una forma más tranquila de hacer el mismo trabajo.

Entró en un bar y se apoyó contra la barra, junto al oficial español encargado de supervisar.

—¿Así que saben dónde están los fugitivos? —le preguntó.

—A mí no me dicen esas cosas —dijo el oficial, en un inglés cargado de acento.

—Bueno, la cosa es que yo creo saberlo —dijo Alvin—. Al menos he oído un rumor bastante bueno. Pero no quiero ir a decírselo al coronel Adán en persona, no vaya a ser que piense que parezco un soldado y trate de enrolarme.

El oficial lo miró con frialdad.

—¿Y a mí qué me importan los rumores?

—¿No depende todo de quién rumoree? Quiero decir, cualquiera de estos borrachos de por aquí le podrá decir que los fugitivos están en la Luna, y daría lo mismo, porque no tiene ni idea. Pero en mi caso, oí los rumores de los pieles rojas que trafican con pieles río arriba, y ellos sí que dicen haber visto a un puñado de negros libres no muy lejos.

El oficial todavía parecía despectivo.

—¿Traficando con pieles? ¿Y no le mataron?

—Bueno, tal vez lo habrían hecho, pero sólo eran dos, y yo no soy pequeño que digamos, y además, querían que les dijera lo que había visto.

—¿Y a ellos qué les importa?

—Porque si los fugitivos se dirigen al río, podría ser que se les meta en la cabeza cruzarlo, como cruzaron el lago Pontchartrain. He oído decir que los acompañan unos magos. La reina La Tía, he oído. Así que tal vez puedan vencer la niebla y cruzar. Y a los pieles rojas no les hace gracia tener un puñado de negros libres y de franceses de mierda intentando asentarse en su lado del río.

—¿Entonces qué eres tú... un mensajero?

Alvin se encogió de hombros.

—Yo he dicho lo que tenía que decir. A quién se lo diga usted ahora, no es cosa mía.

El oficial agarró a Alvin del brazo. El hombre tenía una fuerte tenaza. Naturalmente, Alvin podría haberlo vencido casi sin pensarlo, pero no quería pelea.

—Creo que tienes que salir fuera y contarme un poco más —dijo el oficial.

—Y mientras está usted fuera, puede apostar a que esos hombres se tomarán dos copas más y se pasarán meando y vomitando todo el camino río arriba.

—Ven conmigo.

Alvin lo acompañó de manera bastante pacífica. El oficial tenía otros dos soldados en el salón, que también salieron. De inmediato el nivel de ruido aumentó: aquellas bebidas prohibidas se estaban pidiendo, sin duda. El precio del ron y el whisky aumentaría en Red Stick, dada la escasez que habría al anochecer.

Una vez fuera del establecimiento, el oficial ordenó a los soldados que sujetaran a Alvin.

—Creo que será mejor que vengas a contarle tu historia al coronel Adán en persona.

—Ya se lo he dicho antes, eso es lo que no quiero hacer.

—Si no mientes, él debe saber esto.

—No miento, y no se me ocurre por qué los pieles rojas querrían mentir, pero le diré lo que dijeron. Doble esa primera curva del río, y luego tome la segunda curva, y cuando se encare de nuevo al este, allí es.

—Decírmelo a mí es una pérdida de tiempo —dijo el oficial.

—Pero usted es el único que va a contarlo —contestó Alvin. Y se soltó los brazos y dio un par de codazos a los soldados en la barbilla, golpeándoles la cabeza contra la pared de madera del bar. Uno se desplomó como una roca, el otro se apartó tambaleándose, y Alvin extendió la mano y le quitó al oficial la pistola.

El oficial dio un paso atrás y desenvainó su espada.

—No, no —dijo Alvin—. Si me mata, ¿qué le dirá entonces al coronel?

Por respuesta, el oficial descargó un tajo con su espada.

Alvin se hizo a un lado, luego le arrancó al oficial la espada de las manos y quebró la hoja contra su rodilla. Le dolió hacerlo con una hoja tan fina como aquélla (acero español, algo de lo que estar orgulloso), y no le gustó tampoco golpear a aquellos soldados. Pero tenía que escapar como lo haría un tipo corriente, y sin usar su poder de hacedor, o el coronel podría darse cuenta de que estaba preparando una trampa o tal vez pensara que lo iban a enviar a una búsqueda a ciegas.

El oficial gritó como si le hubieran roto en dos el

brazo, no la espada. Alvin echó a correr mientras el hombre gritaba.

—¡Síganlo! ¡Síganlo!

Pero sus hombres no estaban en condiciones de seguirlo, y en un par de minutos Alvin se perdió de vista entre los edificios y se dirigía hacia los bosques lo más rápido posible.

Arturo Estuardo despertó cuando alguien lo sacudió.

—¿Quién...?

—*Shh*, no despiertes a los otros todavía.

Era Alvin. Arturo Estuardo se sentó.

—Chico, me alegro de...

—¿Qué parte de *shhh* no entiendes?

—No hay nadie cerca —dijo Arturo. Pero habló más bajo, de todas formas.

—Eso crees —dijo Alvin—. Pero María de los Muertos está aquí mismo.

—No lo estaba cuando me fui a dormir.

A estas alturas ya estaban los dos de pie y alejándose entre la niebla que rodeaba el campamento.

—Acabo de venir de ver el ejército del coronel Adán —dijo Alvin—. Tenemos una cita en el río mañana por la tarde.

—¿Vamos a cruzarlo?

—Tenskwa-Tawa nos garantiza derecho de paso, y nos ayudarán a conseguir comida y refugio sin tener que apoderarnos de más plantaciones.

—Bien —dijo Arturo Estuardo—. Ya estoy harto de que la gente se asuste tanto de nosotros.

—Supongo que no eres un matón por naturaleza —dijo Alvin—. Y mira que me costó trabajo enseñarte.

—Bueno, hasta ahora ha salido bastante bien. María

de los Muertos es mentirosa por naturaleza, y soy bueno envolviendo a la gente en niebla y doblando cañones de fusil.

—Y La Tía ha hecho algunos hechizos.

—Parece que de algo sirvieron. No es que estuvieras aquí para ayudarnos.

—Bueno, ahora lo estoy. No quiero otra parada. Quiero llegar allí primero. Y eso significa que tenemos que despertar a todo el mundo ahora y ponernos en marcha.

—¿En la oscuridad?

—Ya veremos si sigue estando oscuro cuando consigas ponerlos en camino.

Tardaron menos de una hora en echar a andar, pero eso fue porque Alvin no dejó que nadie preparara comida. Las madres pudieron amamantar a sus hijos, por supuesto, y los demás comer el pan y queso y la fruta que tenían mientras caminaban, pero nada de cocinar o fregar o esperar.

Oh, hubo bastantes quejas y malas caras, pero el último par de días de marcha, con los hechizos de La Tía dándoles buena ayuda, los habían hecho sentir fuertes y dispuestos incluso con sólo media noche de sueño.

Y ahora, con Alvin a la cabeza del grupo, los hechizos funcionaron aún mejor. Ahora era de verdad la canción verde, no sólo un tenue eco. Como Arturo Estuardo ya no tenía que ocuparse de la niebla, pudo unirse a ella, dejar que lo barriera.

Antes del amanecer todo el mundo estaba en marcha: los adultos trotando, los niños corriendo a toda velocidad, pero todos seguían el ritmo y nadie se cansaba. En la oscuridad corrían sin que nadie tropezara con una raíz o se desviara del grupo. Porque en la canción verde siempre sabías exactamente dónde estabas tú y dónde estaba todo lo demás, porque todo es parte de ti y tú eres parte de todo.

Corrieron toda la mañana. Corrieron toda la tarde. No se detuvieron a comer ni a beber. Atravesaron arroyos, sin detenerse apenas para llevar en brazos a los niños que no eran lo bastante altos para vadearlos. Seis mil personas ya, con todos los esclavos de cada plantación que se habían librado de sus cadenas para unirse a ellos. Moviéndose a través de los bosques sin necesidad de caminos ni senderos.

El último tono rojo del atardecer desaparecía del cielo cuando llegaron a un bajo promontorio que asomaba por la curva que el Mizzippy trazaba al este, y lo vieron, más de un kilómetro y medio de ancho, veteado con el rojo de la puesta de sol.

—¿Cruzaremos por la mañana? —preguntó Arturo Estuardo.

—Cruzaremos en cuanto el último de nosotros haya llegado a este promontorio —dijo Alvin.

Se habían extendido un poco durante el largo día de carrera, así que ya era de noche cuando los coroneles informaron de que todos habían llegado.

Una vez más Alvin puso en cabeza a Papá Alce y Mamá Ardilla y sus hijos, pero esta vez La Tía los guiaría en vez de esperar hasta ser la última.

—No habrá ningún puente esta vez —le dijo Alvin al consejo—. Vamos a separar el río y va a parecer muy raro, el agua acumulada a vuestra derecha. Nadie debe mirar: no tenemos tiempo para eso.

Luego Alvin se acercó al punto del saliente más próximo al agua, con Arturo Estuardo a su lado, y alzó una antorcha.

Al otro lado del río, la niebla se despejó y pudo verse otra antorcha, apenas un parpadeo de luz.

—¿Quién está al otro lado? —quiso saber Arturo Estuardo.

—Tenskwa-Tawa —respondió Alvin—. Va a ayudarme a aguantar el Mizzippy.

—Bien —dijo Arturo Estuardo—, ¡pues que el Mizzippy se aguante y se vaya al infierno!

Alvin se echó a reír y se cortó la mano con la uña y roció la sangre sobre el agua.

Pareció que el agua saltaba hacia su mano, pero no era agua, no señor, era cristal otra vez, y mientras Alvin sostenía un extremo, creció, extendiéndose como una fina capa de cristal hasta el río y hacia al otro lado. A mitad de camino se encontró con el cristal del otro extremo y para entonces el agua del lado izquierdo de la presa se apartó, replegándose, hasta desaparecer.

Corriente arriba de la presa, sin embargo, el agua se había elevado, y Arturo Estuardo pensó que iba a desparramarse por encima de un momento a otro. Pero no lo hizo. Porque, advirtió, más allá del saliente se había desparramado sobre las orillas e inundaba la tierra del lado del hombre blanco.

Ahora supo Arturo Estuardo por qué habían elegido aquel lugar. Los promontorios al otro lado eran más altos y se extendían más corriente arriba. No habría ninguna inundación en el lado rojo del río.

—Tengo un trabajito para ti —dijo Alvin.

—Estoy dispuesto, si soy capaz.

—El coronel Adán viene río arriba con un par de barcos. También ha enviado otro grupo de soldados por tierra. Bueno, esos muchachos van a tener que ponerse a escalar árboles y buscar terreno elevado un rato, pero me preocupan los hombres del barco.

—¿No estarán altos y en seco con el río contenido de esta forma? —preguntó Arturo Estuardo.

—Sí. Pero puede que sientan la tentación de saltar de los botes y venir corriente arriba a pie. Y cuando dejemos esta presa, todos se ahogarán.

—Como los carros del faraón.

—No quiero más muertos por causa de este viaje —dijo Alvin—. No tiene sentido, si podemos avisarlos.

—Los mantendré en los barcos —dijo Arturo Estuardo.

—Te estaba pidiendo que les dieras consejo.

—Les daré un consejo tan convincente que todos lo seguirán.

—Bueno, mientras alardeas ante un puñado de hombres armados con mosquetes y artillería, podrías secar también ese lecho fangoso para que nadie se quede atascado mientras pasa.

Y, en efecto, fue un camino resbaladizo para las primeras personas que intentaron acercarse a la orilla del fondo seco del río. Pero Arturo Estuardo había aprendido lo suficiente en aquellos últimos días y no le resultó difícil evaporar el agua de la capa superior del barro, creando un camino de arena dura de unos quince metros de ancho, lo suficiente para que mucha gente pudiera cruzar a la vez. Sería mucho más rápido que cruzar el Pontchartrain.

Cuando La Tía vio lo que Arturo había hecho, dejó escapar una risotada de deleite y exclamó:

—¡Todo el mundo a moverse, rápido! ¡Veloces como ranas!

Y empezó a correr por el nuevo camino.

Arturo se entretuvo sólo un instante para mirar la presa. El cristal era tan puro que parecía simplemente que el agua se había detenido. Incluso en la oscuridad, vio formas moviéndose en ella. Al principio pensó que eran peces, pero luego se dio cuenta de que estaba demasiado oscuro para ver nada en el agua. No, lo que estaba viendo estaba en el cristal. Eran visiones, tan inquietantes e hipnóticas como cuando la gente cruzó el puente en el Pontchartrain.

—¡No miréis la presa! —gritó Alvin—. ¡Que nadie mire la presa!

Lo cual hizo que todo el mundo mirara, por supuesto. Miraron una vez, y luego apartaron los ojos, porque allí estaban La Tía y Alce y Ardilla y María de los Muertos y Rien, urgiéndolos, apresurándolos, cientos y cientos de ellos cruzando el fondo del río por el camino de Arturo.

Arturo echó a correr río abajo, no demasiado rápido, porque tenía que secar el camino ante sí o se habría hundido. Todo lo que hizo falta fue rodear un recodo, y allí estaban los dos grandes barcos fluviales, con un aspecto bastante penoso descansando en el fondo.

Docenas de hombres habían salido ya de los barcos, y avanzaban por el denso lodo.

—¡Volved a los barcos! —gritó Arturo Estuardo.

Los hombres lo oyeron, y algunos se detuvieron y miraron alrededor para intentar encontrar de qué orilla llegaba la voz.

—¡Volved a los barcos! —gritó de nuevo Arturo, acercándose.

Arturo Estuardo no se descuidó. Estaba empezando a escrutar el barco en busca de armas cuando oyó un grito de «¡Disparen!» y vio los destellos de media docena de mosquetes a bordo del primer navío. ¿No estaba fuera de alcance?

Bueno, lo estaba y no lo estaba. Las balas de mosquete no estaban lo bastante lejos, pero se habían refrenado considerablemente, y la que le golpeó no lo hirió demasiado profundamente. Pero lo hizo justo en el vientre, por encima del ombligo, y le dolió más que el peor dolor de estómago de su vida.

Se dobló y cayó al suelo. «Descuidado, tonto...», se maldijo a sí mismo mientras gemía de dolor.

Pero con dolor o sin él, tenía una misión que cumplir. El problema era que con los músculos del estómago desgarrados de esa forma, no podía hacer acopio de fuerzas para gritar. Bueno, ya sabía que la persuasión no iba a ser suficiente, y tenía un plan. Cuando habían estado corriendo con la canción verde hacia el río, Arturo Estuardo había oído y sentido y visto finalmente los fuegos del corazón de cientos y cientos de caimanes que vivían en el río y sus afluentes en esta región.

No fue difícil llamarlos. «Venid a los barcos —les dijo—. Hay comida de sobra en los barcos.»

Y vinieron. Fuera lo que fuese que pudieran haber deducido con sus diminutos cerebros de caimán sobre la súbita desaparición del río, comprendieron que los llamaban para la cena.

El problema era que no tenían ni idea de lo que era un «barco». Sólo sabían que los llamaban y tenían una vaga noción de dónde procedía la llamada, todos fueron enseguida hacia Arturo Estuardo. Y como él olía a sangre y parecía un animal herido (cosa que no era rara, puesto que estaba herido), no pudo echar la culpa a los caimanes por pensar que él era la comida que se les había prometido.

«Es la forma más tonta de morir que he oído en mi vida —pensó Arturo Estuardo—. Llamé yo mismo a los caimanes. Menos mal que me muero antes de tener hijos, porque tanta estupidez no debería sobrevivir en la próxima generación.»

Y entonces los caimanes súbitamente se dieron la vuelta, todos a la vez, y se dirigieron corriente abajo hacia los barcos. Pasaron de largo junto a Arturo Estuardo, ignorándolo como si fuera un leño. Y mientras correteaban con sus feas patas de caimán, Arturo sintió algo en el estómago. Se abrió la camisa y se miró la herida, justo a tiempo de ver la bala de plomo salir como un topo y caer al suelo a sus pies.

Y mientras miraba, la sangre dejó de manar por la herida y la piel se cerró y ya no le dolió más y pensó: «Menos mal que Alvin me está observando todavía, porque me encarga una misión tonta y yo encuentro la manera de hacer que me maten dos veces.»

Los caimanes corrían hacia los barcos, pero en la oscuridad estaba claro que algunos de los hombres no se habían dado cuenta de lo que se les venía encima.

—¡Caimanes! —gritó Arturo—. ¡Vuelvan a los barcos!

Su alarma los hizo volver a mirar, y algunos de los hombres más cercanos vieron lo que pasaba. Eso sí, un hombre puede correr más rápido que un caimán en terreno seco, pero no en fango denso, así que Arturo Estuardo supuso que su contribución tenía que ser secar el fondo del río alrededor de los barcos. Pero estaban horriblemente lejos y no podía ser demasiado preciso. Con todo, pareció servir de ayuda, y se sintió aliviado de que todos los hombres volvieran a los barcos a tiempo. Los hombres que seguían a bordo tendieron los brazos y ayudaron a los demás a subir, y los últimos sintieron cómo las mandíbulas de los caimanes se abrían bajo ellos y se alzaban, pero no se perdió ni un pie, y sólo unas cuantas botas vacías.

Los caimanes se quedaron allí, chasqueando las mandíbulas y amontonados unos sobre otros, tratando de subir a cubierta. Arturo Estuardo no consideraba justo que los caimanes tuvieran que morir porque él les había dicho que había comida. Además, tenía algo contra los mosquetes de aquellos barcos. Así que se acercó un poco más y usó su poder para encontrar las armas de fuego y doblar sus cañones. Pero los cañones de cubierta eran demasiado gruesos, así que le resultó más fácil fundir las bocas lo suficiente para estrechar la salida, impidiendo que los artilleros dispararan.

Así que los hombres combatieron a los caimanes usando sus mosquetes como palos, cosa que a Arturo Estuardo le pareció más igualada.

Después, volvió río arriba hacia la presa, siguiendo su propio sendero de tierra seca.

Cuando regresó, la mayoría de la gente había cruzado ya. Corriendo de veinte en veinte o de treinta en treinta, con la canción verde todavía resonando en sus oídos, todos cruzaron y siguieron avanzando hacia el otro lado para despejar el camino de los que venían después. Arturo sorteó la corriente humana y llegó a la orilla y en un instante estuvo junto a Alvin.

—Gracias por sacarme esa bala de la barriga —dijo.

—La próxima vez intenta algo más sutil que plantarte al descubierto y gritar —dijo Alvin—. No quiero ser un mandón, pero me parece un buen consejo.

—Y gracias por quitarme de encima a los caimanes.

—Supuse que no querrías que fueran por ti —dijo Alvin—. Y me pareció bien que impidieras que esos hombres les dispararan. No es que el mundo sea mejor con los caimanes, pero nunca me ha parecido justo matar animales sólo porque creyeran una mentira que yo les haya contado.

—No era mentira —respondió Arturo Estuardo—. Había un montón de comida a bordo.

—Sólo un par de caimanes se han perdido desde que empezaste a correr de vuelta, y los soldados consiguieron expulsarlos. Pero me parece que se alegrarán cuando las aguas empiecen a fluir de nuevo.

—¿Y eso será cuándo?

—Bueno, no veo ningún fuego del corazón en la orilla aparte del tuyo y el mío —dijo Alvin—. Y María de los Muertos, que parece que no puede estar nunca lejos de donde tú estás.

—¡De donde yo estoy! —dijo Arturo Estuardo. Pero cuando se dio la vuelta, vio que María regresaba.

—Todo el mundo se ha ido ya —dijo.

—Bien, me quedaré aquí hasta que todos lleguen a la otra orilla —dijo Alvin—. Incluyéndoos, debo sugerir, a vosotros dos.

—¡Pero no puedo dejarte aquí solo! —protestó Arturo Estuardo.

—Y yo no puedo preocuparme por vosotros cuando llegue el momento de soltar esta presa —dijo Alvin—. Ahora, por una vez en tu vida, ¿quieres hacer lo que te digo? Me cuesta mucho contener este río y tú estás haciendo que tarde más y más mientras intentas discutir conmigo.

—Supongo que bien podría obedecer al tipo que acaba de salvarme la vida —dijo Arturo Estuardo.

—Dos veces, así que me debes otra obediencia más tarde.

Arturo Estuardo cogió a María de los Muertos de la mano y bajaron a la orilla y cruzaron corriendo ante la presa. Se movieron tan rápido que pronto estuvieron detrás de las últimas personas, y por todo el camino Arturo Estuardo buscó los fuegos del corazón de alguien que pudiera haberse desviado. Pero los capitanes y mayores y coroneles habían hecho todos su trabajo, y no quedó ni un alma detrás.

Papá Alce tendió una mano para ayudar a subir a María de los Muertos, y La Tía se rió complacida cuando Arturo Estuardo subió corriendo la empinada orilla sin buscar la zona más fácil que había empleado la mayoría de la gente.

Allí, en lo alto del promontorio, se encontraba Tenskwa-Tawa. Era la primera vez que Arturo Estuardo lo veía, y su primera impresión fue que no parecía gran cosa. Y su segundo pensamiento fue que parecía un poderoso ángel allí de pie, conteniendo el río con una hoja de cristal hecha en parte con la sangre de su propia mano.

Tenskwa-Tawa agitó la antorcha que sostenía en la otra mano. Entonces, cuando vio que Alvin, lejos al otro lado, había soltado su antorcha y había echado a correr, Tenskwa-Tawa dejó caer la suya y extendió la mano como si lo estuviera atrayendo hacia sí.

Arturo Estuardo no podía ver la otra orilla con sus ojos, pero podía seguir el fuego del corazón de Alvin y observar con su poder mientras Alvin corría por la orilla, conteniendo con la mano su extremo de la presa.

Soltó la presa de la otra orilla, y el agua reventó tras él. Alvin corrió como Arturo Estuardo no lo había visto correr antes, pero el agua era más rápida, desbordándose por la abertura recién formada y borboteando al borde de la presa que ahora se curvaba tras Alvin mientras corría.

—¡Lánzamela! —gritó Tenskwa-Tawa.

Lo hubiera oído o lo hubiera comprendido, Alvin obedeció, y lanzó su extremo de la presa, la pieza de cristal, como si fuera una piedra o una jabalina. En modo alguno podría haber llegado tan lejos como pretendía, pero Arturo Estuardo pudo ver cómo Tenskwa-Tawa la acercaba con aquella mano extendida, aunque todavía estaba a un kilómetro de distancia. La atrajo hacia sí más rápido de lo que Alvin podía correr, lo suficientemente rápido para dejar atrás el agua que corría a llenar el lecho del río. Hasta que finalmente ambos extremos de la presa estuvieron en manos de Tenskwa-Tawa, y Alvin corrió a través de un estrecho pasillo entre las dos paredes de la presa mientras el río contenido seguía abalanzándose por la abertura cada vez mayor.

Arturo Estuardo se permitió echar un vistazo río abajo. Una vez más con su poder en vez de con sus ojos, vio los primeros dedos de agua fluir alrededor de los barcos, alzarlos, empezar a moverlos corriente abajo. Pero el agua llegaba más y más rápido, y los barcos empezaron a girar en el remolino, completamente fuera de control.

Alvin llegó a la orilla y, como había hecho Arturo, la subió corriendo directamente, justo hasta donde estaba Tenskwa-Tawa, y aunque no se detuvo, se lanzó al abrazo del Profeta Rojo e hizo que ambos cayeran al suelo. Los extremos de la pieza de cristal escaparon de la mano de Tenskwa-Tawa y casi de inmediato el cristal se rompió y se desmoronó y los añicos se disolvieron y se convirtieron de nuevo en parte del río. Y Alvin y Tenskwa-Tawa permanecieron allí tirados en la hierba, abrazándose y riendo complacidos por lo que habían hecho juntos: domar el Mizzippy y llevar aquella gente a la libertad.

La Tía fue la única persona que osó en ese momento acercarse a los hombres que acababan de realizar ese milagro y decir:

—¿Qué hacéis actuando como niños pequeños? Tenemos que dar *merci beaucoup* a Dios.

Alvin se tumbó de espaldas y la miró.

—Es difícil decidir a qué Dios.

—Tal vez los cristianos tenéis razón con vuestro Dios —dijo La Tía—, tal vez tengo razón yo, tal vez él, tal vez nadie sabe nada, pero Dios acepta las *merci beaucoup* de todas formas.

Ella había visto a Tenskwa-Tawa antes, de pie sosteniendo la presa mientras todo el mundo llegaba a la orilla, pero al parecer no lo había observado bien. Porque ahora, cuando se puso de pie de un salto (de manera mucho más enérgica de lo que sus años deberían haber permitido), una mirada de reconocimiento se apoderó de ella.

—Tú —dijo.

Tenskwa-Tawa asintió.

—Yo.

—Te veo en la bola.

—¿Qué bola? —preguntó Alvin.

—La bola que hiciste, la bola que ella lleva —La Tía señaló hacia María de los Muertos, que en efecto llevaba algo sobre los hombros—. Lo veo todo el tiempo en esa cosa. Me habla.

Tenskwa-Tawa asintió.

—Y te doy las gracias por ayudar —dijo—. No sabía que estuvieras con esta compañía.

—No sabía que eras el Profeta Rojo.

—Entonces, ¿os conocéis? —preguntó Alvin.

—Ha estado calentando bajo tierra, muy lejos —dijo La Tía—. Me pidió ayuda, para despertar allí la tierra. Ayudar a la materia caliente a encontrar el camino. Creo que sé cómo.

—Entonces me alegro de verte en carne y hueso —dijo Tenskwa-Tawa.

—Muchos hombres se alegrarían de ver mi carne —dijo La Tía—, pero no les serviría de mucho.

Tenskwa-Tawa sonrió, cosa que para él era como soltar una carcajada.

Y Arturo Estuardo pensó, no por primera vez, que esta gente realmente poderosa era como un pequeño club: todos se conocían entre sí y gente como él siempre tenía que quedarse al margen.

301

12

Springfield

El don de Verily Cooper no era sólo el de encajar las piezas de los barriles para que se mantuvieran firmes. Intuía cómo debían encajar la mayoría de las cosas, y dónde estaban las irregularidades que lo impedían. En la mayoría de las cosas... y en la mayoría de las personas. Diferenciaba quiénes eran amigos y quiénes enemigos, dónde el orgullo o la envidia creaba una grieta que pocos podían ver. La diferencia era que cuando dos tablas de un barril no encajaban, se metía en ellas y, casi sin pensarlo (y desde luego sin esfuerzo), las cambiaba hasta que encajaban.

No era tan fácil con las personas. Tenías que hablar con ellas, o encontrar un modo de cambiar lo que querían o lo que creían sobre el mundo. Con todo, era un buen don para un abogado. Podía calibrar a la gente con bastante rapidez, no como individuos, sino en la forma en que encajaban como familias y comunidades.

Al llegar a la ciudad de Springfield, en Noisy River, Verily se hizo inmediatamente una composición de lugar.

La gente que encontró se detuvo a mirarlo: ¿qué otra cosa podía esperar un forastero, aquí en la frontera? O al menos en lo que ahora pasaba por frontera. Con el Mizzippy cerrado a los asentamientos blancos, la tierra se llenaba rápidamente. Verily veía signos de ello cada vez que viajaba por esta parte del oeste. Y Springfield era un lugar bastante animado: montones de edificios parecían nuevos, algunos construidos en las afueras de la ciudad, por no mencionar el número normal de temporeros que venían en verano para construir algo justo antes de que el tiempo empeorara.

Pero aquella gente no sólo se paró a mirarlo: sonreían, o saludaban, o incluso decían «cómo le va» o «buenas tardes» o «bienvenido forastero». Los niños pequeños lo seguían y, aunque eran niños normales (es decir, algunos no pudieron resistir tirar terrones al caballo o a su ropa, dependiendo de si Verily calculaba que dieran en el blanco o fallaran), ninguno tiró piedras ni barro, así que no tenían mala intención.

El centro de la ciudad era bonito también. Había una plaza con un juzgado y una iglesia orientada en cada dirección. A Verily no le sorprendió que los baptistas dieran la espalda al juzgado, mientras que los episcopalianos estaban delante. Los presbiterianos se situaban de cara al norte y los luteranos al sur. Y si aparecían católicos o puritanos o cuáqueros, probablemente tendrían que construir sus iglesias fuera de la ciudad. A Verily le hacía gracia la alegre hipocresía de la libertad de religión americana. Ninguna iglesia oficial, pero desde luego se notaba cuáles estaban más establecidas que otras.

Era en el juzgado, sin embargo, donde Verily supuso que tendría más fortuna para averiguar el paradero de Abraham Lincoln, antiguo almacenero y comerciante fluvial.

El empleado sabía reconocer a un abogado en cuanto lo veía, y saludó a Verily con una sonrisa precavida.

—Esperaba que pudiera ayudarme a localizar a un ciudadano de esta población —dijo Verily.

—¿Para presentar una demanda contra alguien? —preguntó el empleado alegremente.

«Se acabó pretender no ser abogado», pensó Verily.

—No, señor —dijo—. Sólo para una conversación con un amigo de un amigo.

—Entonces no es un asunto legal, ¿no?

Verily casi se echó a reír. Sabía qué clase de tipo tenía delante. El tipo que había memorizado el libro de reglas y sabía su lista de deberes y le encantaba rehusar hacer todo lo que no estuviera en esa lista.

—Verá, no lo es —dijo Verily—. Y no tengo derecho a hacerle perder el tiempo. Así que lo que haré es quedarme en este espacio público donde se permite estar a cualquier ciudadano de Estados Unidos, y saludaré a toda persona que entre en este juzgado y le pediré que me ayude a localizar a ese ciudadano. Y cuando me pregunten por qué no se lo he preguntado al empleado de esta mesa, les diré que no quería malgastar el tiempo de tan ocupado caballero.

La sonrisa del hombre se congeló un poco.

—¿Me está amenazando?

—¿Amenazando con qué? —dijo Verily—. Estoy decidido a localizar a un ciudadano de esta bella población por motivos que son entre él y yo y un amigo mutuo, que no le harán daño a él ni a nadie. Y como este edificio está en el mismo centro de la ciudad... y un bello edificio que es, podría añadir, uno de los mejores juzgados que he visto en ningún lugar de tamaño comparable en Hio o Wobbish o Nueva Inglaterra, por cierto... no se me ocurre ningún lugar más apropiado para encontrar a alguien que pueda ayudarme a localizar al señor Abraham Lincoln.

Ya está. Ya había dicho el nombre. Ahora a ver si el hombre podía resistir la tentación de alardear de lo que sabía.

No podía.

—¿El viejo Abe? Vaya, ¿por qué no dijo que se trataba del viejo Abe desde el principio?

—¿Viejo? El hombre que estoy buscando no puede tener treinta años todavía.

—Bueno, es él. ¿Alto y desgarbado, feo como un pecado pero dulce como un pastel de azúcar?

—He oído rumores sobre su altura —dijo Verily—, pero el resto de su descripción espera una verificación personal.

—Bueno, estará en el almacén, ahora que ha dejado el negocio. O en la taberna de Hiram. Pero, ¿sabe una cosa? Salga a la calle y preste atención a las risas, siga el sonido, y de donde vengan allá estará Abe Lincoln, porque o bien estará causando las risas o se estará riendo él mismo.

—Vaya, gracias, señor —dijo Verily—. Pero me temo que he ocupado demasiado de su tiempo, y en asuntos que no son oficiales, así que marcharé de aquí antes de que se meta usted en algún lío.

—Oh, no hay problema —dijo el empleado—. Los amigos de Abe son amigos de todo el mundo.

Verily se despidió de él y salió al sol de la tarde.

Abe Lincoln parecía el borrachín del pueblo, o un papanatas, en cualquier caso. Fracasó en su tienda. No tenía trabajo, así que se le podía encontrar en la taberna o el almacén. ¿Y éste era el tipo que había venido a buscar?

Aunque un borrachín o un papanatas probablemente no sería merecedor de una descripción tan cálida por parte de alguien tan preciso y ordenado como aquel empleado.

Para su sorpresa, cuando paró a dos hombres que salían de una barbería (luciendo ese aspecto recién afeitado que requería que un hombre se gastara diez centavos al día en hacer que le quitaran la barba) y les preguntó si sabían el paradero de Abraham Lincoln, los dos alzaron una mano para hacerle callar, escucharon y, en efecto, se oyó el sonido de una risotada lejana.

—Parece que está en la tienda de Cheaper —dijo un hombre.

—Justo calle abajo —dijo el otro—, a la vuelta de la esquina.

Así que Verily siguió el sonido de la risa y, en efecto, cuando entró en la fría oscuridad del interior de la tienda, había media docena de hombres y un par de damas, sentados aquí y allá, mientras que, apoyado contra una pared, estaba el hombre más feo que Verily Cooper hubiese visto jamás, y además sin haber sido herido ni nada de eso. Era alto, como decían, una jirafa entre hombres.

Lincoln estaba en mitad de una historia.

—Así que Coz va y me dice: «Abe, ¿no se supone que la parte delantera de la balsa tenía que apuntar río abajo?» Y yo le digo a Coz: «Así es.» Y él me dice: «No, Abe, ésa es la parte delantera.» Y señala corriente arriba, cosa que no tenía ningún sentido. Bueno, pues ese tipo de falta de lógica siempre me fastidia, no mucho, pero sí un poco, y le digo: «Venga, Coz, ésa era la parte delantera de la balsa esta mañana, estoy de acuerdo, ¿pero no decidimos nosotros qué parte es la parte delantera y cuál no? Y, por tanto, ¿no tenemos derecho a cambiar de opinión y designar una nueva parte delantera, según las circunstancias?»

Verily no sabía de qué iba la historia, ni conocía al tal Coz del que hablaba Abe. Pero cuando la gente de la tienda se echaba a reír (cosa que hacían cada seis palabras, más o menos) no pudo dejar de imitarlos. No era sólo por lo que Lincoln decía, sino por cómo lo decía, de una manera tan seca, y deseando quedar como el tonto de la historia, pero un tonto con una especie de profunda sabiduría en su interior.

Pero lo que a Verily le llamó más la atención fue la manera en que Lincoln encajaba con los demás tipos de la sala. No había un alma que tuviera la más leve fricción con Lincoln. Todos encajaban con él como si fueran amigos del alma. Y sin embargo, no podía ser el mejor amigo de todos ellos. Un hombre no tiene tiempo para hacer más de un par de amigos tan íntimos y queridos que no te envidien cuando te va bien o te desprecien cuando te va mal o se irriten contigo por un montón de pequeñas manías que tienes.

Era algo que iba más allá de caer bien. Verily había conocido a unos cuantos tipos que tenían una especie de don para eso (los encuentras a patadas en la profesión de abogado), y descubierto que, no importa lo bueno que fuera su don, cuando no estabas con ellos te enfadabas de veras por haber sido engañado, e incluso cuando habías caído bajo su hechizo, parte de esa ira te acompañaba. Verily lo habría captado, pero no. No, esta gente no estaba siendo camelada, y Lincoln no usaba ninguna especie de poder oculto. Estaba simplemente contando historias, y ellos estaban disfrutando del relato y del narrador.

Verily Cooper no tardó mucho tiempo en advertir todo eso: era su don, después de todo. La historia continuó y Lincoln no mostró signos de advertir que Verily estaba allí.

—Y Coz va y se lo piensa y se queda muy quieto, porque ya sabéis cómo es Coz cuando está pensando, contrae todo el cuerpo, a menos que tenga gases... y finalmente me dice: «Abe, yo antes pensaba así, pero descubrí que no importa cómo lo llames, hay que meter primero las piernas por la parte de arriba de los pantalones.»

Algunos tardaron un momento en pillar el chiste, pero todos sabían adónde quería llegar y que el chiste no pretendía excluirlos. Verily descubrió que le caía bien Lincoln; no sólo sintió el aprecio instintivo que llega por reflejo, sino también ese aprecio de cuando comprendes algo sobre un tipo y admiras lo que comprendes. «Abraham Lincoln no se pone por encima de nadie, pero tampoco se rebaja.»

—Pero estamos aquí ignorando a nuestro visitante —dijo Lincoln—. Un tipo nuevo, y abogado, deduzco, y tan ansioso por comprar en Cheaper que no ha buscado una habitación ni se ha cepillado la ropa.

—Ni llevado mi caballo a un establo —dijo Verily—. Pero tengo asuntos urgentes que no podían esperar.

—Y sin embargo ha venido a Cheaper y a escuchado el relato de lo que nos pasó a Coz y a mí en el río. Debe venir de una población aún más pequeña que Springfield, si mi relato le ha causado suficiente asombro para apartarlo de sus negocios.

—No, señor —dijo Verily Cooper—. Porque es usted Abraham Lincoln, y mi asunto es hablar con usted.

—Por favor, no me diga que tengo otro acreedor al que no conocía.

Hubo una carcajada de los demás, pero fue triste, y un poco cauta. No querían que le pasara nada malo al señor Lincoln.

De hecho, una de las señoras tomó la palabra.

—Si su cliente piensa que el señor Lincoln no pagará sus deudas, puede estar seguro de que el viejo Abe nunca deja una deuda sin pagar.

—Cosa que consigo casi siempre no pidiendo prestado nada —dijo Lincoln.

—Nunca pides para ti mismo, quieres decir —dijo la

señora. Una dama considerablemente mayor que Lincoln, pero Verily descartó la posibilidad de que fuera pariente suya. No, probablemente estaba allí sólo para comprar algo.

—Señor Lincoln, me llamo Verily Cooper, y tenemos un amigo común: Alvin Smith, a quien creo que conoció usted en un viaje Mizzippy abajo hace apenas un par de semanas.

—Un buen hombre —dijo Lincoln... pero no añadió nada más.

—¿Qué? —dijo uno de los hombres—. ¿No hay ninguna historia sobre ese Smith?

Lincoln sonrió.

—Vaya, sabes que no cuento historias de nadie más que de mí mismo —avanzó hacia Verily y ofreció una mano—. Encantado de conocerlo, señor Cooper. Aunque tengo que confesar que es un nombre extraño para un abogado.

—Me educaron para que fuese tonelero, de ahí mi nombre, y cuando el asunto de las leyes va mal, siempre puedo ganarme la vida haciendo una barrica o dos.

—Mientras que mi familia nunca pudo superar la zona de Inglaterra de la que vino —dijo Lincoln—. Que es, a juzgar por su acento, de donde es usted.

—Lo soy, pero ahora soy ciudadano de este país —contestó Verily—. No estamos muy lejos de los barcos que trajeron a nuestra gente.

—Bueno, estoy ansioso por hablar con usted —dijo Lincoln—, pero soy el encargado de esta tienda, ahora, trabajo para el señor y la señora Cheaper, he estado haciendo esperar a estos pobres clientes mientras me escuchaba hablar. ¿Puede su asunto esperar media hora?

Verily podía esperar, y así lo hizo. De hecho, invirtió

esa media hora en llevar su caballo al establo y alimentarlo, y cuando regresó, no había clientes en la tienda. Lincoln no parecía tan jovial ahora.

—Señor Cooper, no ha habido tiempo para que llegaran buenas noticias de Barcy, pero he oído malas historias sobre un estallido de fiebre amarilla allí. Espero que no venga a decirme que Alvin o su joven amigo de nombre real han caído enfermos.

—Gozan de la mejor salud, por lo que yo sé.

—También hay una historia extraña que llegó en un barco de vapor y fue incluida en la colección de mentiras diaria llamada *Springfield Democrat*. Dice que todos los esclavos de Barcy caminaron sobre el agua y el ejército español intentó capturarlos. Tengo que decir que alguna gente, los que son tan tontos que creen una historia como ésa, están ahora preocupados porque España vaya a invadir Springfield, y he estado intentando que el señor Cheaper pida algunos libros de gramática española para que estemos preparados para la ocupación, pero no quiere hacerlo.

—Y usted supuso que Alvin tuvo algo que ver con ese éxodo.

—Eso esperé —dijo Lincoln—. Porque si un hombre va a meterse en problemas, debería ser por una buena causa, y Alvin tiene ese aire de que, haga lo que haga, alguien va a enfadarse con él por hacerlo.

—He venido porque necesita ayuda, y es usted la única persona que se nos ocurrió que podría prestársela.

—Bueno, lo ayudaré si puedo. Le debo algo, ya sabe.

—No lo pedimos por eso —dijo Verily—. No se trata de una deuda, porque por mucho que piense que puede deberle, lo que él pide es mucho más grande.

—¿Qué podría ser más grande que salvarme la vida?

—La vida de cinco o seis mil franceses y antiguos esclavos, que no tienen ningún lugar seguro adonde ir en estos momentos de preocupación.

—Puedo alojar a tres hombres en mi cuarto, sobre la taberna, pero a nadie más, y eso si no les importa que les pisen si alguien tiene que salir por la noche para usar el excusado.

—Van a venir río arriba y necesitan un sitio donde se los acoja y proteja. La esposa de Alvin, Margaret Larner... puede que haya oído hablar de ella...

—Muy considerada entre los abolicionistas —dijo Lincoln—, aunque no entre aquellos que piensan que la única manera de liberar a los esclavos es mediante la guerra.

—Margaret es, como puede que también haya usted oído, una antorcha.

—Eso no se menciona ni siquiera en la prensa esclavista, y es algo con lo que harían un gran alboroto.

—Ella dejó de usar en público su don hace tiempo —dijo Verily—. Pero sigue viendo lo que ve, y lo que vio fue esto: la única forma de que esta expedición de esclavos y franceses fugitivos encuentre la paz y la seguridad es con su ayuda.

El rostro huesudo de Lincoln pareció entristecerse de pronto.

—Señor Cooper, espero que su amiga esté preparada para sufrir una decepción.

—¿No lo hará usted?

—Oh, haré todo lo que pueda. Pero tiene usted que entender una cosa. Todo lo que toco fracasa. Y quiero decir todo. Creo que tengo un don para el fracaso, porque lo consigo no importa qué emprenda.

—No sé —dijo Verily—. Cuenta usted bien las historias.

—Bueno, eso no es algo con lo que un hombre se pueda ganar la vida.

—Yo lo hago —dijo Verily.

—¿Contando historias? Perdóneme por decirlo, pero no me parece un humorista.

—No he dicho que mis historias fueran graciosas, pero no me vendría mal en mi profesión tener un poco más de humor de vez en cuando.

—¿Está diciendo que los abogados son cuentistas?

—Ése es nuestro principal trabajo. Reunimos un conjunto de hechos, y contamos una historia que los incluye todos y no deja fuera ni contradice ninguno. El abogado oponente toma los mismos hechos y cuenta una historia diferente. Y el jurado cree una historia o cree la otra.

Lincoln se echó a reír.

—Bueno, hace usted que su profesión parezca casi tan inútil como pasarse la vida en un almacén contando historias tontas para ayudar a la gente a pasar el rato.

—¿Cree usted realmente que eso es todo lo que hace? —preguntó Verily.

—Creo que tener la evidencia ante sus propios ojos debería confirmar esa historia, señor —dijo Lincoln.

—Mis ojos ven lo que los suyos no pueden ver —dijo Verily Cooper—. Esta ciudad es un sitio feliz... una de las ciudades más felices que he visto, casa por casa y hombre por hombre.

—Es un buen lugar para vivir, y son los buenos vecinos los que la hacen así, lo digo siempre.

—Una ciudad es como un ser vivo —dijo Verily—. Todo encaja como un cuerpo... no un cuerpo atractivo, porque hay una cabeza de esto y una cabeza de aquello, y todo tipo de brazos y piernas y dedos, pero estoy seguro de que entiende usted mi analogía.

—Todo el mundo tiene su sitio —dijo Lincoln.

—Ah, pero en la mayoría de las ciudades hay gente que no encuentra su sitio, o no está contenta con el que tiene, o intenta ocupar uno para el que no está capacitada, o lastima a alguien que pertenece al lugar tanto como ella. Pero por el aspecto de esta población, diría que aquí no hay mucho de eso.

—Tenemos nuestros piques, como en cualquier otra ciudad. Cuando las cosas se desmadran, la gente sabe dónde esconderse.

—Esta ciudad tiene un corazón.

—Me alegro de que pudiera ver eso —dijo Lincoln.

—Y el corazón es usted.

Lincoln se echó a reír.

—Oh, no me lo esperaba. Sí que tiene usted sentido del humor después de todo, señor Cooper.

Verily sonrió.

—Señor Lincoln, creo que si se pusiera usted a pensar dónde podrían encontrar refugio esas cinco o seis mil almas, no sólo encontraría una buena repuesta, sino que sería el hombre más adecuado para persuadir a la gente de que los dejaran ir hasta allí.

Lincoln miró a la distancia.

—Soy un vendedor terrible —dijo por fin—. Siempre digo la verdad acerca de lo que estoy vendiendo, y entonces nadie lo compra.

—Pero, ¿cómo es pidiendo para los parias? Sobre todo cuando cada palabra que diga sobre ellos sería verdad.

—Por si no lo ha advertido, señor Cooper, los parias pierden popularidad a medida que su número aumenta. Si un mendigo aborda a un hombre, es probable que éste le de un penique. Si se le acercan cinco al día, no le dará nada al último. Y si se le acercan cinco a la vez echará a correr y dirá que le han robado.

—Por eso necesitamos tener un refugio para esa gente antes de que nadie vea con sus propios ojos cuántos son.

—Oh, sé cuántos son cinco mil. Es cuatro veces la población de Springfield, y casi la población de todo este condado.

—Entonces no hay sitio para ellos aquí —dijo Verily.

—Ni en ninguna otra población a lo largo del Mizzippy. Y si vienen en barco río arriba, querrán un lugar próximo a un embarcadero.

—No vienen en barco —dijo Verily.

—¿Caminando? Si consiguen llegar a Noisy River, con la milicias de todos los condados esclavistas alzadas contra ellos, no necesitarán ninguna ayuda por mi parte.

—No vienen caminando por la orilla este del río.

Lincoln sonrió.

—Oh, ahora va a decirme que Alvin consiguió que los pieles rojas dejaran pasar a su gente.

—Pasar, pero no quedarse.

—No, supongo que no —dijo Lincoln—. Si dejas quedarse a cinco mil un día, tendrás que dejar a diez mil al día siguiente.

—Señor Lincoln —dijo Verily—, sé que no se cree usted capaz de hacer el trabajo, pero Margaret Larner cree que lo es, y por lo que he visto de usted, creo que puede, y todo lo que falta en este momento es que se avenga a intentarlo.

—Sabiendo que lo más probable es que fracase.

—No puedo fracasar peor con su ayuda que sin ella —dijo Verily.

—Sabe usted que Coz querrá ayudar, y es aún más patán que yo.

—Me encantaría tener la ayuda de Coz, sea quien sea, mientras pueda confiar en usted.

—Le diré una cosa.

—¿Quiere algo a cambio?

—Oh, lo haré de todas formas —dijo Lincoln—, o lo intentaré lo mejor que pueda, debería decir. Pero, como usted y yo estaremos juntos algún tiempo, y es probable que pasemos muchas horas juntos en el camino, ¿qué le parece si emplea su tiempo en empezar a enseñarme los principios de la ley?

—No se habla de ley, se leen las leyes.

—Se leen las leyes después de decidir que uno quiere ser abogado —dijo Lincoln—. Pero antes de decidir, se habla de leyes para averiguar dónde te metes, y si quieres pasarte el resto de la vida haciéndolo.

—No creo que se pase usted toda la vida haciendo una sola cosa —dijo Verily—. No creo que le vaya eso, si sé algo sobre los hombres. Pero creo que, si se dedicara a las leyes, sería bueno. Y no porque haya la más mínima posibilidad de que alguna vez, por casualidad, parezca usted abogado.

—¿No cree que eso será un inconveniente?

—Creo que durante mucho tiempo todos los abogados que se vayan a enfrentar a usted en un juicio pensarán que es un paleto de pueblo y que no tendrán que esforzarse para derrotarlo.

—Pero soy un paleto de pueblo.

—Y yo soy tonelero. Un tonelero que gana la mayoría de sus casos en juicio.

Lincoln se echó a reír.

—Así que está diciendo que si soy simplemente yo mismo, como soy, no fingiendo ser otra cosa, engañaré a esos abogados petulantes mejor que si intentara mentirles.

—No se puede evitar lo que otra gente quiere creer sobre uno, antes de tener las pruebas delante.

Lincoln le tendió la mano.

—Estoy con usted, entonces, hasta que encontremos

un sitio para esa tribu que ha reclutado Alvin. Aunque tengo que decir que no va a necesitar un campamento en las afueras de ninguna ciudad. A menos que piense repartir a esa gente entre veinte poblaciones o más, nadie va a querer aceptarlos.

—Repartirlos puede que sea necesario —dijo Verily—. Pero podría ser también peligroso. Sabe que habrá cazadores de esclavos por aquí en cuanto se sepa dónde están.

—Entonces necesitan estar todos en un sitio desde donde los cazadores de esclavos no puedan llevarlos de vuelta al sur uno a uno.

—Un lugar que ofrezca protección, sí —dijo Verily.

—Un condado completamente abolicionista, entonces, es lo que necesitan. Con su propio juez, no uno itinerante, para saber cómo va a legislar cada asunto de esclavos.

—Un notable entusiasmo por el *habeas corpus* sería una ventaja, sí.

—Un condado donde quepa esperar que ningún juez de paz coopere con los cazadores.

—¿Existe ese condado? —preguntó Verily.

—Todavía no —respondió Lincoln, y sonrió.

13

Misión

Todo había sido tan bien planeado como una fiesta parroquial, y Arturo Estuardo estaba admirado. Las historias sobre los pieles rojas que contaba la gente en esos días eran sobre salvajes que llevaban una vida inculta recolectando fruta de los árboles y llamando a los ciervos para que acudieran derechitos a ellos y que los hombres rojos pudieran darles un golpe en la cabeza. O historias sobre salvajes que asesinaban y violaban y capturaban a los blancos y los hacían sus esclavos hasta que escapaban o los encontraban los soldados y se negaban a volver a casa. O de cómo si le dabas licor a un piel roja se emborrachaba como un cerdo en cinco minutos y se pasaba el resto de la vida dedicado a buscar más.

Naturalmente, Arturo Estuardo sabía en lo más hondo que este tipo de cuentos no podían ser toda la verdad. El tiempo que Alvin había pasado con los pieles rojas fue antes de que Arturo Estuardo naciera, pero sabía que Alvin era amigo del mítico Profeta Rojo, y también que Alvin había viajado con Ta-Kumsaw, y que incluso lo tildaban de renegado por el tiempo pasado con los pieles rojas durante la guerra.

Y Arturo Estuardo había visto a un montón de pieles rojas, de vez en cuando: pero eran irrakwa o cherriky y llevaban trajes de negocios como todo el mundo y se presentaban al Congreso y supervisaban la construcción del ferrocarril y dirigían bancos y hacían todo tipo de otros trabajos, así que no había ninguna diferencia entre ellos y los hombres blancos excepto en el color de su piel y cómo engordaban cuando crecían, porque algunos de los hombres rojos podían engordar mucho.

Alvin se entristecía a veces, después de encontrar a alguno de ellos.

—Un buen hombre, tal como están las cosas —le dijo a Arturo Estuardo una vez—. Próspero y listo. Pero a cuánto renunció por ser rico.

Arturo Estuardo suponía que Alvin se refería a la canción verde. Más o menos pensaba que tal vez los pieles rojas vivían dentro de la canción verde todo el día, y que a eso había renunciado el irrakwa del ferrocarril.

Pero cuando pensabas en los pieles rojas que vivían más allá del Mizzippy, te imaginabas que vivirían a la antigua usanza, cazando y pescando y viviendo en wigwams. Así que al principio a Arturo Estuardo le molestó que hubieran construido cabañas de troncos y trazado calles en sus poblados, y que plantaran acre tras acre de maíz y habichuelas.

—Esto no me parece la canción verde —le dijo Arturo Estuardo a María de los Muertos—. Sólo parece una población cualquiera.

María de los Muertos se rió de él por eso.

—¿Por qué no deberían tener poblados los hombres rojos? ¿O grandes ciudades? ¿Crees que sólo los hombres blancos saben qué es una ciudad?

Y cuando se trataba de alimentar a aquellos seis mil fugitivos, vaya, los pieles rojas estaban tan organizados como en una merienda parroquial. Había preparadas cincuenta mesas, y cada coronel y mayor traía a sus cincuenta familias y éstas pasaban ante las mesas y se llevaban la comida en cestas y la trasladaban a los prados que habían sido diseñados como campamentos y todo salió tan bien que todo el mundo desayunó antes de que el sol empezara a pegar fuerte. Y mientras tanto, había mujeres rojas trayendo más comida a las mesas: pan de trigo y pan ácimo y pasta de habichuelas y sidra y manzanas y pawpaws y grandes montones de uvas.

Tuvo que preguntar por las uvas.

—Si los pieles rojas tienen uvas, ¿cómo es que no inventan el vino?

—No tenían uvas hasta que aprendieron de los blancos a cultivarlas.

—¿Y qué están haciendo ahora, vino?

—Su sidra y su vino tienen tan poco alcohol que lo habrías orinado todo mucho antes de emborracharte —dijo Alvin—. Tenskwa-Tawa se encarga de eso. Pero es la mejor manera de almacenar agua potable, y además, quiere aumentar la tolerancia de los hombres rojos al alcohol, para que no queden esclavizados como estuvo él y tantos otros.

—Cuesta creer que ese hombre haya sido esclavo de nada —dijo Arturo Estuardo.

—Pero lo fue —dijo Alvin—. Esclavo del licor y esclavo de la ira y el odio. Pero ahora está en paz con todo el mundo, y se pasa la vida leyendo y estudiando y aprendiendo todo lo que puede sobre todo tipo de cosas.

—¿Entonces los hombres rojos tienen libros?

—Los consigue en nuestra parte del Mizzippy —dijo Alvin—. Y en Canadá y México. Viaja mucho, como solía hacer su hermano. Por eso habla tan bien inglés. Y francés y español y unas treinta lenguas también. Dice que algún día la barrera no aguantará, y los hombres blancos y los hombres rojos tendrán que mezclarse, y quiere que su pueblo esté preparado para que puedan ha-

321

cerlo sin perder la canción verde como hicieron los che-rriky y los irrakwa.

Toda la mañana Tenskwa-Tawa estuvo reunido con La Tía y una docena de ancianos y ancianas pieles rojas, y cuando Arturo preguntó qué estaban haciendo, Alvin le dijo que se ocupara de sus propios asuntos.

Pero a mediodía (cuando empezaron a comer de nuevo, esta vez carne, sobre todo pavo ahumado, que los pieles rojas parecían criar como si fueran ovejas) Alvin fue invitado al gran salón donde se reunían el gran consejo y La Tía, y al cabo de unos minutos salió y llamó a Arturo Estuardo para que entrara.

Era un lugar oscuro y fresco, con un fuego en el centro y un agujero en el techo, aunque los pieles rojas sabían perfectamente bien hacer una chimenea, como demostraban todas las cabañas del poblado. Así que eso debía tener algo que ver con conservar las antiguas costumbres. Los pieles rojas estaban sentados en el suelo, sobre mantas, pero habían colocado una silla para La Tía, igual que la que ella tenía en Barcy. Por eso era la más alta de la habitación, como un pino solitario de pie en medio de un manojo de arbustos.

—Siéntate con nosotros, Arturo Estuardo —dijo Tenskwa-Tawa—. Tenemos una misión para ti, si estás dispuesto.

Era lo último que Arturo Estuardo se esperaba. ¿Una misión para él? Había esperado seguir a Alvin mientras conducía al grupo hacia el norte a lo largo del río. Los días que había pasado como hacedor de segunda fila manteniendo apenas la niebla alrededor del campamento le habían convencido de que no estaba preparado para dedicarse al oficio de hacedor por su cuenta. No había sucedido nada terrible, pero podría haber pasado, y nunca había tenido el control total. Estaba orgulloso de que hubiera salido bien, y sería un completo alivio si no tenía que volver a hacerlo jamás.

—Haré mi parte —dijo Arturo Estuardo—, pero supongo que sabes que no soy ningún hacedor.

—No te necesitamos para eso —dijo Alvin—. O, al menos, no principalmente. Es tu don con los lenguajes, y el hecho de que seas listo y se pueda confiar en ti y... eso.

Aquello no tenía sentido para Arturo Estuardo, pero estaba dispuesto a escuchar: no, estaba ansioso de escuchar para qué lo necesitaban tanto.

Tenskwa-Tawa le explicó lo que estaba pasando en México, cómo el volcán iba a estallar, sobre todo ahora que La Tía participaba.

—Ya había planeado enviar a alguno de los míos a advertir a los mexica, y ya lo he hecho —dijo Tenskwa-Tawa—. Algunos ya están allí. Pero hay una complicación. Un grupo de hombres blancos se dirigen a Ciudad de México y sin duda los matarán, bien los propios mexica o el volcán.

—O ambos —dijo La Tía—. Algunos hombres tienen que morir dos veces para entender las cosas.

—Así que te necesitamos por dos motivos —dijo Tenskwa-Tawa—. Tienes que ir a advertir a los hombres blancos y ayudarlos a salir de allí, si están dispuestos.

Arturo Estuardo se echó a reír.

—¿Vas a enviar a un chico mulato de mi edad a advertir a hombres blancos de que se retiren?

—Mi hermano Calvin está con ellos —dijo Alvin.

—Pero no le caigo bien.

—Pero sabrá que vas de mi parte. Y será cosa suya persuadir a los demás.

—Así que se trata de la vida de Calvin —dijo Arturo Estuardo, dubitativo. Sabía perfectamente bien que su hermana Margaret no tenía ninguna estima por Calvin y Arturo Estuardo sospechaba que si Calvin moría se quitaría un peso de encima. Pero Alvin no opinaba lo mismo, claro. Seguía pensando que Calvin no era más que un hermano menor alocado que crecería algún día y se convertiría en un hombre decente.

—Y de la de todos los demás —dijo Alvin—, si son lo bastante listos para salvarse.

—Pero, ¿cómo voy a llegar allí a tiempo de advertírselo?

—Dos cosas —dijo Alvin—. Primero, correrás con la canción verde.

—Pero hay desierto entre aquí y allí.

—La canción verde no depende en realidad del color verde —dijo Alvin—. Viene de la vida, y verás que el desierto está repleto de seres vivos. Sólo pasan más sed, eso es todo.

—Pero yo solo no puedo hacer la canción verde.

La Tía habló:

—Te daré un amuleto como el que hice antes, pero mejor.

—Y yo correré contigo la primera hora o así, hasta que te acostumbres. Arturo Estuardo, has pasado el umbral, ¿no te das cuenta? Eres el primero en hacerlo, pero eres un hombre que no nació para ser hacedor y has aprendido a hacer de todas formas.

—No tan bien como tú. Ni de lejos.

—Tal vez no —dijo Alvin—, pero sí lo suficiente... y la canción verde no tiene nada que ver con el poder del hacedor. La aprendí igual que lo harás tú, y mejorarás sintiéndola cada vez más. Ya lo verás.

—¿Y cómo encontraré el camino?

—Cuanto más te acerques a México, más gente sabrá cómo señalarte el camino.

—¿Y si alguien decide que mi corazón sería un sacrificio apetecible?

—Entonces usarás los poderes que has aprendido para escapar. No quiero que entregues el mensaje sin más, quiero que vuelvas sano y salvo.

—Oh —dijo Arturo Estuardo, comprendiendo—. Quieres que traiga conmigo a esos hombres blancos.

—Quiero que los traigas hasta donde haga falta para que estén a salvo, pero en modo alguno hasta aquí con nosotros —dijo Alvin—. Llévalos a la costa y que suban a un barco, tantos como puedan, y luego vuelve.

—No creo que nadie me escuche —dijo Arturo Estuardo—. ¿Cuándo te ha hecho caso Calvin?

—Calvin hará lo que quiera. Pero no lo dejaré morir porque no sabía algo que yo podría haberle dicho.

—Espero llegar allí antes de que estalle el volcán —dijo Arturo Estuardo—. ¿Y si me pierdo?

—No te preocupes —dijo La Tía—. Llevarás el volcán contigo.

¿La otra parte de la misión?

—¿Cómo voy a hacer eso?

Tenskwa-Tawa respondió:

—Hemos despertado al gigante bajo la tierra —dijo—. Ahora fluye más y más caliente. Pero lo que no pudimos hacer fue controlar el momento en que entrará en erupción. Ni dónde. Pero La Tía conoce las antiguas formas africanas para llamar a la tierra. Hizo dos amuletos. No funcionarán hasta que se quemen. Pero donde se quemen y lo que tú digas cuando los quemes, tendrás que memorizarlo y enseñárselo a mi gente que está allí.

—¿Por qué dos amuletos? —preguntó Arturo.

—El que llama al humo del suelo —dijo La Tía—. El otro, el que llama a la sangre roja y caliente de la tierra.

—Mi gente dirá a los mexica qué día aparecerá primero el humo —dijo Tenskwa-Tawa—, y cuando suceda, ellos lo creerán. Queremos darles tiempo de sobra para que se marchen. La idea no es matar a los mexica. La idea es mostrarles que un poder superior rechaza sus mentiras de que hacen lo que Dios quiere que hagan.

—Intentamos arrebatar el poder a los sacerdotes que sacrifican a seres humanos —dijo Alvin.

—Tres días después del primer hechizo —dijo Tenskwa-Tawa—, usarán el segundo.

—Y el volcán estallará.

—No sabemos cómo —dijo Tenskwa-Tawa—. No podemos controlar lo que hace el gigante, una vez despierto.

—¿Qué hay de los pieles rojas que practicarán el hechizo? —preguntó Arturo Estuardo.

—Esperamos que puedan escapar a tiempo.

—No sé con qué velocidad funciona —dijo La Tía—. Nunca he hecho esto antes.

—¿Cómo sabes que funcionará? —preguntó Arturo Estuardo.

A él le pareció una pregunta práctica, pero La Tía lo miró con mala cara.

—Yo soy La Tía —dijo—. Los hechizos de otra gente tal vez no funcionen, no los míos.

Arturo Estuardo le sonrió.

—Espero poder crecer para ser perfecto como tú.

Ella, al parecer, no detectó la ironía de sus palabras.

—Tendrás mucha suerte.

Arturo Estuardo pasó la hora siguiente estudiando el hechizo para aprender a realizarlo (por si se desviaba por el camino, dijo La Tía), y aprendiendo las palabras y los movimientos.

—¿Y si no lo hago bien? —dijo Arturo Estuardo—. ¿Y si olvido algo? ¿Funcionará un poco más lento, o no funcionará?

La Tía volvió a mirarlo con mala cara.

—No olvides nada. Entonces nunca descubriremos cuántas cosas salen mal cuando un muchacho estúpido olvida.

Así que, cuando ella quedó satisfecha porque él sabía lo que había que hacer, Arturo Estuardo se marchó solo, hasta un grupito de árboles cerca del río, para repasarlo todo.

Allí fue donde lo encontró María de los Muertos. Pero estaba dormido, agotado por todo lo que había estado haciendo durante días. La canción verde lo ayudaba a él y a todos los demás a permanecer fuertes durante la noche y por la mañana, pero la necesidad de dormir lo había alcanzado y no podía negarla.

Arturo Estuardo sintió una mano en el hombro y se sentó en el suelo de golpe. Le confundió ver que era María de los Muertos quien estaba arrodillada a su lado, porque también estaba en su sueño.

—Alvin me envió a buscarte —dijo María de los Muertos—. Lamento haberte despertado.

Arturo Estuardo negó con la cabeza.

—No importa. No quería quedarme dormido.

—¿Qué es eso que tenías debajo?

Arturo Estuardo miró y se horrorizó al ver que se había tumbado sobre el amuleto más pequeño y lo había doblado. Soltó un juramento, pidió disculpas, y cuando María de los Muertos dijo que no importaba, le dio las gracias y volvió a repetirlo.

—Ella me va a matar si no enderezo esto.

—¿La Tía? —dijo María de los Muertos—. A veces creo que podría matar a alguien sólo para practicar. ¡Qué poder tiene!

—Me alegro de que esté de nuestro lado —dijo Arturo Estuardo.

—Lo está por ahora.

—Lo mismo se podría decir de ti —dijo Arturo—. Cuando lleguemos a lugar seguro, ¿qué pasará? ¿Adónde irá todo el mundo?

—¿Adónde podemos ir? Todos estos esclavos fugitivos, ¿dónde estarán a salvo? Y mi gente, los franceses... no hablamos como se habla en París, ¿crees que nos querrán en Canadá? Seremos forasteros vayamos donde vayamos. Tal vez nos quedemos en Estados Unidos. Tal vez nos quedemos con Alvin.

—Alvin vagabundea constantemente —dijo Arturo Estuardo—. Apenas duerme dos veces en la misma cama.

—Entonces tal vez vagabundearemos.

Oh, claro, Alvin iba a tener que soportarla en sus viajes.

—Está casado, ya sabes.

Ella lo miró como si estuviera loco.

—Eso ya lo sé, muchacho ignorante.

—¿Eso es lo que soy?

—Cuando hablas así, sí —dijo María—. ¿Crees que quiero un marido? ¿Crees que todas las mujeres quieren un hombre por marido?

—Bueno, tú no tienes marido —dijo Arturo Estuardo.

—Y cuando quiera uno, se lo diré y no será asunto tuyo.

Se acabó el sueño de Arturo Estuardo.

—No es asunto mío ahora —miró el pequeño amuleto desde todos los ángulos. No había nada descompuesto en él, en apariencia, y sin embargo no parecía estar bien.

—¿Se supone que esto era parte del amuleto? —preguntó María. Alzó un grano seco de maíz, un grano rojo.

—Sí, sí, gracias. —Arturo lo insertó en su sitio, entre dos piezas de corteza de abedul—. Es difícil recordar cuando no ves. Voy a arreglarlo. Esto es importante, y están locos al enviar a un muchacho ignorante.

Ella le colocó una reconfortante mano en el hombro.

—No eres un muchacho ignorante.

—No, tenías razón.

—Eres un muchacho ignorante cuando intentas adivinar qué piensa una mujer —dijo María—. Pero no eres un muchacho ignorante cuando se trata de hacer el trabajo de un hombre.

—Supongo que entonces soy un hombre ignorante —gruñó él, pero le gustó que le tocara el hombro, aunque bebiera los vientos por un hombre casado.

—Te vi en la bola de cristal —dijo ella—. Te vi corriendo y corriendo. A través del desierto, subiendo una montaña. Hasta un gran valle rodeado de altos picos, con un lago en el centro y una ciudad sobre el lago. Te vi correr hasta el centro y encender un fuego y convertir toda la montaña en grandes chimeneas que soltaban humo, y entonces la tierra empezó a temblar y las montañas empezaron a sangrar.

—Bueno, el plan es que yo no esté allí cuando eso suceda.

—La bola no muestra lo que sucederá de verdad —dijo María—. Muestra el significado de lo que podría suceder. Pero correrás, ¿verdad? Y miles de personas serán salvadas del fuego.

—Un fuego que no se encenderá si no es por esto —Arturo alzó el amuleto más grande—. ¿Quieres saber lo poderosa que es La Tía?

—He visto a mi madre viajar en el lomo de un tiburón —dijo María de los Muertos—. La he visto nadar con tiburones, y jugar con ellos como marionetas. No tengo miedo de La Tía.

—¿Por qué alguna gente es tan poderosa y otra apenas tiene ningún don? —preguntó Arturo Estuardo.

—¿Por qué yo puedo ver la enfermedad y la muerte, y no hacer nada al respecto? —preguntó María—. ¿Por qué tú puedes hablar cualquier lenguaje que quieras, pero no sabes qué decir? Tener un don es una carga; no tener un don es una carga; a Dios sólo le interesa ver qué hacemos con la carga que tenemos.

—¿Ahora hablas en nombre de Dios?

—Estoy diciendo la verdad, y lo sabes —dijo María. Se levantó—. Alvin quiere que vayamos a verlo.

—Lo recuerdo —dijo Arturo Estuardo—. Pero no quería volver hasta que hubiera arreglado esto.

—Lo sé. Pero ahora está arreglado, y aquí estamos todavía. ¿A qué estás esperando, Arturo Estuardo?

—Estamos hablando, nada más.

Entonces, para su sorpresa, ella puso las manos sobre sus hombros, se empinó, y lo besó en la boca.

—Estabas esperando esto —dijo.

—Reconozco que sí —dijo él—. ¿Estaría esperando tal vez un par de ellos?

Ella lo volvió a besar.

—¿Entonces me estás diciendo que no estás enamorada de Alvin?

Ella se echó a reír.

—Quiero que me enseñe todo lo que sabe —dijo—. Pero tú... a ti quiero enseñarte todo lo que yo sé.

Luego echó a correr ante él, hacia la ciudad roja.

Cuando Arturo Estuardo regresó al campamento, La Tía exigió ver inmediatamente los amuletos, y aunque se echó a reír y enderezó un poco aquí y allá, lo hizo tanto en el amuleto que él no había aplastado como con el que sí, así que Arturo supuso que estaba sólo comprobando y que había hecho bien al arreglarlo todo.

Alvin lo acompañó hasta las afueras de la ciudad después de la cena.

—Has echado tu siesta —dijo—, y de todas formas la canción verde te sostendrá.

—Vas a ponerme en marcha, pero tendré que detenerme por el camino, aunque sólo sea para preguntar la dirección, y entonces, ¿cómo empezaré otra vez?

—Puedes pararte sin perder la canción verde —dijo Alvin—. Sólo aférrate a ella, sigue escuchándola. Ya verás. Es más fácil si te apartas de las máquinas.

—Lo recordaré.

—Es una de las cosas que hacen que sea difícil para mí —dijo Alvin—. Porque me encantan las máquinas, y me encanta la canción verde, y casi nunca puedo tener las dos cosas a la vez. Tenskwa-Tawa desprecia a los irrakwa por elegir los ferrocarriles en vez de la música de la tierra, pero te digo, Arturo Estuardo, que los ferrocarriles tienen una música propia, y me encanta. Los motores de vapor, las ruedas y engranajes, los pistones y los fogones y la velocidad sobre los raíles... a veces desearía asentarme y convertirme en maquinista.

—Los maquinistas sólo llegan hasta donde han puesto antes los raíles —dijo Arturo Estuardo.

—En eso llevas razón —dijo Alvin—. Yo soy viajero, y ésa es la verdad.

—Y por eso eres tú quien debería hacer el viaje, no yo —dijo Arturo Estuardo—. Voy a meter la pata, y la gente deseará que hubieras sido tú desde el principio.

—Nadie quería que fuera yo quien condujera el éxodo por las tierras del delta.

—Yo sí.

—Lo harás bien —dijo Alvin—. Y ahora deberíamos dejar de hablar y empezar tu viaje.

Empezaron a correr, y pronto Arturo Estuardo quedó envuelto en la canción verde, más fuerte que nunca. Las tierras de cultivo de los pieles rojas no eran como las de los hombres blancos. El maíz y las habichuelas crecían juntos, todos mezclados, y había otras plantas y montones de animales viviendo en ellas, de modo que la canción no guardaba silencio donde la tierra había sido arada y plantada. Tal vez había un modo de conseguir que las máquinas estuvieran en armonía con la tierra, como lo estaban estas granjas. Entonces Alvin no tendría que elegir.

Al cabo de un rato Arturo Estuardo advirtió que Alvin no estaba con él, y vaciló un instante. Pero sabía que preocuparse no cambiaría nada, excepto que tal vez lo apartaría de la canción verde, así que se entregó a la música de la vida y corrió y corrió, firmemente hacia el suroeste, a través de montañas y llanos y chapoteando en los arroyos, lo más directamente que permitía la tierra, con todas las cosas vivas abriéndole paso o ayudándole en el camino.

Se le ocurrió que podría moverse aún más rápido, y lo hizo. Más rápido aún, y ya casi voló. Pero sus pies siempre encontraban el lugar adecuado donde pisar, y cuando saltaba despejaba cada cañizo, y cada aliento que tomaba estaba lleno de deleite, y cada aliento que espiraba era una canción de alegría susurrada.

14

El arado

—¿Por qué no miras en la bola de cristal, Alvin? —preguntó María de los Muertos una mañana.

—No hay nada ahí que yo quiera ver.

—Nosotros miramos y vemos cosas importantes —dijo ella.

—Pero no puedes fiarte, ¿no?

—Nos da una idea de lo que va a pasar.

—No, no la da —dijo Alvin—. Te da una idea de lo que ya esperas que pase. Distorsionada por lo que temes que pase y por lo que esperas que pase. Pero si no sabes ya qué estás buscando...

—Para ser alguien que se niega a mirar, sabes mucho al respecto —dijo María de los Muertos.

—No me gusta lo que veo allí.

—Ni a mí tampoco —dijo María de los Muertos—. Pero creo que no es por eso por lo que te niegas a mirar.

—¿No?

—Creo que no miras porque es tu esposa quien ve el futuro, no tú. Y si alguna vez miraras en la bola, entonces ya no la necesitarías.

—Creo que estás hablando de cosas sobre las que no sabes nada —dijo Alvin, y se dio media vuelta para marcharse.

—A mí tampoco me gusta lo que no veo —dijo María de los Muertos.

Alvin tenía que saberlo. No podía marcharse todavía.

—¿Qué no ves?

—Un buen marido para mí, para empezar —dijo—. O hijos. O una vida feliz. ¿No es eso lo que deberían mostrar las bolas de cristal?

—No es una bola de ver el futuro como las que hay en las ferias.

—No, está hecha de agua de los pantanos de Nueva Barcelona —dijo María de los Muertos—. Y me muestra que amas a tu esposa y que nunca la dejarás.

Él se volvió para mirarla una vez más.

—¿Te muestra que está mal que juegues con Arturo Estuardo y le hagas creer que estás enamorada de él?

—No es malo si es verdad.

—¿Es verdad que estás jugando con él? ¿O estás enamorada de él?

—Es verdad que me siento atraída por él. Que me gusta. Que quise besarlo cuando se marchó.

—¿Por qué?

—Porque es un buen muchacho y no debería morir sin que lo hubieran besado.

—¿La bola de cristal te mostró que iba a morir?

—¿No es así?

—La bola dice lo que ya crees —dijo Alvin—. Por eso yo no la miro.

—Deja que te diga qué me muestra a mí la bola —dijo María de los Muertos—. Una ciudad en una colina sobre un río, y en el centro de la ciudad, un gran palacio de cristal, como la bola, agua alzándose y brillando a la luz, tanto que no se puede mirar siquiera.

—¿Sólo un edificio hecho de cristal, y el resto edificios corrientes?

Ella asintió.

—Y el nombre de la ciudad es la Ciudad de los Hacedores, y la Ciudad Hermosa, y la Ciudad de Cristal.

—Son muchos nombres para un sueño.

—Es ahí donde nos llevas, ¿verdad?

—Así que tal vez la bola no te muestra sólo tus propios sueños.

—¿De quién es entonces el sueño que veo?

—Mío.

—Deja que te diga una cosa, *monsieur* Hacedor —dijo María de los Muertos—. Esta gente no necesita ningún bonito edificio de cristal. Lo único que necesita es una buena tierra donde meter el arado, y construir una casa, y criar una familia, y lo harán bien.

En el saco de Alvin, el arado tembló.

Cuando Verily Cooper se reunió con Abe Lincoln en la tienda de Cheaper a mediodía, había alguien más esperando. El puntilloso encargado del juzgado.

—Fuera de su territorio, ¿no? —preguntó Verily.

—Lo cierto es que estoy de servicio —contestó el empleado.

—Entonces su lista de deberes es más larga de lo que pensaba —dijo Verily.

El encargado se acercó y le tendió un papel doblado y sellado.

—Es para usted.

Verily lo miró.

—No, no lo es.

—¿Es usted o no es el abogado de un tal Alvin Smith también conocido como Alvin Miller Junior, de Iglesia de Vigor, estado de Wobbish?

—Lo soy.

—En ese caso, los papeles que hay que entregar al señor Smith se le pueden entregar también a usted.

—Pero —dijo Verily, tocando al tipo en el hombro para sugerir que no se diera tanta prisa en salir de la tienda como parecía tener—, no estamos en el estado de Hio, donde tengo licencia para ejercer, ni en el estado de Wobbish tampoco. En esos estados, soy, en efecto, el abogado del señor Smith. Pero en el estado de Noisy River soy un ciudadano corriente que se ocupa de un negocio privado con el señor Abraham Lincoln, y no soy abogado de nadie. Ésa es la ley, señor, y estos papeles no han sido presentados legalmente.

Se los devolvió al empleado.

El hombre se lo quedó mirando.

—Creo que eso es puro pis de caballo, señor.

—¿Es usted abogado? —preguntó Verily Cooper.

—Al parecer, usted no lo es tampoco, en este estado.

—Si no es usted abogado, señor, entonces no debería dar ninguna opinión legal.

—¿Cuándo he hecho eso?

—Cuando dijo que lo que yo decía era puro pis de caballo. Haría falta un abogado para dar una opinión sobre el grado de pureza de cualquier muestra concreta de pis de caballo. ¿O debemos entender que practica usted la ley sin haber sido aceptado en la profesión en el estado de Noisy River?

—¿Ha venido hasta aquí sólo para convertir mi vida en un infierno? —preguntó el empleado.

—Es usted o yo —dijo Verily—. Pero déjeme decirle algo que me encantó decir una vez al Lord Protector y todos sus agentes legales en Inglaterra.

—¿Qué es?

—Adiós.

Verily se puso el sombrero en la cabeza y salió a la calle.

El empleado corrió tras él, dando grandes zancadas

que levantaron una nube de polvo, pues el día era bastante seco y caluroso.

Entonces Abe Lincoln salió también, seguido de su fiel compañero, Coz.

—¿Qué te parece, Coz? Creo que tenemos que reconocer que ha sido un buen acto de abogacía. Pero claro, cada vez que un abogado dice que no es abogado, ¿no es una especie de mejora de la condición humana general?

Coz sonrió y luego escupió en la tierra; creó una bolita de barro que rodó unos centímetros antes de asentarse y desaparecer.

—Pero nos cae bien el señor Cooper —dijo Coz—. Es buen abogado.

—Es un buen hombre —dijo Abe—. Y un buen abogado. ¿Pero le es posible ser las dos cosas al mismo tiempo?

—Siga así y no le enseñaré nada más sobre leyes —dijo Verily.

—Creo que Abe es ya un buen abogado —opinó Coz.

—¿Qué quiere decir? —preguntó Verily.

—Bueno, mírese usted. Va por ahí deambulando, ¿no? Y no le paga nadie.

—Cierto.

—Eso es lo que hace Abe casi siempre.

—Sabes que soy un hombre muy trabajador, Coz —dijo Abe—. Corté la mitad de las vallas que hay en Springfield haciendo chapuzas para pagar mi deuda de la tienda. Y cavé letrinas y acarreé abono e hice todos los trabajos que pude conseguir.

—Oh, venga ya, Abe. ¿No puedes dejar de embromar a este hombre?

—No querría que el señor Cooper pensara que soy un perezoso.

Como Verily había pasado los últimos días intentando seguir el ritmo del patilargo y activo señor Lincoln, no tenía esa impresión de él.

Aquel día, sin embargo, no caminaban. A petición de Lincoln, Verily había alquilado dos caballos para que Coz y él cabalgaran, aunque en realidad a Verily no le parecía que la compañía de Coz mereciera el tener que alquilar un segundo caballo. Pero Lincoln así lo quería, y Coz pagó sacando el dinero de una diminuta bolsa. Comprobaron las sillas y arneses, y luego Verily comprobó de nuevo las de Coz y Lincoln, porque por su aspecto no tenían ni idea de qué había que mirar cuando se comprueban esas cosas.

—No cabalgan mucho ustedes dos —dijo Verily.

—Somos pobres —respondió Abe.

—Yo soy más pobre —dijo Coz.

—Porque te gastas cada penique en una vida licenciosa.

—Un hombre enamorado tiene tendencia a comprar regalos a su dama.

—Y bebida.

—Ella tenía sed.

—Y luego se quedó inconsciente —dijo Abe—. Y luego pagaste una habitación en una taberna para que durmiera, esperando sin duda que su gratitud por la mañana fuera más grande que su dolor de cabeza, sólo que por la mañana...

—Mi vida amorosa no le interesa al señor Cooper.

—Tu vida amorosa es imaginaria, excepto por la cantidad de dinero que pierdes con ella —dijo Abe.

Y así todo el camino desde Springfield hasta el Mizzippy.

Dejaron tras ellos los campos de maíz al cabo de un par de horas y vadearon el río Noisy, y luego recorrieron un sendero cada vez más estrecho en una pradera moteada de árboles, donde nadie labraba excepto de forma esporádica. Un recordatorio de que eso era la frontera, después de todo. Y también de que los granjeros tendían a no establecerse cerca de las nieblas del Mizzippy.

Llegaron a un macizo cubierto de árboles que daba al gran río justo antes de oscurecer. No había mucho que ver. Un montón de árboles bajo ellos y, más allá de ellos, un atisbo del río que reflejaba la dispersa luz de la luna. Y la niebla que oscurecía toda la visión de la tierra al otro lado.

—Aquí pasaremos la noche —dijo Lincoln.

—Y cenaremos, espero —dijo Coz.

—¿Cenar? —dijo Verily.

Abe lo miró bruscamente.

—Dije que necesitaríamos provisiones.

—No dijo que necesitaríamos comida —dijo Verily.

—¡Bueno, que me zurzan si provisiones no significa comida! —dijo Abe, un poco enfadado.

—Si quería decir comida, tendría que haber dicho comida.

—Si piensa usted que voy a ponerme a cazar conejos a esta hora de la noche con el estómago vacío, está chalado —dijo Coz.

—Lo mismo digo —dijo Abe—. Estoy pensando en volverme caníbal.

Verily sonrió.

—Ahora sé por qué trajimos a Coz.

Coz se puso en jarras y los miró a ambos por turno.

—Vamos a ver, no hay nada para que coma nadie, yo menos que nadie. Puede que parezca fuerte, pero juro que todo es grasa, hasta el último gramo: no tengo ni pizca de músculo, así que si intentaran freírme como tocino acabarían por atragantarse porque no tengo chicha.

Verily suspiró.

—Es difícil gastar una broma a un hombre que se niega a encontrarle la gracia.

—También nosotros bromeamos —dijo Coz—. Sabíamos que había traído usted comida.

—Oh, no, no tengo comida. El chiste era eso de comérselo a usted.

Los dos murmuraron con disgusto y entonces Verily se echó a reír.

—Muy bien, pues, supongo que tal vez haya quedado algo de mi viaje en las alforjas.

Estaba sacando el pan rancio y el tasajo de la alforja cuando Abe dijo:

—Sabe, me inquieta un poco que el fuego que estaba encendido junto al río cuando llegamos ahora esté apagado.

—Tal vez hayan terminado de comer —dijo Coz.

—No he visto ningún fuego —comentó Verily.

—Tal vez no quieren ningún fuego porque es una noche calurosa —dijo Coz.

—O tal vez han visto a unos viajeros a caballo salir del bosque en lo alto de esta colina y han decidido que era fácil robarnos.

Una potente voz sonó desde los matorrales, tras los caballos.

—Buen momento para pensar en eso, señor.

Y de los arbustos salió un hombretón que parecía haber participado en muchas peleas sin perder ninguna, con pistolas y cuchillos por todas partes, y un mosquete amartillado en las manos.

Era la primera vez que Verily veía a Abe Lincoln asustado.

—Si esperaba robar fácilmente a alguien, casi acierta —dijo Abe—. Somos presa fácil, pero no tenemos nada que robar.

—Habla por ti, Abe —dijo Coz—. Apuesto a que el señor Cooper lleva todo lo que posee a lomos de ese caballo.

Abe le dio un empujón.

—¡Vaya, qué amable por tu parte atraer la atención de este hombre hacia nuestro amigo el señor Cooper!

—¡Bueno, el señor Cooper planeaba freírme como si fuera una salchicha! —dijo Coz, empujando a su vez a Abe.

—Era una broma, Coz —respondió Abe, empujándolo con más fuerza.

—Eso dice ahora —replicó Coz, empujando a Abe, con más fuerza todavía.

Pero cuando Abe se abalanzó para empujar otra vez, no fue a Coz a quien empujó. Dio un salto hacia el forastero y cayeron juntos entre los matorrales.

—No se preocupe, señor Cooper —dijo Coz—. Abe es muy mal luchador, pero pone toda su entrega y no se rinde fácilmente.

—¡Verily! —llamó el grandullón desde los matorrales. Su voz sonaba como si alguien le estuviera golpeando el pecho.

—¿Sabe su nombre? —dijo Coz.

—¿Verily, vas a decir algo, o voy a tener que matar a este amigo tuyo tan feo?

—No debería llamar feo a Abe de esa forma —dijo Coz.

—Abe —dijo Verily—, este hombre no ha venido a robarnos.

La lucha se apaciguó.

—Se conocen ustedes —dijo Abe.

—Abe Lincoln, le presento a Mike Fink. Mike Fink, Abe Lincoln.

—Déjate de charlas legales, señor Cooper —dijo Mike—. Me confundes y al final tendré que matar a alguien.

—Bueno, pues no mates al señor Lincoln —dijo Verily—. Todavía no me ha dicho por qué me ha traído a este lugar dejado de la mano de Dios.

—Yo tampoco lo sé —dijo Mike—, pero es aquí donde Peggy dijo que estarías esta noche, así que es aquí donde vine a reunirme contigo.

—No me digas que has venido remando corriente arriba desde Río Hatrack.

—Nunca diría tal mentira, pero es halagador que pienses en esa posibilidad. Y también un poco estúpido, porque la mitad del viaje habría sido Hio abajo, que no es corriente arriba.

—Ah. No partiste de Río Hatrack.

—De Iglesia de Vigor, y tomé el tren hasta Molino y luego un barco y bajé por el río. He llegado esta mañana. Has tardado lo tuyo en venir. Springfield no está tan lejos.

—Mi culo dice que está bastante lejos —dijo Coz—. Me han hecho cabalgar en un caballo la mar de incómodo.

—Cualquier caballo que te tenga encima tendrá que sentirse incómodo —dijo Abe.

—Así que Peggy sabía que estaríamos aquí —dijo Verily.

—¿Quién es esa Peggy, y cómo sabía al parecer desde hace días una cosa que yo no supe hasta ayer?

—Un hombre que pelea como un bebé con brazos grandes no debería dar a entender que el hombre que le acaba de zurrar la badana es un mentiroso —dijo Mike.

—No he acusado a nadie —repuso Abe—. Sólo era una pregunta.

—Peggy es Margaret Larner —dijo Verily—. La esposa de Alvin. Ya le he hablado de ella.

—¿No diría por casualidad si el plan que nos trajo aquí es buena idea, verdad?

—No estoy aquí por usted —dijo Mike—. No se ofenda. Ni por Verily Cooper, tampoco.

—Bueno, pues espero que no esté aquí por mí —contestó Coz—, porque me meé en los calzones nada más verlo, y si me ataca se lo llevará todo encima.

—Agradezco la advertencia. Pero estoy aquí por Alvin.

—Creí que te había enviado Peggy —dijo Verily.

—Peggy me envió para que me reuniera con Alvin aquí. Y Alvin va a venir porque ustedes están aquí.

Coz se mostró encantado.

—¡Alvin va a venir! ¿Lo sabías, Abe? ¿O era ése tu plan?

—Eso hace de éste un lugar propicio —dijo Abe.

—No —contestó Verily—. Margaret no habría enviado a Mike Fink a menos que Alvin corriera peligro.

—Lo que Peggy dice es que ni Alvin ni su abogado aparecieron por el juzgado. El juez ha cursado una orden contra Alvin exigiendo que se le arreste por robo y se le devuelva a Carthage City, donde entregará el artículo de oro en cuestión o será encarcelado por desacato al tribunal.

—Déjame adivinar —dijo Verily—. ¿Hay una recompensa?

—Alguien puso quinientos dólares.

—¿Y estás aquí para ayudar a Alvin a resistirse al arresto?

—Estoy aquí para pillar a quien intente ganarse esa recompensa y convertirlo en harina y hornearlo como si fuera pan.

—Nosotros no pretendemos hacer eso —dijo Coz.

—Quinientos dólares es un montón de dinero —dijo Abe.

Mike dio un paso hacia Abe... quien, hay que reconocerlo, no retrocedió.

—Cálmate, Mike —dijo Verily—. A Abe Lincoln le gusta bromear. Es amigo de confianza de Alvin.

—Pero no es amigo de confianza mío —dijo Mike.

—Mi pregunta es: si le tiene a usted dispuesto a defenderlo, ¿cómo es que va por ahí corriendo todo el tiempo con ese cuñado suyo? —preguntó Coz.

—No necesita que yo lo proteja del tipo de peligro que se encuentra en los caminos —dijo Mike—. Puede defenderse de eso muy bien. Es cuando intentan llegar a él con papeles legales y se vuelve todo honorable y empieza a creer que debería dejar que lo llevaran a la cárcel y luego se queda allí aunque sabe que ninguna cárcel puede retenerlo... entonces es cuando me necesita. Porque no me importa pegarle en la cara a un hombre que hace su trabajo.

—Ni arrancarle la oreja de un bocado —añadió Coz, esperanzado.

—Dejé de morder orejas hace tiempo —dijo Mike—. Y de saltar ojos. Alvin me obligó a prometérselo.

—¿Le obligó? —preguntó Abe.

Mike pareció cortado.

—Es herrero, ¿sabe? Mire los hombros que tiene. Por no mencionar que podía mirarme la pierna y rompérmela.

—Creo que la pelea, que es legendaria, fue igualmente injusta por ambas partes —dijo Verily.

—Oh, bueno —dijo Mike—. No estaba acusando a Alvin de nada, estaba sólo explicando cómo podía derrotar a un tipo tan malo como yo —dio un paso y se alzó sobre Coz—. Soy malo, ¿sabe? No es broma. Me gusta el rechinar de la cara de un tipo cuando la estoy apretujando contra el suelo.

—Ja, ja —dijo Coz mansamente—. Es usted todo un bromista, ¿eh?

—¿Cuándo va a llegar Alvin? —preguntó Verily.

—Bueno, ya sabes que Peggy es muy vaga cuando se trata de las cosas de Alvin. No creo que sepa otra cosa excepto que llegará mientras tú estás aquí, así que aquí estoy yo.

—Viniste en tren —dijo Verily—. Ojalá pudiera haber venido yo así también.

—Me preguntaba si habían comido ustedes —dijo Mike—. Porque me parece absurdo calentar una lata sólo para mí, y no me importa comer habichuelas frías.

Pronto tuvieron un fuego encendido, con dos ollas, una llena de guiso, la otra llena de agua puesta a a hervir.

—Supongo que con esta fogata —dijo Abe—, todo el que esté buscando una recompensa no perderá el tiempo pisando zorros y castores en la oscuridad.

—Alvin no ha llegado todavía —dijo Mike—, así que no hay ninguna recompensa, ¿no?

Pero no puede decirse que Mike Fink fuera un completo incauto. Se ofreció voluntario para hacer la primera guardia de la noche, y advirtió a Verily de que él era el siguiente.

Así que era un atontolinado Verily Cooper quien se apoyaba contra un árbol ante el río el que de repente vio a un hombre de pie, a su lado.

—El río está precioso de noche —dijo Alvin en voz baja.

Verily ni siquiera parpadeó.

—Algún día me gustaría verlo sin niebla.

—Algún día. Cuando no haya necesidad de ella.

—Me alegro de verte —dijo Verily.

—Me alegro de que te alegres.

—¿Dónde están tus cinco mil acompañantes?

—Ahora son ya seis mil. Vienen de camino. Me adelanté para reunirme contigo y ver si estás haciendo lo que espero que estés haciendo.

—Buscando un sitio para tu gente.

—¿Lo has encontrado?

—Abe Lincoln y yo hemos estado buscando, por aquí y allá —dijo Verily—. Hay ciudades abolicionistas que aceptarán a un centenar o así. Pero no creo que haya sesenta poblaciones iguales en todo el estado.

—Mala noticia.

—Entonces dame una buena noticia, Alvin. Dime que no hay nadie cerca para que no haga falta montar guardia y yo pueda volver a dormir.

Alvin sonrió.

—No hay nadie cerca —dijo—. Vuelve a dormir.

—Antes, dime una cosa. ¿Has venido aquí esta noche porque éste lugar es el adecuado?

—He venido aquí esta noche porque necesito que mañana fabriques los mangos de mi arado.

Cuando María de los Muertos le contó a Alvin su visión de la Ciudad de Cristal, lo llenó de esperanza. No le había hablado de la Ciudad de Cristal, ¿no? Y lo que ella describió se parecía a lo que él había visto en el remolino de Tenskwa-Tawa. O, más bien, era más de lo que había visto.

Todo lo que él había visto o pensado era la parte hecha de cristal, la que se llenaría con sueños y visiones como la bola, como el puente, como la presa. Y siempre había pensado que para vivir en un sitio así, todos los ciudadanos tendrían que ser hacedores, como él. Por eso le había estado enseñando, o intentando enseñarle, a toda aquella gente ansiosa que, simplemente, no podía hacerlo. Había conseguido muy poco, cierto aumento de conciencia o habilidad. Verily Cooper, naturalmente, ya tenía un poco de poder de hacedor en su don, y Calvin era un hacedor, a su modo. Y Arturo Estuardo... él sí que era una maravilla, todos aquellos años y de pronto daba el salto y lo lograba. Pero, ¿qué eran, cuatro personas? Y Calvin no era muy de fiar. No se construye una Ciudad de Cristal con eso.

Pero por eso la visión que María de los Muertos tuvo de la Ciudad lo cambiaba todo. Porque no estaban todos viviendo en el palacio, como lo llamaba. De hecho, probablemente allí no vivía nadie. Vivían en casas normales en calles normales, y la mayoría tenía un trabajo normal y vivía una vida normal, a excepción de que, unas cuantas horas a la semana, ayudaba a construir aquel palacio extraordinario o... o biblioteca, o teatro, o lo que se suponía que fuera el edificio... y cuando estuviera construido, entonces unas cuantas horas a la semana podrías entrar y mirar lo que hubiese allí, lo que te mostraran las paredes, y aprenderías lo que podías y tratarías de comprender lo que significa. No una cosa grande capaz de sacudir la tierra, tal vez sólo... quién es realmente tu esposa, o cuáles podrían ser tus hijos, o algún peligro que evitar, o por qué el sufrimiento de tu vida es soportable después de todo. O por qué no lo es. No todo sería feliz. Pero sabrías cosas que no habrías sabido de otro modo. Aunque todo lo que vieras fuesen tus propias esperanzas y sueños y temores y culpas y vergüenzas plantados ante tu cara, incluso por eso merecería la pena entrar allí, porque, ¿cómo si no llegarías a conocerte, a menos que tuvieras una especie de fiel espejo capaz de mostrarte algo más que tu cara?

Es una ciudad de hacedores, no porque todo el mundo en ella sea un hacedor, sino porque toda la ciudad coopera para que Hacer sea posible, y toda la ciudad participa en lo bueno que ha hecho.

Era muy obvio ahora. ¿Quién es el constructor de una gran catedral? El arquitecto puede decir «yo construí esto», aunque nunca levantara una sola piedra. Los picapedreros podían decir, «yo construí esto», aunque no fueran sus manos las que pusieron las piedras en su sitio. Los albañiles, los fabricantes de vidrio, los carpinteros, los tejedores de alfombras, todos eran parte de la construcción. Y el obispo que hizo que la edificaran, y la gente rica que donó el dinero, y las mujeres que trajeron comida para los obreros, y los granjeros que cultivaron la comida que servían, toda la gente de la ciudad causó la existencia de ese edificio. Y cuando, cincuenta años más tarde, cuando toda la gente cuyas manos hicieron todo el trabajo estaba ya muerta, o era vieja y chocha, sus nietos podían entrar en el edificio y decir: «Ésta es nuestra catedral, nosotros la construimos», porque era la ciudad que construyó el edificio, y la ciudad que viene a usarlo, y cada nueva generación que mantiene la ciudad viva, y entra en el edificio con veneración y orgullo: la catedral es tan suya como de cualquiera.

«Puedo seguir enseñando a hacer a los que quieran aprender —pensó Alvin—. Pero no tengo que esperar a que sean maestros. Porque puedo hacer los bloques de cristal uno a uno, y otros ponerlos en su sitio. Verily Cooper puede colocarlos, porque sabrá cómo hacerlos encajar. Y otras personas, con otros dones, ayudarán. Es posible incluso que Arturo Estuardo haga algunos de los bloques del edificio.

»Y como todo el mundo habrá contribuido de un modo u otro al edificio de cristal, entonces todos formarán parte de él, ¿no? Parte de la Ciudad de Cristal. Y un hacedor es quien es parte de lo que hace. Así que... todos son hacedores, ¿no? Hacedores de la Ciudad de Cristal.

»Lo que significa que la Ciudad de Cristal será realmente la Ciudad de los Hacedores.»

A lo largo de la mañana estuvo mirando y luego intentando no mirar y luego miró de nuevo, mientras Verily Cooper acariciaba la madera y con las manos desnudas la convertía en lo que tenía que ser. Verily no le aplicó una herramienta a la madera. Ni escogió un tronco caído o taló un árbol. Encontró dos retoños del mismo tamaño y los acarició hasta que se separaron del árbol. No amasó exactamente la madera como si fuera barro, pero el efecto fue el mismo. La corteza se desgajó de la madera viviente, y la madera se dio forma a sí misma, doblándose hasta que cada uno de los retoños tuvo la forma de un mango de arado.

Abe y Coz y Mike miraron también, un rato. Asombrados, al principio. Pero por milagroso que pareciera, era un proceso lento y repetitivo, y al cabo de un rato se marcharon a hacer otras cosas. A explorar la zona, dijo Abe.

Así que cuando Verily terminó, sólo quedaban Alvin y él. Los dos retoños estaban ahora unidos por la base tan completamente como si hubieran crecido de esa forma.

—Es hora de sacar ese arado del saco —dijo Verily.

—La madera sigue viva —comentó Alvin.

—Lo sé.

—¿Habías hecho algo de madera viva alguna vez?

—No.

—Entonces, ¿cómo supiste hacerlo?

—Me pediste que lo hiciera, y no tenía ninguna herramienta —dijo Verily—. Pero todo este trabajo al que me has obligado, aprendiendo a ver y comprender lo que pasaba dentro de la madera cuando hacía las piezas del barril y las unía... bueno, Al, ¿pensabas que no iba a aprender nada?

Alvin se echó a reír.

—Sabía que estabas aprendiendo, Very. Es que... no sabía que sucedería así.

—Bueno, veamos si encaja.

Alvin soltó el saco y lo abrió hasta dejar un grueso círculo de tela alrededor de la parte superior del arado de oro. Entonces tomó el arado y se arrodilló ante los mangos que había hecho Verily.

—El oro es blando —dijo Verily—. Se gastará rápidamente en suelo duro, ¿no?

—Un arado vivo no encaja en el mundo como lo hacen los corrientes, y espero que sea tan duro como haga falta.

Alvin hizo girar el arado a un lado y a otro, intentando calcular cómo hacer el trabajo con sólo dos manos.

—¿Hago encajar el arado en los mangos, o los mangos en el arado? —preguntó.

Verily se echó a reír.

—Yo sujetaré los mangos, y tú trabaja a partir de ahí.

Alvin se rió también. Luego acercó el arado al extremo donde se suponía que tenía que encajar. Su intención era ver hasta qué punto, y cómo insertarlo exactamente en su sitio. Pero éste era un arado viviente, y los mangos estaban hechos de madera viviente, y cuando se acercaron lo suficiente, fue como si se reconocieran entre sí, como hacen los imanes, alineándose solos de la manera adecuada y luego saltaron para unirse.

Saltaron, se unieron, el arado se deslizó exactamente en el lugar adecuado, la madera se flexionó un poco para dejar paso, y luego se cerró alrededor, de modo que pareció que los mangos habían sido tallados de un árbol que tuviera el arado de oro ya en su interior.

350

Ninguno de ellos tuvo oportunidad de maravillarse ni admirar, pues en el momento en que el arado saltó a su sitio, sonó una música como nunca había oído Alvin. Era la canción verde, la canción de la madera viviente, el mundo viviente, la reconoció, y sintió cómo los mangos vibraban con ella. Y sin embargo era otra música también. La música del metal trabajado, de la maquinaria, de las herramientas hechas para satisfacer las necesidades humanas y hacer el trabajo humano. Era el latido del motor en un barco de vapor, el siseo y el chisporroteo de una locomotora, el gemido de las ruedas al girar, el castañeo y el tableteo de los telares. Sólo que, en vez de en la cacofonía de la fábrica, todo se unía en una sola y poderosa canción, y para alegría de Alvin encajaba perfectamente con la canción verde y se convertía en una sola música que llenaba todo el aire alrededor.

Incluso así, apenas tuvo tiempo de advertir qué era la música antes de que el arado empezara a encabritarse y agitarse. Estaba claro que ya no quería estarse quieto, y Verily, lejos de controlarlo, apenas pudo agarrarlo mientras saltaba hacia delante, sin ningún buey ni caballo que tirara de él, nada más que su propia voluntad. Se deslizó unos pocos palmos y luego se hundió en el macizo de arbustos, cortándolo como un cuchillo caliente la mantequilla, y después siguió corriendo hacia delante, con Verily agarrándolo con todas sus fuerzas, corriendo y retorciéndose para seguir su ritmo.

Fuera lo que fuese que quisiera aquel arado, no tenía ningún respeto por la idea de que el mejor surco es el recto. Se retorció y giró por todo el prado, como si fuera el palo de un zahorí buscando agua.

Cosa que, cuando Alvin lo pensaba, bien podría ser. No buscaba agua, pero era igual que un zahorí de todas formas. ¿No le había dado Verily la hechura de un trozo único de madera viva? ¿No tenía la forma de una varilla de zahorí, con los dos mangos unidos por la base?

—¡No puedo seguir aguantando! —chilló Verily, y cayó al suelo mientras el arado se abalanzaba otro metro y luego... se detenía.

El arado se quedó allí en el suelo, inmóvil.

Alvin echó a correr mientras Verily se levantaba.

Torpemente, Verily extendió una mano para sujetarlo. En el momento en que su piel lo tocó, el arado se agitó otra vez y avanzó.

—Tengo una idea —dijo Alvin—. Tú sujeta el mango derecho, yo sujetaré el izquierdo.

—Los dos a la vez —dijo Verily.

—Una —dijo Alvin. Y Verily se le unió al decir «dos» y «tres».

—Espera un momento —dijo Verily—. ¿Hasta dónde vamos a contar?

—Estaba pensando en contar hasta tres, pero parece que no va a ser así después de todo.

—¿Cuando digamos tres, o cuando tendríamos que decir cuatro?

—Cuando digamos tres, deberíamos haberlo agarrado ya.

Una.

Dos.

Y allá fueron.

Sólo que esta vez no hubo ningún brinco. El arado se movió, sí, hundiéndose en el suelo y levantando la tierra como debe hacer todo arado. Pero su camino ya no fue tan torcido.

Y su propósito parecía ser salir del prado, atravesar los árboles, y volver a la colina.

Era empinada (no un suave declive) y había ramas

bajas que parecían diseñadas para arrancar la cabeza de todo aquel que fuera lo suficientemente bobo como para agarrarse a un arado viviente.

Pero la canción verde que había en la música del arado era poderosa, y las ramas parecieron alzarse o encogerse, y ni Alvin ni Verily sufrieron ni un roce ni una magulladura ni un chichón. Ni se cansaron mientras subían la colina detrás del arado.

Cuando llegaron a la cima, el arado giró un poco y siguió corriendo. Entonces Alvin fue vagamente consciente de las voces de Mike y Abe y Coz, allá en la distancia, que aullaban y aplaudían como niños pequeños. Pero no podía esperar a que los alcanzaran. Pues el arado se dirigía a su destino y aceleraba al acercarse.

Y se acercaba a un macizo rocoso situado a unos veinte metros colina arriba, un punto donde no crecían árboles porque la piedra seguía bajo la pradera, dejando muy poco suelo para que ningún árbol echara raíces lo bastante profundas para soportar una tormenta.

Se dirigieron a la roca pelada en mitad del claro, y Alvin no se sorprendió demasiado cuando el arado atravesó la piedra sin vacilar siquiera. Cortó un surco en la roca como había hecho en el suelo, sólo que donde el suelo tras su paso era antes suelto y cálido, la roca vuelta se endurecía en el acto, como una escultura de un surco.

Y cuando el arado llegó a un sitio donde se había formado un charco de agua en una depresión en la piedra, fue directamente al centro y se detuvo.

El agua inundó el surco del arado. Un fino hilillo de agua pura guiado por el surco de piedra, y luego por el surco del suelo, hasta el borde de la colina y hasta la pradera donde Verily había hecho los dos mangos.

El arado no se movió.

Alvin y Verily lo soltaron.

La música cesó.

—Creo que hemos terminado —dijo Alvin.

—¿Qué hemos hecho?

—Hemos encontrado el lugar de la Ciudad de Cristal.

—¿Eso es lo que hemos estado buscando? —preguntó Verily.

—Creo que es lo que este arado ha estado buscando desde que fue fabricado.

Alvin se arrodilló junto al arado que había llevado consigo tanto tiempo. Todos aquellos años de vagabundear, y ahora su trabajo estaba hecho, y salvaje y alegre como había sido el viaje colina arriba, no había tardado mucho. Sólo unos minutos. Pero cuando Alvin tocó con un dedo la superficie dorada del arado, el instrumento tembló, y el mango se soltó y cayó. Cayó al suelo.

Verily lo recogió.

—Sigue vivo —dijo.

—Pero ya no forma parte del arado.

La música había desaparecido también. La canción verde permanecía, como siempre, en la mente de Alvin. Pero la música de la maquinara estaba completamente apagada.

Alvin tiró del arado y lo sacó fácilmente de la piedra. Lo guardó de nuevo en el saco. Todavía titilaba de vida, ni más ni menos que siempre. Como si no tuviera memoria de lo que acababa de hacer.

Todos bebieron del arroyo que ahora manaba del fondo del surco. El agua era dulce y clara.

—Podríamos embotellarla y venderla como vino —dijo Abe—, y nadie diría que lo hemos engañado.

—Pero no lo haremos —dijo Verily.

Abe le dirigió una mirada que dejaba claro que no era un idiota.

—Así que piensas que este arado tuyo ha elegido este sitio para vuestra ciudad.

—Podría ser —dijo Alvin—. Si podemos averiguar quién es el dueño de la tierra y se nos ocurre un modo de comprarla.

—Bueno, pues estás de suerte —dijo Abe—. Por eso te traje aquí. Ésta es una parte de lo que el gobierno de Noisy River llama Condado del Río. Es la tierra salvaje situada a lo largo del Mizzippy entre Molino y Cairo. Hay una vieja ley de la época territorial que permite convertir en condado cualquier parte del Condado del Río que pueda demostrar que tiene dos mil colonos y al menos una ciudad de trescientas personas.

—¿Un condado? —preguntó Verily.

—Un condado —respondió Abe.

—Pero un condado tiene derecho a elegir a sus propios jueces —dijo Verily.

—Y su propio sheriff.

—Así que cuando alguien venga al Condado del Manantial en el Surco con una orden de algún tribunal de Hio —dijo Verily—, el juzgado del Condado del Manantial en el Surco podrá ignorar la orden.

—Es lo que pensaba.

—Estabas escuchando de verdad cuando te enseñaron la ley.

—Y me acordé de mi padre cuando intentó plantar en las ciénagas a lo largo del Hio, y alguien fue y le habló del Condado del Río, y de cómo la tierra estaba disponible si hubiera dos mil personas, y papá dijo que ya las había tenido bastante difíciles intentando labrar un pantano, y que lo último que necesitaba era niebla, encima.

—Si tenemos nuestro propio condado —dijo Alvin—, entonces podremos construir una ciudad aquí y poblarla con negros y franceses y todos los que queramos invitar, y nadie podrá detenerlos.

—Bueno —dijo Abe—, no es tan sencillo.

—¿Quieres decir que hay alguna ley contra la gente que se pueda mudar aquí?

—Hay una ley contra los esclavos fugitivos —dijo Abe—, pero pienso que eso lo tenemos resuelto, ya que el mismo juez puede ignorar un montón de órdenes más, y el mismo sheriff puede echar de la ciudad a cualquier cazador de esclavos y ponérselo difícil para que encuentre a ningún antiguo esclavo. Pero lo que quiero decir es que cualquiera puede venir. No sólo la gente a la que quieres invitar.

—Bueno, invitaremos a todo el mundo —dijo Alvin.

Abe se echó a reír.

—Bueno, cuando se corra la voz sobre este arado de oro que corta la piedra y saca agua de la roca como Moisés, tus seis mil fugitivos no serán sino una gota en un cubo para los miles de buscadores de oro y de milagros que vendrán. Y supongo que ellos serán quienes elijan al sheriff y al juez y tal vez alguien consiga esa recompensa, al fin y al cabo.

—Ya veo —dijo Alvin—. No va a ser tan fácil, al fin y al cabo.

—Si os mato a todos —dijo Mike—, no quedará nadie que hable de este lugar.

—Excepto tú —dijo Alvin.

—Bueno, no he dicho que fuera un plan perfecto.

—Lo que necesitamos es una constitución del estado —dijo Verily—. Que nos garantice los límites de nuestro condado, y luego tenemos que asegurarnos de que controlamos toda la tierra para que sólo se venda a la gente que elijamos. Gente que esté con nosotros y no cause problemas.

—Gente que esté dispuesta a ayudar a construir este lugar como una ciudad de hacedores —dijo Alvin.

—Yo puedo redactar esa constitución —dijo Verily—. Pero no sé si podré encontrar el camino en el Gobierno estatal.

—A mí no me mires —dijo Abe—. No soy político.

—Pero eres de aquí —dijo Verily—. No hablas como un inglés petulante. Y te ganas el aprecio de la gente.

—Y tú también —dijo Abe.

—Sabes que todo el mundo lo odia —dijo Coz.

—Bueno, tal vez, pero es sólo porque saben que los ingleses son más listos que los demás y lo lamentan.

—¿Me ayudarás a escribir esa constitución para el Condado del Manantial en el Surco? —preguntó Verily.

—Ya veo que te has encargado de ponerle nombre —dijo Abe.

—¿Tienes uno mejor?

—Me gustaba Condado de Lincoln.

—¿Qué tal Condado de Lincoln-Fink? —sugirió Mike.

—No, eso es pura vanidad —dijo Abe—. Ponerle al condado tu propio nombre.

—¿Y qué estabas haciendo tú?

—Poniéndole el nombre del condado que hay en Inglaterra, por supuesto —dijo Abe.

—Manantial en el Surco, entonces —dijo Alvin—. La votación es unánime —se volvió hacia Abe—. Pero mientras tanto, los colonos podrán venir libremente a las tierras del Condado del Río, ¿no? ¿Y cultivar y construir lo que quieran?

—Ésa es la ley —respondió Abe—. No necesitan permiso. Mientras no te cueles en la granja de nadie, y no veo a nadie por aquí.

—¿Sabes? Me preguntaba cómo no había al menos una o dos granjas, pertenecientes al tipo de gente que opina que seis casas son una ciudad demasiado grande para disfrutar de la vida.

—Tal vez porque esta tierra es para algo mejor que para una pequeña granja —dijo Verily.

—¿Y quién lo decide? —preguntó Alvin.

—Tal vez la piedra misma era ambiciosa —dijo Verily—. O tal vez fue el agua, suplicando salir de debajo de la roca.

—O el sol que no quería que este lugar tuviera árboles que dieran sombra —dijo Alvin—. O el viento, que necesitaba un pequeño prado donde soplar. Caballeros, no creo que ninguno de los elementos tenga un plan.

—El arado lo tenía —dijo Verily.

Alvin tuvo que reconocerlo.

Colocaron los mangos del arado en el lomo de uno de los caballos de Verily y, en vez de montar, volvieron con los tres caballos a Springfield. Se movieron con la canción verde, todos, y llegaron sólo tras una hora de carrera, y los caballos no estaban sudorosos ni agotados, y los hombres no estaban hambrientos ni cansados, y en cuanto a la sed, todos habían bebido de aquel claro manantial y no querían probar ninguna otra agua, porque sabían que sabría a lata o a barro o a nada, en vez de dulce, como ahora sabían que tenía que ser el agua.

15

Popocatepetl

Fue un viaje precioso desde la costa hasta Ciudad de México. Todo salió tal como Steve Austin había predicho... que no fue en absoluto como esperaba Calvin. Su barco atracó en el puerto de Vera Cruz, donde los blancos venían a comerciar sin miedo a ser sacrificados. Tardaron tres días en encontrar intérpretes y comprar suministros y aprestar las mulas, y luego se dirigieron a la puerta de tierra de la ciudad.

—No es seguro que salgan —dijo el guardián de la puerta.

—Nos vamos —repuso Steve Austin—. Apártese.

—No los dejaré salir. Los blancos mueren ahí fuera, y le dan mala fama al puerto de Vera Cruz.

Austin alzó una pistola para dispararle al hombre en la cabeza.

—No, no —dijo Calvin, impaciente—. ¿Para qué me has traído si vas a ponerte a disparar a la gente? ¿Y si necesitamos volver aquí y gracias a ti nos disparan nada más vernos?

—Cuando volvamos seremos los dueños de México.

—Bien —dijo Calvin—. Pero déjame hacer esto a mí.

Austin apartó su pistola. Calvin estudió las puertas unos instantes, tratando de decidir si merecía la pena el esfuerzo de convertirlo en un acontecimiento verdaderamente espectacular o solamente práctico. Decidió que algo exagerado, como hacer que las puertas ardieran y quedaran reducidas a cenizas, sería un desperdicio. Era a los pieles rojas que había fuera de esa ciudad a quienes quería impresionar.

Así que disolvió los clavos en los goznes y, con un suave empujón, se aseguró de que las puertas cayeran hacia fuera en vez de hacia dentro.

El guardián de la puerta, que ya no tenía puerta que guardar, se encogió de hombros y se marchó. Y ellos salieron cabalgando: un centenar de hombres blancos armados hasta los dientes, dispuestos a enfrentarse a los mexica.

Casi de inmediato se toparon con los soldados mexica. No eran ya los guerreros armados de palos a los que se había enfrentado Cortés tres siglos antes. Iban a caballo y llevaban mosquetes de último modelo, probablemente comprados en Estados Unidos; Filadelfia (la ciudad del amor fraterno) hacía buenos negocios vendiendo munición. Inmediatamente rodearon al ejército de Austin, que se volvió con las armas preparadas.

—Paciencia —le dijo Calvin a Austin. No era difícil hacer fuego, pero costaba más trabajo hacer un círculo con él, y chamuscó a unos cuantos caballos mexica cuando las llamas no fueron hacia donde había planeado. Pero eso hizo la demostración más efectiva. Los mexica retrocedieron, los caballos acobardados y relinchando, pero luego desmontaron y se dispusieron a disparar a través de las llamas.

Calvin estaba preparado. Sabía cómo manejaba Alvin este tipo de cosas, doblando el extremo de los cañones para que el enemigo no se molestara en disparar. Pero Calvin quería que disparasen. Así que apretó cada cañón por dentro, no demasiado, pero sí lo suficiente para impedir salir la bala. Fue un poco lioso encontrar todos los mosquetes y cerrarlos antes de que empezaran a disparar, pero ayudó que el comandante mexica no dejara de gritarles que se rindieran, mientras los aterrorizados caballos entretenían a los soldados lo suficiente para que Calvin terminara el trabajo.

—No disparéis —dijo Calvin.

—Pero están a punto de dispararnos una descarga —dijo Austin.

—Eso es lo que creen.

El capitán mexica dio la orden, y los soldados apretaron los gatillos de sus mosquetes.

Y entonces todos explotaron, matando o cegando a casi todos, y arrancándole la cabeza a más de uno.

El capitán mexica se quedó allí de pie, con su espada de filos de obsidiana, con apenas unos cuantos hombres vivos retorciéndose en el suelo y gimiendo o gritando de agonía.

—¡Disparadle! —chilló Austin.

—¡No! —gritó Calvin—. ¡Dejadlo ir! Quieres que alguien cuente lo que ha pasado aquí, ¿no?

A Austin no le gustaba que le llevaran la contraria, pero estaba claro que Calvin tenía razón. ¿De qué servía un espectáculo como ése si no quedaba nadie que contara al resto de los mexica que unos hombres blancos llegaban con un poder irresistible? Así que, si a Austin le molestaba que Calvin hubiera contravenido su orden, peor para él. Si no quería que eso sucediera, que no diera órdenes estúpidas. Y además, no era mala cosa que Austin recordara quién tenía allí el poder. Austin podía estar planeando ser el emperador de México, pero si lo conseguía, sería porque tenía a Calvin Maker consigo.

Calvin creía que tendría que hacer varias demostraciones más, pero todo salió mejor de lo esperado. En la primera ciudad a la que llegaron, el alcalde salió a recibirlos e insistió en que la gente del lugar no eran mexicas y suplicó al poderoso sacerdote que llevaban que no les hicieran ningún daño.

Austin dio un discurso acerca de que habían llegado para restaurar el buen gobierno en esas tierras y liberarlos del gobierno de los asesinos y salvajes mexica sedientos de sangre. Y mientras el pueblo aplaudía y el alcalde insistía en enviar a quinientos hombres con ellos hasta Ciudad de México. Como no eran soldados de verdad, sino hombres corrientes y molientes, muchos de ellos viejos, y armados sólo con bastones y espadas ceremoniales, Austin accedió a que los acompañaran. Pero insistió en que se llevaran su propia comida y que prometieran obedecer sus órdenes.

Así que cuando llegaron a la siguiente ciudad, no eran sólo un centenar de hombres blancos, sino que llevaban consigo una pintoresca tropa de pieles rojas, cantando y bailando. Otra vez el alcalde salió a recibirlos y suplicó que pasaran de largo, dándoles comida y agua y otros quinientos hombres para que los acompañaran. Calvin se estaba frustrando un poco, así que esta vez hizo desplomarse parte de la muralla de piedra de la ciudad para que la historia tuviera algo más de chicha. El alcalde cayó de rodillas y les ofreció todo lo que quisieran, pero Austin se limitó a mirar con mala cara a Calvin y le dijo que no habría más ciudades amuralladas cuando él gobernara en Ciudad de México, porque toda la tierra estaría en paz.

—¿Para qué hiciste eso si ya se habían rendido? —preguntó después Austin.

—Tienen que ver nuestro poder —dijo Calvin.

—Bueno, lo que les demostraste es que venimos a destruir las cosas.

—Encontraré algo mejor que hacer la próxima vez —dijo Calvin—. Que no sea destructivo.

—Muchísimas gracias —respondió Austin, la voz cargada de sarcasmo.

Así fue durante todo el camino por la altiplanicie mexicana, a través de aldeas y ciudades, y cuando divisaron las grandes montañas volcánicas que rodeaban Ciudad de México, llevaban al menos quince mil pieles rojas consigo, un poderoso ejército, en efecto, marchando ante ellos y tras ellos, y cantando y bailando a cada oportunidad.

Hicieron una entrada gloriosa en el valle de Ciudad de México. Pero Calvin estaba cada vez más inquieto.

—¿Dónde están los soldados mexica? —le preguntó a Austin.

—Todos habrán huido, si tienen cerebro —dijo Austin.

Jim Bowie cabalgaba cerca, y secundó a Calvin.

—Todo esto es demasiado fácil. No me gusta.

—Alzamos al pueblo conquistado contra el opresor. Los soldados mexica no van a malgastar sus vidas resistiéndose a lo irresistible.

—Hay una trampa esperándonos —dijo Bowie.

Y así, mientras Austin sonreía y saludaba aquí y allá, como si estuviera en un desfile, Calvin y Bowie y un puñado de hombres mantenían los ojos abiertos, buscando algún ejército oculto al acecho. Calvin proyectó su poder cuanto pudo, pero lo único que encontró fueron civiles, y la mayoría a plena vista, asomados para ver pasar aquel ejército por la ancha avenida que conducía al lago situado en el centro del valle.

Hasta que no llegaron al largo camino que llevaba a la ciudad ceremonial, en mitad del lago, no encontraron ningún tipo de oposición mexica. Y aunque había mucha pompa y colorido, montones de banderas y plumas, no había muchos que parecieran soldados. De hecho, no había mucho de nada: tal vez trescientos hombres en todo el grupo que bajaba por el camino para recibirlos.

—¿Creen que esto va a ser un pícnic? —preguntó Bowie.

—¿Cuántos hombres creen que hacen falta para rendirse ante nosotros? —dijo Austin—. Calvin Miller, vales tu peso en oro. ¡No hemos tenido que disparar ni un tiro, y aquí estamos, victoriosos!

Austin espoleó su caballo y avanzó entre la multitud, seguido por los otros hombres blancos. Pronto estuvieron a la cabeza del enorme ejército, a poca distancia de los dignatarios procedentes de la ciudad.

—¡Os exigimos que os rindáis! —gritó Austin—. ¡Si os rendís, se os perdonará la vida!

Se volvió a buscar un intérprete, pero al parecer no habían seguido a los hombres blancos cuando se adelantaron. No, allí había uno.

—Diles que se rindan —ordenó Austin—. Diles lo que he dicho.

Pero antes de que el intérprete pudiera adelantarse con el mensaje, un mexica emplumado, de pie en una enorme litera sostenida por una docena de hombres, habló.

—¿Qué dice? —preguntó Austin.

El intérprete escuchó.

—Es el sumo sacerdote y da las gracias a la gente de... todas estas tribus... por traer tantos buenos sacrificios para el dios.

Austin se echó a reír.

—¿Cree de verdad que esta gente viene a ofrecer un sacrificio?

—Sí —dijo el intérprete.

—Qué idiota —dijo Austin.

—Hay un idiota, sí —dijo Bowie—, pero no es él.

De inmediato, los pieles rojas que los rodeaban soltaron un gran grito e hicieron caer a los hombres blancos de sus caballos. Bowie consiguió clavar su cuchillo en un par de ellos antes de que lo derribaran. Y Calvin intentaba conjurar algunas llamas, pero no pudo hacer nada antes de que lo tiraran al suelo y le golpearan en la cabeza con un palo.

Calvin despertó dolorido, y no sólo en la cabeza, que le latía. Estaba también férreamente maniatado, y tirado en un suelo de piedra. También le habían puesto una venda en los ojos.

Podía romper sus ligaduras, pero antes quería descubrir dónde se encontraba y qué estaba pasando. Así que trabajó con su poder los hilos de la venda y no tardó en practicar una abertura por la que pudo ver.

Estaba tendido en el suelo de una gran habitación tenuemente iluminada: una especie de iglesia católica, por su aspecto, pero poco utilizada. Había un par de estatuas de santos contra una pared, y un altar cerca de la parte delantera, pero todo ajado y polvoriento.

Todos los hombres blancos estaban sentados o tendidos en el suelo, y en las puertas había soldados mexica bien armados.

Calvin envió su poder para ver tras él y, en efecto, había cuatro soldados de pie vigilándolo. Era el único blanco que tenía una guardia especial. Lo cual significaba que los mexica sabían que él era el poderoso. Le sorprendió que no lo hubieran matado en el acto: pero no, era el premio, era él a quien sacrificarían con más orgullo.

«Eso no va a suceder», se dijo.

Continuó inmóvil, comprobando el estado de los otros hombres. Aún era posible salir de aquélla y arrancar la victoria de las fauces de la derrota.

Entonces una puerta se abrió, arrojando una cuña de luz a la habitación, y entraron cuatro mujeres con copas doradas. Empezaron a ofrecer bebidas a los hombres, quienes las tomaron ansiosamente, y algunos de ellos incluso les dieron las gracias a las mujeres. Calvin casi gritó para avisarlos de que la bebida estaba drogada, pero decidió que era mejor encargarse él mismo. Entró, una a una, en cada copa y separó el agua de la droga, haciendo que se hundiera en el fondo y se quedara allí, bajo el agua pura. Excepto los primeros que habían bebido, ninguno más probó la droga.

Así que cuando llegaron junto a él, Calvin no ofreció ninguna resistencia. Fingió estar aturdido, aunque no era así, pese a que le dolía mucho la cabeza. Una punzada de dolor lo atravesó cuando se sentó, y deseó haber prestado más atención cuando Alvin le enseñó cómo curar aquel tipo de heridas. Pero después del lío que había causado con el pie de Papá Alce, no iba a empezar a juguetear con su propia cabeza.

Le acercaron la copa a los labios y bebió ansiosamente.

Sin duda se descuidarían pronto, pensando que incluso el gran mago blanco estaba bajo control.

Excepto que, naturalmente, sólo los primeros hombres actuaban como si estuvieran drogados. Las mujeres empezaron a confundirse, y hablaban entre sí, preguntándose probablemente por qué la mayoría de los hombres seguían despiertos.

Así que Calvin los hizo dormir, hasta que todos quedaron inconscientes en el suelo. Eso era lo que querían las mujeres, y así pasó. También se durmieron los soldados mexica, incluso los que vigilaban a Calvin.

En cuanto fue posible, Calvin despertó a todos los que había puesto a dormir. Los drogados, no obstante, eran otra cuestión. Era sencillo separar la droga del agua de las copas, pero imposible hacer nada parecido cuando la droga estaba ya en la sangre de alguien. Así que siguieron durmiendo mientras los demás se sentaban en el suelo y miraban alrededor.

—Hablad en voz baja —dijo Calvin—. Todavía hay guardias ante la puerta, y no queremos que nos oigan.

—Hijo de puta —dijo un hombre.

—No nos digas lo que tenemos que hacer.

Pero hablaron en voz baja.

—¿Tan estúpidos sois que me echáis a mí la culpa de esto? —dijo Calvin—. Nunca dije que supiera leer las mentes. ¿Cómo iba yo a saber que éramos prisioneros todo el camino? ¿Lo supuso alguno de vosotros?

Nadie tenía respuesta para eso.

—Pero yo soy el motivo por el que el veneno no funcionó con vosotros, una vez me di cuenta de que el agua estaba drogada. Así que no os cabreéis conmigo y pensemos cómo salir de aquí.

—Será mejor que lo pensemos rápido —dijo Bowie—. Ya que es a ti a quien piensan sacrificar esta tarde.

—Estoy herido —dijo Calvin—. Pensaba que me dejarían para el último.

—No son estúpidos. Y para que lo sepas, también nos dijeron, usando nuestros propios intérpretes, que si no accedías a ser sacrificado, nos matarían a todos sin enviarnos siquiera a los dioses.

—Eso no sucederá —dijo Calvin.

—Tal como nosotros lo vemos, intentaremos escapar mientras te arrancan el corazón.

—Buen plan —dijo Calvin—. Naturalmente, sin mí no sabréis dónde guardan vuestras armas. No sabréis salir de esta habitación sin ser capturados. Creo que unos cuantos de vosotros podréis recorrer unos cien metros.

Meditaban esto cuando, de repente, el suelo se sacudió bajo ellos. De inmediato, procedentes de la ciudad, oyeron gritos y chillidos.

Calvin cortó sus ligaduras y se levantó. Ninguno de los demás estaba atado, así que también se pusieron en pie. Pero las ventanas estaban demasiado altas para ver nada.

El suelo se estremeció otra vez.

—Creo que deberíamos tumbarnos de nuevo —dijo Bowie—. Por si vienen a ver cómo estamos.

—No lo harán —dijo Calvin.

—¿Cómo lo sabes?

—Porque los guardias de la puerta acaban de salir corriendo.

La puerta se abrió.

Bowie estaba en mitad de un comentario ácido sobre lo muy de fiar que era Calvin cuando todos se dieron cuenta de que el hombre que estaba en la puerta no era mexica. Era un joven mestizo vestido como los americanos.

—Preparaos para marchar —dijo el joven—. Tenemos un día para salir de la ciudad antes de que el Popocatepetl estalle.

—¿Antes de qué? —preguntó un hombre.

—Popocatepetl —respondió el joven—. El volcán. Todos esos gritos de ahí fuera, el suelo temblando, es porque nosotros hicimos que empezara a escupir humo y ceniza. Y mañana, todo el que no haya salido de la ciudad morirá cuando entre en erupción.

—¿Quiénes son «nosotros»? —preguntó Bowie.

—Imagino que es mi hermano Alvin —dijo Calvin—. Porque éste es su cuñado, Arturo Estuardo.

De inmediato hubo gritos de protesta.

—¿Tu hermano está casado con una negra?

—¿Le han puesto el nombre del Rey?

—¿Tenemos que permitir que un esclavo nos diga lo que tenemos que hacer?

Pero la voz de Arturo Estuardo cortó el ruido.

—No es Alvin —dijo—. Es Tenskwa-Tawa. Va a hacer que el volcán estalle para impedir que los mexica sigan ofreciendo sacrificios humanos. Es cosa de los pieles rojas, Tenskwa-Tawa contra los mexica.

—Entonces, ¿qué estás haciendo tú aquí? —preguntó Calvin.

—Salvarte —respondió Arturo Estuardo—. Y a todos los que quieran venir con nosotros.

—No necesito que me salves —dijo Calvin, despectivo.

—Sé que no me necesitas para salir de esta vieja iglesia. ¿Pero cómo vas a salir de la ciudad? Yo hablo español, que la mayoría de los tipos de aquí hablan bastante bien, y también entiendo bastante nauhatl... el lenguaje mexica. ¿Alguno de vosotros sabe preguntar direcciones o pedir comida? Y buena suerte a la hora de encontrar la salida de este valle con toda la gente muerta de pánico en las carreteras. Además, supongo que un montón de gente pensará que todo esto es cosa vuestra, y no se alegrarán de veros.

—¿Por qué deberíamos marcharnos? —dijo Calvin.

—Para que no te conviertas en un tizón cubierto de lava —respondió Arturo Estuardo—. No hace falta ser ningún Aristóteles para darse cuenta, Calvin.

—¡No le hables de esa forma a un blanco! —gritó un hombre, y un par de los otros se levantaron para intentar golpearlo.

Y Calvin estaba perfectamente dispuesto a dejar que lo hicieran. Arturo Estuardo necesitaba aprender quién estaba al mando allí, y cómo mostrar el debido respeto.

Pero los hombres nunca alcanzaron a Arturo Estuardo. De hecho, empezaron a resbalar y tropezar como si el suelo fuera de pronto mármol liso cubierto de mantequilla, y al cabo de un momento quedó claro que todo el que intentara acercarse a Arturo Estuardo acabaría caído de culo.

El muchacho había aprendido un poco sobre el poder de hacedor... pero no tanto como probablemente pensaba. Calvin jugueteó con la idea de librar una guerra de magos allí mismo, para demostrarle hasta dónde tenía que llegar todavía, pero, ¿para qué? No había tiempo que perder.

—Olvidadlo —dijo Calvin—. Ha venido a salvarnos, así que muy bien, todo el que quiera escapar que se vaya con él, ahora mismo. No es gran cosa como hacedor pero tiene un don con las lenguas y tal vez pueda llevaros a sitio seguro. Pero yo opino que podemos sacar partido de todo esto. Vinimos a gobernar México, ¿no? ¡Así que dejemos que el volcán mate a los mexica y luego digamos que lo hice yo y gobernemos el país en su lugar!

—¿Qué dice Steve? —preguntó un hombre.

Entonces todos se dieron cuenta de que Austin era uno de los hombres drogados.

—Ya sabéis qué diría —contestó Calvin—. No vino aquí a rendirse. No vino aquí para que saliéramos corriendo detrás de un muchacho negro que piensa que es cosa fina porque puede volver resbaladizo el suelo. Vinimos aquí a apoderarnos de un imperio y yo pretendo hacerlo.

—Todo el mundo sabe ya que es cosa de Tenskwa-Tawa —dijo Arturo Estuardo—. Su gente está aquí ya, dijeron cuándo empezaría el humo, y así ha sido.

—Pero Tenskwa-Tawa no va a venir aquí a gobernar México, ¿no? —dijo Calvin—. No, eso pensaba. Bien, alguien tiene que hacerlo, y bien podemos ser nosotros. Y después de que esto se acabe, y le digamos a la gente que fue mi hermano Alvin quien le dijo a Tenskwa-Tawa qué había que hacer, y que me dejaron aquí para encargarme de que nombren a Steve Austin emperador de México...

—Todo el que quiera salir con vida de este valle, que venga conmigo ahora —dijo Arturo Estuardo.

—¡Prefiero morir antes que confiar en un esclavo! —gritó uno de los hombres que Arturo había derribado.

—Ésa es tu elección —dijo Arturo Estuardo.

El suelo volvió a temblar una vez más, y otra, y una tercera descarga fue tan fuerte que varios de los hombres cayeron.

—No estás haciendo esto, ¿verdad? —le preguntó Bowie a Calvin.

—Puedo hacerlo cuando quiera.

—Eres un capullo —dijo Arturo Estuardo—. Un consejo de chamanes tardó un año en llevar este volcán hasta el punto de erupción. Ni siquiera Alvin podría hacer que el volcán estallara cuando él quiera.

—Tal vez hay cosas que yo puedo hacer que ni siquiera Alvin puede.

Arturo Estuardo se volvió hacia el resto de los hombres.

—¿A qué velocidad podéis correr? ¿Hasta dónde creéis que podréis llegar? Cuando el Popocatepetl estalle mañana, no importa dónde estéis en este valle, moriréis. ¿Comprendéis? Si nos marchamos hoy, ahora, conseguiremos salir de aquí a tiempo. Si me tenéis a mí para ayudaros a moveros rápido y llegar lo bastante lejos. En cuanto a él... ¿creéis que le importa si vivís o morís? ¿Creéis que tiene poder para salvaros del volcán? Tendrá suerte si puede salvarse a sí mismo.

Unos cuantos hombres vacilaron.

—No podremos apoderarnos de México si estamos muertos.

—Podemos hacerlo desde fuera de este valle.

Calvin se echó a reír.

—Visteis lo que hice en Vera Cruz, ¿no? ¿Habéis olvidado quién y qué soy? Este muchacho no es ningún mago, no es nada: mi hermano lo tiene como mascota, para hacer trucos.

Y con estas palabras, Calvin hizo que la puerta, tras Arturo Estuardo, volara de sus goznes y cayera a la calle. Y entonces levantó un viento que se apoderó de Arturo Estuardo y lo expulsó por la puerta.

—Quien quiera, que lo siga —dijo Calvin—. Ya veis cuánto poder tiene.

Arturo Estuardo apareció en la puerta.

—Nunca he dicho que fuera más poderoso que Calvin. Pero todo su poder no le aporta ni una sola palabra de español ni de nahuatl. Y no sabe nada de la manera del hombre rojo para correr más rápido de lo que puede correr un hombre. Venid conmigo si queréis vivir. Puedo hacer que volváis a Vera Cruz, y desde allí podréis regresar a salvo a casa. ¡Miradlo! ¡No le importáis!

—Lo único que me importa es la vida de estos hombres —dijo Calvin—. Confiaron en mí y les daré lo que les prometí: México. Todo el oro y las riquezas de México. Toda la gente como vuestros súbditos, toda la tierra como vuestra propiedad. Y cuando os enteréis de que gobernamos en esplendor, mientras vosotros estéis en una miserable cabaña en un pantano en Barcy, entonces aseguraos de darle las gracias a este muchacho por haberos salvado.

Jim Bowie avanzó hacia Arturo Estuardo.

—Conozco a este muchacho —dijo—. Me voy con él.

A Calvin no le gustó eso. Bowie tenía un prestigio enorme entre los otros hombres.

—Así que resulta que Steve Austin no podía confiar en ti después de todo —dijo Calvin.

—Está dormido —replicó Bowie—, y en cuanto a ti, tú eres el que nos metió en este lugar. ¿Quién viene?

—Sí, ¿quiénes son los cobardes que rechazan la posibilidad de gobernar un imperio? —dijo Calvin.

—Ahora —dijo Arturo Estuardo—. No habrá segunda oportunidad. Venid ahora, si vais a venir conmigo.

Una docena de hombres se levantaron para unirse, no a Arturo Estuardo, sino a Jim Bowie.

—¿Qué hay de los que han envenenado? —preguntó un hombre.

—Mala suerte para ellos —respondió Bowie.

Pero Arturo Estuardo miró a los hombres que estaban cerca de la puerta, los que habían bebido primero y estaban drogados. Y al mirarlos, uno a uno, despertaron.

Calvin se irritó. Aquel estúpido muchacho sin dones había aprendido de algún modo a contrarrestar el veneno en la sangre. Y ahora tenía que alardear y refregárselo por la cara. ¿No sabía que Calvin podría haber aprendido a hacer cualquier cosa si hubiera querido? ¿Pero por qué debía Calvin molestarse en aprender a despertar hombres tan estúpidos como para acabar drogados?

Al final, sin embargo, ninguno de los que habían sido drogados decidió ir; de hecho, uno de ellos pudo convencer a su hermano de que no se marchara con Arturo Estuardo y Jim Bowie. Así que, cuando el muchacho se marchó, lo acompañaron diez hombres. Todos los demás se quedaron en la iglesia. Con Calvin.

—Ahora todo lo que tenemos que hacer —dijo Calvin—, es averiguar adónde llevaron nuestras armas.

—¿Cómo vas a hacer eso?

—Viendo adónde va ese muchacho. ¿Crees que Bowie va a dejarlo que los guíe a la salida del valle sin llevarlo primero adonde está su cuchillo de la suerte?

Varios hombres se echaron a reír.

Y en efecto, mientras Calvin localizaba el fuego del corazón de Bowie, vio que llegaban a un edificio cercano y que Arturo Estuardo abría la puerta y Bowie recogía su cuchillo y los otros hombres se armaban.

—Están sólo una calle de más allá, justo fuera de las paredes de esta iglesia —dijo Calvin.

—Entonces vamos —ordenó Steve Austin—. Pero organicémonos primero.

—Armémonos primero —dijo Calvin.

—¡No servirá de nada tener armas si no tenemos un plan!

Diez minutos más tarde estaban todavía hablando cuando los soldados mexica entraron por la puerta abierta.

—¡Idiotas! —gritó Calvin—. ¡Os dije que nos marcháramos!

Dos de los soldados mexica apuntaron con sus mosquetes a Calvin y dispararon.

Las armas les estallaron en la cara.

Pero todos los demás se llevaron las armas al hombro demasiado rápido para que Calvin pudiera atascarlas todas.

Así que hizo lo único sensato. Retrocedió atravesando la pared.

Lo había hecho antes, cuando Napoleón lo hizo encarcelar en París. Ablandar lo suficiente la piedra para deslizarse a través de ella, como meter la mano en barro, y luego dejar que se endureciera de nuevo tras él. Oyó las balas golpear la pared justo cuando se endurecía, así que se hundieron en la piedra con un golpe suave y la pared se endureció tras las balas sin sufrir ni siquiera una mella.

Y Calvin apareció fuera de la iglesia.

¿Dónde estaba Arturo Estuardo? Calvin encontró el fuego del corazón del muchacho, aunque le costó un poco, pues estaba al límite de su alcance. Bueno, el muchacho dijo que sabía salir de la ciudad, y eso era lo que Calvin necesitaba ahora que esos idiotas habían desperdiciado la oportunidad que les había dado. No se merecían vivir.

Echó a correr. Tenía que pasar cerca del lugar donde los mexica arrastraban a los hombres blancos para sacarlos de la iglesia, pero ni siquiera tuvo que hacer niebla: nadie lo vio.

¿Y por qué deberían estar buscándolo? Sin él, no había nada que aquellos hombres desarmados pudieran hacer. Y esperándolos en la plaza delante de la iglesia estaba el mismo gran sacerdote que los había recibido en la carretera. Uno a uno, los hombres fueron arrastrados hasta él y arrojados a un altar de madera que había sido colocado en la plaza. Dos sacerdotes cortaron su ropa y desnudaron sus pechos, y Calvin oyó gritos a medida que les arrancaban el corazón uno a uno y los alzaban como ofrenda al dios que los mexica pensaban que podía impedir la erupción el Popocatepetl, fuera cual fuese.

Qué estúpido final para el sueño de Steve Austin. Pero eso era todo lo que era aquel hombre, un soñador, un planificador. «Incluso ahora, cuando podía haber convertido todo esto en una victoria, eligió planear en vez de actuar y morirá por ello, vaya lástima.»

Calvin volcó su atención en las calles de la ciudad. Había personas corriendo por todas partes, y con Arturo Estuardo tan lejos, lo único que Calvin podía intentar era localizarlo. Tampoco sabía cuál de esas calles laberínticas lo sacaría de allí, así que siempre cabía el peligro de que eligiera mal y tomara un camino que lo dejara fuera de alcance.

Sin embargo, tuvo suerte y eligió bien siempre, o al menos lo bastante bien, y en vez de debilitarse, su visión del fuego del corazón de Arturo Estuardo se hizo más fuerte. Los estaba alcanzando.

Cuando llegaron a la muralla de la ciudad, se detuvieron, y Calvin corrió ahora con todas sus fuerzas. Arturo Estuardo estaba abriendo un agujero en la pared, y a su torpe modo lo hacía diez veces más grande de lo que hacía falta. «Bueno, mejor para mí», pensó Calvin. Y llegó allí justo cuando el último hombre pasaba por la abertura de la pared. Calvin se zambulló en ella de cabeza.

Al otro lado del muro había un huerto, y Arturo Estuardo y Bowie y los demás corrían para atravesarlo. Pero corrían de forma extraña: todos de la mano, por el amor de Dios, lo cual era la cosa más estúpida que Calvin hubiese visto. Nadie podía ganar velocidad yendo de la mano.

Pero corrían muy rápido. Nadie tropezaba. Nadie resbalaba. Y ganaban velocidad y seguían acelerando y no importaba lo fuerte que corriera Calvin, no podía alcanzarlos. Ni el suelo parecía tan liso para él como para ellos. Las ramas le azotaban el rostro y tropezó con una raíz y cayó y, cuando se levantó, ya no pudo verlos. Y cuando buscó el fuego del corazón de Arturo Estuardo no pudo encontrarlo. No encontró a nadie. Era como si hubieran dejado de existir. Sólo estaban los árboles y los pájaros y los insectos, y el sonido lejano de gritos en la ciudad y los caminos.

Calvin se detuvo y miró atrás. El terreno ante la ciudad era bastante empinado, y había corrido mucho, de modo que veía por encima de las murallas, aunque no las calles. En algún lugar la mayoría de los hombres que le habían acompañado en su viaje estaban siendo sacrificados, mientras que en la otra dirección Arturo Estuardo había escapado con los diez mejores: los que fueron lo bastante listos para actuar en vez de planear. «¿Por qué siempre acabo con los tontos en mi bando?», pensó Calvin.

Más allá de la ciudad, el Popocatepetl lanzaba al aire gruesas columnas de ceniza blanca. Y ahora empezaba a caer sobre la ciudad como caliente nieve gris. Se le metió en los pulmones casi de inmediato, y pareció que le quemaba. Así que Calvin volcó su atención en hacer despejar de ceniza el aire ante su cara, mientras empezaba a correr en la dirección que había visto seguir por última vez al grupo de Arturo Estuardo.

Corrió y trotó y, cuando estaba demasiado cansado para nada más, caminó y trastabilló, pero ni una sola vez llegó a atisbar al grupo de Arturo Estuardo ni vio ningún signo del camino que habían seguido. Pero siguió subiendo por las faldas de las colinas que rodeaban la ciudad, y cuando cayó la oscuridad encontró una casa de adobe donde no había nadie. La selló para impedir que la ceniza entrara, a excepción de unos cuantos agujeros a través de las gruesas paredes. Entonces cayó sobre la esterilla de tallos de maíz que había en el suelo y durmió.

Cuando despertó era todavía de noche. Pero no lo era. El sol estaba alto en el cielo... pero sólo era un tenue disco rojo en medio de las cenizas que llenaban el aire. Era por la mañana. ¿Cuánto faltaba para que el volcán entrara en erupción? ¿A qué hora del día empezó el humo?

«No importa. No puedo controlar eso. Sigue andando.» No podía correr, sobre todo porque el camino conducía inexorablemente pendiente arriba, y el terreno seguía temblando tanto que, si corría, se caería.

Todavía estaba lejos de la cima cuando el volcán estalló. Sólo tuvo tiempo para agazaparse tras un macizo de roca que recibió la onda de choque. Golpeó con tanta fuerza que la roca tras la que se escondía habría cedido y se habría desmoronado y habría caído al valle, pero Calvin la sostuvo con fuerza, manteniéndola en su sitio, a excepción de unas cuantas lascas y pedruscos. Y cuando el feroz aire caliente pasó de largo, incinerando toda la vida a su paso, Calvin mantuvo a su alrededor una burbuja de aire lo bastante frío para soportarlo, y por eso no murió.

Y cuando la onda de choque pasó, salió al mundo ardiente, manteniendo aquella fría burbuja a su alrededor, y se volvió para ver la lava cayendo por las laderas de la montaña cómo una inundación salida de una presa reventada. Sólo que no se dirigía hacia la ciudad, porque no había ciudad alguna. Todos los edificios habían sido arrasados por la explosión. Sólo quedaban en pie unas cuantas estructuras de piedra, y en ruinas, pues la mayoría de las paredes se habían desplomado. No había ni rastro de vida. Y el lago estaba hirviendo.

Calvin se preguntó, por un instante, si alguno de los hombres de la expedición de Austin había vivido lo suficiente para morir en la explosión. Probablemente no. ¿Quién podía decir cuál era la mejor forma de morir? No había forma buena de morir. Y Calvin había estado muy cerca.

Pero estar cerca de la muerte no era la muerte.

Enfriando el suelo bajo sus pies para que los zapatos no se le quemaran, avanzó lentamente por la pendiente hasta que, al anochecer, llegó a la cima y contempló la parte que no se había quemado. También aquí había caído ceniza, pero esta tierra había quedado protegida de la explosión, y pudo comer fruta de los árboles, siempre y

cuando le quitara la ceniza primero. La fruta estaba cocida en parte (la ceniza estaba caliente cuando cayó), pero
a Calvin le supo a néctar de dioses.

«He salvado la vida una vez más. Mi obra en el mundo no ha terminado todavía.»

Bien podía encaminarse hacia el norte para ver qué
estaba haciendo Alvin. Tal vez era hora de aprender algunas de las cosas que le había enseñado a Arturo Estuardo.
«Todo lo que un muchacho mulato puede aprender lo
puedo aprender yo también, y diez veces mejor.»

16

Parto

Tenskwa-Tawa vigilaba desde los árboles, mientras María de los Muertos, Rien y La Tía descubrían la bola de cristal.

—Tenemos que hacer algo bueno para Alvin, después de todo lo que él hace por nosotros —dijo La Tía.

—Tal vez deberíamos preguntarle qué quiere —dijo María de los Muertos.

—No está aquí —respondió La Tía.

—Los hombres nunca saben lo que quieren —dijo Rien—. Creen que quieren una cosa, y cuando la consiguen no la quieren.

—¿La historia de tu vida, madre? —preguntó María de los Muertos.

—Le puse de nombre Marie d'Espoir —le dijo Rien a La Tía—. María de la Esperanza. Pero tal vez María de los Muertos es el nombre adecuado. Es mi muerte, La Tía.

—No lo creo —dijo La Tía—. Creo que los hombres son tu muerte, y eso no viene de la bola de cristal, no.

—Soy demasiado vieja para los hombres —dijo Rien.

—Pero ellos nunca son demasiado viejos para ti, Caterina —dijo La Tía—. Ahora miremos a ver qué es lo que más quiere Alvin en el fondo de su corazón.

—¿Puedes ordenarle que muestre lo que quieres? —preguntó María de los Muertos.

—Siempre me muestra lo adecuado.

—Pero yo seguiría encontrando un modo de hacer algo malo —dijo María de los Muertos.

—¿Ves? —dijo Rien—. *Ma fille n'a pas d'espérance*.

—Yo tengo esperanza, madre. Pero también tengo experiencia.

—Mirad —dijo La Tía—. ¿Veis lo que yo veo?

—Nunca lo vemos —dijo María de los Muertos.

—Veo a Alvin con un hijo. Eso es lo que más quiere.

—Lo veo con una mujer —dijo Rien—. Eso es lo que más echa de menos.

—Lo veo arrodillado junto a la tumba de un niño —dijo María de los Muertos—. Eso es lo que más teme.

—Puedo hacer un hechizo para eso —dijo La Tía.

Tenskwa-Tawa se apartó del árbol.

—No hagas ningún hechizo para él, La Tía.

—Sabía que estabas ahí, Profeta Rojo.

—Sabía que lo sabías —dijo Tenskwa-Tawa—. Ese cristal te muestra lo que quieres ver, no siempre la verdad.

—Pero la verdad es lo que yo quiero ver.

—Todo el mundo cree que quiere ver la verdad —dijo Tenskwa-Tawa—. Ésa es una de las mentiras que nos decimos a nosotros mismos.

—En su corazón hay más oscuridad que en María de los Muertos, entonces.

—Alvin se arrodilló junto a la tumba de su primogénito —dijo Tenskwa-Tawa—. El niño nació demasiado pronto. No es esta vez.

—Dale a la mujer que ama —dijo Rien—. Sé que tienes el hechizo para eso.

—Ya tiene a la mujer que ama —respondió Tenskwa-Tawa—. Lleva su hijo en el vientre ahora mismo.

—Dale el poder para impedir que el niño muera —dijo María de los Muertos.

—Él tiene el poder —dijo Tenskwa-Tawa—. Descubrió lo que el bebé necesitaba. No pudo hacerlo lo bastante rápido. El bebé se asfixió antes de que pudiera hacer que sus pequeños pulmones respiraran.

—Ah —dijo La Tía—. Tiempo es lo que necesita. Tiempo.

—¿Tienes un hechizo para eso? —preguntó Rien.

—Tengo que pensarlo.

—Dejadlo en paz —dijo Tenskwa-Tawa—. Dejad que su vida sea lo que es. Que sea lo que él haga de ella.

—¿Dejó él nuestras vidas tal como eran? —preguntó María de los Muertos—. ¿O sanó a mi madre?

—Me dejó mejor de lo que estaba antes —dijo Rien—. Tuve la enfermedad italiana, mucho tiempo, mucho antes de la fiebre amarilla, pero él arregló eso también.

—¿Dejó a los negros encadenados? —preguntó La Tía.

—Pero él sabía lo que estaba haciendo —dijo Tenskwa-Tawa.

La Tía se echó atrás y soltó una carcajada.

—¡Él! ¡No sabe qué hacer! Hace lo que cree que es mejor, y cuando eso sale mal hace lo mejor que se le ocurre entonces. ¡Como todos nosotros!

Tenskwa-Tawa negó con la cabeza.

—No te inmiscuyas con el bebé ni con su esposa. No lo hagas.

—¿El Profeta Rojo da órdenes a la Reina Negra? —dijo La Tía.

—Lolla Wossiky era esclavo del odio, y estaba ciego de furia, y Alvin me liberó, y Alvin me dejó ver. Yo nunca lo liberé a él. Nunca le di vista. Él está en el mundo para bendecirnos a nosotros, no al revés.

—Tú haz lo que creas —dijo La Tía—. Yo voy a devolverle la bendición.

Margaret se pasó todo el día preparándose para su viaje a Iglesia de Vigor. No es que poseyera gran cosa, así que hacer la maleta fue lo de menos. Pero tenía cartas que escribir. Gente a quien llamar aquí y allá. Los que debían saber que Alvin iba a construir ya la Ciudad de los Hacedores. Gente que debía acudir y ocupar su lugar junto a él, si quería, si podía.

Y estaba el asunto del carruaje. Había visto muchos caminos en los que el viaje era demasiado para ella, y provocaba que el bebé se adelantara. Este bebé no podía adelantarse. Ya había durado más en el vientre que su primogénito, pero no lo suficiente. Si nacía durante el viaje, moriría.

Así que contrató el mejor carruaje de la ciudad, el que pertenecía al joven doctor. Él trató de negarse, diciendo que el carruaje quedaba fuera de toda cuestión, dado su estado.

—Quédese aquí y tenga el bebé —le dijo el médico—. Viajar ahora sólo los pondría en peligro a usted y al bebé. ¿Cree que está hecha de hierro?

No, no tenía esa suerte. Ni su poder de antorcha se lo mostraba todo claramente. Los futuros del niño eran casi tan neblinosos y confusos como los del propio Alvin. Había grandes lagunas. Así que incluso aunque el niño no tuviera ninguno de los dones de Alvin estaba atrapado en el mismo misterio, el mismo desafío de las leyes de causa y efecto. Ella no sabía con certeza qué le sucedería al niño si se quedaba o se iba. Pero sabía que Alvin la necesitaba en Noisy River, y al otro lado de la niebla veía unos cuantos caminos en los que sostenía a un bebé en brazos, de pie junto a Alvin en un promontorio que asomaba a un río envuelto en niebla. Ésos eran los únicos caminos donde se veía sosteniendo a ese niño en brazos. Así que iba a ir a Iglesia de Vigor, con la familia de Alvin, para invitarlos, junto a cualquier otro de la escuela de hacedores, a que fueran a Noisy River a ayudar a Alvin a construir la Ciudad de Cristal. Y con ellos viajando a su lado, iría bien acompañada el resto del camino.

Medida, el hermano de Alvin, era el que más se parecía a él del mundo. No en poder, aunque Medida era un buen estudiante de hacedor, dentro de sus límites. Era igual que Alvin en bondad. Tal vez mejor que Alvin en compasión y paciencia. Y mucho mejor que Alvin a la hora de juzgar el carácter de las otras personas. Si Medida estaba junto a Alvin, Alvin nunca carecería de sabiduría. «Quién podría saber mejor que yo que saber de antemano es poca cosa, pues es un peso demasiado grande y temible. Mientras que un corazón generoso hará elecciones que, en el peor de los casos, no envenenarán el corazón de quien elige.»

Tal vez por eso estaba segura de que tenía que ir a Iglesia de Vigor y luego donde estaba Alvin. Porque el miedo le decía que se quedara, pero la esperanza le decía que fuera. Su esperanza de ser una buena esposa para Alvin y una buena madre para el bebé. Y una buena madre era, como mínimo, la que daba a luz a un niño vivo. Siendo una mujer que había dado a luz a un hijo prematuro que no vivió, sin duda tenía derecho a hacer ese juicio.

Así que se pasó el día colocando cojines en el carruaje mientras los trabajadores sustituían los muelles. Eligiendo un tiro de caballos equilibrado que no corriera más rápido de lo que ella podía soportar. Empaquetando sus pocas pertenencias, escribiendo sus cartas. Hasta que al final del día estuvo a punto de desplomarse de cansancio. Cosa que era buena, porque dormiría sin angustias, se levantaría temprano y refrescada, y partiría para reunirse con su marido y ponerle un bebé en los brazos.

Estaba desnudándose para acostarse cuando sintió los primeros dolores de parto.

—No —gimió en voz baja—. Oh, por favor, Dios, no, todavía no, ahora no.

Se llevó las manos al vientre y vio que, en efecto, el bebé llegaba ya. Estaba colocado en la dirección adecuada, todo estaba bien en él, pero Margaret no vio ningún futuro para él. Iba a nacer, como su hermano, sólo para morir.

—No —susurró.

Se acercó a la puerta de su habitación.

—Papá —llamó.

Horace Guester estaba sirviendo la última ronda de bebidas a los clientes de la noche. Pero tenía oído de tabernero para captar todas las necesidades y deseos, y acudió en un instante.

—El bebé ya está aquí —dijo ella.

—Llamaré a la comadrona.

—Es demasiado pronto —dijo Margaret—. El nacimiento será fácil, pero el bebé morirá.

Los ojos de su padre se llenaron de lágrimas.

—Ah, Peggy, sé lo que le costaron a tu madre esas dos tumbas diminutas en la colina tras la casa. Nunca deseé que tú tuvieras otras dos.

—Ni yo.

—Pero debo llamar a la comadrona de todas formas. No deberías estar sola en un momento así, y no es adecuado que un padre vea a su hija pariendo.

—Sí, tráela.

—Pero no aquí —dijo el padre—. No deberías hacerlo en este cuarto, donde nació el padre del bebé.

—No hay ningún lugar mejor —dijo Margaret—. Es una habitación donde una vez triunfó la esperanza sobre la desesperación.

—Ten esperanza entonces, mi pequeña Peggy.

Horace Guester la besó en la mejilla y se marchó corriendo.

«Mi pequeña Peggy», la había llamado.

«En esta habitación, eso es lo que soy. Peggy. El nombre de mi madre. ¿Dónde está ella ahora, aquella mujer fiera, sabia, poderosa? Era demasiado fuerte para mí, para todos los demás, ahora lo comprendo. Demasiado fuerte para su marido, una mujer de tal voluntad que ni siquiera el destino podía desafiarla. Tal vez por eso fui capaz de ver cómo salvar la vida de Alvin bebé: porque mi madre así lo quiso.

»Tal vez perder dos bebés contra su voluntad la volvió tan indómita.

»O tal vez simplemente marcó su propia vida en la mía de forma tan indeleble que yo también debo enterrar a mis dos primeros bebés antes de dar a luz a un niño que pueda vivir.»

Las lágrimas corrieron involuntariamente por sus mejillas. No puedo volver a pasar por esto. No soy tan fuerte como mi madre. Esto no me hará más fuerte. Me hizo falta todo mi valor para permitir que Alvin me diera este segundo hijo, y si lo pierde también, ¿cómo puedo volver a intentarlo? No está en mí. No puedo hacerlo.

La comadrona la encontró llorando en la cama.

—Ah, señorita Larner, ¿qué ha hecho? Ha manchado la ropa de cama, y su propia ropa también, ¿no podría habérsela quitado? Qué desperdicio, qué desperdicio.

—¿Qué me importa a mí la ropa? —dijo Margaret salvajemente—. Mi bebé va a morir.

—¡Qué! ¿Cómo puede...?

Pero la comadrona sabía perfectamente cómo podía decir Margaret Larner una cosa semejante, así que guardó silencio.

—Llorar en su propia cama, llorar por el bebé antes

387

de que haya tenido una oportunidad para vivir no está bien —gruñó la mujer.

—Ojalá no lo supiera —dijo Margaret—. ¡Oh, por favor, Dios, que esté equivocada!

Y con un solo empujón, el bebé, pequeño y delgado, se deslizó hasta las manos de la comadrona.

El vacío de su propio cuerpo dolió más que los dolores del parto.

—¡No corte el cordón! ¡No lo corte, no!

—Pero el bebé necesita...

—¡Mientras el cordón esté conectado a mi cuerpo no estará muerto!

Empezaban a cruzar el río ya, pero sin ningún alarde espectacular. La gente podía haber esperado otra cosa, pero Alvin insistió en que vinieran en bote, en balsa, en canoa, en algo que flotara solo.

—Eso llevará semanas —le dijo Verily.

—Lo sé.

—Entonces, ¿por qué...?

—Los primeros en llegar cortarán troncos y construirán refugios. Un lugar para los niños cuando crucen el río. ¿Seis mil almas, todas en un lugar donde no hay nada esperando, nada despejado? No es una carga demasiado pesada para el pueblo de Tenskwa-Tawa, mantenerlos durante algún tiempo en su lado del río. Pueden permitirse compartir la comida... y el tiempo. Y en nuestro lado, bueno, Verily, tú eres quien sabe cómo tienen que encajar las cosas.

—Pero yo debería estar con Lincoln, trabajando en el documento.

—¿A quién voy a poner al mando sino a ti, Verily? Dibujaste el trazado de la ciudad. ¿Quién más la conoce como tú? Arturo Estuardo no ha vuelto de México todavía y, además, es demasiado joven para ir diciéndole a la gente dónde tiene que construir su casa y dónde sembrar. La Tía no sabe construir ciudades. ¿Mike Fink? ¿Rien? ¿En quién puedo confiar?

—Puedes confiar en ti mismo —dijo Verily.

—No puedo —dijo Alvin—. No es mi trabajo.

—Es tu ciudad.

—Hoy no —dijo Alvin—. Hoy no tengo ninguna ciudad. El bebé se está preparando para nacer.

Verily tardó un instante en comprender de qué bebé estaba hablando.

—¿Ahora?

—Pronto —dijo Alvin—. ¿Crees que me importa una sola de esas seis mil almas, cuando mi bebé va a morir?

Pareció como si hubieran abofeteado a Verily.

—Morir —dijo—. Y tú, que has curado a tantos...

—A muchos, pero no a todos —dijo Alvin—. El primero murió. Este no ha llegado tan pronto, pero...

—Pero lo intentarás.

—Haré lo que pueda —dijo Alvin—. Tú pon en marcha la ciudad, Verily. Es tan tuya como mía. Agarraste el arado tanto como yo.

La verdad de aquellas palabras caló hondo, y Verily asintió gravemente.

—Así es —dijo, y se dio la vuelta y se marchó.

Alvin se quedó sentado en el macizo de piedra sobre el manantial. Se llenó las manos de agua. Se llevó el agua a la cara y empezó a beber, pero luego se roció la cara y se echó a llorar.

Y entonces, en el lugar remoto donde se encontraba realmente su atención, en la misma habitación donde él mismo había salido del vientre de su madre, su esposa dio un poderoso empujón y de inmediato el bebé salió y ya no hubo más tiempo para apenarse porque aunque sabía que no podía salvar al bebé, tenía que intentarlo.

Esta vez, al menos, no hubo búsqueda a ciegas. Sabía exactamente qué iba mal: los pulmones, aún no formados del todo, las diminutas estructuras que no estaban aún preparadas para filtrar el aire a la sangre. El tejido estaba un poco mejor formado esta vez: pasaba un poco de aire. Y por algún motivo el cordón umbilical no había sido cortado todavía. La placenta pronto se separaría de la pared del vientre, pero por el momento todavía pasaba aire a la sangre del bebé. Así que había un poco de tiempo. No suficiente: harían falta horas y horas para preparar los pulmones, y la placenta no podría durar tanto tiempo.

Pero no se lamentó por lo que no podía hacer. En cambio, simplemente lo hizo, le dijo a cada diminuta parte del pulmón lo que había que hacer, ayudarle a hacerlo, y luego a la parte siguiente, y a la otra, cada vez un poco más fácil porque los tejidos podían cambiar más fácilmente cuando estaban al lado de un tejido que ya había madurado lo suficiente para transformar el aire en lo que la sangre necesitaba que fuera.

Fue casi como si el mismo corazón del bebé se refrenara: de hecho, por un instante Alvin creyó que el corazón se había parado. Pero no, latía muy, muy despacio, y por eso Alvin trabajó con febril intensidad, deseando poder manejar el tejido maduro como un pintor rocía de cal una pared en vez de hacerlo como lo estaba haciendo, como un tejedor haciendo nudos, nudos, nudos, y sólo convirtiéndolos gradualmente en lazos.

—Tengo que atar el cordón —dijo la comadrona—. ¡Usted sabe de lo suyo, estoy segura, pero yo sé de lo mío, y no se puede esperar a que la placenta se desprenda sola!

—Mire cómo respira —dijo Margaret—. Mire, casi como si tuviera una esperanza de vida.

Y entonces, mientras ella observaba la rápida respiración del niño, mientras sentía sus rápidos latidos, empezó a ver caminos emergiendo de la oscuridad. No moriría. Viviría. Dañado mentalmente por la falta de aire en el momento del nacimiento, pero vivo. Ella no temía ese daño: tal vez Alvin pudiera arreglar el problema, sí, si Alvin estaba mirando podría...

Más caminos se abrieron, y más y más, y ahora había unos cuantos donde el bebé no estaba dañado, donde aprendía a andar como cualquier otro niño, y a hablar, y...

Y ahora todos los caminos se abrieron, como una vida normal, excepto que había algo que ella tenía que hacer.

—Corte el cordón —dijo—. Ahora puede respirar solo.

—Ya era hora —dijo la comadrona. Enrolló un hilo en el cordón y lo ató con fuerza, y luego otro a unas dos pulgadas de distancia, y luego pasó un afilado cuchillo bajo el cordón, entre los nudos, y tiró hacia arriba.

La placenta se desparramó sobre las sábanas limpias que cubrían la cama.

El bebé lloró, un sonido gimoteante, no el fuerte berrido de un niño normal, y el pobrecillo era muy flaco, pero podía respirar, y ahora casi todos los caminos de la vida del niño lo mostraron en brazos de su padre, mientras los tres, padre, madre e hijo, contemplaban el río desde el promontorio.

El sonido de un hacha cortando madera resonó y Alvin salió de su profunda concentración. Habían sido horas y horas trabajando en los pulmones del bebé, pero de algún modo el niño había permanecido vivo, y ahora se había acabado. El niño respiraba solo. El cordón se había cortado. Y Alvin se sorprendió de que todavía hubiera luz. Sin duda le había ocupado todo el día.

Se levantó de la piedra, el cuerpo entumecido por permanecer tanto tiempo en la misma posición. Se acercó al borde del promontorio, esperando ver muchos árboles talados.

En cambio, allí estaba Verily que bajaba por la colina. ¿Qué había estado haciendo, ir a comprobar cómo estaba Alvin todo el día? ¿No podía hacerlo solo? Y en vez de leñadores talando árboles, sólo había un hacha en funcionamiento, y la empuñaba un hombre que no parecía parte de un plan organizado.

¿Qué había estado haciendo Verily todo el día, mientras Alvin luchaba por mantener a su hijo con vida?

Justo cuando estaba a punto de gritarle impaciente a Verily advirtió Alvin que la sombra de Verily todavía caía larga tras él, colina abajo, hacia el oeste.

Todavía era por la mañana. Por la mañana temprano. Sólo minutos después de que Verily dejara a Alvin. De algún modo, todas aquellas horas de trabajo (por dolorido que estuviera su cuerpo, tenían que haber sido horas) se habían reducido a sólo unos minutos.

—¡Verily! —llamó—. ¡Espera!

Verily volvió a mirarlo mientras Alvin saltaba y resbalaba y se deslizaba por la colina para reunirse con él.

—¿Qué pasa?

—¿Cuánto tiempo ha pasado desde que hablamos?

Verily lo miró como si estuviera loco.

—Tres minutos.

—Lo hice —dijo Alvin—. De algún modo, en esos pocos minutos, lo hice.

—¿Hacer qué?

—El bebé ha nacido. Puede respirar. Está vivo.

Sólo entonces comprendió Verily.

—Gracias a Dios, Alvin.

—Sí —dijo Alvin—. Gracias a Dios.

Y entonces estalló en lágrimas y lloró en los brazos de su amigo.

17

Fundación

Alvin se apoyó en la chimenea, viendo a Margaret amamantar al pequeño Vigor.

—Sí que chupa bien —dijo Alvin.

—Como una ventosa —respondió Margaret—. No puedo soltarlo hasta que está lleno.

—¿No te parece que se está haciendo más fuerte?

—Ya tiene músculos —dijo Margaret—. Pero no creo que vaya a ser nunca uno de esos niños rollizos.

—Me parece bien. No quiero educar a un niño malcriado.

—Lo educarás sea lo que sea —dijo Margaret—. Y si es probable que alguien vaya a malcriarlo, serás tú.

—Ése es mi plan, más o menos.

—No quieres que sea un niño malcriado, pero planeas malcriarlo.

—No puedo evitarlo. La única forma de salvar a este niño es tener otro hijo que divida mi herencia.

—Haré lo que pueda —dijo Margaret.

—¿Te importa no viajar ahora, no estar en el meollo de las cosas?

—Ahora no miro más allá de esta ciudad —dijo Margaret—. Intento olvidar que el mundo exterior se encamina hacia la guerra. Pretendo que, de algún modo, la guerra se quede fuera de las fronteras de nuestro pequeño condado.

—No tan pequeño. Very y Abe nos consiguieron buenos límites. Montones de espacio para crecer.

—Me preocupa cuánta gente nuestra crecerá dentro.

—No podemos obligarlos.

—Lo sé.

Vigor acabó de desayunar, y ahora Alvin cascó los huevos escalfados y los sirvió en un plato para su desayuno y el de Margaret.

—Alcalde de la ciudad que crece más rápido en Noisy River, y tienes que preparar tu propio desayuno.

—Estoy preparando tu desayuno, y ésa es toda la diferencia.

—Pero claro, estamos enamorados.

El viejo dolor y la antigua soledad flotaron en el aire entre ellos.

—Alvin —dijo Margaret—. Siempre intenté hacer lo mejor.

—Lo sé.

—Y a veces lo que era mejor era no decirte todo lo que sabía.

Alvin no dijo nada.

—Nunca habrías ido a Barcy —dijo ella—. Nunca habríamos tenido a toda esta gente, el núcleo de esta Ciudad de Hacedores.

—Podría haber ido a Barcy de todas formas.

—Pero nunca te habrías acercado a Rien.

—¿Estás segura de que salvarla a ella fue lo que hizo extenderse la fiebre?

—En los caminos en donde no la conocías, ella se murió sin que nadie más pillara la enfermedad.

Alvin sonrió débilmente y se metió un huevo entero en la boca.

—Al menos tengo buenos modales —dijo, rociando la mesa de trocitos de yema.

—Sí, ya veo que todas esas lecciones que te enseñé han dado su fruto. No puedo llevarte a ninguna parte.

—Supongo que entonces tendremos que quedarnos aquí.

—Nunca me volverás a escuchar, ¿verdad?

—Te estoy escuchando.

—Pero nunca harás algo porque yo te diga que deberías hacerlo.

—¿Has cambiado? —preguntó Alvin—. ¿O sigues pensando que eres la que mejor puede decidir si debo conocer las consecuencias de mis actos?

—Ya lo he prometido una docena de veces.

—Pero no te creo —dijo Alvin—. Creo que ahora lo dices en serio, pero en su momento, cuando decidas qué me dices y qué no me dices, creo que te guardarás las cosas que yo más quiero saber, temiendo que saberlas me cause daño.

—Ahora no eres lo más importante del mundo para mí, lo sabes —dijo Margaret.

—¿Ah, no?

—Lo es el bebé.

—El bebé es pequeñito y no puede meterse en muchos líos todavía.

—Tú sí.

—Tienes la costumbre de cuidar demasiado de mí. No puedo fiarme de que me dejes decidir por mí mismo.

—Sí que puedes —dijo Margaret—. Además, ahora no necesitas que te lo diga todo.

—No puedo controlar lo que me muestra la bola de cristal. No es como tu don.

—Es mejor.

—Creo que la sangre y el agua hacen un espejo mejor que una ventana.

—Pienso que muestra a la buena gente cómo hacer

el bien, y a la mala gente cómo hacer el mal. No vendrás a preguntarme qué hacer, cuando puedas ver qué es bueno en las paredes de la casa que estás construyendo.

—No sé si deberíamos llamarlo casa —dijo Alvin.

—No es una capilla: nadie va a rezar allí.

—Una fábrica, tal vez —dijo Alvin—. O una casa de espejos, como la de la feria de Nueva Amsterdam.

—Entonces es una casa, al fin y al cabo —dijo Margaret—. Y yo tenía razón.

—No he dicho que no la tuvieras, sólo que me gustaría elegir por mí mismo.

—Preferirías elegir mal, sabiendo, que elegir bien, no sabiendo.

—Bueno, dicho así, parezco tonto a propósito.

—Desde luego —dijo Margaret.

—¿Tengo que ser alcalde? —dijo Alvin—. Prefiero pasarme la vida construyendo el... cristal.

—Todos se vuelven hacia ti, tengas el título o no. Tú eres el que cuida de ellos, el que vigila las fronteras. Tú eres el que hace que los cazadores de esclavos que se acercan se pierdan en el camino. Tú eres el que comprendió que secar el pantano detendría la malaria.

—Fue Medida quien lo sugirió —dijo Alvin.

—Tú eres el que cuida de todo el mundo como una madre gallina.

—Entonces deja que me presente al cargo de madre gallina.

—Alvin —dijo Margaret—, ¿qué más da que no te guste el título? Vas a hacer el trabajo de todas formas, y sería poco amable por tu parte hacer que otro lo ocupara, cuando todo el mundo sabrá que tú eres el verdadero líder. Acepta ese nombre, y no cargues a nadie con él si no tendrá la autoridad.

—No estaba pensando en nadie más.

—Lo sé. Porque sigues siendo un herrero vagabundo ignorante perdido.

—Sí que lo soy.

—Sabes que estaba bromeando —dijo Margaret.

—Pero lo soy. Porque lo que estoy construyendo no es una catedral hecha con cristal visionario. Es la ciudad. Es la gente. Y puedo hacer que los bloques de agua cristalina sean lo más puros posible, y puedo hacer que las redes de sangre que los sujetan sean fuertes y fiables; podemos hacer las paredes rectas, podemos vivir dentro todo el día y ver las grandes visiones y los pequeños recuerdos según nuestros propios deseos. Pero no puedo convertir en buena a una mala persona.

—Puedes hacer que muchas buenas personas sean mejores.

—No puedo —dijo Alvin—. Tienen que hacerlo por sí mismas.

—Bueno, por supuesto, pero tú contribuyes.

—Estoy intentando unir a todo el mundo como un solo pueblo, y no creo que pueda hacerse. Ahora que el viaje ha terminado, los franceses de pronto no quieren saber nada de los antiguos esclavos. Y los antiguos esclavos domésticos desprecian a los antiguos esclavos del campo, y los negros que ya eran libres en Barcy desprecian a todos los demás, y los que todavía recuerdan África piensan que son los reyes de la creación...

—Las reinas, más probablemente —dijo Margaret.

—Y luego está toda la gente que ha estado cerca de mí durante años. Vienen y piensan que lo saben todo, pero no estuvieron en el viaje, no cruzaron el Pontchartrain en aquel puente de cristal, no acamparon en un círculo de niebla, no corrieron ante la presa del Mizzippy, no fueron alimentados por los pieles rojas al otro lado del río. ¿Ves? Piensan que son los que están más cerca de mí, pero recorrieron un camino diferente y no hay nada más que divisiones entre la gente y no puedo enmendarlo. ¡Ni siquiera Verily puede hacer más que remendar algún jirón en el tejido aquí y allá, y ése es su don!

—Dale tiempo.

—¿Durará, Margaret? —preguntó Alvin—. ¿Me sobrevivirán las cosas que estoy construyendo?

—No lo he mirado.

—¿Y esperas que te crea?

—No puedo ver siempre cuando se trata de ti y de tus obras.

—Has mirado, y has visto. Pero no quieres decírmelo.

Una lágrima desbordó un párpado, y Margaret apartó la mirada.

—Algunas de las cosas que estás construyendo te sobrevivirán.

—¿Cuáles?

—Arturo Estuardo —dijo Margaret—. Lo estás construyendo, y has hecho un buen trabajo.

—Se construye a sí mismo.

—Alvin —dijo ella bruscamente, y añadió con mayor suavidad—: Alvin, mi amor, si hay alguien en el mundo que entienda esto, eres tú. Todo lo que haces se construye solo, o eso piensa. En eso consiste el poder del hacedor, ¿no? En persuadir a las cosas para que quieran ser como es necesario que sean. Las personas son las más difíciles de persuadir, eso es todo.

—¿Es Arturo Estuardo lo único que he creado que me sobrevivirá?

Ella negó con la cabeza.

—Ahora veo que tenías razón. No puedo cumplir mi promesa. No puedo decírtelo todo. —Se volvió hacia él, y ahora sus mejillas estaban arrasadas de lágrimas y sus ojos llenos de ansia y pesar—. Pero no porque haya estado intentando manipularte o controlarte o hacer que hagas algo que no harías de otro modo, te lo prometo, y voy a cumplir esa promesa.

—Entonces, ¿por qué no me lo dirás?

—Porque odio conocer el futuro. Eso le roba al presente su alegría. Y no te haré vivir como yo vivo, viendo el final de todo cuando aún es joven y lleno de esperanza para todos los demás.

—Así que la ciudad fracasa.

—Tu vida es una vida de grandes logros, y las mejores cosas que hagas durarán muchas vidas, tal como yo lo veo.

Entonces alzó al bebé en sus brazos, y aunque el pequeño Vigor estaba dormido, enterró el rostro en la manta que lo envolvía y lloró.

Alvin se arrodilló a su lado y la rodeó con un brazo y mordisqueó su hombro.

—Soy un mal marido al disgustarte de esta forma.

—No, no lo eres —dijo ella, la voz ahogada por el bebé, por el llanto.

—Lo soy.

—Eres el marido que quiero.

—Juzgas mal.

—Lo sé.

—Dime qué necesito saber para ser un buen hombre —dijo Alvin.

—Pero ya lo eres, siempre, te lo diga yo o no.

—Dime eso y no te preguntaré nada más —la besó—. Y lamento que lleves esa carga.

—Yo lo siento —dijo ella—. Es lo que soy. Pero no lo desearía en nadie más, y eso es todo.

Arturo Estuardo observaba a los hombres que cavaban los cimientos del observatorio: así lo llamaba Verily, y a Arturo le gustaba el nombre. Cavaban profundamente en el lecho de roca alrededor del macizo de piedra donde manaba el agua. Eso no sería tocado: permanecería dentro, virtiendo eternamente su agua para que fluyera en un claro y frío arroyo por el macizo hasta el Mizzippy. Ahora era la estación seca y otros arroyos se habían secado o habían menguado, pero éste fluía exactamente igual que durante todo el verano.

Los hombres que cavaban la zanja de los cimientos, ¿sabían que Alvin podría haber despejado todo aquello en sólo unos minutos? ¿Que podría haber hecho que la superficie y el subsuelo rocoso fluyeran hacia arriba y se apartaran sólo mostrando a la tierra lo que quería que hiciera?

Era una de las perversidades de Alvin: dejar que Arturo Estuardo trabajara con las manos para hacer cosas que Alvin podría haber hecho en un momento. Como aquella vez que le hizo trabajar durante medio verano construyendo una canoa, quemando y tallando un grueso tronco hasta que quedó hueco. Ahora Arturo había aprendido suficiente del poder de hacedor para hacerlo en diez minutos; apenas importaba que Alvin pudiera hacerlo en diez segundos, diez minutos estaba más que bien para Arturo Estuardo.

Pero Arturo empezaba a comprender qué había pretendido Alvin. No fue tallar la canoa lo que ayudó a Arturo a aprender a usar los poderes ocultos del hacedor, en absoluto. Fue la lección más profunda y verdadera: el hacedor es el que forma parte de lo que hace. Si Alvin simplemente hubiera hecho la canoa, habría sido la canoa de Alvin. Pero como Arturo Estuardo trabajó tan duro para hacerla, era su canoa también. Era parte de ella.

Y si no hubiera llegado a conocer la madera (su forma dentro del árbol, la parte dura y la parte blanda, la manera en que ardía lentamente y conservaba su fuerza, e incluso se volvía más dura cuando había sido ahumada), ¿podría enviar ahora su poder y comprender la virtud de la madera viva? ¿Podría ser el hacedor que era, si no hubiera sido el torpe muchacho con la cara y la espalda chorreando de sudor, trabajando con las manos?

Aquellos hombres que trabajaban en los cimientos no podían verter su sangre en el Mizzippy y sacar bloques de cristal visionario. Pero sí cavar la tierra y, por eso cuando el observatorio terminado se alzara al cielo y la gente entrara para ver qué veía dentro, para aprender lo que podrían ser, aquellos hombres podrían decir: ése edificio se alza en los cimientos que yo construí. Yo ayudé a levantar ese lugar milagroso. Tiene mi sudor dentro, junto con la sangre de Alvin Maker.

Había un hombre de pie al otro lado de la tierra despejada, observando, no a los trabajadores, sino a Arturo Estuardo. Arturo tardó un instante en advertir quién era.

—¡Truecacuentos! —gritó, y echó a correr hacia él, saltando sobre la zanja justo cuando un hombre estaba a punto de sacar una palada de tierra, lo que le valió una aireada maldición, ya que el hombre tuvo que detenerse a media acción y volver a depositar la mitad de la tierra en el agujero—. ¡Truecacuentos, creí que estabas muerto!

Truecacuentos lo saludó con un abrazo, y sus brazos eran más fuertes de lo que Arturo había temido, pero débiles comparados con como eran años antes, la última vez que se vieron.

—Cuando esté muerto, lo sabrás —dijo Truecacuentos—, porque de repente todos los chistes perderán la gracia y todos los chismorreos se callarán y la gente se quedará sentada con cara triste porque no habrá historias que contar.

—Supongo que te habrás enterado de lo que estamos haciendo aquí, y tuviste que venir y añadirlo a tu libro.

—No lo creo —dijo Truecacuentos—. Ya está lleno —sacó un grueso volumen del interior de su chaqueta de piel de ciervo—. Cada página, llena, e incluso he añadido unos fragmentos para que hubiese más páginas de las que tenía el maldito volumen. No, creo que he venido aquí porque lo que estáis construyendo ocupará el lugar de libros como el mío.

—Espero que no —dijo Arturo Estuardo—. Espero que nunca.

—Bueno, ya veremos. Has crecido un montón, pero no eres ni una pizca más listo, por lo que veo.

—La listeza no se ve —dijo Arturo Estuardo.

—Yo la veo.

—Ven, entonces —dijo Arturo Estuardo—. Incluso yo soy lo bastante listo para saber que Alvin y Peggy querrán verte ipso facto.

—¿Ipsofacto? —preguntó Truecacuentos.

—Abe Lincoln está estudiando leyes con Verily Cooper, y me dejan escuchar.

—Preferiría que siguieras hablando inglés como el resto de nosotros.

—La ley es la mayor mezcla de idiomas. Dos clases de latín, dos clases de francés, y tres clases de inglés entran en una sopa que nadie puede comprender excepto un abogado.

—Para eso están —dijo Truecacuentos—. Así es como los abogados se aseguran de que siempre tendrán trabajo, porque nadie comprende lo que han escrito excepto otro abogado.

Arturo lo condujo promontorio abajo hasta la llanura que llevaba al río. Los árboles casi habían desaparecido ya de esa zona, talados y convertidos en cabañas y vallas.

—Hay ocho mil personas que viven aquí ahora.

—Y más de la mitad siguen siendo esclavos fugitivos, ¿no? —dijo Truecacuentos—. Y, por tanto, pueden ser devueltos al sur.

—Aquí todos son ciudadanos —respondió Arturo Estuardo—. Ningún cazador ha podido reclamar a nadie todavía.

—Por ahí corre la voz de que el Condado del Manantial en el Surco está en franca rebelión contra las leyes de Estados Unidos, y que se niega a aceptar que la Corte Suprema decida que los dueños de los esclavos puedan recuperar su propiedad.

—Así es —dijo Arturo Estuardo orgullosamente.

—Hay ansia de guerra, y los que quieren impedir la guerra podrían decidir sacrificar esta ciudad.

—¡Como si pudieran hacerlo, con Alvin cuidando de nosotros! —dijo Arturo Estuardo.

Truecacuentos solamente negó con la cabeza.

Encontraron a Alvin junto al río, hundido en el fango hasta las rodillas mientras ayudaba a clavar los postes que formarían un muelle para los barcos fluviales.

—¿Cómo estás, Truecacuentos? —exclamó Alvin—. ¡Ya era hora de que llegaras! Ya te has perdido todas las buenas historias, pobrecillo. ¡Parece que eres demasiado mayor para seguir el ritmo de los jóvenes!

—Eso pienso —dijo Truecacuentos—. Pero tengo el suficiente sentido común para no meterme en el fango hasta el cuello.

—Este fango no es corriente —dijo Alvin—. Es barro del Mizzippy. Se apodera de ti y te roba las botas de los pies.

—Bueno, eso es toda una recomendación. Haz una taza con ese barro y te robará el té de la boca, ¿es así?

Alvin y todos los hombres se echaron a reír.

—Haz una jarra con él y recolectará el agua del aire.

—Así os llevaréis un trozo del Mizzippy con vosotros incluso en tierra seca —dijo Truecacuentos—. Bueno, con anuncios como ése, supongo que podríais vender jarras a un dólar cada una y ganar cincuenta pavos en cada ciudad, siempre y cuando os larguéis antes de que descubran que las jarras no funcionan.

—¡Funcionarían si Alvin las hiciera! —gritó un hombre. Eso fue suficiente para provocar una salva de aplausos en su honor, para gran embarazo de Alvin Maker.

—Bueno, si vais a perder el tiempo vitoreando a un hombre cubierto de barro, entonces os dejaré trabajando e iré a mostrarle a mi buen amigo qué aspecto tiene un bebé perfectamente sano.

—¡Muéstrale de paso también a tu hijo! —gritó uno de los trabajadores, lo que provocó otra risotada y otro aplauso para Alvin.

Alvin salió a la orilla, y Arturo tomó debida nota de que el lodo resbalaba de su ropa y el agua se secaba mientras miraba y a treinta pasos del río nunca habría adivinado nadie en qué había estado trabajando Alvin dos minutos antes. «¡No quiere utilizar su don para ahorrar a estos hombres un momento de trabajo, pero sí para evitarse un baño! O al menos para ahorrarle a Peggy la tarea de lavar la ropa de un marido sucio...» Así que estaba bien.

Pasaron junto a Medida, que dirigía a un grupo de hombres y caballos que arrancaban tocones del suelo. Arturo Estuardo sabía perfectamente bien que Medida estaba usando todo el poder de hacedor que había dominado para ayudar a liberar las raíces del suelo. Pero como había todavía mucho trabajo duro por hacer para los hombres y los equipos, Alvin no le dijo nada, y Arturo Estuardo supuso que, mientras Medida lo mantuviera en secreto, nadie le achacaría lo rápido que estaban despejando el terreno.

Pero Medida dejó el trabajo y los acompañó. Y cuando llegaron a la cabaña de Alvin, dentro había un puñado de mujeres. La Tía parecía la presidenta de las mujeres del Condado del Manantial en el Surco, y lo allí congregado podría haber sido el gran consejo: las mujeres líderes del éxodo, incluidas Marie d'Espoir, Rien y Mamá Ardilla, y algunas de las mujeres que habían conocido a Alvin y Peggy en el pasado y habían venido a formar parte de la ciudad tan largamente esperada. Purity, una joven predicadora contra el puritanismo de Nueva Inglaterra, que todavía parecía enamorada de Verily Cooper (quien apenas advertía que estaba allí), y Fishy, una antigua esclava de Camelot que se había convertido en una gran mujer entre los abolicionistas del norte en los años transcurridos desde su huida. Y, por supuesto, Peggy.

—No puedo quedarme en esta habitación —dijo Truecacuentos—. Con tantas mujeres gloriosas, no tengo más remedio que enamorarme de todas a la vez. Me destrozará.

—Sopórtalo —dijo Peggy secamente—. Creo que las conoces a todas.

—Y a las que no conozco, espero conocerlas pronto —dijo Truecacuentos—. Si no muero en los siguientes minutos de pura felicidad.

—Ese hombre sí que sabe hablar —dijo La Tía, apreciativa.

—No sabía que hubiera una reunión —comentó Alvin.

—No has sido invitado —dijo La Tía—. Es mi reunión. Pero puedes quedarte.

—¿De qué se habla?

—Del nombre de esa cosa que construyes —dijo La Tía—. No me gusta como la llama Verily.

Peggy se echó a reír.

—A nadie le gusta cómo la llama nadie —dijo—. Pero La Tía estuvo leyendo la Biblia y tiene un nombre.

—Nos condujiste como Moisés —dijo La Tía—. Y Arturo Estuardo nos condujo como Josué cuando te fuiste. ¡No como Aarón, no! ¡No adoramos a ningún becerro de oro! Pero fuimos el libro del Éxodo. Así que esta cosa que estás construyendo, según la Biblia, es un «tabernáculo».

Alvin frunció el ceño.

—Parece una reunión de iglesia.

—*Oui!* —exclamó Rien—. ¡Sólo que en vez de ir a ver cómo un sacerdote pretende ser Dios, entramos y descubrimos dónde vive en nuestro corazón!

—Para tratarse de un edificio que no existe todavía, todo el mundo tiene una buena idea de cómo va a funcionar.

Naturalmente, la tenían. Alvin ya había hecho treinta y dos bloques de cristal: grandes, pesados, difíciles de transportar. Estaban apilados esperando ser colocados como piedras fundacionales, pero casi todos, en el Condado del Manantial en el Surco, habían recorrido el pasillo entre aquellos bloques y habían mirado su infinita profundidad. Caminabas entre ellos y sentías como si estuvieras en un lugar más grande que el mundo entero, con todo lo que era y es y ha de venir junto a ti a cada lado, y la gente corriente parecía muy pequeña y estrecha cuando la veías al fondo de aquel pasillo brillante. Pero luego salías de los bloques apilados y parecían pequeños, y muy simples. Titilaban, sí, reflejando los árboles y el cielo, las nubes y el río, si estabas allí donde podía verse el reflejo del Mizzippy. Pequeño por fuera, enorme por dentro: oh, todos sabían cómo iba a ser aquel edificio cuando estuviera terminado.

—En la Biblia —dijo Marie d'Espoir—, el tabernáculo era un lugar donde sólo podía entrar el sacerdote. Salía y le decía a todo el mundo lo que había visto. Pero en nuestro tabernáculo todo el mundo es sacerdote, todo el mundo puede entrar, hombre y mujer, para ver lo que vea y oír lo que oiga.

—Me parece bien —dijo Alvin—. Sé que no quiero que sea una iglesia ni una escuela ni nada de eso. Tabernáculo es un nombre tan adecuado como cualquiera, y mejor que la mayoría. Aunque sé que Verily va a sentirse decepcionado al saber que no os gustó «observatorio».

—A mí me gusta —dijo La Tía—. Pero no puedo decirlo.

Zanjado ese tema, las mujeres siguieron hablando sobre qué familias no tenían ropa suficiente para sus niños, y qué casas no eran lo bastante grandes o lo bastante cálidas, y quién estaba enfermo y necesitaba ayuda. Era un buen trabajo el que estaban haciendo, pero los hombres no eran necesarios en la discusión y pronto Arturo Estuardo se encontró fuera. Pero no con Alvin o Truecacuentos: ellos se fueron a contemplar la gran casa donde vivía la familia de Papá Alce y Mamá Ardilla incluso mientras la estaban construyendo.

—Cincuenta y siete niños —dijo Truecacuentos—. Y todos ellos nacidos de la propia Mamá Ardilla.

—Tenemos la documentación legal —dijo Alvin—. No sólo eso, sino que sabemos que hay otra media docena en camino.

—Un embarazo notable —dijo Truecacuentos—. Y parecía una mujer tan pequeña...

Arturo Estuardo se quedó ante la casa y contempló

el promontorio. La casa estaba bien situada. Desde la puerta trasera se podía observar el río y ver cualquier barco que atracara en el nuevo muelle. Y desde la puerta delantera veías el lugar donde estaría el... tabernáculo, e incluso veías ya las dos hileras de bloques de cristal apilados esperando ser colocados en su sitio.

Sintió una mano en el hombro.

Dio un respingo.

—María. Me has asustado.

—Es lo que quería —dijo ella—. Todo ese poder de hacedor, y sigues sin advertir dónde está una mujer.

—Oh, sé donde estás.

—Lo sé —dijo María—. Te fijas en mí todo el tiempo. Te aseguras de saber exactamente dónde estoy, para estar siempre en otro lugar.

—Oh, no creo que sea eso lo que...

Pero eso era lo que estaba haciendo. Aunque no se había dado cuenta.

—¿Tienes miedo de que vuelva a besarte? —preguntó María.

—No me importaría, ¿sabes?

—¿O tienes miedo de que no lo haga?

—Puedo vivir sin eso, si es lo que quieres.

—Muchacho ignorante —dijo ella—. Se supone que tienes que decir que no puedes vivir sin mis besos.

—Pero puedo.

—Muy bien —dijo María. Le dio un golpecito juguetón en el hombro como si le quitara el polvo y se encaminó de regreso a la casa.

—Pero no quiero —dijo Arturo Estuardo.

No estaba seguro de dónde había encontrado el valor para decirlo. Excepto tal vez por el hecho de que era verdad, de que apenas pasaba una hora sin pensar en ella y preguntarse si le había besado para burlarse de él o si quería decir algo y cómo podría descubrirlo. Y así las palabras brotaron de él.

Ella se dio la vuelta y regresó.

—¿Cuánto no quieres vivir sin mis besos?

Él la rodeó con sus brazos y la besó, quizá con más fervor que habilidad, pero ella no parecía dispuesta a criticar.

—Es suficiente hacerlo delante de Dios y todo el mundo —dijo él.

—Oh, mira lo que has hecho.

—¿Qué?

—Me has besado tan fuerte que ahora voy a tener un bebé.

Él tardó un momento en darse cuenta de que ella estaba bromeando, pero mientras tanto se quedó allí con una expresión de estupidez tan grande en la cara que no era extraño que se riera de él.

—¿Por qué eres siempre tan serio?

—Porque cuando te beso —dijo él—, para mí no es un juego.

—La vida es un juego. Pero creo que tú y yo podremos ganarlo juntos.

—¿Estás proponiendo algo? —preguntó Arturo Estuardo.

—Tal vez.

—¿Como casarnos? —dijo Arturo Estuardo.

—Tal vez un hombre debería proponer una cosa así.

—Y si yo lo hiciera, ¿dirías que sí?

—Diré que sí, en cuanto Purity le diga que sí a Verily Cooper.

—Pero él no se lo ha pedido.

María se rió alegremente y corrió de vuelta a la cabaña.

Arturo Estuardo se quedó convencido de que algo

411

realmente profundo estaba ocurriendo entre ellos, y no tenía ni la menor idea de qué era.

Se volvió y contempló las filas de bloques de cristal, y vio a dos hombres entre ellos, mirando las paredes. Los reconoció de inmediato, sin enviar siquiera su poder para confirmar su identidad. Jim Bowie y Calvin Miller.

—Alvin —murmuró en voz baja, y luego corrió hasta la cabaña para ver la nueva casa de Alce y Ardilla. Alvin y Truecacuentos estaban delante, mientras Papá Alce hablaba de esto y lo otro: tenía tantos planes para la casa que, de vez en cuando, la gente tenía que recordarle que era sólo un edificio. Pero Arturo Estuardo vio que Alvin miraba los bloques y veía lo mismo que él acababa de ver.

Alvin empezó a apartarse de los demás y a correr hacia el promontorio. Truecacuentos y Papá Alce lo siguieron, más despacio.

Arturo Estuardo se metió dentro de la cabaña otra vez.

—Peggy —llamó.

—No, nada de eso —dijo La Tía—. Si te la llevas, sólo hablaremos de por qué se fue. ¡Llévanos a todas!

—Calvin ha vuelto —dijo Arturo Estuardo—. Y el hombre que lo acompaña es un asesino. Lo conocí en el río y en México.

Las mujeres salieron de la casa tras él, pero Arturo Estuardo no las esperó. Subió corriendo el promontorio y llegó a la vez que Alvin. Se detuvieron en el extremo del pasillo entre los bloques.

—Calvin —dijo Alvin en voz baja—. Me alegro de verte aquí.

—¿No podías echarme una mano? —dijo Calvin—. Parece que el viejo Jim Bowie no puede apartarse de lo que está viendo en estos espejos tuyos.

—Se está viendo a sí mismo —dijo Alvin—. Como hiciste tú.

—Creo que está viendo más que eso. Aunque no se me ocurre qué.

¿Era posible que Calvin no viera más que su propio reflejo, tan simple como en un espejo, cuando miraba esas paredes? Arturo Estuardo pensó que era posible: Calvin no tenía fama de ser un pensador profundo, y tal vez las paredes no tenían más profundidad que la persona que las miraba. Pero era más probable que Calvin viera las mismas visiones que todo el mundo, pero no pudiera aceptar la verdad de todo ello, igual que no podía aceptar la verdad de nada más.

Alvin caminó entre los bloques, y cuando alcanzó a Jim Bowie, le puso una mano en el hombro. Inmediatamente Bowie lo miró, sonrió.

—Vaya, te estaba viendo ahí dentro, y te veo aquí fuera, es como la misma visión. Con una pequeña diferencia.

—No quiero oírla —dijo Alvin—. Salgamos de aquí los dos.

Empezó a guiarlo.

—La diferencia es que en la pared te vi lleno de agujeros de bala —dijo Jim Bowie—. Pero, ¿cómo podría ocurrir una cosa así? ¡Imagina la bala que podría herirte!

—Es sólo un deseo por tu parte.

—¡Agujeros de bala! —dijo Calvin—. Qué mural tan alegre para mostrarlo en público, Alvin.

Llegaron al fondo del pasillo, donde esperaba Arturo Estuardo.

—¿Cómo estás, Calvin? —preguntó Arturo Estuardo—. Veo que lograste salir de Ciudad de México después de todo.

—No gracias a ti. Me dejaste para que muriera como todos los demás.

413

Arturo Estuardo no se molestó en discutir. Sabía que Alvin sabía ya la verdad, y no creería la versión de Calvin, que pretendía como siempre provocar pelea entre ellos.

—Sé que Alvin se alegra de que vivieras —dijo Arturo Estuardo. No hacía falta decir que Alvin era el único, aparte de su madre y su padre.

—Y yo he perdonado a Jim por dejarme allí para que me arrancaran el corazón.

Jim Bowie no picó tampoco el anzuelo. Su atención se centró totalmente en Alvin.

—Calvin me habló de lo que estáis construyendo aquí —dijo Bowie—. Quiero formar parte.

—Sí —dijo Calvin—. Si es una ciudad de hacedores, ¿cómo podrías pensar hacerlo sin el único otro creador vivo? —le sonrió a Arturo.

—Aquí todos somos hacedores —respondió Alvin, ignorando el hecho de que Calvin ya sabía lo ofensivas que eran sus palabras—. Venid, mi casa está aquí mismo.

Se encontraron con las mujeres de camino, y Alvin hizo las presentaciones. Jim Bowie, para sorpresa de Arturo, se mostró bastante encantador, capaz de adoptar elegantes modales de Camelot cuando había alguien a quien impresionar. Calvin se comportó como de costumbre, pero a Rien pareció hacerle gracia su pose, para disgusto de Arturo, y cuando Calvin se puso a halagar a Marie d'Espoir, Arturo Estuardo pensó en causarle una herida sutil pero permanente... aunque por supuesto no hizo nada. No se empieza un duelo con un hacedor que tiene más poder y menos escrúpulos que tú.

Llegaron a la casa y Alvin los invitó a entrar y sentarse. Los muebles, a excepción de la mecedora de Peggy, eran toscos bancos y taburetes, pero lo bastante buenos para sentarse, y Arturo había oído a Peggy decir que no deseaba muebles más cómodos, porque si las sillas fueran más blandas, las visitas se sentirían inclinadas a quedarse más tiempo.

Calvin parecía querer hablar de su huida por los pelos de Ciudad de México, pero como Tenskwa-Tawa ya se lo había contado a Alvin y Arturo Estuardo todo al respecto en cuanto Arturo volvió de su misión, ninguno tenía ganas de escuchar una versión de la historia que convertía a Calvin poco menos que en un héroe.

—Me alegro de que escaparas —dijo Alvin, y lo decía en serio, cosa que era más de lo que Arturo Estuardo podía decir de sí mismo—. Y, Jim, creo que sabes que al venir con Arturo Estuardo probablemente salvaste la vida de todos los otros hombres que os acompañaron, porque no habrían ido si tú te hubieras negado.

—No planeo morir por ninguna causa —dijo Jim Bowie—. Ni por ningún hombre, excepto por mí mismo. Sé que eso no es noble, pero prolonga mis días, lo cual ya es filosofía suficiente para mí.

A Arturo le pareció que esperaba un poco más de diversión o admiración por su actitud, pero aquello no era un bar, y no había nadie borracho, y por eso su comentario no tuvo eco. Allí había gente dispuesta a morir por una causa, o por el bien de otra persona.

Fue Peggy, bendito su corazón, quien fue derechita al grano.

—¿Adónde irás ahora, Calvin?

—¿Ir? Bueno, ésta es la ciudad de los hacedores, y aquí estoy. He tenido algunas experiencias, estaba a punto de contarlas, pero sé cuándo no es el momento de contar historias... He tenido algunas experiencias que me han hecho comprender cuánto deseaba haberle prestado más atención a Alvin cuando intentaba enseñarme cosas. ¡Soy un alumno impaciente, lo reconozco, así que no me extraña que me echara a patadas de la escuela!

Aunque esto era mentira, y todo el mundo lo sabía, a Arturo Estuardo se le ocurrió una vez más que Calvin parecía mentir sólo porque le gustaba el sonido de la mentira, y no para ser creído.

—Me alegro de tenerte aquí —dijo Alvin—. Me alegraré de enseñarte lo que quieras aprender, si lo sé, o alguien lo hará, si es algo que sabe mejor que yo.

—Ésa es una lista corta —dijo Calvin, riendo. Tendría que haber sido un cumplido hacia la amplitud del don de Alvin... pero acabó pareciendo una acusación de vanidad.

A Arturo no hacía falta decirle que su hermana estaba furiosa porque Calvin se fuera a quedar y Alvin le estuviera dando la bienvenida. Sabía que Peggy pensaba que Calvin causaría un día la muerte de su hermano. Pero ella no dijo nada al respecto y, en cambio, se volvió hacia Jim Bowie.

—¿Y usted, señor? ¿Se marchará ahora?

—Creo que me quedaré también —respondió Bowie—. Me ha gustado lo que he visto aquí. Bueno, no, no lo que vi en el cristal (no me malinterpretes, Alvin), sino la manera de ver. ¡Qué logro! Hay reyes y reinas que darían sus reinos por una hora en ese lugar.

—Me temo que no serás bienvenido en su interior cuando el tabernáculo esté construido —dijo Alvin.

La expresión de Bowie se ensombreció.

—Bueno, lamento oír eso. ¿Puedo preguntar por que motivo?

—Hay quien encuentra el futuro allí dentro —dijo Alvin—. Pero un hombre que mata a sus enemigos no debería tener acceso a un lugar que podría mostrarle dónde se encuentran sus futuras víctimas.

Bowie soltó una risotada.

—Oh, soy demasiado asesino para entrar en tu tabernáculo, ¿es eso? Bueno, es una idea. ¡Todos los presentes que hayan matado a un hombre con furia, que se levanten conmigo!

Bowie se puso en pie y miró alrededor.

—¿Qué, soy el único?

Entonces le sonrió a Alvin.

—¿Lo soy?

Reacio, Alvin se puso en pie.

—Ah —dijo Bowie—. Me alegra saber que lo admites. Lo vi en ti desde el principio. Has matado, y mataste con saña. Te gustó.

—¡Mató al hombre que mató a mi madre! —exclamó Peggy.

—Y le gustó —repitió Bowie—. Pero es tu lugar de visiones, Al, y no te lo disputaré. Puedes invitar a quien te plazca. Pero eso sólo se aplica al edificio, Al. Éste es un país libre, y un ciudadano puede trasladarse a cualquier población o condado y establecer allí su residencia, y no hay nadie que pueda impedírselo. ¿Tengo razón?

—Creía que era usted súbdito del Rey, de las Colonias de la Corona —dijo Peggy.

—Ya saben que un inglés sólo tiene que cruzar la frontera y ya es ciudadano de Estados Unidos —respondió Bowie—. Pero yo he ido más allá, y he hecho el juramento igual que un... francés —le sonrió a Rien—. Creo que la conozco, señora.

Ella lo miró con ojos como piedras.

—Seré su vecino les guste o no —dijo Bowie—. Pero espero que les guste, porque pretendo ser un ciudadano pacífico y hacer un montón de amigos. Vaya, puede que incluso me presente para algún cargo. Me gusta la política, y una vez incluso intenté ser emperador de México.

—Como bien dices —respondió Alvin tranquilamente—, es un país libre.

—Admito que esperaba una bienvenida más cálida de mis viejos amigos —le sonrió a Arturo Estuardo—. Y me han dicho que fuiste tú quien me quitó los pantalones en Barcy, muchacho. Nunca olvido una broma.

Arturo Estuardo asintió. Reconocía una amenaza cuando la oía.

—Bien —dijo Bowie—. El buen humor y la amabilidad de esta habitación son demasiado para mí. Tendré que buscar un lugar donde encuentre menos alegría y más alcohol, si es posible. He oído decir que tendré que ir hasta el Condado Varsovia para saciar esa sed concreta. Pero volveré para construirme una cabaña en algún trozo de terreno. Buenos días a todos.

Bowie se levantó y salió de la cabaña.

—Un tipo molesto —dijo Calvin en voz alta: Bowie sin duda pudo oírlo, incluso desde fuera—. No sé cómo conseguí llegar aquí con él desde Barcy sin pelearme. Tal vez fue ese gran cuchillo suyo el que mantuvo la paz.

Calvin tenía una habilidad notable para reírse de sus propios chistes con tanto gusto que uno podía pasar por alto el hecho de que era el único que se reía.

Calvin se volvió hacia Arturo Estuardo.

—Naturalmente, podría haber llegado antes si alguien se hubiera molestado en traerme como hiciste con Jim y su grupo. Dice que pudiste hacer que corrieran como si estuviesen volando, como si el suelo se alzara para encontrarse con sus pies y los árboles se apartaran del camino. Pero supongo que no merezco ese tipo de transporte.

—Te ofrecí que vinieras —dijo Arturo Estuardo... e inmediatamente lo lamentó. Discutir con las mentiras de Calvin sólo lo volvía más entusiasta.

—Si me hubieras hablado de esa... canción verde, ¿no es así?, te habría acompañado en un segundo. Pero acompañarte sólo porque el Profeta Rojo estaba haciendo amenazas... bueno, supongo que quería conquistar México igual que nosotros, y llegó allí primero. Ahora tiene el imperio, y yo soy un tipo corriente... Bueno, tan corriente como puede ser un hacedor. Tú, Alvin, pretendes ser corriente, ¿no? Pero siempre consigues que la gente vea un poco de lo que puedes hacer. ¡Lo entiendo! Quieres que piensen que eres modesto, pero al mismo tiempo, nadie opina que un hombre sea modesto a menos que sepa por qué diantre es modesto, ¿eh?

Y se rió y se rió de sus propias palabras.

El bebé estaba inquieto esa noche, y como Margaret ya le había dado de comer y Alvin le había cambiado los pañales, no pudieron hacer otra cosa sino sostenerlo en brazos y cantarle. Alvin había aprendido hacía tiempo que era su voz lo que quería Vigor: los tonos graves masculinos que vibraban en su pecho, junto a la cabeza del bebé. Así que dejó que Margaret volviera a dormir y salió a respirar el aire de una cálida noche de septiembre.

Esperaba ser la única persona, a excepción de los vigilantes nocturnos con sus linternas; habría más en las afueras de la ciudad, uno junto al río y otro en el borde del promontorio. Pero para sorpresa de Alvin, alguien se le acercó. Su hermano, Medida.

—Buenas noches, Al.

—Buenas noches. El bebé estaba inquieto.

—En mi casa el inquieto era yo. Salí para no causar ningún problema.

—¿Calvin se aloja contigo, entonces?

—Nunca he comprendido por qué papá y mamá sintieron la necesidad de tener otro hijo. No se puede decir que anduvieran escasos.

—No sabían cómo iba a ser —dijo Alvin—. Nunca hay demasiados niños en una casa, Medida. Pero tú no eres responsable de lo que ellos quieren, sólo de lo que les enseñas.

—Alvin, tengo miedo.

—Un hombretón como tú. Qué tontería.

—Lo que estamos haciendo aquí es maravilloso. Pero cómo nos odia la gente y nos teme y habla contra nosotros, eso es terrible. La ley está contra nosotros. Oh, lo sé, la constitución está muy bien, pero nunca aguantará, no si nos resistimos a la ley de esclavos fugitivos. Y con Calvin aquí... No sé cómo, pero va a causar problemas.

—Es el Deshacedor —dijo Alvin—. Siempre lo es. No importa lo rápido que construyas, él está allí, intentando destruirlo aún más rápido.

—Entonces está destinado a ganar, ¿no?

—Eso es lo curioso —respondió Alvin—. Toda mi vida he visto que todo lo que puedo construir es muy poquito, y él lo destruye. Y sin embargo... las cosas siguen construyéndose, ¿no? Cosas buenas. Y finalmente me di cuenta, aquí en esta ciudad, al ver a toda esta gente... del motivo por el cual el Deshacedor va a perder, a la larga. No es porque alguien como yo o como tú haga algún acto heroico y lo derrote. Será por toda esta gente, cientos de ellos, miles de ellos, cada uno construyendo algo a su modo: una familia, un matrimonio, una casa, una granja, una máquina fuerte, un tabernáculo, una clase llena de estudiantes un poco más sabios que antes. Algo. Y con el tiempo, te das cuenta de que todos esos algos suman un todo, y todos los nadas del Deshacedor los sumas y siguen siendo nada. ¿Comprendes lo que quiero decir?

—Tienes que ser más inteligente que Platón —dijo Medida—, porque a él sí que lo entiendo.

—Oh, me has entendido —dijo Alvin—. La cuestión

es, cuando recorramos este camino peligroso, con tantas manos contra nosotros, ¿estarás allí conmigo, Medida? ¿Me acompañarás?

—Lo haré, hasta el final —dijo Medida—. Y no sólo porque me salvaras la vida en aquella ocasión, lo sabes.

—Oh, eso no fue gran cosa. Tú estabas intentando salvar la mía, que yo recuerde, así que fue un trato justo.

—Así es como yo lo veo.

—Entonces, ¿por qué me acompañarás? ¿Porque me amas mucho? —lo dijo de broma, pero pensaba que era verdad.

—No —dijo Medida—. Amo a todos mis hermanos. Incluso a Calvin.

—¿Por qué, entonces?

—Porque quiero que se hagan las cosas que haces. ¿Comprendes? Amo esa obra. Quiero que «sea».

—¿Y estás dispuesto a pagar por ella, conmigo?

—Ya lo verás —dijo Medida.

Estaban de pie delante de los bloques de cristal que esperaban para convertirse en el brillante tabernáculo de la Ciudad de Cristal. El bebé dormía. Pero Alvin lo alzó de todas formas, para que la carita dormida se dirigiera hacia los bloques.

—Mira este lugar —le dijo a Vigor, y a Medida también—. No lo elegí yo. No elegí mi vida, ni los poderes que tengo, ni siquiera la mayoría de las cosas que me han pasado. Pero pese a todas las cosas que me han sido impuestas, sigo siendo un hombre libre. Y, ¿sabes por qué? Porque las elegí de todas formas. Lo que me impusieron, lo elegí igualmente.

Se volvió y miró a Medida.

—Como tú, Medida. Elegí ser hacedor, porque amo el acto de la creación.

Originario de Richland (Washington) y residente hoy en Greenboro (Carolina del Norte), Orson Scott Card es mormón practicante y sirvió a su iglesia en Brasil entre 1971 y 1973. Ben Bova, editor de Analog, le descubrió para la ciencia ficción en 1977. Card obtuvo el Campbell Award *de 1978 al mejor autor novel y, a partir del éxito de la novela corta* ENDER'S GAME *y de su experiencia como autor dramático, decidió en 1977 pasar a vivir de su actividad de escritor. En 1997 fue invitado de honor en la* HISPACON'97, *la convención anual de la ciencia ficción española, celebrada en Mataró (Barcelona).*

Más recientemente, en noviembre de 2003, ha sido el invitado de honor en el acto de entrega del Premio UPC de Ciencia Ficción, *donde pronunció la conferencia «Literatura abierta», verdadero «Manifiesto» de un escritor que adquiere compromisos ante sus lectores. Los lectores interesados podrán encontrar ese texto en el volumen* PREMIO UPC 2003 (NOVA, *núm. 170)*

La obra de Scott Card se caracteriza por la importancia que concede a los sentimientos y las emociones, y sus historias tienen también gran intensidad emotiva. Sin llegar a predicar, Card es un gran narrador que aborda los temas de tipo ético y moral con una intensa poesía lírica.

La antología de relatos CAPITOL *(1983) trata temas cercanos a los que desarrolla en su primera novela* HOT SLEEP

(1979), que después fue reescrita como THE WORTHING CHRONICLE *(1982). Posteriormente unificó todos esos argumentos en una magna obra en torno a una estirpe de telépatas en* LA SAGA DE WORTHING *(1990 - NOVA núm. 51). El ambiente general de esos libros se emparenta con el universo reflejado en* UN PLANETA LLAMADO TRAICIÓN *(1979), reeditada en 1985 con el título* TRAICIÓN *y cuya nueva versión ha aparecido recientemente en España (Libros de bolsillo VIB,* Ediciones B).

Una de sus más famosas novelas antes del gran éxito de EL JUEGO DE ENDER *(1985), es* MAESTRO CANTOR *(1980 - NOVA núm. 13), que incluye temas de relatos anteriores que habían sido finalistas tanto del premio Nebula como del Hugo.*

La fantasía, uno de sus temas favoritos, es el eje central de KINGSMEAT, *y sobre todo de su excelente novela* ESPERANZA DEL VENADO *(1983 - NOVA fantasía, núm. 3) que fue recibida por la crítica como una importante renovación en el campo de la fantasía. También es autor de* A WOMAN OF DESTINY *(1984), reeditada como* SAINTS *en 1988. Se trata de una novela histórica sobre temas y personajes mormones.*

Card ha abordado también la narración de terror (o mejor «de espanto» según su propia denominación), al estilo de Stephen King. Como ya hiciera antes con EL JUEGO DE ENDER, *Card convirtió en novela una anterior narración corta galardonada esta vez con el premio Hugo y el Locus. El resultado ha sido* NIÑOS PERDIDOS *(1992 - NOVA Scott Card, núm. 4) con la que ha obtenido un éxito parecido al de* EL JUEGO DE ENDER, *aunque esta vez en un género distinto que mezcla acertadamente la fantasía con el terror.*

Card obtuvo el Hugo 1986 y el Nebula 1985 con EL JUEGO DE ENDER *(1985 - NOVA núm. 0) cuya continuación,* LA VOZ DE LOS MUERTOS *(1986 - NOVA núm. 1), obtuvo de nuevo dichos premios (y también el Locus), siendo la primera vez en toda la historia de la ciencia ficción que un autor los obtenía dos años consecutivos. La serie continúa con* ENDER, EL XENOCIDA *(1991 - NOVA núm. 50) y finaliza, aunque sólo provisionalmente, con el cuarto volumen,* HIJOS DE LA MENTE *(1996, NOVA núm. 100). En 1999 apareció un nuevo título,* LA SOMBRA DE ENDER *(1999, NOVA núm. 137) que retorna, en estilo e intención, a los hechos que se narraban en el título orginal de la serie:* EL JUEGO DE ENDER *(1985), esta vez en torno a la versión de un compañero del primer protagonista, Bean. La nueva serie continua, por el momento, con* LA SOMBRA DEL HEGEMÓN *(2001, NOVA núm. 145) y* MARIONETAS DE LA SOMBRA *(2002, NOVA núm. 160).*

Hace ya unos años nos llegaba la noticia de que se va a realizar la versión cinematográfica de EL JUEGO DE ENDER. *Orson Scott Card ha escrito ya el guión definitivo de la nueva película y se preve su filmación en 2005, bajo la batuta del director Wolfgang Petersen.*

1987 fue el año de su redescubrimiento en norteamérica con la reedición de MAESTRO CANTOR, *la publicación de* WYRMS *y el inicio de una magna obra de fantasía:* The Tales of Alvin Maker. *La historia de Alvin, el «Hacedor», está prevista como una serie de libros en los que se recrea el pasado de unos Estados Unidos alternativos en los que predomina la magia y se reconstruye el folklore norteamericano. El primer libro de la serie,* EL SÉPTIMO HIJO *(1987 - NOVA fantasía, núm. 6), obtuvo el premio Mundial de Fantasía de 1988, el premio Locus de fantasía de 1988 y el Ditmar australiano de 1989, también fue finalista en los premios Hugo y Nebula. El segundo,* EL PROFETA ROJO *(1988 - NOVA fantasía, núm. 12), fue premio Locus de fantasía 1989 y finalista del Hugo y el Nebula. El tercero,* ALVIN, EL APRENDIZ *(1989 - NOVA fantasía, núm. 21) ha sido, de nuevo, premio Locus de fantasía 1990 y finalista del Hugo y el Nebula. Tras seis años* de espera ha aparecido ya el cuarto libro de la serie, ALVIN, EL OFICIAL *(1995, NOVA Scott Card, número 9)*, de nuevo premio Locus de fantasía en 1996. Sólo tres años después apareció FUEGO DEL CORAZÓN *(1998 - NOVA núm. 129)* y, más recientemente, se publicó THE CRYSTAL CITY *(1998 - NOVA núm. 171)*. Es posible *(sólo posible...)* que la serie pueda finalizar pronto con un último volumen, por ahora provisionalmente titulado MASTER ALVIN.

Algunos de sus más interesantes relatos cortos se unificaron en un libro sobre la recuperación de la civilización tras un holocausto nuclear: LA GENTE DEL MARGEN *(1989 - NOVA núm. 44)*. El conjunto de los mejores relatos de su primera época se encuentra recopilado en UNACCOMPANIED SONATA *(1980)*. Conviene destacar una voluminosa e imprescindible antología de sus narraciones cortas en MAPAS EN UN ESPEJO *(1990 - NOVA Scott Card, núm. 1)* que se complementa con las ricas y variadas informaciones que sobre sí mismo y sobre el arte de escribir y de narrar el mismo Card incluye en sus presentaciones.

Una de sus últimas series ha sido «Homecoming» *(La «Saga del Retorno»)*, que consta de cinco volúmenes. La serie narra un épico «retorno» de los humanos al planeta Tierra, tras una ausencia de más de 40 millones de años. Se inicia con LA MEMORIA DE LA TIERRA *(1992 - NOVA Scott Card, núm. 2)*, y sigue con LA LLAMADA DE LA TIERRA *(1993 - NOVA Scott Card, núm. 4)*, LAS NAVES DE LA TIERRA *(1994 - NOVA Scott Card, núm. 5)* y RETORNO A LA TIERRA *(1995 - NOVA Scott Card, núm. 7)*, para finalizar con NACIDOS EN LA TIERRA *(1995 - NOVA Scott Card, núm. 8)*.

Por si ello fuera poco, hace unos años Card empezó a publicar «The Mayflower Trilogy», una nueva trilogía escrita conjuntamente con su amiga y colega Kathryn H. Kidd. El primer volumen es LOVELOCK *(1994 - NOVA Scott Card, núm. 6), y la incorporación de Kidd parece haber aportado mayores dosis de humor e ironía a la escritura, siempre amena, emotiva e interesante, de Orson Scott Card.*

En febrero de 1996, apareció la edición en inglés de OBSERVADORES DEL PASADO: LA REDENCIÓN DE CRISTÓBAL COLÓN (1996 - NOVA núm. 109), sobre historiadores del futuro ocupados en la observación del pasado («pastwatch»), y centrada en el habitual dilema en torno a si una posible intervención «correctora» sería lícita o no. Una curiosa novela que parece llevar implícita una revisión crítica de la historia, de la misma forma que puede encontrarse una sugerente crítica al «american way of life», en el interesantísimo relato «América» que se incluyó en LA GENTE DEL MARGEN (1989 - NOVA núm. 44).

Otra de sus novelas más recientes es EL COFRE DEL TESORO (1996 - NOVA, núm. 121), una curiosa historia de fantasía y fantasmas, protagonizada por un genio de la informática convertido en millonario, y con un ajustado balance de emotividad, ironía y tragedia. También es autor de ENCHANTMENT (1998) una novela de fantasía romántica en torno a leyendas rusas y la Norteamérica contemporánea.

Recientemente ha iniciado la publicación de una serie de novelas históricas en torno a la vida de las esposas de los grandes patriarcas bíblicos con el título genérico de «Women of Genesis» (Mujeres del Génesis), cuyo primer volumen ha sido SARAH (2000) que debe ser seguido por REBEKAH y RACHEL.

Card ha escrito también un manual para futuros escritores en HOW TO WRITE SCIENCE FICTION AND FANTASY (1990), que obtuvo en 1991 el premio Hugo como mejor libro de ensayo del año.

Índice